AF288320

# LAURA LABAS

two in a room

Moon Notes

Originalausgabe

1. Auflage

© 2023 Moon Notes im Verlag Friedrich Oetinger GmbH,

Max-Brauer-Allee 34, 22765 Hamburg

Alle Rechte vorbehalten

© Text: Laura Labas, 2023

© Umschlaggestaltung: Rocket & Wink, Hamburg

Druck und Bindung: GGP Media GmbH,

Karl-Marx-Straße 24, 07381 Pößneck, Deutschland

Printed 2023

ISBN: 978-3-96976-036-9

www.moon-notes.de

**FÜR KATHY ♥**

# • KAPITEL 1 •

*from east flatbush to midwood*

Lustlos blätterte ich in meinem Exemplar *Einführung in die Mengenlehre* herum und blickte auf die Wanduhr. Der rote Sekundenzeiger tickte und tickte, aber er bewegte sich nicht. Vielleicht war er kaputt. Es konnte unmöglich immer noch zehn nach acht sein.

Professor Wahlberg zeichnete den axiomatischen Beweis, den wir bereits in der letzten Stunde kennengelernt hatten, an die Tafel, und alle zwölf Studierende der Abendschule lauschten aufmerksam seinen Worten. Nun, alle außer mir. Ich unterdrückte ein Gähnen und wandte mich wieder der verzauberten Wanduhr zu.

Die Arbeit in der Privatdetektei *Goldbloom & Son* hatte mich geschafft. Dabei musste ich nicht viel mehr machen, als Akten zu sortieren und unsere Klientel mit Kaffee zu versorgen. Vermutlich war es die Eintönigkeit, die mir meine Energie raubte.

Oder der Gedanke, am Montag wieder dort aufzutauchen, nachdem ich heute ein ganzes Tablett mit Kaffee und Plätzchen auf einen Auftraggeber geworfen hatte. Das war nicht absichtlich geschehen. Wieder einmal hatte ich mir selbst mit meinen zwei linken Füßen im Weg gestanden.

Eigentlich gab ich mir Mühe, Mr Goldbloom keine Probleme

7

zu bereiten und ihn in allem zu unterstützen, aber als Sekretärin eignete ich mich einfach nicht. Ich hasste es, Menschen zu empfangen und so lange Nettigkeiten mit ihnen auszutauschen, bis sie an der Reihe waren, dem Privatdetektiv ihr Leid zu klagen und ihr Anliegen zu unterbreiten. Trotzdem bemühte ich mich, da ich den Job behalten wollte, um die Miete zahlen zu können. Deshalb fühlte ich mich miserabel, dass mir ein Missgeschick wie dieses passiert war.

Viertel nach acht.

Wahrscheinlich sollte ich erleichtert sein, dass ich nicht rundheraus gefeuert worden war. Dafür wäre allerdings am Montag auch noch Zeit, nachdem Mr Goldbloom reichlich Gelegenheit gehabt hätte, sich die Situation während des Wochenendes wieder und wieder vor Augen zu führen.

Ich raufte mir die Haare.

Zwanzig nach acht.

Am besten, ich dachte nicht mehr darüber nach. Letztlich würde ich nichts an seiner Entscheidung ändern können. Ich hatte mich mehrmals entschuldigt und konnte nur hoffen, dass er zumindest mein Talent beim Verschriftlichen der Briefe zu schätzen wusste.

Seufzend versuchte ich, mich wieder auf den Unterricht zu konzentrieren. Vergeblich.

Ich studierte gern Mathematik, aber es ermüdete mich. Vor allem die Tatsache, den anderen dabei zuzuhören, wie sie nacheinander den gleichen Beweis erklärten, den ich am Nachmittag vorher bearbeitet hatte. Es brachte mich nicht weiter, die Lösung aus ihren Mündern zu hören, wenn ich doch selbst längst darauf gekommen war. Gott sei Dank hatte ich bei Wahlberg nur einen Kurs am Freitagabend und musste mich nicht öfter durch seine langweilige Lehrstunde quälen. Für die anderen Fächer konnte ich mehr Begeisterung aufbringen …

Fünf vor halb neun.

Leise packte ich Buch und Heft in meinen Rucksack und schlich mich geduckt aus dem müffelnden Raum. Wie auch im restlichen Betonklotz gab es hier Schimmel und Nester aus längst vergessenem Müll hinter quietschenden Türen. Dreckverkrustete Fenster und flackernde Neonröhren gehörten genauso zum alten Gebäude wie farbverschmierte Wände und Konzertposter aus dem vorletzten Jahrzehnt. Für ein mittelmäßiges College in New York mit Gebühren, die einen nicht in den Ruin trieben, ganz normal.

Ich nahm mir vor, auf dem Weg nach Hause ein paar Einkäufe zu erledigen. Glücklicherweise befand sich das College ebenso wie meine Wohnung in Brooklyn, sodass ich nur wenige Stationen mit der Metro fahren musste. Von East Flatbush bis nach Midwood brauchte man um diese Uhrzeit nur eine halbe Stunde, und schräg gegenüber von meinem Apartment, das ich mir mit einer Mitbewohnerin und einem Mitbewohner teilte, hatte freitags bis spätabends noch ein Glatt Mart auf. Ich müsste mir nur überlegen, auf was ich Appetit hatte. Fertignudeln wahrscheinlich. Wie jeden Abend.

Ich war eine Niete im Kochen und würde mich nur im alleräußersten Notfall daran wagen, etwas anderes als Nudeln mit Tomatensoße zu kochen.

Kurz dachte ich nach. Vielleicht würde ich auch noch einen Wein mitnehmen, falls Bitsy an der Kasse stand. Sie fragte nicht nach meinem Ausweis. Nur noch fünf Wochen, bis ich einundzwanzig werden würde.

Mit diesem Plan im Hinterkopf besserte sich meine Laune. Lächelnd schlenderte ich zur nächsten Metrostation. Dabei achtete ich kaum auf den Verkehr, da ich auf meine Hände hinabsehen musste. Ich frickelte das Kabel meiner Kopfhörer auseinander und steckte den Anschluss in mein Smartphone der vorvorletzten Generation. Nach einem kurzen, aber durchdringenden Knirschen hüllte mich die Stimme von Lewis Capaldi ein.

Obwohl mir seine Songs manchmal zu traurig waren, regten sie mich zum Nachdenken an. Dann führte ich Selbstgespräche über seine Songtexte, für die normalerweise Mitmenschen nötig gewesen wären. Mitmenschen waren mir jedoch viel zu anstrengend. Meistens logen sie, und überhaupt war es einfacher, allein zu sein. Allein kam ich sehr gut zurecht. Ich brauchte weder Freunde noch Familie, die etwas von mir erwarteten. Ob nun Geld, Aufmerksamkeit oder Zeit. All dies gehörte mir. Niemand sonst hatte Anspruch darauf. Niemand sonst besaß die Macht, mir ein schlechtes Gewissen einzureden, weil ich nicht genug für meine Karriere tat. Weil ich keine glatten Einsen nach Hause brachte oder mich nicht um ein besseres Praktikum bemühte.

Ich wollte einfach ich sein. Die einzige Person, der ich Rechenschaft ablegen musste, war ich selbst. Jahrelang hatte ich einstecken müssen. Während meiner Kindheit hatte ich jeder Forderung meiner Eltern nachgegeben.

Ich sollte montagabends zum Geigespielen? In Ordnung. Donnerstag direkt nach der Doppelstunde in Latein zum Volleyball? Sicher. Sonntag Bibelstunde und anschließendes Ehrenamt im Seniorenkomplex? Das konnte ich ja nicht ablehnen, weil es mich als trotzige Göre hätte dastehen lassen. Doch genauso wenig konnte ich Nein sagen zum Tennisspielen, zum Italienischlernen oder zum Chor.

Jede Stunde, jede Minute meines Lebens hatten meine Eltern für mich geplant. Ich musste lediglich am richtigen Ort zum richtigen Zeitpunkt sein und tun, was sie mir auftrugen. Mehr erwarteten sie nicht.

Das und eine Karriere als Juristin in der freien Wirtschaft, die uns reich machen sollte. Mein Zwillingsbruder Troye hatte damals genauso gelebt wie ich. Im Gegensatz zu mir sollte er jedoch als Chirurg die Familienschulden zurückbezahlen.

Familienschulden …

Unwillkürlich stieß ich ein abfälliges Lachen aus und wurde mit argwöhnischen Blicken der anderen Fahrgäste bedacht. Nein. Ein selbstbestimmtes Leben hatten wir beide nicht geführt, doch offensichtlich hatte es mir mehr ausgemacht als Troye.

*»Für jeden von uns gibt es bloß ein einziges Leben, Shiloh. Was spricht dagegen, das Beste daraus zu machen?«*, war Moms Standardargument. Und dann: *»Im Gegensatz zu euch wurden uns keine Chancen gegeben. Niemand hat sich um unsere Bildung oder um unsere Zukunft gekümmert. Sei dankbar, dass wir euch derart unterstützen.«*

*Sei dankbar.*

*Sei dankbar.*

Sei.

Dankbar.

Ich kniff die Augen fest zusammen, stand am Gleis und hoffte, die bösen Gedanken wie Geister vertreiben zu können. Hatte ich nicht mit der Vergangenheit abgeschlossen? Meine Eltern hatte ich seit meinem Abschluss vor einem Jahr nicht mehr gesehen. Sie bestimmten nicht mehr über mich. Nur so konnte ich die Bitterkeit über meine freudlose Kindheit von mir abstreifen wie einen zu klein gewordenen Mantel.

Jemand rempelte mich an.

»Hey!«, rief ich ihm nach, aber er war schon in die Metro gestiegen. Resigniert ging ich durch eine andere Tür und suchte mir einen Stehplatz, wo die Menschenmenge eine kleine Lücke ließ. Mein Blick schweifte über die Passagiere. Ich registrierte ihre traurigen, freudigen und gelangweilten Mienen, nahm ihre Kleidung wahr sowie ihre Körperhaltung. Selbstbewusst und stark, eingeschüchtert und ängstlich. Hoffnung und Träume waren in ihre Gesichter gezeichnet. Der Wunsch auf einen besseren Tag. Der Wunsch auf ein Ende ihrer Sorgen.

Im Glatt Mart schlenderte ich mit rotem Einkaufskörbchen durch die Gänge, da ich nicht unter Zeitdruck stand. Wie immer steuerte ich irgendwann das Regal mit den Instantnudeln an und nahm einmal jede Sorte. Kulinarisch nicht sonderlich ausgefeilt, aber am Ende des Monats bedankte sich mein Bankkonto. Und meine Küche, weil ich sie nicht versehentlich in Brand setzte.

Es war nur eine Kasse geöffnet, hinter der leider nicht Bitsy saß, und deshalb gab es auch keinen Wein für mich. Ich stellte mich hinten an die Schlange, die an der Zeitschriftenauslage entlangführte. Auf mehreren Magazinen war das Gesicht eines jungen Mannes abgebildet.

*Der zweite Totalschaden. Dieses Mal als Beifahrer. Miles …*

Ich verdrehte die Augen. Meistens ging es um diese Sorte Mensch: Die Erben reicher New Yorker Familien, die nicht wussten, was sie mit ihrem Geld oder Leben anfangen sollten. Ihre Losgelöstheit von den Regeln Normalsterblicher führte zu Verantwortungslosigkeit und Zerstörungswut.

Genervt wandte ich mich ab. Sicher. Ich hatte kein Problem, das zuzugeben: Ich war auch neidisch. Darauf, dass diese reichen Erben von klein auf all das hatten, was meine Eltern so gern haben wollten, doch ohne dafür etwas tun zu müssen.

Nachdem ich genau neunzehn Dollar bezahlen musste, überquerte ich die Kreuzung, an der es schon öfter Unfälle gegeben hatte. Autofahrer sahen den Übergang viel zu spät, und die Ampelschaltung war so knapp gestellt, dass die langsam gehenden Anwohnerinnen und Anwohner im schlimmsten Fall angefahren wurden. Heute gab es bloß ein lautes Hupkonzert, als würde die alte Dame absichtlich lange brauchen, um die Geduld der im Auto Sitzenden zu testen.

Kopfschüttelnd schloss ich die Tür zum Treppenhaus auf, das von grellem Licht geflutet war. Kurz vorher musste anscheinend schon jemand angekommen oder gegangen sein, denn das Licht brannte, bis ich das Apartment im obersten Stockwerk erreichte. Erst als ich den Schlüssel ins Schloss steckte, brach die Dunkelheit über mich herein. Lewis Capaldi verabschiedete sich dabei mit einer hohen Note.

Früher hatte eine andere Person mit meinen beiden Roomies hier gewohnt. Als sie gegangen war, war mein jetziges Zimmer frei geworden, und ich hatte es mir geschnappt. Ich hatte nicht nachgefragt, aber aus den Gesprächen von Nick und Bronwyn wurde ersichtlich, dass vor mir ein Mädchen namens Claire hier gewohnt hatte. Anscheinend waren sie zu dritt von Louisiana nach New York gezogen, doch Claire war nur ein Jahr später zurückgegangen. Auch wenn ich neugierig war, hatte ich nie dem Impuls nachgegeben, mich nach ihr oder der Vergangenheit von Bronwyn und Nick zu erkundigen. Wir lebten in einer Zweckgemeinschaft.

Zumindest was meine Rolle betraf. Soweit ich wusste, waren Bronwyn und Nick Besties, auch wenn sie sich gelegentlich in die Haare kriegten.

An diesem Abend saßen sie im Wohnzimmer beisammen und sahen sich einen Horrorfilm an, den ich an der Musik und dem Gekreische erkannte. Ich warf einen kurzen Blick in den rechteckigen Raum mit der kahlen Backsteinwand und der zusammengewürfelten Einrichtung. Obwohl ich nur für eine Sekunde reinschaute, entdeckte mich Bronwyn und sah von ihrer Position am Ende des Ledersofas auf.

»Hey, Shiloh! Willst du nicht mitgucken?«, lud sie mich ein. Bronwyn war sehr hartnäckig. Sie ließ sich nie von meinen abweisenden Antworten entmutigen und versuchte immer wieder, mich in ihre Aktivitäten einzubinden. Schon öfter hatte ich mich gefragt, was sie davon abhielt, mich rauszuwerfen, wenn sie doch jemanden haben wollte, der sozialer war als ich.

Bei der günstigen Miete würde man sehr schnell eine Nachfolgerin finden.

»Nein, danke«, sagte ich mit einem Blick auf Nick, der kurz vorm Einschlafen war. Auf seiner Wange blühte ein neuer Bluterguss auf. Bei seiner Arbeit als Stuntman bekam er hin und wieder was ab.

Fast tat er mir leid, weil er von Bronwyn dazu gezwungen wurde, wach zu bleiben und sich diesen Schund anzugucken. Das Blut sah nicht mal realistisch aus, wie es da aus dem Opfer herausspritzte.

Bronwyn zuckte mit den Schultern und wandte sich wieder dem Flachbildfernseher zu, den ich für sie in die Wohnung hatte tragen müssen. Das erste und einzige Mal, dass ich ihr geholfen hatte. Ich war von ihr eines Abends überrumpelt worden, und bevor ich mir meine eigenen Prinzipien in Erinnerung hatte rufen können, war ich bereits als Tragehilfe eingespannt worden.

In der engen Küche mit dem geblümten Linoleum, in der vergilbte Schränke, ein Herd und ein Kühlschank Platz fanden, stellte ich den Wasserkocher an und verstaute meine Einkäufe. Durch das schmale Oberlicht gelangte genug Licht der Straßenlaterne in den Raum, sodass ich die Deckenlampe nicht benötigte. Sie funktionierte ohnehin nicht, da vor ein paar Tagen die Glühbirne durchgebrannt war. Niemand von uns dreien war gut darin, die Wohnung instand zu halten.

Mit den dampfenden Nudeln in einer Schale stieg ich wenig später durch das Fenster in meinem Zimmer auf die Feuertreppe, auf die ich diverse Grünpflanzen gestellt hatte. Eigentlich war das verboten, aber weder der Vermieter noch der Verwalter verausgaben sich damit, jemanden im Haus zu maßregeln. Im Notfall würde ich die Pflanzen einfach runterwerfen, und schon war der Fluchtweg wiederhergestellt. Bevor es so weit käme, würden wir aber ohnehin an einer Kohlenmonoxidvergiftung gestorben sein, da es keine Rauchmelder gab, die uns vor einem Feuer warnen würden.

Während meine Nudeln noch einweichten, nahm ich mein quietschgelbes Tagebuch zur Hand und schrieb im Schein der Straßenlaternen auf, wofür ich an diesem Tag dankbar war.

Ich hatte meine Arbeit bei *Goldbloom & Son* erledigt, auch wenn ich wieder mal einen Fehler gemacht hatte. Meine Hausarbeit für Funktionstheorie war mit einer Eins benotet worden.

Nein. Ich strich den letzten Satz wieder. Gute Noten sollten für mich kein Grund mehr sein, dankbar zu sein. Davon hing mein Glück nicht ab.

Es gab jedoch noch etwas Positives. Meine Eltern hatten mich nicht gefunden ... Dafür war ich wahrscheinlich am dankbarsten. Denn ich konnte nicht mit Sicherheit sagen, dass ich unfähig gewesen wäre, sie zu ignorieren. Ich hasste und liebte sie. Wollte ihre Anerkennung, und gleichzeitig sollten sie vergessen, dass ich je existiert hatte.

Was Troye anging ... Mit ihm schrieb ich hin und wieder Nachrichten, doch ich hatte ihm nicht gesagt, wo ich wohnte. Aus Angst, er würde hier eines Tages auftauchen, um mich zurückzuholen.

Lautes Hupen drang bis zu mir nach oben, und mein Blick fiel automatisch auf die Kreuzung, die ich aus der Ferne kaum erkennen konnte, ohne mir den Nacken halb zu verrenken. Meine Gedanken wanderten zu den Zeitschriftenartikeln und dem darin beschriebenen Autounfall. Im Gegensatz zu den reichen Arschlöchern wusste ich wenigstens, was für ein Glück sie hatten. Dass sie mit einem Silberlöffel im Mund geboren worden waren. Sie ahnten nicht mal, wie hart das Leben hier unten war.

15

Das Hupen verebbte, und ich aß meine Nudeln. Da ich an diesem Abend nichts mehr vorhatte, ging ich früh zu Bett. Nicht dass ich glaubte, mit meinen Sorgen sonderlich viel Schlaf zu bekommen, aber je länger ich im Bett lag, desto größer war die Wahrscheinlichkeit, dass es doch klappen könnte.

Mein kleines Nachtlicht in der Form eines Blauwals erleuchtete mein Zimmer, das drei Backsteinwände hatte und eine Wand mit cremefarbener Tapete. Es gab nicht viel, aber in den letzten Monaten hatte ich trotzdem einige Möbel zusammentragen können. Ein breites Bett mit Echtholzrahmen, einen Fernseher auf einer dunklen Konsole und eine Kommode neben der Tür. Außerdem ein alter Schreibtisch, den ich vor dem Sperrmüll gerettet hatte, sowie ein antik anmutender Kronleuchter, der an der Decke unter dem Ventilator hing, und ein bunter Webteppich.

Ich legte mich auf die Seite und beobachtete die Schatten, die meine Möbel an die Wände warfen. Ein weiterer Tag war geschafft. Es war alles gut.

*Gib nicht auf, Shiloh.*

Noch eine ganze Weile starrte ich so ins Nichts und hoffte, heute von keinem Albtraum heimgesucht zu werden. Es war nicht so, als hätte ich ein Trauma durchlebt, das mich bis in die Gegenwart verfolgte. Doch Nacht für Nacht träumte ich davon, wieder unter dem Dach meiner Eltern zu leben und nicht sprechen zu können. Meine Lippen waren zugenäht. Ich war an einen Stuhl gekettet und musste tun, was sie mir auftrugen. Das erwartete mich jedes Mal, wenn ich die Augen schloss. Es gab kein Entkommen.

»Ein Brief für dich«, sagte Bronwyn mit vollem Mund am nächsten Morgen und hielt mir einen weißen Umschlag hin. Sie saß am kleinen Tisch in der Küche, an den genau drei Stühle passten. Zögerlich nahm ich den Brief an. Meine Hand zitterte. »Wieder von deinem Dad?«

Ich machte ein unbestimmtes Geräusch.

Meine Eltern hatten zwar nicht meine richtige Adresse, aber ich hatte ihnen auf Troyes Nachfrage ein Postfach genannt. Bronwyn war so freundlich gewesen, ihres mit mir zu teilen, weil ich dafür ehrlicherweise kein Geld aufbringen konnte.

Gerade hielt sie die Müslischüssel an ihre Lippen, um die letzten Reste auszuschlürfen. Sie ließ mich dabei nicht aus ihren grüngelben Augen, die mich immer an die einer Katze erinnerten. Ihr honigblondes Haar hatte sie zu einem unordentlichen Knoten auf dem Kopf zusammengebunden, aus dem ihr ein paar Strähnen ins hübsche runde Gesicht fielen.

In Momenten wie diesen, wenn sie so in ihren alten Joggingklamotten dasaß, erinnerte sie mich an eine nicht ganz perfekte und doch wunderschöne Puppe. Etwas kleiner als der Durchschnitt, mehr Rundungen, als ihr lieb waren, um die ich sie jedoch beneidete, und mit einem Charisma, von dem man vielleicht erst nach einer Weile gefangen genommen wurde. Dann aber würde man sich ihm nicht mehr entziehen können. So ging es mir. Es wurde immer schwerer, den Abstand zwischen uns nicht zu überbrücken.

»Ganz schön altmodisch von ihm, Briefe zu schreiben«, meldete sich Nick zu Wort. Er hatte die Küche betreten und knallte seinen Armeerucksack auf den Tisch. Es hätte nicht viel gefehlt, und die Schüssel, die Bronwyn gerade erst abgestellt hatte, wäre zu Boden gescheppert.

»Pass doch auf!«, rief sie.

»Räum deine Sachen anständig weg«, entgegnete er. Jedes Mal, wenn er und Bronwyn sich unterhielten, troff es nur so vor Südstaatenakzent. Die Vokale wurde in die Länge gezogen und gleichzeitig miteinander verbunden. »Jedes Mal, wenn ich von einem Dreh zurückkomme, ist die Wohnung noch gammeliger.«

»Such dir doch eine neue WG.« Sie schmollte für ein paar Sekunden und verschränkte die Arme, ehe ihre Gesichtszüge weicher wurden. »Gosh, sieh zu, *dass* du zurückkommst.«

»Du kannst dich auch nicht entscheiden, hm, Darlin'?«

Anscheinend brach Nick heute wieder zu einem Dreh auf. Sein Job führte ihn an die verschiedensten Orte, und manchmal war er wochenlang unterwegs. Gern würde ich ihn fragen, wohin es als Nächstes ging, aber das würde er als freundschaftliches Interesse auffassen, und ich wollte keine Freundschaft.

Deshalb schwieg ich und beobachtete ihn lediglich dabei, wie er seine Turnschuhe anzog und Bronwyn lächelnd durch die Haare wuschelte. Sie schlug ihm gegen die Schulter, ehe sie die Kapuze seines Shirts über sein zimtbraunes Haar zog. Auf sein gebräuntes Gesicht legte sich ein Schatten.

Zwischen ihnen herrschte eine so beneidenswerte Leichtigkeit. Sie dachten nicht über ihr Handeln nach, wirkten befreit in ihrer Freundschaft.

Und doch … wusste ich es besser. Ich hatte zufällig Nicks Gesicht gesehen, als er die auf der Couch schlafende Bronwyn beobachtet hatte. Bemerkte Bronwyns tränennasse Wangen, wenn Nick zu spät nach Hause kam.

Sie erlaubten sich gegenseitig, ihre Gefühle zu bestimmen. Trafen Entscheidungen füreinander.

Ich könnte das nicht. Ich würde mein Leben nie mehr von einer anderen Person bestimmen lassen.

Wortlos wandte ich mich ab, um den Brief in einer Schublade zu verstauen. Die quoll bereits über mit Briefen von meinem Vater, die ich nie geöffnet hatte. Ich wollte seine Worte nicht lesen, die meine Zeit in Anspruch nehmen würden. Zeit und Angst und Wut und Traurigkeit.

Lieber wollte ich gar nichts fühlen, als ihm all das zu geben.

Nick und Bronwyn verließen die Wohnung, und auch mir fiel die Decke auf den Kopf. Das Wetter war einladend. Sonne und Wärme. Warum sollte ich mich hier verkriechen, wenn ich frei hatte und alles tun könnte? Ein Spaziergang durch die Straßen von Brooklyn wäre genau das, was ich brauchte.

Eilig zog ich mir ein luftiges, dunkelgrün kariertes Kleid an, das dem Dunkelgrau meiner Augen etwas Farbe verlieh.

Meine karamellfarbenen Haare band ich zu einem Dutt zusammen, machte mir die Mühe, Mascara und Rouge aufzutragen und mir goldene Kreolen anzuziehen, bevor ich ein Buch aus meinem kleinen Regal auswählte. Heute hatte ich Lust auf einen humorvollen Liebesroman und entschied mich für einen von Susan Elizabeth Phillips. Von ihren Büchern konnte ich nie genug bekommen.

Gut gelaunt schloss ich die Tür hinter mir ab und spazierte nach draußen in den warmen Spätfrühlingstag.

Oft war die Luft in New York so von Abgasen verpestet, dass man das sanfte Blau des Himmels nicht sehen konnte, doch heute war ein guter Tag. Es fiel mir schwer, mich davon abzuwenden, doch ich wollte nicht Gefahr laufen, an der schlimmen Kreuzung überfahren zu werden.

Kurz bevor ich sie erreichte, schaltete sich die Fußgängerampel auf Rot. Ich blieb stehen und beobachtete die vorbeifahrenden Autos und Lastwagen, die an den unzähligen Fahrradfahrern vorbeischossen. Ein Taxi, das sich zu schnell der Kreuzung näherte, zog meine Aufmerksamkeit auf sich. Es blinkte rechts, während hinter ihm ein Fahrradfahrer heranraste, und ich glaubte nicht, dass der Taxifahrer diesen in seinem Rückspiegel wahrnahm. Ein mulmiges Gefühl ergriff mich, während ich dabei zusah, wie sich das Geschehen vor mir entfaltete. Ein Kinofilm, den ich nicht aufhalten konnte, ganz gleich, wie sehr ich mich vor dem Ende fürchtete.

Ich schrie auf. Das Taxi preschte um die Kurve. Der Fahrradfahrer bremste quietschend und riss das Lenkrad herum. Lautes Gehupe aus einem vorbeifahrenden Auto, dessen Fahrerin die Situation mitbekommen hatte.

Das Taxi machte eine Vollbremsung. Viel zu spät, als es fast an dem Fahrradfahrer vorbei war, der dadurch das Heck streifte und zur Seite stürzte. Er schlitterte ein, zwei Meter über den Asphalt. Der Verkehr kam zum Stillstand, als hätte jeder den Atem angehalten.

Ich rannte bereits, noch bevor ich realisierte, was ich tat. Der Instinkt, zu helfen, setzte augenblicklich ein, und ich fand mich neben dem Radfahrer auf dem Boden wieder. Die Hitze des Asphalts brannte auf meinen Knien, als ich die Hände nach dem Gesicht des jungen Mannes ausstreckte. Der Schatten seines Helms verdeckte seine Züge, und so erkannte ich erst nach einigen Sekunden, dass seine Augen geöffnet waren und er … lachte.

»Wie … geht es Ihnen?«, stotterte ich fassungslos.

»Prächtig«, sagte er und legte lachend seinen Kopf in den Nacken. »Absolut prächtig.«

## • KAPITEL 2 •

*i'll catch you*

Er hatte den Verstand verloren. Der harte Aufprall musste in ihm etwas durcheinandergebracht haben. Anders konnte ich mir nicht erklären, dass er ausgelassen lachte, während ein dünnes Rinnsal Blut von seinem Kinn in den Kragen seines weißen Hemds lief.

Der Taxifahrer rannte auf uns zu. Er hatte die Hände über dem Kopf zusammengeschlagen und betrachtete abwechselnd den Typen und dann das zerkratzte Heck seines Autos. Seine gestotterten Worte drangen nicht bis zu mir durch, stattdessen sah ich nur verwirrt das Opfer an. Immerhin hatte es aufgehört zu lachen, als es sich an dem Riemen seines Helmes zu schaffen machte und ihn von seinem Kopf zog. Platt gedrücktes schwarzes Haar kam zum Vorschein, das ihm gemeinsam mit der bronzenen Haut einen Surferboy-Touch verlieh. Nur das Grau seiner großen Augen passte nicht dazu. Sie waren heller als meine. Fast wie Nebel.

»War klar, dass das ausgerechnet heute passiert«, sagte der Typ, der nicht viel älter als ich sein konnte. Höchstens Mitte zwanzig. Er griff neben sich. Sein Handy musste ihm aus der Tasche gefallen sein. Das Display sah zersplittert aus. Seufzend steckte er es sich zurück in die Hosentasche, was im Liegen umständlich war. »Hilfst du mir?«

Ohne zu zögern, schob ich das Fahrrad zur Seite, damit er aufstehen konnte. Mittlerweile hatte sich eine Menschentraube um uns gebildet, und ich fühlte schon den aufsteigenden Drang, mich zurückzuziehen und mich um meine vom Asphalt aufgeschürften Knie zu kümmern, als sich eine Hand auf meinen Unterarm legte.

Der Radfahrer hielt sich an mir fest, sein Blick aber galt dem aufgeregten Unfallverursacher. Offensichtlich wollte er die Polizei rufen, hatte das Handy bereits in der Hand.

»Legen Sie bitte auf«, bat der Typ. »Mir geht's prima.«

»Aber … mein Auto«, entgegnete der Mann ungläubig. »Und wenn Sie eine Gehirnerschütterung haben?«

Das Lächeln des Radfahrers gefror, und er wurde von einer Sekunde auf die nächste ernst.

»Meinem Kopf geht es ganz hervorragend, und für das Auto müssen Sie ohnehin blechen. So kommen Sie wenigstens drumherum, mir die Krankenhausrechnung und ein neues Fahrrad zu bezahlen.« Er wartete keine Antwort ab, sondern beugte sich herab, um mit seiner freien Hand das blaue Fahrrad aufzuheben. Mit der anderen umklammerte er immer noch meinen Arm.

Ich war so überrumpelt, dass ich völlig neben mir stand, während er mich von der Straße auf den Bordstein führte. Das Vorderrad war verbogen, sodass sich das Gefährt nur umständlich schieben ließ. Schnaubend trat der Typ einmal dagegen und lehnte das Rad dann an die Hauswand.

»Wohnst du hier in der Nähe?«, fragte er schief lächelnd und offenbarte dadurch ein Grübchen auf seiner rechten Wange. Mein Herz machte unwillkürlich einen Satz. »Kannst du mich mitnehmen?«

»W-was?« Wie konnte jemand gerade einen Unfall gehabt haben und nun so reden, als wäre nichts geschehen? Er hätte sich viel eher nach dem nächstgelegenen Arzt erkundigen sollen. Ich war scheinbar traumatisierter als er, der unmittelbar beteiligt gewesen war.

Er verdrehte die Augen, ehe er einen Blick auf seine Smartwatch warf. »Ich muss zu meiner Verlobung. Aber so …« Er machte eine ausladende Geste, um auf sein zerrissenes und mit Blut besudeltes Hemd aufmerksam zu machen. »… kann ich da schlecht auftauchen. Könntest du mir helfen? Ich schenk dir auch das Fahrrad.«

»Du …« Hatte ich die Fähigkeit zu reden verloren?

»Okay, ich gebe zu, die Aussicht auf mein Fahrrad ist kein guter Grund. Man wird es kaum noch retten können.« Er trat noch einmal dagegen und ließ mich endlich los, wodurch der Bann brach, den seine Berührung zwischen uns ausgelöst hatte.

Blinzelnd blickte ich ihn an. »Dir geht es gut?«, wiederholte ich meine Gedanken laut.

»Ein paar Kratzer hier und da …« Er besah sich seinen Ellbogen und schob dazu den Ärmel nach oben, wodurch sich die Wunde erneut öffnete. Das Blut sickerte weiter in den weißen Stoff. »Bitte, ich muss mich nur sauber machen. Gut, dass ich schon früher los bin. Als hätte ich damit gerechnet. Wenn ich doch nur mein Auto gehabt hätte …«

Er seufzte tief.

»Und du musst … zu deiner Verlobung?« Unwillkürlich hatte ich mich in Richtung meines Apartments gedreht, und der Fremde folgte mir. Alles in mir rief, davonzulaufen, doch ich konnte mich nicht wehren. Ich hatte meinen Instinkten freien Lauf gelassen. Aber das war nicht alles …

Als ich seinen Blick auffing, begann mein Herz unwillkürlich zu flattern.

»Hm, ja. Im Williamsburg Hotel. Hab alles vorbereitet, und

meine Freunde und Familie werden da sein.« Er blickte erneut auf seine Uhr und runzelte die Stirn. Die Anzeige flackerte. »Also, kannst du mir helfen?«

»Helfen«, echote ich. »Ich kann deine Wunden versorgen.« *Was denkst du dir dabei?*

»Cool!« Er machte das passende Handzeichen und folgte mir grinsend ins kühle Haus.

Ich versuchte nicht zu sehr über das, was ich tat, nachzudenken. Ich würde nur panisch werden. Aber dieser Typ hatte etwas an sich, das mich dazu zwang, weiter zu atmen. Normal zu sein. Ihm nicht zu zeigen, wie erbärmlich ich eigentlich war. Dass ich ohne Regeln und Struktur nicht leben konnte.

»Der Fahrstuhl ist kaputt. Wir wohnen im vierten Stock«, murmelte ich. »Die Treppen sind ziemlich steil.«

»Mir geht's gut. Das krieg ich hin«, versicherte er mir erneut. »Wir?«

»Ich habe zwei Roomies. Aber die sind gerade nicht da.«

Er ging so dicht hinter mir, dass ich die Wärme, die von ihm ausging, spüren konnte. Warum hatte ich mich dazu überreden lassen, ihn mitzunehmen? Was tat ich, wenn er doch plötzlich das Bewusstsein verlieren würde? Oder schlimmer noch – er war ein Massenmörder, der es bloß auf Mathematikstudentinnen abgesehen hatte!

Panisch drehte ich mich zu ihm um und verlor dabei das Gleichgewicht. Geistesgegenwärtig packte mich der Fremde am Arm und zog mich mit einer Hand an meinem Rücken an seinen trainierten Oberkörper. Mit den Handflächen stützte ich mich an seiner breiten Brust ab und sah erschrocken zu ihm auf.

»Alles okay?«, fragte er.

»Äh … Ich habe mich nur plötzlich gefragt, was ich mache, wenn du doch ernsthaft verletzt bist und umfällst oder so.« Dass mit dem Massenmörder verschwieg ich besser.

»So wie das gerade aussah, bist du hier eher diejenige, die das Gleichgewicht verliert.« Wieder dieses schelmische Grinsen. »Kannst du stehen?«

»Klar.« Ich löste mich eilig von ihm, damit er meine erhitzten Wangen nicht bemerkte, und nahm die letzten Stufen in Angriff. Atemlos schloss ich die grüne Metalltür auf und führte meinen Besucher in die chaotische Wohnung. »Der Verbandskasten ist im Bad.«

»Ich folge dir einfach. Oh, und mein Name ist übrigens Miles«, ergänzte er.

Auf dem Weg legte ich meine Handtasche ab und rieb mir über die nackte Oberarme. Draußen war es so warm, aber hier drin fror ich ohne Jacke.

Wir hatten im Badezimmer eine Wanne und Miles wollte sich bereits auf den Rand setzen, aber ich deutete mit einem Kopfnicken auf den Klodeckel. Ohne zu zögern, ließ er sich darauf sinken. Nur hier hätte ich genug Platz, um mich bequem vor ihm hinzuknien, ohne die Wand im Rücken zu haben. Neugierig sah er sich um. Ich zog den Verbandskasten aus dem Schrank unter dem Waschbecken und stellte ihn ins Becken.

»Ich kenne mich nicht so damit aus«, gestand ich und nahm als Erstes das Desinfektionsspray zur Hand.

»Damit kann man nichts falsch machen.« Er zwinkerte mir zu, ehe er sein Kinn vorstreckte, damit ich besser an die Wunde kam.

»Könnte jetzt brennen.«

»Bin ein tapferer Junge.«

Ich widerstand dem Drang, die Augen zu verdrehen. Dass er direkt danach unter dem Spray zusammenzuckte, war als Genugtuung ausreichend. Mit einem Wattestäbchen tupfte ich die Wunde sauber und klebte anschließend ein Pflaster darauf. Auch seine Kratzer am Ellbogen und an seinen Handballen versorgte ich schweigend. Allmählich schaltete sich mein Verstand wieder ein. Ich überlegte fieberhaft, wie ich diesen Fremden wieder loswurde. Was hatte ich mir nur dabei gedacht, ihn mit in meine Wohnung zu nehmen?

»Das war's«, verkündete ich etwas zu laut und machte einen Schritt zurück.

Der Radfahrer erhob sich überraschend schnell, fasste mich an den Oberarmen und drehte mich in einer fließenden Bewegung so, dass wir die Plätze getauscht hatten und ich auf dem Klodeckel saß. Er hockte sich vor mich hin und nahm nun selbst das Spray zur Hand.

»Was machst du?«, wollte ich wissen.

»Du glaubst doch nicht, dass ich deine Verletzung nicht bemerkt hätte.« Ich presste die Lippen zusammen, als das Wundspray auf meine aufgeschürften Knie traf. »So, noch ein bisschen sauber wischen, Pflaster … Und du bist so gut wie neu.«

»Danke«, murmelte ich verlegen.

»Ich habe zu danken.« Er sah mich von unten herauf an, wodurch ich seine langen dunklen Wimpern bewundern konnte. Die Tatsache, dass er dies bewusst einzusetzen schien, half mir dabei, nicht zu erröten. Er wusste ganz genau, welche Wirkung er auf das weibliche Geschlecht hatte.

»Musst du nicht los?«

»Oh, stimmt.« Er verschloss den Verbandskasten. »Du hast nicht zufällig ein Hemd, das ich mir leihen könnte?«

Nick war nicht der Typ für Hemden, aber ein T-Shirt würde er sicherlich nicht vermissen.

»Warte einen Moment.« Ich drängte mich an ihm vorbei, wobei ich seinen starken Körper für einen Wimpernschlag überall an meinem spürte, bis ich es auf die andere Seite geschafft hatte. Eilig lief ich in Nicks Zimmer und durchsuchte seinen Schrank nach einem Oberteil, das der Typ auf seine Verlobung anziehen konnte. Plötzlich hielt ich inne.

Warum widerstrebte es mir, ihn für eine andere hübsch zu machen?

Unentschlossen biss ich mir auf die Unterlippe. In der Linken hielt ich ein einfaches schwarzes Shirt, in der Rechten ein knallrotes mit einer unleserlichen Graffitischrift. Ich warf das schwarze zurück und ging mit dem roten nach draußen.

»Mein Mitbewohner muss wohl noch mal zum Waschsalon. Mehr ist nicht sauber«, sagte ich entschuldigend, aber der Fremde wirkte gar nicht übellaunig angesichts der Auswahl.

Stattdessen bedankte er sich grinsend und knöpfte ohne Umschweife sein Hemd auf. Ein gebräunter Oberkörper mit beachtlichem Sixpack kam zum Vorschein. Abrupt wandte ich mich ab und starrte in den Flur hinaus. Mein Mund war plötzlich zu einer trockenen Wüste geworden. *Shit.*

»Begleitest du mich?«

»Was? Wohin?«

»Zu meiner Verlobung. Mein Handy ist kaputt, und ich kenne den Weg nicht.«

»Du könntest dir ein Taxi nehmen.«

»Ich will mich bei dir bedanken. Es gibt ein kostenloses Büfett. Hummerkrabben, geräucherter Lachs, Melonenspalten, Schweinefilet und Papaya. Alles, was das Herz begehrt. Getränke inklusive.«

Mir lief bereits bei der Vorstellung das Wasser im Mund zusammen. Aber konnte ich mir den Anblick der Verlobung wirklich antun? Zu beobachten, wie er eine Frau fragte, den Rest ihres Lebens mit ihm zu teilen? Und er war noch so jung. Wusste er überhaupt, was er da tat?

»Wann musst du da sein?«

»In genau … fünfzehn Minuten.«

Er entwaffnete mich mit einem Grinsen, bei dem sein Grübchen wieder sichtbar wurde.

Zusammen verließen wir die Wohnung, und ich führte ihn zur nächsten Metrostation. Mit der Metro käme man am schnellsten zum Hotel, das ich ohne ihn vermutlich niemals von innen sehen würde.

Was meine Eltern wohl dazu sagen würden? Wahrscheinlich würden sie mir in Erinnerung rufen, dass ich all dies auch ohne ihn haben könnte: Wenn ich nur wieder meine Studien aufnähme und die Karriere einschlug, die sie für mich vorgesehen hatten. Die sie von langer Hand geplant hatten.

»Wie ist sie so?«, fragte ich, als mir das Schweigen zu drückend wurde. Wir standen dicht gedrängt in der Metro, und er sah mich direkt an, scheinbar ohne die Menschen um uns herum wahrzunehmen. Ich würde diesen Blick vermissen.

Ein gefährlicher Gedanke und doch … Niemand zuvor hatte mich jemals so angesehen. Als wäre ich die wichtigste Person auf der Welt.

»Meine Freundin?« Er seufzte verträumt. »Absolut umwerfend. Wunderschön. Perfekt.«

Die Worte waren wie eine kalte Dusche. Natürlich würde er mich niemals so beschreiben. Er stellte sich seine Verlobte vor, während er hier neben mir stand und seine Hand an der Metro-Stange meine berührte, da nicht genug Platz zum Ausweichen war.

»Sicher ist sie das«, murmelte ich. »Groß, blaue Augen, blond?«

»Woher weißt du das?« Erstaunt sah er mich an, als er angerempelt wurde und einen Arm um meine Taille legte, damit ich nicht zurückstolperte. Seine Hand lag warm an meinem Rücken. Nur der dünne Stoff meines Sommerkleides trennte sie von meiner Haut.

Ich konnte kaum atmen.

Er merkte nichts.

»Dein Ernst?«

»Klar.« Sein schiefes Lächeln erschien. »Dazu ist sie aber noch unheimlich klug und ehrgeizig.«

»Was macht sie denn?«

»Was meinst du?«

»Beruflich«, erklärte ich und bedauerte es, als er seine Hand von meiner Taille löste. Noch eine Station.

»Das Gleiche wie ich, schätze ich.«

Die Wortwahl irritierte mich. Als würde er sie kaum kennen.

»Und das wäre?«

»Das Geld unserer Eltern ausgeben und auf diverse Wohltätigkeitsveranstaltungen gehen.«

Seine Antwort rüttelte mich wach.

»Natürlich! Du bist das! Aus den Zeitschriften! Miles …«

»Allerton.« Sein Grinsen wurde breiter. »Schande über mein Haupt. Hatte mich gar nicht vorgestellt. Schön, dich kennenzulernen. Und du musst … Shiloh, Bronwyn oder Nick sein. Die Namen standen zumindest auf dem Türschild.«

»Shiloh«, antwortete ich automatisch, ehe ich ihn weiter mit offenem Mund anstarrte.

Miles Allerton. Das vierte Kind von zwei renommierten Ärzten, die zudem mit einem unverschämt hohen Erbe ihrer jeweiligen Eltern gesegnet waren. Sie waren dafür bekannt, hohe Summen zu spenden und – wichtiger noch – im Forschungsbereich der Onkologie einen beeindruckenden Durchbruch geleistet zu haben. Wie hatte ich ihn nicht erkennen können?

»Hier müssen wir raus, oder?«, fragte er.

Ich konnte nur nicken, als er mich an seiner warmen Hand aus der Metro führte. Miles Allerton.

Während er instinktiv den richtigen Ausgang wählte, blickte ich ihm fassungslos auf den Hinterkopf. Ich hätte ihm nicht zu

Hilfe eilen sollen, und ich sollte ihn ganz sicher nicht bis zum Hotel begleiten. So jemand wie er, der keine Ahnung vom Ernst des Lebens hatte, würde nur Probleme machen.

Oder?

Er hatte vor, um die Hand seiner Freundin anzuhalten, und wollte mir mit dem Büfett lediglich was Gutes tun. Danach müsste ich ihn nie wiedersehen. Der heutige Tag würde als Anekdote für mein Tagebuch dienen. Mehr nicht. Ich sollte mich beruhigen.

Als wir die Metrostation verlassen hatten, entzog ich Miles meine Hand. Er schien das nicht mal zu bemerken, da er sich suchend nach dem Hotel umschaute.

»Hier lang«, krächzte ich. »Hast du den Ring?«

»Mein Bruder bewahrt ihn für mich auf.« Miles kratzte sich am Ohr. »Ich bin nicht so der zuverlässige Typ, was die kleinen Dinge angeht. Hätte ihn vermutlich beim Unfall vorhin verloren, so wie ich mein Glück kenne.«

Kopfschüttelnd bog ich in die nächste Straße ein und blickte auf das imposante Backsteingebäude mit den schwarzen überdimensionalen Lettern, in die mehrere Glühbirnen eingelassen waren. Zusammen formten sie den Namen des Hotels. Der Anblick verursachte mir eine Gänsehaut. Ich verspürte den Drang, mich umzudrehen und wegzulaufen.

»Cool. Danke!« Miles stieß mich leicht an und wartete, bis ich ihn ansah. »Du hast mir echt den Arsch gerettet.«

»Sollen wir?«, zwang ich mich, zu sagen.

»Melissa ist bestimmt noch nicht da. Lass uns den Vordereingang nehmen.«

Willenlos ließ ich mich von ihm in das Luxushotel ziehen.

*Melissa. Melissa. Melissa.*

# • KAPITEL 3 •

*the williamsburg hotel*

Die Lobby war genauso edel und stylish, wie ich sie mir vorgestellt hatte. Wir schritten über das glänzend polierte Parkett zur Theke mit den goldenen Akzenten, schauten uns kurz in der Spiegelwand dahinter in die Augen und ließen unsere Blicke dann leicht verlegen weiterwandern. Miles musste den Reichtum gewohnt sein, da er sich problemlos auf die Angestellte vor uns konzentrieren konnte, während ich weiter die industrielle Einrichtung bewunderte. Einladende Sitzgelegenheiten aus petrolfarbenem Plüsch und blumenbestückte Kaffeetische, wuchernde Grünpflanzen in riesigen Goldtöpfen, Messingleuchter, stuckverzierte Wände, die sich mit rauem Backstein abwechselten. Ein pinkes Neonschild mit dem Namen des Hotels vor einem Meer aus falschem Efeu hinter der Theke an der Wand.

»Ihre Gäste sind bereits da«, hörte ich die Dame im blauen Kostüm sagen, als sie einen anderen Angestellten mit Uniform und passender Kopfbedeckung heranwinkte. »Finn wird Sie begleiten.«

»Danke Ihnen.« Miles lächelte wie immer, und ich konnte der Frau ansehen, dass sie genauso dahinschmolz wie ich.

Dieses Lächeln sollte verboten werden. Und das Grübchen gleich mit.

»Bist du aufgeregt?«, fragte ich, während wir die gut besuchte Lobby durchquerten, um den Fahrstuhl in den Ballsaal zu nehmen.

»Merkt man mir das an?«

»Gar nicht«, versicherte ich ihm. Ich wollte ihm nicht sagen, dass seine Nervosität ansteckend war – selbst ich war mittlerweile aufgeregt, obwohl ich nicht mal einen Grund hatte. Ich war in sein Leben hineingeworfen worden, obwohl darin kein Platz für mich war.

Er rieb sich die Hände und sog dann zischend die Luft ein. Wahrscheinlich war er an seine Schürfwunden gekommen, die er sich an den Handballen zugezogen hatte. Unwillkürlich hob ich einen Finger an sein Kinn, um die Haftung des Pflasters zu überprüfen. Miles rührte sich nicht, fing meinen Blick auf, und für eine Sekunde existierten nur wir beide, schwebten im Raum, ehe in der nächsten ein lautes Klingeln ertönte.

Ich zog meine Hand zurück.

»Es ist direkt hier«, verkündete der Angestellte, der vor uns gestanden hatte und nun als Erster aus dem Lift in einen langen Flur stieg.

War ich schon von der Lobby begeistert gewesen, riss mich der Anblick des Ballsaals vollends von den Socken. Der Raum war riesig, heller Marmorboden, industrielle Kronleuchter an hohen Decken, weiß verputzte Wände und gegenüber von uns eine mit Efeu behangene Bar. Auch hier dominierten die Farben Gold und Blau, wurden jedoch von riesigen Blumenarrangements aus roten Rosen und gleichfarbiger Dekoration erstickt. Nicht mein Geschmack, aber vielleicht war Melissa ja ein Fan von Rosen. Der schwere Duft war jedenfalls … gewöhnungsbedürftig.

Ballons waren zu Bündeln zusammengefasst und an den Säulen befestigt worden, sodass sie den Weg direkt zur Bar säumten. Dort standen rund dreißig Leute beisammen, die Miles' Ankunft kaum bemerkten. Die meisten hingen an ihren Smartphones, schossen Selfies oder schrieben Instagram-Posts. Gucci, Louis Vuitton und Louboutin erkannte ich auf Anhieb, der Rest ihrer Kleidung sah einfach nur geschmacklos teuer aus.

Befangen strich ich mein Sommerkleid glatt und presste die Handtasche fest an meine Seite. Dann hatte ich meine Sachen eben aus dem Secondhandshop in meiner Nachbarschaft. Nicht jeder war reich. Es achtete ohnehin niemand auf mich. Nur Miles erinnerte sich, dass ich ihn begleitet hatte, und berührte mich leicht am Ellbogen, um mich seinem Bruder vorzustellen.

Er war eine ältere Version von Miles, ein bisschen größer, das Haar kürzer und heller.

Sein Name war Sam, und er begrüßte uns ohne Lächeln und ohne Aufregung. Er reichte Miles die Ringschatulle und nahm sofort einen Schluck aus seinem Champagnerglas. Gelangweilt sah er sich um, blickte dann auf die Uhr.

Fassungslos beobachtete ich dieses Verhalten, das auch die anderen Gäste an den Tag legten. Niemand schien *hier* sein zu wollen. Sich auf das Kommende zu freuen.

Wie konnte Miles das nicht bemerken?

»Wie findest du ihn?« Er hielt mir das geöffnete Kästchen hin, und ich wurde beinahe von dem rechteckigen Stein geblendet.

»Äh, riesig?«

Das erregte Sams Aufmerksamkeit. Er sah von seinem Smartphone auf und fixierte mich aus klaren blauen Augen, die nicht mit Miles' grauen zu vergleichen waren.

»Riesig?«, echote er.

»Ist er nicht?«, fragte ich verunsichert. Ich hatte doch keine Ahnung, welche Diamanten groß oder klein waren.

Er machte nun eine Kunst daraus, mich von oben bis unten

zu mustern, und schien endlich zu erkennen, dass ich nicht zu den üblichen Kreisen gehörte. Dass ich überhaupt nicht hierher passte.

Ich wollte mich nicht einschüchtern lassen.

»Wenn du ein Foto haben willst, sag Bescheid, andernfalls hör auf, mich anzustarren«, fauchte ich und verschränkte die Arme.

»Sie hat recht, Sammy. Sei nicht unhöflich.« Miles lächelte, dann wurden wir von einem Bediensteten unterbrochen, der Melissa ankündigte.

Immerhin das weckte die Gruppe auf, und Handys wurden vom Selfie- auf den Front-Modus gestellt, um den Antrag fotografieren oder filmen zu können.

Melissa war eine Schönheit.

Wer anderes behauptete, der log.

Sie könnte problemlos vom Hotel auf den Laufsteg wandern, und alle würden sie für ihre Haltung und Selbstsicherheit feiern, die sie mit jedem Schritt ausstrahlte. Ihre Augen waren vor Überraschung weit aufgerissen, wodurch ich das klare, fast durchscheinende Blau bewundern konnte. Kein Wunder, dass sich Miles von ihr angezogen fühlte.

Sie war perfekt, wie er es gesagt hatte.

Ihre Haut schimmerte golden unter dem Licht der Kerzenleuchter, und ihr gelbes Kleid schmiegte sich an ihren schlanken, durchtrainierten Körper. Ich bewunderte sie für die Hingabe, die sie dafür aufbringen musste, so auszusehen. Aber nicht nur ihr Körper war beeindruckend, auch ihre wallenden blonden Locken und das Make-up waren makellos.

Gerade weil ich sie so genau musterte, fiel mir sofort ihr Blick auf, der nicht Miles fokussierte, sondern jemanden neben mir.

Einen Mann mit schulterlangem braunem Haar und einem verschmitzten Grinsen, als würden er und sie ein Geheimnis teilen.

Mein Magen drehte sich um.

Das konnte nicht sein, oder?

Miles sah nur Melissa, achtete auf sonst niemanden, während er auf seinen großen Moment wartete. Er ahnte nichts. Rannte mit dem Kopf voran in sein Unglück, wenn ich mit meiner Vermutung richtiglag.

Was sollte ich tun?

*Gar nichts. Halte dich da raus. Du bist nur hier für das Essen.*

Ich ballte die Hände zu Fäusten und biss die Zähne zusammen. Meine innere Stimme hatte recht, dennoch …

Melissa war nun vor Miles zum Stehen gekommen, der ihre perfekt manikürten Hände in seine nahm und sich so mit ihr drehte, dass die beiden mit dem Profil zu uns standen. Seine freudige Erwartung stand ihm ins Gesicht geschrieben. Es brach mir das Herz.

Aus unsichtbaren Boxen ertönte plötzlich Streichmusik, ließ die gesamte Situation surreal wirken. Als wäre diese Szene einem alten Filmstreifen entsprungen und in die Wirklichkeit geklebt.

Miles ging auf ein Knie. Das Pflaster an seinem Kinn wirkte genauso lächerlich wie das rote Graffiti-T-Shirt, das ich ihm gegeben hatte. Ich wünschte mir, ich hätte mich doch für das schwarze entschieden. Dann würde ich ihn vielleicht weniger bemitleiden.

»Ich weiß, du musst überrascht sein, uns hier alle zu sehen. Aber ich hoffe, du bist glücklich.« Miles grinste so breit, dass ich ihm am liebsten eine Ohrfeige verpasst hätte. Sah er denn nicht, dass Melissa keine Augen für ihn hatte? Wütend trat ich dem Mann neben mir *versehentlich* auf seinen teuren Schuh und genoss seinen kurzen Aufschrei. Durch die Ablenkung hatte ich den Part mit dem Liebesgeständnis verpasst.

Jetzt kam Miles zur Sache. Er öffnete die Samtschatulle und blendete uns mit dem Riesenteil von Diamanten. Melissa zog skeptisch ihre Brauen zusammen. »Willst du meine Frau werden und den Rest deines Lebens mit mir verbringen?«

Sie kicherte hinter vorgehaltener Hand.

Sie *kicherte*!

Hätte ich Ärmel gehabt, hätte ich sie mir in diesem Moment hochgeschoben, um mich auf einen Faustkampf mit ihr vorzubereiten.

Die Frage, warum ich Miles so dringend beschützen wollte, ignorierte ich kurzzeitig.

»Melissa?«

Die Hoffnung in Miles' Augen tötete mich, dabei kannte ich ihn nicht mal. Mir war es unbegreiflich, wie Melissa ihm mit dieser Kälte begegnen konnte.

»Sorry, Honey, aber ich dachte, wir wollten uns hier zum Essen treffen«, sagte sie schließlich, machte dabei aber keine Anstalten, ihn in eine stehende Position zu ziehen. Sie genoss es zu sehr, über ihm aufzuragen. »Bei der Gelegenheit wollte ich dir sagen, dass ich einen neuen Freund habe.«

Der Typ neben mir hustete, als hätte er sich verschluckt. Melissa entzog sich Miles und schritt auf uns zu, während ihr die Handykameras folgten. Sie verschränkte ihre Hand mit der des langhaarigen Männermodels.

»Colin und ich sind jetzt zusammen.«

Fotos wurden geschossen und Überraschungslaute ausgestoßen, die sich mit Geräuschen des Entsetzens sowie der Schadenfreude mischten. Mir wurde schlecht inmitten dieser oberflächlichen Gruppe, die sich nicht hier eingefunden hatte, um Miles' glücklicher Stunde beizuwohnen, sondern um einen Skandal mitzuerleben. Ob sie nun vorher davon gewusst hatten oder nicht. Es erfreute sie, jemanden leiden zu sehen.

Miles hielt noch immer den Ring, aber er war inzwischen aufgestanden und blickte von Colin zu Melissa.

»Du ... hast eine Affäre mit meinem besten Freund?«

Ich runzelte die Stirn. Bester Freund? Auf einen Blick konnte ich sehen, dass Colin nicht gut genug war, um Miles' bester Freund zu sein, und das lag nicht nur an dem Arm, den er um Melissas schlanke Taille legte.

Miles fing an zu lachen, stoppte und lachte erneut los. »Filmreifer geht's nicht mehr, oder?«, stieß er zwischen seinen Lachanfällen hervor.

Sein Gelächter wurde so heftig, dass er sich den Bauch halten musste und sich vornüberbeugte. Der Ring fiel aus der Schatulle und schlitterte unbeachtet über den polierten Marmorboden. Die Smartphones der Gäste richteten sich von Colin und Melissa wieder auf den Erben. Ein weiterer Skandal, der sich an gut zahlende Boulevardmagazine verkaufen ließ.

Ratlos sah ich Sam an, der genervt die Stirn runzelte. Wie konnte er seinem Bruder nicht zu Hilfe eilen?

Ich löste mich aus der Reihe der Starrenden und schmetterte das erstbeste Handy zu Boden. Der dazugehörige Mann mit blonden Locken beschwerte sich lautstark.

»Wenn ich auch nur ein Video online sehe, werden wir euch auf Diffamierung verklagen.« Für einen kurzen Moment wünschte ich, doch mein Jurastudium begonnen zu haben. »Raus mit euch!«

Protestierendes Gemurmel mischte sich mit Miles' Gelächter.

Ich streckte einen Arm in Richtung Ausgang und wiederholte meinen Befehl. Sam war überraschenderweise der Erste, der sich bewegte. Wahrscheinlich konnte er die Verlegenheit nicht mehr ertragen, was vielleicht auch an dem riesigen Stock in seinem Arsch lag. Wer so eine Familie hatte, brauchte keine Feinde mehr.

Melissa und Colin folgten ihm, und ich zeigte ihnen beide

Mittelfinger, was sie mit angewiderten Blicken quittierten. Sollten sie doch glücklich werden.

Schließlich hatten sich alle aus dem Saal entfernt. Die Musik verklang, und Finn, der Angestellte von vorhin, trat herein.

»Sollen wir abdecken?«, wollte er wissen.

Miles sah ihn mit leerem Blick an.

»Es wurde bereits alles bezahlt, oder nicht?«, fragte ich.

Finn nickte zögerlich.

»Also werden wir den ganzen Kram auch essen und trinken. Lass uns bitte allein.« Ich scheuchte ihn nach draußen und verriegelte die Tür hinter ihm, falls er vorhatte, mit Verstärkung zurückzukehren.

Seufzend drehte ich mich zu Miles, der sich nicht von der Stelle bewegt hatte. Wahrscheinlich prasselte erst jetzt das Geschehene auf ihn ein, und er wusste nicht mit der Blamage umzugehen. Oder war es Enttäuschung? Hatte er Melissa so sehr geliebt? Ganz offensichtlich, sonst wäre er nicht so blind gewesen.

Ich warf meine Handtasche auf die Theke und suchte nach dem teuersten Alkohol, den ich finden konnte. Zwar war ich noch keine einundzwanzig, aber da der Saal verschlossen war, würde mich auch niemand erwischen.

»Whiskey, Brandy, Scotch, Gin …«, murmelte ich und tippte nachdenklich mit einem Finger gegen meine Lippen. »Ich nehme alles.«

Ich stellte die unterschiedlich geformten Flaschen nacheinander auf die Theke, suchte Gläser dazu raus und schüttete von allem etwas ein, um mich durchzuprobieren. Wahrscheinlich sollte ich mich vorher noch am köstlichen Büfett bedienen, um mir nicht den Magen zu verderben.

»Du hältst mich bestimmt für einen Oberloser.« Miles sah mich an. Er hielt die Schultern gesenkt und wirkte niedergeschmettert.

»Nicht mehr als vorher auch schon«, antwortete ich schulterzuckend und schritt zum Büfett. Es roch köstlich. Wie Miles versprochen hatte, gab es Krabben und Lachs, frisches Obst und gedünstetes Gemüse. Ich häufte mir einen Teller voll davon. Das Brot war sogar noch warm.

»Ich habe mit einer Abfuhr gerechnet, aber nicht mit dieser Begründung.« Wieder dieses Lachen, das mich zusammenzucken ließ, weil es so hohl klang. Ich wollte es nicht mehr hören.

»Warum hast du dir dann überhaupt die Mühe gemacht, sie zu fragen?«

Mit dem Teller in der Hand setzte ich mich auf einen Hocker. Miles machte es mir nach.

»Es war aufregend.« Er zog ein Glas Scotch mit Eis zu sich heran und schwenkte es, bis die Eiswürfel gegeneinander klirrten.

»Und jetzt?«

»Jetzt tut es nur weh.«

Ich stieß ihn leicht mit der Schulter an, wartete, bis er meinen Blick erwiderte, und lächelte aufmunternd. »Tut mir leid.«

»Nicht deine Schuld.« Sein schiefes Lächeln samt Grübchen kehrte zurück und machte mir Hoffnung, dass er sich von dem Schlag erholen würde. »Ich muss mich eher bei dir entschuldigen.«

»Wieso?« Ich spießte ein Melonenstück auf und verschlang es mit einem Bissen. »Ich habe das Büfett und den Alkohol für mich ganz allein.«

»Was ist mit mir?«

»Kannst du bei Liebeskummer essen?«

»Ich werd's überleben.« Er stahl mir das zweite Melonenstück direkt vom Teller.

»Hey! Hol dir selbst was.« Ich legte einen Arm schützend über mein Essen. Nach ein paar Sekunden des Schweigens erlaubte ich ihm dann doch, sich zu bedienen. »Wie lange wart ihr ein Paar?«

»Drei Monate oder so«, antwortete er zwischen zwei Bissen. Ich ließ die Gabel fallen. »*Drei Monate?*«

»Ja, und?«

»Du hast nach nur drei Monaten entschieden, dass du sie heiraten willst?« Ich griff nach der Sambucaflasche und nahm einen tiefen Zug, hustete sofort und nahm einen zweiten Schluck.

»Mach mal langsam.« Miles nahm mir die Flasche aus der Hand. »Ich dachte nicht, dass das eine so große Sache wird. Und wie gesagt, ich habe eh nicht mit einem Ja gerechnet.«

Fassungslos sah ich ihn an. »Ich versteh dich nicht.«

»Du verstehst meine Welt nicht.«

»Immerhin hast du erkannt, dass wir aus unterschiedlichen Welten kommen«, nuschelte ich und aß ein paar Krabben.

Miles suchte sich am Büfett etwas vom Nachtisch aus und kehrte mit zwei kleinen Gläschen gefüllt mit Schokolade und Nüssen zurück. Er wirkte fast wieder normal, was mir mehr Sorgen bereitete als sein voriges Verhalten. Wie wenig musste er fühlen, um sich so geben zu können?

»Ich war auf der Suche und nahm an, Melissa auch.«

»Nach was?«

»Aufregung. Dem Sinn des Lebens …« Er seufzte. »Hab ihre Liebesschwüre wohl falsch interpretiert. Sie und Colin … Fuck. Man kann echt niemandem vertrauen.«

»Und doch scheinst du mir nicht am Boden zerstört zu sein«, gab ich zu bedenken.

»Es war wohl nur eine Frage der Zeit, bis so etwas geschieht.« Ein trauriges Lächeln, das mich berührte, breitete sich auf seinem Gesicht aus. »Colin und ich kennen uns aus der Schulzeit, und er war ein guter Freund. Aber ich konnte mit ihm nie über was Ernstes reden. Er war da, wenn ich feiern und mich amüsieren wollte. Jetzt hat Melissa ihn für sich beansprucht.«

»Hast du keine … engen Freundschaften?«

Miles leckte seinen Löffel ab, ehe er mir einen neugierigen Seitenblick zuwarf. »Du klingst nicht, als würdest du mich dafür verurteilen. Warum nicht?«

Weil auch ich keine Freunde hatte? Das konnte ich schlecht sagen, ohne zu viel von mir selbst preiszugeben. Deshalb zuckte ich nur mit den Schultern, was ihm als Antwort genügte.

»Es ist schwer, in meiner Welt bedeutungsvolle Kontakte zu knüpfen. Jedes Mal gibt es Strippenzieher und fremde Motivationen im Hintergrund von Verbindungen. Ob nun freundschaftlicher Natur oder tiefergehend.« Er spielte nachdenklich mit dem Löffel. »Als viertes Kind nimmt mich niemand sonderlich ernst, und ich kann auch keinem einen sozialen Vorteil verschaffen, weil ich weder Einfluss habe noch einen anständigen Beruf. Das sollte es mir eigentlich einfacher machen, echte Freundschaften zu schließen. Aber es war niemand Echtes da.«

Perplex sah ich ihn an, dann schnaubte ich und schlug ihm gegen den Hinterkopf.

»Autsch! Was sollte das?« Er hob schützend die Arme vor seinen Körper.

Ich sprang vom Hocker. »Du hast Geld und ein sorgenfreies Leben. Geh auf die Straße und such dir Freunde.«

Während ich die Augen verdrehte, nahm ich wieder die Sambucaflasche an mich und bewegte mich in die Mitte des Saals. Es war nicht richtig von mir, ihn zu verurteilen, nachdem ich nur einen kurzen Blick in sein Leben geworfen hatte. Aber es stieß mir sauer auf, wie leichtfertig er mit den Beziehungen in seinem Leben umging. Er war frei und konnte Freundschaften knüpfen, wie es ihm gefiel. Warum stand er sich selbst im Weg?

Ich war froh, als er das Gespräch nicht weiterverfolgte. Sonst hätte ich mir an die eigene Nase fassen müssen.

Stattdessen begnügten wir uns mit dem Büfett und dem Alkohol. Wir redeten über seine Brüder und seine Schwester, die eigentlich gar nicht so schlimm waren und ihn in allem unterstützten – auch wenn sie ihn nicht verstanden.

»Sie geben ihr Bestes. Zieh mit Sammy nicht zu hart ins Gericht.« Wir saßen mittlerweile auf dem Boden und mit den Rücken an die Theke gelehnt. Die Flaschen Alkohol und den Nachtisch hatten wir um uns herum verteilt. Ich hatte keine Ahnung, wie spät es war. Wie viele Stunden wir bereits miteinander verbracht hatten, und es interessierte mich auch nicht besonders. Für den Moment genoss ich meinen eigenen kleinen Traum, ohne an morgen zu denken.

»Er hätte sich für dich einsetzen sollen«, beharrte ich, immer noch schockiert von seinem Desinteresse. Bereits vor Melissas Truth Bomb war er seltsam abwesend gewesen. Gleichzeitig hatte er wohl geahnt, wie wenig ernst es Miles mit dem Antrag gewesen war. Hatte er sich mit seinem distanzierten Verhalten lediglich selbst geschützt?

»Er musste mich erst letzte Woche aus dem Polizeigewahrsam holen.«

»Wegen des Autounfalls?«

»Bin zwar nicht gefahren, aber ich war auch nicht sonderlich nett zu den Beamten.« Er grinste. »Wäre ich nüchtern gewesen, hätte ich mich besser verhalten.«

»Vielleicht solltest *du* langsamer machen.«

Er stockte. »Sag mal, darfst du überhaupt trinken?«

»Jetzt ist es auch zu spät.« Ich grinste, und nach einer Sekunde grinste er zurück, bevor er seinen Hinterkopf an die Theke lehnte. Als er die Lider geschlossen hatte, beobachtete ich ihn. Ich fuhr mit meinem Blick sein scharfkantiges Gesicht entlang, die hohen Wangenknochen und die Nase mit dem Muttermal auf der linken Seite. Sein ausgeprägter Kehlkopf hüpfte und seine Lider flatterten. Spürte er, dass ich ihn musterte?

Er legte seine Hand direkt neben meine und strich mit einem

Finger über meine Knöchel. Ich hielt den Atem an. Jeder Gedanke löste sich in Luft auf. Ich konnte nur noch Miles ansehen und war gleichzeitig dankbar dafür, dass er die Augen geschlossen hielt.

Was ich tat, war gefährlich. Die Berührung und die Sekunden, die ich mir nahm, um mir sein Gesicht einzuprägen. Mein steigendes Verlangen, seine vollen Lippen zu berühren, sie mit meinen zu verschließen. Die Hitze, die sich jäh in meinem Unterleib ausbreitete. Zu einem schmerzhaften Sehnen wurde, dem ich ganz sicher nicht nachgeben sollte.

Ich zuckte zurück, wartete nicht, bis er die Lider öffnete, bevor ich mich erhob.

»Äh … Ich muss mal für kleine Mädchen.« Der Alkohol ließ mich zwar wanken, aber ich schaffte es problemlos zum Ausgang, den ich wieder aufschließen musste. Blinzelnd sah ich mich in dem hell erleuchteten Korridor nach einer Toilette um und fand sie schließlich am anderen Ende. Draußen war es bereits dunkel geworden, wie ich durch ein Fenster sehen konnte.

Die Toilette war so edel eingerichtet wie das restliche Hotel, und ich traute mich kaum, den goldenen Wasserhahn aufzudrehen. Ich wischte mir gerade die Wimperntusche unter den Augen weg, als zwei Frauen eintraten und sich angeregt unterhielten. Sie nickten mir zur Begrüßung zu, bevor sie sich neben mich stellten und ihre Handtaschen aufklappten. Rouge, Lipgloss und Eyeliner wurden mühelos aufgefrischt, während sie weiter miteinander plauderten.

Ich trocknete meine Hände an einem Baumwollhandtuch ab, was mich völlig faszinierte. Kein Papier. Unfassbar.

»… den Pool wollen wir uns morgen ansehen. Er hat um diese Uhrzeit leider schon geschlossen«, sagte die Rothaarige.

»Es soll auch morgen wieder so warm werden«, antwortete ihre Freundin.

»Selbst wenn nicht: Der Pool wird geheizt.«

Ich lächelte ihnen zum Abschied im Spiegel zu und kehrte dann nachdenklich zu Miles zurück. Eigentlich hatte ich vorgehabt, meine Handtasche zu holen und abzudüsen, aber die Erwähnung des Pools hatte mich neugierig gemacht. Ich war außerhalb der Schule noch nie in einem Schwimmbecken gewesen, und wann hätte ich jemals wieder die Chance, mich an den Vorzügen eines Luxushotels zu erfreuen?

Gut gelaunt und immer noch ziemlich angetrunken kehrte ich in den Ballsaal zurück. Ich grinste, als ich meine Handtasche vom Boden aufsammelte und Miles mit einer Hand auf die Beine zog. Verwirrt sah er mich an.

»Was ist?«

»Komm mit.« Ich überlegte kurz und griff dann nach der Champagnerflasche.

»Wohin?«

Geheimnisvoll lächelnd sah ich ihn über meine Schulter hinweg an.

## • KAPITEL 4 •

*i can hear you underwater*

Miles folgte mir in den Lift, mit dem wir zunächst in die Lobby fuhren, um einen meiner jahrelangen Träume zu verwirklichen. Schon seit einer Ewigkeit wollte ich einen Schlüsselanhänger als Souvenir haben. Nicht, dass das hier Urlaub für mich war, aber es kam dem Gefühl näher als alles Bisherige in meinem Leben.

»… als Erinnerung an einen interessanten Tag«, schloss ich gerade meine Erklärungen ab, nachdem wir mit der Champagnerflasche in meiner Handtasche den hoteleigenen Souvenirladen betreten hatten.

»Ich fühle mich geschmeichelt, dass meine geplatzte Verlobung interessant genug für eine Erinnerung ist«, murmelte er, klang aber nicht beleidigt, was ich als gutes Omen wertete.

Auch wenn ihn die Abweisung und der Betrug schmerzten, so schien er doch nicht niedergeschmettert zu sein. Ich kannte Miles zwar erst seit wenigen Stunden, aber ich wollte nicht, dass er litt. Dafür erschien er mir zu … unschuldig. Zu leichtgläubig und zu nett. Es war schwer, ihn und die hitzigen Gefühle, die er in mir auslöste, einzuordnen. Das Verlangen, ihn zu berühren, wurde zunehmend stärker.

Ich war nicht ganz so unschuldig, wie man vielleicht glaubte. Mein erstes Mal hatte ich an meinem achtzehnten Geburtstag mit dem besten Freund meines Bruders. Elliot hatte bereits seit Wochen mit mir geflirtet, aber ich hatte dem nie nachgegeben. Es war mir nicht wichtig, und ich hegte keine Gefühle für ihn. An meinem Geburtstag kehrte ich brutal auf den Boden der Tatsachen zurück. Meine Eltern ignorierten den Tag geflissentlich und stellten mir als Geschenk einen neuen, intensiveren Lernplan auf. *Yeah! Großartig.*

Troye machte das Verhalten unserer Eltern nichts aus. Er war schon immer der Anpassungsfähigere von uns beiden gewesen. Derjenige, der die gleichen Ziele verfolgte wie unsere Eltern. Deshalb war er auch an unserem Geburtstag damit beschäftigt, für ein Stipendium zu lernen, anstatt mit mir ein Stück Blaubeerkäsekuchen essen zu gehen. Nicht mal das konnte jemand für mich tun.

Normalerweise schluckte ich meine eigenen Bedürfnisse runter, weil meine Familie schließlich nur das Beste für mich wollte. Etwas war an diesem Tag jedoch anders gewesen. Vielleicht auch *ab* diesem Tag. Ich wollte nicht nachgeben.

In meiner Heimatstadt Livingston in New Jersey gab es nicht viele Diner, aber in einem von ihnen wurde legendärer Blaubeerkäsekuchen serviert.

Ich setzte mich allein an einen Tisch und bestellte mir gleich zwei Stücke, ohne mich zu schämen. Es war immerhin mein Geburtstag. Ich durfte tun und lassen, was ich wollte. Zufällig tauchte Elliot auf. Als er mich sah, setzte er sich zu mir. Wir plauderten, und er bestellte sich ebenfalls Kuchen. Stunden vergingen, und als der Diner schloss, ging ich zu ihm nach Hause, und wir hatten Sex. Eine weitere Sache, die ich auf meiner To-do-Liste abhaken konnte.

Daraufhin dateten wir für ein paar Wochen, was Troye lediglich mit hochgezogenen Augenbrauen kommentierte. Er hatte keine Freundin und verstand nicht, warum ich mir etwas aufhalste, das mich von meinen Studien ablenkte.

Er hatte recht, aber ich wollte es nicht zugeben. Elliot raubte mir mehr Zeit und Kraft, als er wert war. Erst als ich ihn dabei erwischte, wie er vor seinen Freunden tönte, dass er nur wegen des leichten Sex mit mir zusammen war, machte ich Schluss. Ich war nicht wirklich getroffen, da auch ich ihn für meine eigenen Bedürfnisse benutzt hatte. Allein mein Stolz war davon angeknackst, dass er so abschätzig über mich gesprochen hatte.

Nach Elliot hatte ich lange Zeit versucht, die Person zu sein, die meine Eltern sehen wollten. Er war meine erste Rebellion gewesen. Das erste Mal hatte ich Freiheit gekostet. Auch wenn mich Elliot letztlich nicht glücklich gemacht hatte, hatte ich erkannt, dass das Leben mehr zu bieten hatte. Als ich mich nicht mehr meinen Eltern unterordnen konnte und nach New York geflohen war, hatte ich mich auf ein paar Dates eingelassen. Doch bei keinem fand ich das, wonach ich suchte. Was genau das war, wusste ich selbst nicht so genau. Also hörte ich irgendwann auf. Mit dem Suchen und dem Daten.

Umso überraschender war es für mich, dass Miles mich von der ersten Sekunde an in seinen Bann gezogen hatte. Er musste mich bloß mit seinen hellgrauen Augen ansehen, und schon schossen mir Bilder davon in den Kopf, wie er mich anfasste und ich mich ihm entgegenstreckte. Wie er meine Beine auseinanderschob und ich meine Finger in seine muskulösen Oberarme krallte.

Während ich diesen kuriosen Gedanken hinterherhing, schlenderte ich abwesend durch den kleinen Souvenirladen auf der Suche nach den Schlüsselanhängern. Ich konnte jedoch keine mit der rosafarbenen Krone, dem Zeichen des Hotels, entdecken. Miles fragte die Verkäuferin, und wir erfuhren, dass sie ausverkauft waren.

»Aber wir haben noch viele andere Dinge aus der Kollektion im Sortiment. Bademäntel, Hausschuhe, einen Schreibblock mit Bleistift, eine Tasse und …«

»Wir nehmen einmal alles, bitte«, unterbrach Miles sie, noch bevor ich meine Enttäuschung über den ausverkauften Schlüsselanhänger verarbeitet hatte.

»Was?« Entsetzt fing ich Miles' Lächeln auf. Das Grübchen auf seiner linken Wange würde mich schon bald in ein Koma versetzen.

Die Verkäuferin verlor keine Zeit und lief mit einer Papiertüte die Gänge entlang. Ihre Mission: so schnell wie möglich alles aus der hoteleigenen Kollektion einsammeln, bevor Miles es sich anders überlegte.

»Als Wiedergutmachung.« Er stupste mich mit einem Finger in die Seite. »Wenn du so tust, als würde es dir nicht gefallen, kaufe ich den Rest des Ladens leer und schicke dir sämtlichen Kram nach Hause. Vergiss nicht, ich weiß, wo du wohnst.«

»Ich wollte gar nicht widersprechen«, log ich, da ich meinen Protest herunterschlucken musste.

Sein Grinsen wurde breiter, weil er die Lüge erkannt hatte. *Nur wenige Stunden*, rief ich mir in Erinnerung, wir kannten uns erst wenige Stunden, und doch fühlte es sich nach mehr an. Fast war es mir unmöglich, an die zwanzig Jahre ohne ihn zu denken, und so einen Quatsch hätte ich am Morgen noch für unmöglich gehalten.

Das hier war gefährlich. Ich sollte mich umdrehen und gehen.

Aber ich wollte diesen Tag. Diese Nacht. Ich wollte in meiner Zukunft eine Zuflucht haben, ein Andenken an den heutigen Tag, in das ich mich zurückziehen konnte, wenn es wieder schwer wurde. Eine Erinnerung nur für mich.

Deshalb nahm ich die glänzend weiße Papiertüte an und schwebte wie auf Wolken aus dem Laden, während Miles mit seiner Kreditkarte zahlte. Nur wenige Momente später holte er mich ein. Zusammen gingen wir durch die Lobby zum Lift. An der Wand stand ein Slogan, der zum Verweilen in der angrenzenden Bar einlud. Mich ließ sie jedoch unvermittelt erröten. *Sleep with a local. Drink with a local.* Etwa eine stumme Aufforderung?

Nein. Das würde nicht passieren. Ich wollte zwar Zeit mit Miles verbringen, aber ich würde dem Sehnen in mir nicht nachgeben. Das würde bloß zu einer Katastrophe führen. Eilig folgte ich Miles in den Fahrstuhl.

Um uns herum herrschte noch viel Betrieb, da es trotz der Dunkelheit draußen nicht sehr spät war. Manche kehrten in ihre Zimmer zurück, andere checkten ein oder aus, und wieder andere steuerten die Bar an.

»Und wohin gehen wir jetzt?«, wollte Miles wissen.

»Es gibt einen Pool auf der Dachterrasse«, verkündete ich im Flüsterton. Die flatternden Schmetterlinge in meinem Bauch ignorierte ich. »Aber der ist um diese Zeit schon geschlossen.«

»Kommen wir dann überhaupt rein?«

»Werden wir herausfinden.« Grinsend wartete ich, bis die letzte Person aus dem Lift ausgestiegen war. Erst dann drückte ich den Knopf für das Dach, um uns nicht zu verraten. Miles schüttelte lachend den Kopf, und das Geräusch sandte mir eine Gänsehaut über den Körper. Der Schauer war warm und tief, schlug Akkorde in meinem Inneren an, die ich noch nie gehört hatte.

Der Fahrstuhl spuckte uns in einen kleinen fensterlosen Raum aus, in dem lediglich Ersatzrettungsringe und Bademattten gelagert wurden. Von dort führte eine Treppe nach oben in den inneren Barbereich, aus dem man durch eine Fensterfront auf den Pool blicken konnte. Die Bar war glücklicherweise nicht in Betrieb. Miles ging voran und macht sich am Eingang zu schaffen. Ein leises Klicken ertönte, dann ließ sich die schwere Eisentür zum Pool öffnen.

Wir mussten zehn Stufen nach unten steigen, konnten aber bereits den schmalen Pool im gedämpften Licht der emporragenden Laternen auf der Terrasse erkennen. Um das Schwimmbecken herum waren gestreifte Einzel- und hellblaue Doppelliegen mit weißen Sonnenschirmen platziert. Weiter hinten gab es eine zweite Bar, die ebenfalls geschlossen war.

Ich klatschte aufgeregt in die Hände. Die Champagnerflasche rutschte aus meiner Handtasche und wäre beinahe auf dem Beton zerschellt, wenn Miles nicht reflexartig nach ihr gegriffen hätte. Kopfschüttelnd richtete er sich wieder auf und sah mich an. Er war mir plötzlich so nah, dass ich die Schatten seiner langen Wimpern auf seinen grauen Iriden erkennen konnte. Seit wann war das Atmen so schwer?

*Reiß dich zusammen, Shiloh!*

»Sorry«, brachte ich mühsam hervor.

Eilig trat ich einen Schritt zurück und legte Tasche und Tüte ab. Gleichzeitig sah ich mich nach Kameras und Sicherheitspersonal um. Miles bemerkte meinen suchenden Blick.

»Wir hätten auch einfach fragen können, ob wir den Pool nutzen dürfen«, sagte er amüsiert und stellte die Flasche auf einen Beistelltisch.

»Das wäre doch nur halb so lustig.« Ich streifte die Sandalen von meinen Füßen und ließ sie auf den Steinfliesen zurück. Hitze stieg ihn mir auf. Meine Bewegungen wirkten fahrig. Ich konnte mich nicht daran erinnern, wann ich das letzte Mal etwas so vollkommen Verrücktes getan hatte. Nachdem ich Livingston verlassen hatte, hätte ich die aufregendsten Erfahrungen sammeln können. Stattdessen hatte ich mich weiterhin versteckt und von allem Unvernünftigen ferngehalten. Warum?

»Und es ist ja nicht so, als würden wir schwimmen gehen«, unterbrach ich meine Gedanken.

Enttäuscht sah er mich an. »Tun wir nicht?«

»Wir sind betrunken. Natürlich nicht.« Ich ließ mich leicht wankend auf dem Rand nieder und hielt meine Beine ins Wasser. »Komm. Setz dich.«

Eine Restwärme des Tages war selbst hier oben noch zu spüren und hielt der kühlen Brise etwas entgegen, die meinen Pony durcheinanderbrachte und mir Strähnen ins Gesicht wehte. Ich musste sie hinter meinen Ohren befestigen. Miles hatte sich derweil Schuhe und Socken ausgezogen und seine Hose hochgekrempelt, sodass er neben mir Platz nehmen konnte.

Unsere Beine berührten sich von der Hüfte abwärts, so nahe hatte er sich an mich herangesetzt. Ich warf ihm einen neugierigen Seitenblick zu, konnte aber nicht sagen, ob das Absicht gewesen oder er einfach nur betrunken war. Er selbst stützte sich mit den Händen hinter seinem Rücken auf und blickte in den dunklen Nachthimmel. Wie so oft war es unmöglich, die Sterne zu erkennen, aber ich hatte das Gefühl, dass Miles sie sich ebenso vorstellte, wie ich es immer tat.

»Warum bist du geblieben?«, fragte er in das Schweigen hinein, das nur von den entfernten Verkehrsgeräuschen durchbrochen wurde. »Warum hast du alle rausgeworfen, anstatt als Erste zu fliehen?«

»Das Büfett …«

»… hättest du auch genießen können, während sie Videos von mir machen und sich über den Skandal amüsieren.« Das Grübchen auf seiner linken Wange erschien, als er meinen Blick auffing. »Gib's zu, du magst mich.«

Ich schnaubte. *Wenn er auch nur den Hauch einer Ahnung hätte, wie sehr mein Herz gegen meinen Brustkorb hämmerte, wann immer er mich ansah.* »Du hast mir leidgetan. Das ist alles.«

Nicht die ganze Wahrheit. Von dem Moment an, da ich ihn getroffen hatte, hatte ich mich nicht wie ich selbst verhalten. Entgegen meinem Kodex hatte ich ihm immer und immer wieder

51

geholfen, hatte nicht die Flucht ergriffen und war nicht in meine Wohnung zurückgekehrt.

Ich konnte es mir selbst nicht erklären.

»Autsch!« Er griff sich ans Herz und lenkte meine Aufmerksamkeit wieder auf dieses lächerliche T-Shirt, das ich ihm aufgezwungen hatte. Er hatte sich nicht mal beschwert. »Das will jeder Mann hören.«

»Was hast du denn geglaubt? Dass ich es heiß finde, wenn jemand während eines Antrags verlassen wird?«

»Nein.« Ein so einfaches Wort mit so vielen Bedeutungen. Er stockte kurz, bewegte seine Füße neben meinen hin und her, wodurch das Wasser bis zu meinen Knien schwappte. »Ich habe bloß gedacht, du würdest etwas in mir sehen, was sonst niemand sieht.«

»Und das wäre?« Seine Ehrlichkeit überraschte mich, und ich konnte nicht anders, als mich weiter auf dieses Gespräch einzulassen. Auch wenn wir uns auf unsicheres Terrain begaben.

Er kam mir mit seinem Oberkörper plötzlich so nahe, dass ich erschrocken zurückzuckte und den Halt verlor. Im Fallen griff ich nach dem Erstbesten und bekam Miles' Arm zu fassen. Damit hatte er nicht gerechnet und konnte nicht mehr rechtzeitig reagieren. Gemeinsam krachten wir ins Wasser.

Für einen Moment hatte ich die Orientierung verloren, ehe ich mich zwang, meine Augen zu öffnen.

Unter der Oberfläche fing ich Miles' amüsierten Blick auf. Das Licht reichte gerade aus, um sein Lächeln zu erkennen. Er umschloss meine Hand fest mit seiner, und unsere Gesichter waren sich kurzzeitig noch näher als vor wenigen Sekunden.

Unsere Haare bewegten sich schwerelos im Wasser, was mir ein Lachen entrungen hätte, wenn Miles' Miene nicht ernst geworden wäre. Er öffnete den Mund und formte drei Worte.

Drei Worte, die ich zu gut verstand, aber nicht verstehen wollte.

Er hatte recht. Ich hatte etwas in ihm gesehen. Etwas, das er für sich behielt: seinen Wunsch nach Anerkennung.

Es war nie um Melissa gegangen. Nur darum, seinen Platz zu finden und gesehen zu werden.

Ich löste meine Hand von seiner und tauchte keuchend auf. Er folgte sogleich, lachend und sorglos, als hätte er unter Wasser kein Wort verloren.

Glücklicherweise war der Pool nicht tief, und wir konnten beide zur Treppe waten. Das Schwimmen traute ich mir bei meinen weichen Knien im Moment nicht zu.

Zitternd rieb ich mir über die Arme, als Miles mit zwei weißen Badetüchern von einem Bambusregal zurückkehrte und mir eines davon um die Schultern legte. Es geschah so schnell, dass ich dieses Mal keine Zeit hatte, vor seiner Nähe zurückzuschrecken.

»Danke.«

»Wir sollten besser reingehen, bevor du dir noch den Tod holst.«

»Du bist genauso nass geworden wie ich«, gab ich zurück. Als ob ich hier der Schwächling von uns war.

Er wuschelte durch mein feuchtes Haar, das sich längst aus dem Dutt gelöst hatte. »Okay, Kriegerin, damit *ich mir* keine Erkältung hole.«

Ich schlug seine Hand weg und versuchte, das Nest auf meinem Kopf zu bändigen. Miles nahm meine Taschen und unsere Schuhe mit zum Fahrstuhl. Als uns im Gebäude die Wärme einhüllte, konnte ich mir ein Seufzen nicht verkneifen.

Mit der Fingerkuppe schwebte ich unentschlossen über die Knöpfe. War der Tag damit vorbei? Würde ich jetzt nach Hause zurückkehren und Miles nie wiedersehen?

Der griff gerade an mir vorbei und drückte auf die goldene Sechs. Fragend sah ich ihn an.

»Ich habe ein Zimmer.«

Beinahe hätte ich mich an meiner eigenen Spucke verschluckt. »Willst du mich etwa ins Bett kriegen?«

Seine Mundwinkel zuckten. »So verführerisch der Gedanke auch ist, ich will dich eher dazu kriegen, den Zimmerservice so richtig auszunutzen.«

»Warum?«

»Sammy zahlt die Rechnung.« Die Fahrstuhltüren öffneten sich, und wir traten auf den leeren Korridor hinaus. Cremeweiße Wände, blauer Teppich und Messingleuchter zwischen schwarzen Zimmertüren. »Sein Geschenk an mich.«

Ich fühlte eine neue Energiewelle aufsteigen, als ich an Sam dachte, der seinem Bruder nicht mal zu Hilfe geeilt war. Sollte er sich die Augen reiben, wenn er die Rechnung erhielt. »Dann mal los! Welche Zimmernummer?«

»Nimmst du mal?« Er reichte mir unsere Schuhe, damit er die Chipkarte aus seiner Hosentasche ziehen konnte. »Ich hoffe, sie funktioniert noch.«

Mit einem leisen Klicken öffnete sich die Tür mit der Nummer 611. Ich stockte. Miles blieb unschlüssig auf der Schwelle stehen und sah zu mir zurück.

»Du hattest einen Schlüssel«, rief ich aus und zeigte anklagend mit dem Finger auf ihn. Meine Sandalen baumelten an ihren Riemen von meinem Handgelenk. »Oben. Für den Pool. Es war dasselbe Klicken.«

»Erwischt.« Er drehte sich wieder zum Raum, als wäre das keine große Sache. »Mit dieser Art von Zimmerschlüssel kommt man überall rein.«

»Warum dann die Schauspielerei?«

»Du hast gesagt, es würde weniger Spaß machen, wenn es nicht verboten wäre.« Er zuckte mit den Schultern.

Ich stieß ein paar undeutliche Beleidigungen aus und folgte ihm in die Suite, die kleiner war, als ich bei dem Prunk und Protz erwartet hätte. Es gab einen Miniflur, an den sogleich das Zimmer angrenzte, das von einer Fensterfront mit schwarzem Metallrahmen dominiert wurde. Miles schaltete das Licht ein, wodurch die luxuriöse Ausstattung sichtbar wurde: ein schwarzer Schrank, eine dunkelblaue Samtcouch, ein Sessel sowie ein ausladendes Kingsize-Bett. Links daneben fanden sich eine weiße frei stehende Badewanne und eine Dusche, die nur von einer mit schwarzen Sprossen durchsetzten Fensterwand vom restlichen Raum abgetrennt wurde. Eine zweite Tür führte vermutlich zur Toilette, die immerhin nicht wie alles andere frei einsehbar war.

Jedes Möbelstück war voller goldener Akzente, damit die Gäste ja nicht vergaßen, in was für einem teuren Hotel sie abgestiegen waren. Als bestünde die Gefahr.

Ich war absolut verliebt.

»Kein Wunder, dass ihr Probleme habt, euch von eurem Reichtum zu trennen, wenn man *so was* damit kaufen kann.« Ich ließ ohne Umschweife unsere Schuhe fallen und trat an die Fensterfront, um das Empire State Building in der Ferne zu bewundern. Es gab auch einen Balkon, doch da mir immer noch kalt war, entschied ich mich gegen eine Erkundung des bestimmt spektakulären Außenbereichs.

»Jetzt machst du mir ein schlechtes Gewissen«, murmelte er.

»Gut.«

»Hier ist ein Bademantel, falls du deine nassen Sachen ausziehen willst.«

Ich drehte mich zu ihm um und bemerkte die Rosenblüten, die auf der Tagesdecke verteilt lagen, außerdem das frische Blumengesteck auf der Konsole gegenüber sowie die Champagnerflasche, die mich an diejenige erinnerte, die wir am Pool vergessen hatten. Alles für Melissa, die in Colin etwas Besseres gefunden hatte. Ihrer Meinung nach zumindest.

Miles hielt jeweils einen weißen und einen rosafarbenen Bademantel in die Höhe. Sie sahen genauso aus wie der, den mir Miles im Shop gekauft hatte.

Dankend nahm ich die rosafarbene Variante an, wandte mich zur Dusche und erkannte sofort die Problematik der fehlenden Privatsphäre. Unschlüssig blickte ich zur Toilette.

»Ich schau nicht hin, wenn du nicht hinsiehst«, sagte Miles, der mein Zögern richtig interpretiert hatte.

»Okay.«

Das Bett stand zwischen uns, als wir uns voneinander wegdrehten. Eilig schob ich das Handtuch von meinen Schultern und versuchte, den Reißverschluss an meinem Rücken zu erreichen, als mein Blick auf die Fensterscheibe vor mir fiel. Durch das Licht im Raum und die Dunkelheit draußen spiegelte ich mich schwach im Glas wider. Hinter mir konnte ich Miles sehen, der das T-Shirt bereits ausgezogen hatte. Beim Anblick seines nackten durchtrainierten Oberkörpers wurde mir gefühlt zehn Grad wärmer. Gerade als ich meinen Reißverschluss zu fassen bekam und nach unten zog, konnte ich in der Scheibe sehen, wie er einen Blick über seine Schulter auf mich warf.

»Hey!«, beschwerte ich mich.

»Du hast selbst geguckt!«

»Das war versehentlich«, gab ich zurück, wobei ich die verräterische Hitze in meinen Wangen spürte. In Rekordgeschwindigkeit war ich aus dem Kleid gestiegen und hatte mich in dem flauschigen Bademantel eingewickelt. »Bist du fertig?«

»Schon längst.«

Ich hängte mein Kleid zu seinen Sachen neben das Waschbecken an die Heizung und versuchte anschließend, meine Haare mit den Fingern zu entknoten. Miles öffnete derweil den Kühlschrank und kramte den gesamten Inhalt heraus.

»Schokolade, noch mehr Schokolade und … Wer hätte das gedacht? Noch mehr Schokolade. Ah, hier wäre dann der Alkohol.«

»Hast du nicht schon genug getrunken?«, warf ich ein. Als ich halbwegs mit meinen Haaren zufrieden war, setzte ich mich neben Miles auf den Boden. Der Schatz aus dem Kühlschrank war zwischen uns ausgebreitet und das Bett als Lehne an unserem Rücken.

»Wie wäre es dann mit Eistee?« Er gab mir die erste Flasche. »Zitrone oder Pfirsich?«

»Ich tausche.« Ich nahm den Pfirsichtee an, und er öffnete die andere Flasche. »Wo ist die Speisekarte?«

»Hast du dir den Bauch nicht genug am Büfett vollgeschlagen?«

Ich nahm die weiß-goldene Karte vom Kühlschrank und blätterte interessiert darin herum. Voller Faszination las ich die Worte Trüffel, Kaviar und Austern. *Halleluja.*

»Da ist immer noch Raum für mehr«, erwiderte ich grinsend.

Als Miles nichts darauf erwiderte, hob ich den Blick von der Karte. Ich sah in seine Augen, und der Boden unter mir fing an, zu wanken. Er hatte den gleichen Gesichtsausdruck wie vorhin unter Wasser, und ich ahnte bereits, was kommen würde. Die Worte, die ich nicht hatte hören wollen und die doch so klar gewesen waren.

»Ich mag dich«, raunte Miles. »Shiloh.«

Unwillkürlich befeuchtete ich meine Lippen, während ich von dem unbändigen Drang erfasst wurde, den geringen Abstand zwischen uns zu überbrücken, um ihn zu küssen. Aus dem Augenwinkel sah ich, wie er seine Hand hob und sie behutsam an meine Wange legte. Mit dem Daumen fuhr er von meinem Kinn zu meiner Unterlippe und strich leicht darüber.

Langsam beugte er sich vor. Ich spürte seinen warmen Atem auf meiner Haut. Das Kribbeln aus meinem Bauch breitete sich in meinem ganzen Körper aus.

»Tu es nicht«, flüsterte ich, bevor ich meinen Mund auf seinen presste.

Das war eine ganz schlechte Idee.

# • KAPITEL 5 •

*our night together*

Ich kostete den Moment aus, konnte nicht genug davon bekommen, seine Lippen auf meinen zu spüren. Sie waren warm, weich. Zärtlich fuhr er mit der Zunge über meinen Mundwinkel und hauchte Küsse auf meine Unterlippe. Mit dem Daumen zog er kleine Kreise auf meiner Wange. Diese leichte Bewegung löste ein unbändiges Verlangen in mir aus, das sich bis in meine Zehenspitzen ausbreitete. Eine Feuerwalze, die eine unglaubliche Hitze in meinem Unterleib entfachte.

Es war mir unmöglich, aufzuhören. Ich wollte Miles. Wenn ich ehrlich zu mir selbst war, hatte ich ihn von der ersten Sekunde an gewollt, in der sich unsere Wege gekreuzt hatten.

Er stöhnte, als ich mit meiner Zunge über seine Lippen fuhr. Ich schmeckte Zitrone. Mein Herz pochte aufgeregt in meiner Brust. Hitze und Feuchtigkeit sammelten sich zwischen meinen Beinen, während seine Hände meinen Körper erkundeten und er seinen Mund öffnete. Ich versank in ihm. Ich versank in uns.

Schwer atmend streckte ich meinen Rücken durch, lehnte mich ihm entgegen. Küsste an seinem Kinn das Pflaster, das ich ihm Stunden zuvor aufgeklebt hatte.

Der weiche Bademantel fiel von meiner linken Schulter. Eine Einladung, die Miles nicht ausschlug. Nur kurz vermisste ich seinen Mund an meinem, dann hatte er mich abgelenkt. Mit den Zähnen fuhr er leicht über meine entblößte Schulter.

Seufzend legte ich den Kopf in den Nacken und hielt die Lider geschlossen, als er mit seinen Lippen tiefer wanderte. Sanft liebkoste er meine Haut, nachdem er den Mantel weiter runtergezogen hatte. Ein Zittern durchlief meinen Körper. Ich grub meine Hände in sein weiches Haar, unentschlossen, ob ich ihn aufhalten oder zum Weitermachen bewegen wollte. Er nahm den Saum meines blauen unscheinbaren BHs zwischen seine Zähne, leckte und küsste meine empfindliche Haut darüber, ehe es uns beiden nicht mehr reichte.

Ich begegnete seinem fragenden Blick. Seine eigentlich hellgrauen Augen wirkten fast schwarz. Jedes Lachen war daraus verschwunden. Er brauchte mich mindestens so sehr, wie ich ihn brauchte.

Nach einem kurzen Moment nickte ich kaum merklich. Das genügte, und seine Zurückhaltung war komplett verschwunden.

Mit einer neuen Dringlichkeit lehnte er sich weiter an mich, wanderte mit seinen Händen meinen Rücken hinauf und öffnete schließlich den Verschluss des BHs. So schnell, dass ich mich kurz fragte, wie viel Übung er damit wohl hatte. Doch jegliche Gedanken daran wurden schnell vertrieben, als er mir die Träger des BHs samt Bademantel von den Armen zog und ich entblößt vor ihm saß.

Nervös friemelte ich an der Schlaufe des Bademantels herum. Röte stieg mir in die Wangen, als er mich nur weiter anstarrte. Mein Gesicht, meinen Hals, meine Brüste und den Teil des Bauches, der über der Schlaufe sichtbar war. Es war lange her, dass mich jemand nackt gesehen hatte. Ich fühlte mich unsicher. Konnte das Klopfen meines Herzens im Hals spüren.

»Ich wusste ja, dass du schön bist«, sagte er heiser, ehe er für einen kurzen Moment die Augen schloss, »aber du übertriffst all meine Vorstellungen, Shiloh.«

»Wie viele Vorstellungen hast du denn gehabt?«, fragte ich neckend. Mit seinem Geständnis war jegliche Unsicherheit in den Hintergrund gerückt. Seine Bestätigung ermutigte mich, meine schützende Schale abzulegen.

Er lachte leise und zog mich mit einer Hand an meinem Nacken zu sich heran. Kurz bevor sich unsere Lippen berührten, hielt er inne.

»Mindestens eine pro Minute seit dem Moment unseres Kennenlernens«, raunte er und ließ mich mit dem nachfolgenden Kuss alles vergessen. Jede Frage. Jede Erwiderung. Jeden Gedanken.

Sacht massierte er meine Brüste, die genau in seine Hände passten. Mit dem Daumen berührte er meine Brustwarzen, umrundete sie, rieb über sie. Als ich glaubte, es nicht mehr aushalten zu können, senkte er seinen Kopf und umschloss sie nacheinander mit dem Mund.

Ich stöhnte laut auf, grub meine Hand erneut in sein schwarzes Haar. Wie sollte ich viel mehr als das ertragen? Wie sollte ich jemals wieder aufstehen? Meine Beine fühlten sich an wie Gummi, während eine Welle der Feuchtigkeit aus mir herauszufließen schien.

»Miles«, entfuhr es mir flehend.

»Ich bin da …«, antwortete er. Als würde er genau wissen, was ich wollte, drückte er mich behutsam neben das Bett auf den Teppichboden.

Abwartend sah ich zu ihm auf. Meine Beine waren ausgestreckt und mit den Händen krallte ich mich in den weichen Stoff des Bademantels, der immer noch um meine Taille geknotet war. Miles legte seine Hände auf meine Schienbeine und drückte sie sanft hoch, ehe er meine Knie umfasste.

Ich konnte kaum atmen, als er sie langsam auseinanderschob, bis er seinen Platz dazwischen gefunden hatte. Hunderte Küsse platzierte er auf die Innenseite meiner Schenkel. Dabei näherte er sich mit seinem Mund meiner pochenden Mitte, neckte mich durch den Stoff meines Höschens mit dem Streichen seiner Finger und zog sich wieder zurück.

»Das gehört verboten«, beschwerte ich mich keuchend. Meine eigenen Finger krallten sich mittlerweile in den Teppich.

Er grinste, als er zu mir hinaufsah. Das Grübchen auf seiner linken Wange eine Erinnerung daran, dass er es faustdick hinter den Ohren hatte. Ohne das Grinsen zu verlieren, knetete er meinen Po. Ich errötete unter seinem Blick.

»Soll ich aufhören?«

»Jetzt?«, japste ich.

»Du hast dich beschwert«, zog er mich auf. Trotz seiner Worte nahm er den oberen Saum meines Slips zwischen Daumen und Zeigefinger und zog ihn langsam nach unten. Für jeden gewonnenen Zentimeter hauchte er einen Kuss auf meine Haut. Es fühlte sich an, als würde ich verbrennen.

»Keine Beschwerden mehr von mir«, versprach ich. Oder wimmerte ich?

Wie versehentlich hatte er mit den Knöcheln meine Klitoris berührt. Ich bäumte mich unwillkürlich auf. Er legte eine Hand auf meinen Bauch.

»Langsam. Wir haben alle Zeit der Welt«, flüsterte er. Versprach er mir. Schwor er mir.

Nachdem er mich mit meiner Hilfe endgültig vom Bademantel befreit und dann in aller Langsamkeit meinen Slip ausgezogen hatte, spürte ich das erste Mal seine Zunge zwischen meinen Schenkeln.

»Miles, bitte …«, flehte ich. Dieses Mal konnte ich nicht mal sagen, wofür.

Ich ballte meine Hände zu Fäusten, als ich seine Finger in mir spürte, während er mich weiter mit der Zunge verwöhnte. Seine linke Hand hielt mich fest an der Hüfte umfasst, trotzdem bäumte ich mich ein weiteres Mal auf. Mehr konnte ich nicht ertragen. Ich zerbrach in seinen Händen.

Es dauerte ewig, bis ich wieder zu Atem gekommen war, und noch länger, bis ich einen klaren Gedanken fassen konnte. Während mir von meinem Höhepunkt noch ganz schwindelig war, nutzte er die Zeit, meinen Körper zu erkunden. Er küsste jeden Zentimeter, berührte jede Rundung, jede Narbe, jedes Muttermal.

Ich lag bewegungsunfähig auf dem Rücken, starrte an die weiße Decke und dachte, dass ich mein Leben jetzt und hier für beendet erklären sollte. Wie viel besser sollte es noch werden?

Seit ich nach New York gekommen war, hatte ich mit drei Männern geschlafen. Aber keiner von ihnen hatte mich auch nur ansatzweise das fühlen lassen, was Miles in mir ausgelöst hatte.

Er hatte sich neben mich auf den Boden gelegt. Den Kopf mit einem Arm aufgestützt, sah er mich an. Sein Bademantel war verrutscht und gab den Blick frei auf sein gebräuntes Sixpack, was mich sofort wieder mehr wollen ließ. Seine eigene Erregung wölbte sich unter dem Stoff, trotzdem schien er keine Eile zu haben. Er sah mich einfach nur an, als würde ihm das genügen.

»Bist du noch hungrig?«, sagte er nach einem Moment, während ich weiterhin versuchte, ihn zu begreifen. Seine Lippen waren rot und angeschwollen. »Hab dich wohl dabei unterbrochen, was zu bestellen, oder?«

Mit einem Kopfnicken deutete er auf die vergessene Menükarte. Irgendwann hatte ich sie wohl fallen gelassen, aber ich konnte mich nicht mehr daran erinnern.

»Ich …« War ich hungrig? Nach ihm. Ich wollte *ihn*. »Okay.«

»Auf was hast du Lust?« Er fasste über mich hinweg nach der Karte und legte sich auf den Rücken, ehe er darin blätterte. »Frühstück? Oder eher Dinner? Obst?«

»Was Süßes?« Ich war immer noch unfähig, in ganzen Sätzen zu denken. Genauso unmöglich war es, den Blick von ihm zu wenden. Von seinen schlanken Fingern, mit denen er das weiße Menü festhielt, von seinen starken Armen, die ich unter dem Bademantel nur erahnen konnte, und schließlich von seinem Gesicht. Diese Lippen … Aber mehr noch die grauen Augen, mit denen er mich problemlos verschlingen konnte.

»Alles klar.« Er schien nichts von meinen wirren Gedanken zu ahnen, griff hinter sich zum Nachtschrank und nahm den Hörer ab. Er ratterte mehrere Menüs herunter, ohne dass ich eines davon verstand.

Als er auflegte, sah er mich endlich wieder an. Sein Mundwinkel zuckte. »Du siehst gefährlich aus.«

Der Kommentar überraschte mich. Gefährlich war das Letzte, wie ich mich fühlte. Verletzlich. Fasziniert. Hemmungslos.

Unwillkürlich richtete ich mich auf. Das Haar fiel mir ungeordnet über die Schultern, verdeckte teilweise meine Brüste, aber das war mir nicht wichtig. Miles hatte bereits alles von mir gesehen.

Ich beugte mich zu ihm vor, bis sich unsere Nasenspitzen berührten. Sein Atem wurde schwerer, lauter. Die Leichtigkeit fiel wieder von ihm ab.

Wegen mir. Nicht nur er war machtvoll in dieser Nacht.

»Miles?« Meine Stimme klang immer noch rau und heiser. Nicht so, wie ich sie von mir kannte.

Er musste mehrmals schlucken. »Hm?«

»Ich will dich, Miles.« Nur diese eine Nacht. Ich wollte alle Bedenken und Konsequenzen über Bord werfen. »Ich will dich in mir spüren. Ich will dich ganz. Ich will …«

Ich kam nicht mehr dazu, den Satz zu vollenden. Er hatte meinen Mund mit seinem verschlossen und mich keuchend an sich gedrückt. Unsere Zungen lieferten sich einen Kampf. Gleichzeitig öffnete ich mit fahrigen Bewegungen seinen Bademantel, zog ihn von seinen Schultern. Mir blieb kaum Zeit, seine Muskeln zu bewundern, die sich unter meiner Berührung zusammenzogen.

Miles hatte scheinbar nur darauf gewartet, dass ich ihm sagte, was ich wollte. Er hielt sich nicht mehr zurück. Unsere Bewegungen waren schneller, dringlicher, leidenschaftlicher. Ich half ihm dabei, die Boxershorts auszuziehen. Nicht ganz uneigennützig. Er war bereits so erregt, dass wir beide nicht mehr warten konnten.

»Kondom«, presste er hervor, als ich seinen Penis mit einer Hand umfasste und diese quälend langsam auf und ab bewegte. Ich biss ihm leicht in den Nacken. »Schublade.«

Nach ein paar weiteren Momenten, in denen ich die Macht über ihn genoss, löste ich mich von ihm, um die Kondome aus dem Nachttisch zu kramen. Vermutlich waren sie vom Hotel für Melissa und ihn bereitgestellt worden.

Aber anstatt Melissa war ich diejenige, die Miles in sich spüren würde. Ich würde ihn mir nehmen. Das hier gehörte mir. Er gehörte mir. Für eine Nacht.

Nachdem er sich das Kondom übergezogen hatte, setzte ich mich auf ihn. Ich wollte jede Regung in Miles' Gesicht wahrnehmen, während er das erste Mal in mich eindrang. Auch er hielt meinen Blick fest, während ich mich an seinen muskulösen Schultern festhielt. Ganz langsam ließ ich mich auf ihn sinken. Miles half mit seinen Händen nach, die Spitze seiner Erregung in meine Feuchtigkeit zu navigieren. Tiefer und tiefer ließ ich mich sinken. Miles massierte meine Klitoris, brachte mich direkt wieder an den Rand eines weiteren Höhepunkts. Alles in mir schien zu pochen, heiß zu werden.

Als ich ihn gänzlich in mich aufgenommen hatte, fühlte ich

mich voll und ausgefüllt. Ich musste meine heiße Stirn an seine Schulter lehnen, um Atem zu holen. Wir gaben uns beide Zeit, uns an das Gefühl zu gewöhnen. Ich fühlte mich so empfindlich, aufs Äußerste gedehnt, und glaubte nicht, viel mehr als das ertragen zu können.

»Fuck ... einen Moment«, bat auch Miles. Er küsste meinen Hals, biss zärtlich hinein. Ganz sanft. »Ich weiß nicht, ob ich das lange durchhalte. Du bist ... Oh, Shiloh.« Er lachte leise, selbstironisch. »Wer hätte gedacht, dass ich heute noch so ein Glück haben würde? Fuck this, ich will dich die ganze Nacht. Hörst du?«

»Dann zeig mal, was du kannst, du Glückspilz«, sagte ich und richtete mich auf. Sofort verstärkte er den Griff um meine Hüften, stöhnte auf und fluchte leise. Seine linke Hand wanderte tiefer.

»Was du kannst, kann ich schon lange.« Wieder fand er meine empfindlichste Stelle und verhinderte dadurch, dass ich ihn weiter necken konnte.

Wir fanden nach ein paar Anläufen unseren Rhythmus. Konnten nichts mehr sagen, weil uns die Empfindungen überwältigten. Er leckte über die eine Brustwarze und massierte die andere Brust mit seiner Hand. Das brachte das Fass zum Überlaufen. Ich konnte die andrängende Lust nicht mehr zurückhalten und stürzte ein weiteres Mal über die Klippe.

Das war der Moment, in dem es an der Tür klingelte.

»Zimmerservice«, kündete eine Männerstimme an.

Ich befand mich noch im siebten Himmel, und Miles war ebenfalls zu weit weg von der Realität des Hotelzimmers inklusive Personal. Unfähig innezuhalten, bewegte ich mich weiter auf und ab. Selbst wenn draußen die Welt untergegangen wäre, hätte ich nicht aufhören können. Ich küsste ihn. Konnte nur mühsam einen Schrei unterdrücken, indem ich meinen Mund auf seinen

Hals presste. Ein Schauer überzog meine gesamte Haut. Das Pulsieren in meinem Körper wurde unerträglich.

Abrupt explodierte er. Seine Hände gruben sich tief in meine Haut, als er sich an meinen Hüften festzuhalten versuchte. Ich konnte sein Stöhnen lediglich abmildern, indem ich ihn küsste und es damit in mich aufnahm.

Unsere verschwitzten Körper klebten einander, aber wir kümmerten uns nicht darum. Ich hielt ihn fest an mich gedrückt, als es ein weiteres Mal klingelte.

Meine Atmung ging bloß stoßweise, aber ich fand allmählich zu mir zurück.

»Ja! Einen Moment«, rief ich.

»Sorry, ich glaub nicht, dass ich mich bewegen kann«, entschuldigte sich Miles.

Ich tippte gegen seine Nase, bevor ich mich vorsichtig erhob und meinen Bademantel wieder überzog.

»Kannst du dir zumindest was überwerfen?«, zog ich ihn auf.

»Was? Kannst du dich bei dem Anblick sonst nicht zurückhalten?«, konterte er.

»Miles!«

Lachend sprang er auf, um die Toilette aufzusuchen. Im Vorbeigehen küsste er mich auf die Wange.

»Ich dachte, du kannst dich nicht mehr bewegen«, grummelte ich und öffnete die Tür, als er verschwunden war.

Ich entschuldigte mich bei dem Concierge für die Wartezeit und schob den Speisewagen allein rein. Ich wollte es ihm nicht zumuten, den Raum zu betreten, in dem es nach Lust und Hitze roch. Deshalb öffnete ich auch direkt eines der Fenster, nachdem ich die Tür geschlossen hatte.

Miles kehrte gut gelaunt zurück, aber anstatt sich sofort übers Essen herzumachen, wie ich es erwartet hätte, stellte er sich hinter mich und zog mich an sich. So fest, als glaubte er, ich wäre nicht real. Mit seiner Nase strich er meinen Nacken entlang, drückte sie in mein Haar.

»Du riechst so gut. Magnolie?«

Überrascht drehte ich mich in seiner Umarmung um. Mir fiel auf, dass er immer noch nackt war. Lediglich mein rosafarbener Bademantel trennte meine Haut von seiner.

»Du weißt, wie Magnolie riecht?«

»So wie du, oder nicht?« Er grinste breit. Das stellte Dinge in meiner Bauchgegend an, die allein sein Anblick nicht auslösen sollte.

»Miles …« Ich presste die Augen zusammen, weil mich die Empfindungen überrollten. Mit den Händen hielt ich mich an dem Speisewagen fest, um nicht umzufallen. »Das Essen …«

»Richtig.« Er legte eine Hand in meinen Nacken und schob mein Gesicht mit dem Daumen nach oben. Mein Mund öffnete sich bereits, und ich hieß seine Zunge mit meiner willkommen.

Wie sollte ich jemals genug von ihm bekommen?

Irgendwann konnten wir uns dann doch voneinander lösen. Nachdem ich mich kurz im offenen Badezimmer frisch gemacht hatte, setzte ich mich neben Miles aufs Bett. Er hatte das Tablett mit den Früchten, Pancakes und Waffeln auf die Tagesdecke gestellt. Immerhin hatte er sich seinen Bademantel übergezogen, damit ich nicht sofort wieder von dem Anblick seines Oberkörpers abgelenkt wurde.

Er schob sich gerade eine mit Schokolade überzogene Erdbeere in den Mund, als ich mich neben ihn setzte. Das Licht war immer noch gedimmt, sodass wir durch das offene Fenster nach draußen sehen konnten. Die Stadt war gefühlt noch hellwach.

»Willst du auch was?« Ich hatte mir im Vorbeigehen ein alkoholisches Biermixgetränk mit fruchtiger Note aus dem Kühlschrank geholt. Kirsche. Mittlerweile hatte mein Alkoholpegel abgenommen. Ich fühlte mich nicht bereit, komplett auszunüchtern.

»Ich bleibe beim Eistee«, antwortete er mit einem Kopfschütteln.

Schweigend saßen wir nebeneinander, aßen, tranken und beobachteten den dunklen Himmel und die glänzenden Lichter draußen.

Es war so unwirklich, hier zu sein. Neben ihm. Ihn vor einer halben Stunde noch in mir gespürt zu haben und jetzt darüber nachzudenken, was er von mir dachte. Ich hatte noch nie zuvor mit jemandem geschlafen, den ich weniger als einen Tag kannte. Was war nur los mit mir?

Was war mit meinem Vorhaben, mich auf niemanden mehr einzulassen? Keine Freundschaften. Keine Beziehungen.

Doch das hier war keine Beziehung. Oder Freundschaft. Miles war eine Zufallsbekanntschaft, und wir hatten Sex gehabt. Eine Nacht. Mehr nicht.

Ich sollte nicht zu viel hineininterpretieren, schließlich hatte er bis eben noch vorgehabt, sich mit einer anderen zu verloben. Auch wenn es für ihn nicht die Bedeutung gehabt hatte wie für die meisten anderen Menschen.

»Ich bin satt«, verkündete ich und leerte die Flasche in einem letzten Zug.

Miles stellte das Tablett weg, bevor er das Licht ausschaltete. Durch die beleuchtete Stadt draußen konnten wir einander immer noch gut erkennen. Deshalb erschrak ich auch nicht, als er sich wieder aufs Bett direkt neben mir setzte.

Seit wir das Schlafzimmer betreten hatten, hatte mein Herz in rasanter Geschwindigkeit geschlagen, aber jetzt verlor es jeglichen Rhythmus. Ich konnte kaum atmen, als ich mich erneut in

Miles' Augen verlor. Er war mir so nah, dass ich an meiner Wange spüren konnte, wie er sprach.

»Ganz?«

»Hm?« Wovon redete er?

»Bist du ganz satt?« Er kniete sich vor mich hin und stützte sich mit den Armen links und rechts von mir auf, während ich mich leicht nach hinten sinken ließ. »Oder kann ich dir noch was anbieten? Kirschen? Mandarinen? Waffeln?«

»Darüber muss ich nachdenken …«

Ich wusste nicht, wie es passiert war, aber nur Sekunden später küsste ich ihn, als würde mein Leben davon abhängen. Mit fahrigen Bewegungen zogen wir uns gegenseitig aus, hielten einander fest und stillten den brennenden Hunger, von dem er gesprochen hatte.

Danach war ich so erschöpft, dass ich irgendwann in seinen Armen einschlief. Ich dachte noch daran, dass ich es nicht tun sollte, doch da war ich schon in wohltuende Wärme gesunken.

Als ich erwachte, graute der Morgen bereits. Miles lag neben mir auf dem Bauch, ein Arm über seinen Kopf, das Gesicht von mir abgewandt. Die schwarzen Haare ein Nest, das ich am liebsten glatt gestrichen hätte. Ich konnte ihn leise atmen hören. Kein einziger Albtraum hatte mich heimgesucht, während ich neben ihm geschlafen hatte.

Mir war flau im Magen. Ob es am Alkohol lag oder an der vergangenen Nacht, konnte ich nicht sagen. Ich zögerte das Unvermeidliche ein paar Sekunden hinaus, dann stieg ich möglichst leise aus dem Bett. Das Badezimmer war zwar nur durch die Glaswand mit den schwarzen Sprossen vom Schlafbereich getrennt, aber es reichte aus, um mir Luft zum Atmen zu geben.

Ich wusch mir das Gesicht und spülte meinen Mund mit Wasser aus. Nachdem ich auf der Toilette gewesen war, verlor ich keine Zeit mehr. Miles schlief immer noch und meine Panik nahm von Minute zu Minute zu. Was würden wir sagen, wenn er aufwachte? Würde er sich entschuldigen und sich dann wieder in sein eigenes Leben verabschieden?

Shit, ich konnte mir nichts Schlimmeres vorstellen. Aber was für eine andere Möglichkeit blieb? Er konnte wohl kaum so heftig empfunden haben wie ich. Selbst wenn er Melissa nicht wirklich hatte heiraten wollen, hatte ihn ihr Betrug verletzt. Er hatte zumindest Gefühle für sie gehabt, und nur weil er seinen Schmerz durch mich betäubt hatte, bedeutete das nichts.

Ich sollte es für uns beide einfach machen.

Ohne ihn aufzuwecken, sammelte ich meine Sachen zusammen und zog mich an. Mein Kleid war mittlerweile getrocknet. Nach kurzem Zögern nahm ich die Papiertüte mit den Hotelsouvenirs mit, die Miles mir gekauft hatte. Meine Tasche hängte ich mir über eine Schulter, und die Schuhe hielt ich an den Riemen fest.

*Nur einmal noch ...* Ich würde ihn nie wieder sehen. Allein aus diesem Grund sah ich ein letztes Mal zurück.

Er hatte seinen Kopf gedreht, sodass ich sein entspanntes Gesicht sehen konnte. Ich wünschte, ich könnte ein Foto machen, ohne wie ein Creep zu wirken. Als Erinnerung an einen Typen, den ich einst getroffen hatte.

Ich verließ das Zimmer. Erst im Lift zog ich meine Sandalen an. Niemand anderes stieg zu mir, worüber ich froh war. Ich fing meinen Blick in der verspiegelten Wand auf, erkannte mich selbst nicht. Ich wollte weinen.

Meine Lippen bebten. Sie waren so wund, wie die von Miles ausgesehen hatten. Ich legte einen Finger an sie, dachte darüber nach, zurückzukehren.

»Sei nicht albern.« Der Klang meiner eigenen Stimme vermochte das zu tun, was meinen Gedanken nicht gelungen war. Ich fand mich in der Realität wieder. Miles war ein reicher Schnösel, der aus Langeweile Heiratsanträge machte. Ich war ein Niemand, der vor seiner Familie geflohen war und Angst vor dem Leben hatte.

Wir passten in keiner Welt zusammen. Es war besser so.

Ich musste es mir nur oft genug selbst sagen.

## • KAPITEL 6 •

### *not here*

Ich fühlte mich wie gerädert, als ich zwei Tage später bei *Goldbloom & Son* meiner Arbeit als Sekretärin nachging. Eigentlich war ich Mr Goldblooms Assistentin, aber die Position wollte er mir nicht zugestehen. Ich konnte es ihm nicht verübeln, nachdem ich den Kaffee über eine Kundin geschüttet hatte. Trotzdem war ich die Assistentin, die es von allen bisherigen am längsten bei ihm ausgehalten hatte.

Er war kein schlechter Boss per se, aber seine Launen und wirren Gedankengänge konnten anstrengend sein. Wenn man sich etwas daraus machte. Die meisten Zeit hörte ich ihm einfach nicht zu, und das schien für uns beide am besten zu funktionieren.

Wenn er dann doch mal eine wichtige Aufgabe für mich hatte, schrieb er sie mir per E-Mail, damit ich sie auch ja verstand. Es war nicht unbedingt mein Fehler, dass er so schwer verständlich war. Öfter redete er mit mir über sein Frühstück und erzählte dann plötzlich von einem Klienten von vor zwei Tagen, bevor er sich darüber ausließ, dass er bei seinem Lieblingsspanier ein Haar in der Paella gefunden hatte. Wer hörte sich den Wortsalat denn freiwillig von Anfang bis Ende an?

Ich fragte mich manchmal, wie er mit einem derartig wirren Verstand seiner Arbeit als Privatdetektiv nachkam. Aber seine Kundinnen und Kunden, die hauptsächlich aus der New Yorker Oberklasse stammten, schienen mit seinen Ergebnissen zufrieden zu sein. Zumindest bezahlten sie horrende Summen dafür, dass er herausfand, wer, wann, wo und mit wem betrog. Na ja, nicht immer, aber meistens. Hin und wieder ging es auch um ernstere Fälle, manchmal verschwundene Verwandte, Backgroundchecks von den Partnern der Kinder reicher Eltern oder Beschattungen von Personen, die plötzlich seltsames Verhalten an den Tag legten.

Mr Goldbloom, ein Mann Ende fünfzig mit grauem Schnäuzer und noch graueren Haaren, umberfarbener Haut und einem goldenen Ohrring rechts, tat sein Bestes, diese Fälle zu lösen. Deshalb blieb er manches Mal dem Büro tagelang fern und ließ mich die Stellung halten. Was nicht so gut funktionierte. Ich kam mit anderen Menschen nicht zurecht, was hauptsächlich an ihrer Arroganz lag. Damit ließen sie mich jedes Mal deutlich spüren, dass ich unter ihnen stand. Dann musste ich daran denken, wie sehr meine Eltern dieses Leben für mich gewollt hatten. Auch ich sollte zu einem dieser Schnösel werden und ihnen ein bequemes Leben ermöglichen.

Seufzend legte ich ein braunes Dossier zu dem Stapel der fünfzehn oder zwanzig anderen und trug einen neuen Termin in Mr Goldblooms Kalender ein. Er war vor einer halben Stunde in seinem Herrenhauszimmer verschwunden. Herrenhauszimmer, weil mich die Einrichtungen an ein altes Herrenhaus erinnerte. Teures Holz, dunkle Regale, massiver Schreibtisch, Ledersofas, Webteppiche und Gemälde von Wildjagden zwischen den schmalen Fenstern. Dazu roch alles nach Zigarren und Moschus, obwohl er nicht mal rauchte. Ich hatte keine Ahnung, wie er den Geruch kreierte.

Die Detektei befand sich im dritten Stock eines Backstein-gebäudes in Brooklyn, das gleich weit von meinem College und meiner Wohnung entfernt war. Wie in einem gekippten Drei-eck, wobei meine Arbeit die südliche Spitze darstellte. In dem Gebäude gab es noch ein paar andere Büros, aber Goldbloom war die einzige Detektei und Mr Goldbloom der einzige De-tektiv. Obwohl auf dem Schild *Son* stand, hatte es nie einen sol-chen gegeben. Mr Goldbloom war eingeschworener Single ohne Familie. Ihm hatte lediglich die Aura imponiert, die der Zusatz *& Son* kreierte.

Komischer Kauz, aber seine Kundinnen und Kunden lieb-ten ihn.

Der Holzfußboden, mit dem alle vier Räume ausgelegt waren, knarzte unter seinen schweren Schritten. Wieder mal ging er in seinem Büro auf und ab. Die Tür mit dem eingelassenen Glas war geschlossen. Meinetwegen. Ein sicheres Zeichen dafür, dass ich ihn nicht stören sollte.

Ich drehte mich mit meinem Stuhl um und sah mich dem Berg aus Akten und Dokumenten gegenüber. Darüber eine Pinnwand mit unzähligen Zetteln, die ich geschrieben hatte, um mich an be-stimmte Dinge zu erinnern. Ich konnte nicht sagen, wo der Feh-ler lag. In meinem restlichen Leben war ich penibel und struk-turiert. Auf der Arbeit allerdings bekam ich keine Ordnung hin.

Okay, meine Vorgängerin hatte mir auch ein riesiges Chaos hinterlassen, und seitdem hatte ich es nicht geschafft, auch nur ansatzweise aufzuräumen.

Mein Hauptarbeitsplatz bestand aus der Empfangstheke und dem sich dahinter anschließenden zweiten Schreibtisch, der an der Wand stand. Daneben führte eine Tür in den hinteren Ak-tenraum. Wie es da aussah … Lieber nicht darüber nachdenken.

Ich war froh, dass ich zumindest die meiste Zeit wusste, wo ich etwas suchen musste. Sobald ich mich doch verzettelte, wurde ich mit einem missmutigen Brummen von Mr Goldbloom bestraft. Immerhin feuerte er mich nicht. Da ich auch finanziell von meinen Eltern abgeschnitten war und nie die Chance gehabt hatte, etwas zu sparen, war ich auf den Job angewiesen. Ich glaubte zwar, dass Bronwyn und Nick notfalls meine Miete für ein oder zwei Monate übernehmen würden, aber ich wollte sie nicht in eine derartige Situation bringen.

Vor allem dann nicht, wenn ich nicht mal mit ihnen befreundet war. Das ging ganz allein auf meine Kappe, aber ich würde besser so damit fahren. Gleiches hätte ich mir in Bezug auf Miles denken sollen.

Ich hatte mich von ihm gefangen nehmen lassen, von seiner sorglosen Aura, und mich dabei selbst verloren. Er war anders gewesen als alle Menschen, die ich bis dahin getroffen hatte. Seine Leichtigkeit, sein Selbstbewusstsein und sein Charme hatten mich verzaubert. Die Wirklichkeit verschleiert, in der er ein verwöhnter Typ war, der sich nichts aus ernsthaften Beziehungen machte. Er war bloß auf der Suche nach dem neuesten Kick.

Das war okay. Für ihn. Und für mich. Schließlich konnte ich keine Komplikationen gebrauchen. Keine Freundschaft und schon gar keinen festen Freund.

Ich schüttelte den Kopf. Wieder dieser seltsame Gedanke. Hatte mich die gemeinsame Nacht jegliche Prinzipien vergessen lassen?

Ja, sie war heiß gewesen. Er war heiß gewesen. Der Sex war sehr gut gewesen. Spektakulär. Mehr nicht. Was war schon *spektakulär*? Ein überbewertetes Adjektiv.

Vor allem da die Strafe direkt gefolgt war. Nachdem ich mit dem Taxi nach Hause gekommen war, hatte ich mir erst mal die Seele aus dem Leib gekotzt. Ich war froh, es überhaupt bis ins Badezimmer geschafft zu haben. Der Taxifahrer hatte mich die gesamte Fahrt über durch den Rückspiegel misstrauisch beäugt.

Immerhin musste er mir keine professionelle Reinigung der Sitze in Rechnung stellen.

Warum also rief ich nun Instagram auf und suchte Miles' Profil? Ich hasste mich dafür, aber das war kein ausreichender Grund, mich abzuhalten. Als ich sein öffentliches Profil fand, stellte ich schnell fest, dass er nur unregelmäßig postete. Es gab keine aktuelle Story, und sein letztes Foto, das ihn mit Skateboard und grauer Baseballcap auf einem Parkour zeigte, war vier Wochen alt. Das davor sogar schon drei Monate. Jemand hatte seine Silhouette auf einem Dach abfotografiert. Die New York Skyline im Hintergrund.

Ich achtete darauf, keines der Bilder zu liken, und folgte ihm auch nicht. Das war albern.

Seufzend schloss ich die App und lauschte den verklingenden Schritten von Mr Goldbloom. Ein Stuhl wurde zurückgezogen. Er war offenbar zu einem Entschluss gelangt. Gut für ihn.

Die Eingangstür wurde geöffnet, und eine kleine goldene Glocke ertönte beim Eintreten eines überraschend großen Mannes. Er war vielleicht um die ein Meter neunzig, hatte ein breites Kreuz und beeindruckende Muskeln. Ich schätzte ihn auf Ende dreißig, möglicherweise Anfang vierzig. Sein Haar war voll und nur von wenigen grauen Strähnen durchzogen. In seinem attraktiven Gesicht fanden sich kaum Falten, trotzdem wirkte er nicht mehr jung. Da es heute wieder ziemlich heiß und stickig war draußen, trug er keine Jacke zu seiner braunen Anzughose und seinem weißen kurzärmeligen Hemd. Eine Rolex glänzte an seinem rechten Handgelenk und sagte mir alles, was ich wissen musste.

Ein weiterer Kunde aus Mr Goldblooms gehobenen Kreisen. Ihn hatte ich jedoch noch nie zuvor gesehen, also musste er mit einem neuen Auftrag hergekommen sein.

Ich erhob mich, damit ich ihn über die Theke hinweg begrüßen konnte. Für einen Moment wirkte er wie verloren, sah sich in dem dunklen Eingangsbereich um, nahm die schwarze Ledercouch, die Schirmlampen und die goldgerahmten Gemälde in sich auf, ehe er mich mit seinem emotionslosen Blick fixierte.

Er lächelte jäh. So abrupt, als würde er es nicht fühlen, sondern lediglich benutzen. Merkwürdig. In wenigen Schritten hatte er den Abstand zu mir überbrückt. Aus der Nähe wirkte er sogar noch imposanter.

»Willkommen bei *Goldbloom & Son*, mein Name ist Ms Tenley, wie kann ich Ihnen behilflich sein?«

Sein Lächeln wurde breiter. Das erste Mal sah ich ein paar Falten auf seiner gebräunten Haut. »Mein Name ist Eddy Wrenxton. Ich habe letzte Woche angerufen und einen Termin bei Detective Goldbloom.«

»Ah, einen Moment.« Ich setzte mich wieder hin, um im Onlineterminkalender nachzuschauen. Gleichzeitig war ich froh, dadurch seinem durchdringenden Blick zu entkommen. »Hier sind Sie. Nehmen Sie bitte dort drüben Platz, während ich Detective Goldbloom über Ihr Kommen unterrichte.«

»Danke.« Er klopfte einmal auf den Tresen, dann steuerte er lässig die Couch an und ließ sich darauf nieder. Als hätte er keine Sorge der Welt, legte er den Knöchel des einen Beines auf sein anderes Knie. Er gehörte vielleicht ebenfalls zu den reichen New Yorkern, jedoch benahm er sich anders als die üblichen Kunden. Lockerer.

Ich trat hinter dem Tresen hervor und klopfte bei Mr Goldblooms Büro an. Er grunzte, was so viel wie Herein bedeutete. Ich öffnete die Tür und steckte meinen Kopf durch den Spalt, bis ich Mr Goldbloom an seinem Schreibtisch sitzen sehen konnte. War mein Arbeitsplatz verkörpertes Chaos, so war seiner penible Ordnung. Alles fand wie durch Zauberei seinen angestammten Platz, und nichts tanzte aus der Reihe.

Vielleicht legte er auch all die Dinge, die er nicht zuordnen konnte, auf meinen Schreibtisch.

»Ihr nächster Termin ist da. Mr Wrenxton«, verkündete ich.

Mr Goldbloom sah mich aus seinen dunklen Augen an. »Gibt es bereits eine Akte?«

»Er ist ein neuer Auftraggeber«, antwortete ich.

»In Ordnung, schicken Sie ihn rein.« Ich war bereits im Begriff, die Tür wieder zu schließen, als er plötzlich weiterredete: »Ach, Ms Tenley, könnten Sie etwas an Ihrem Arbeitsplatz tun? Was sollen denn meine Kunden denken? Dass ich meine Arbeit so unordentlich verrichte wie Sie?« Er schnalzte mit der Zunge.

»Tun Sie das denn?« Ich blinzelte unschuldig.

»Ms Tenley …«

»Ich schicke Ihnen Mr Wrenxton hinein.« Damit schloss ich die Tür und drehte mich um. Mr Goldblooms leises Lachen drang jedoch bis zu mir.

Er hasste vielleicht meine Unordnung, aber er fand mich amüsant.

Nachdem ich Mr Wrenxton ins Büro geschickt hatte, sortierte ich ein paar weitere Akten. So richtig konnte ich mich aber nicht konzentrieren. Immer wieder sah ich Miles' lächelndes Gesicht mit dem Grübchen vor mir. Unfassbar.

Wütend tippte ich auf die Tastatur und legte eine neue Infokarte für Mr Wrenxton an. Er würde von Mr Goldbloom ein Formular erhalten, auf dem er seine wichtigsten Daten niederschreiben sollte. Dieses landete in einer Handakte, weil Mr Goldbloom lieber damit arbeitete. Ich hatte es mir zur Aufgabe gemacht, Anschrift und Telefonnummer zusätzlich zu digitalisieren, da Mr Goldbloom oft vergaß, mir eine Akte rechtzeitig zurückzugeben, obwohl ich den Kunden kontaktieren oder ihm eine Rechnung schreiben musste.

Mr Wrenxton verließ nach zwanzig Minuten das Büro und

wünschte mir noch einen angenehmen Tag. Eine halbe Stunde später machte ich Feierabend. Zeit für den Lunch.

Um kurz nach fünf befand ich mich auf dem Weg zum College in East Flatbush. Montag war der einzige Tag, an dem das College relativ spät anfing. Mittwochs und freitags musste ich von vier Uhr bis halb neun anwesend sein. Die Kurse reihten sich nahtlos aneinander an, und es war fast unmöglich, sich eine Atempause zu nehmen. Aber da ich es mir so ausgesucht hatte, musste ich wohl damit leben.

Ich lief die Treppe der Metrostation in Midwood runter, als mein Handy in meiner hinteren Hosentasche vibrierte. Heute Morgen hatte ich mich für Highwaist-Jeans mit mehreren Messingknöpfen vorne und einem einfachen weißen Top entschieden. Ich hatte nicht damit gerechnet, dass es so heiß werden würde, sonst wäre meine Wahl auf etwas Leichteres gefallen.

In meiner linken Hand hielt ich einen Iced Latte Macchiato, von meiner Schulter baumelte meine blaue Stofftasche. Irgendwie gelang es mir, im schnellen Gang das Handy herauszufischen und den Anruf entgegenzunehmen. Bronwyn.

»Shiloh?« Sie klang so miserabel, dass ich mitten auf der Steintreppe stehen blieb. »Hallo?«

»Was ist los?« Ich konnte mich nicht daran erinnern, dass sie mich jemals angerufen hatte.

»Mir ist nicht gut.« Sie stöhnte leise. »Nick ist nicht da. Ich würde auch niemals fragen, aber … Kannst du mich abholen? Ich … Ich glaube, allein schaff ich es nicht nach Hause.«

Jemand maulte mich an, dass ich gefälligst weitergehen sollte. Ich ignorierte ihn, schloss kurzzeitig die Augen.

»Okay.«

»Ich bin auf der Arbeit«, erklärte sie mit kaum vernehmbarer Stimme.

»Ich weiß.« Innerlich seufzte ich. »Gib mir zwanzig Minuten.«

Sie hatte aufgelegt. Hätte ich mich weigern sollen? Nein. Trotz allem war ich kein kalter Mensch. Ich wollte zwar keine Freundschaften in meinem Leben, wollte nicht mehr enttäuscht werden und mich selbst schützen, aber ich würde jemanden in Not nicht ignorieren.

*Und wohin hat dich das mit Miles gebracht? Jetzt trauerst du ihm wie einem Verflossenen hinterher, dabei wart ihr nur eine Nacht zusammen! Wird Zeit für einen Reality Check, Lady.*

Ich ignorierte die innere Stimme und rannte die Treppe wieder hoch. Zum New York Aquarium gab es keine schnelle Verbindung, deshalb winkte ich auf der Avenue M ein Taxi heran. Mit etwas Glück würde ich es trotz Feierabendverkehr in weniger als einer halben Stunde zum Aquarium geschafft haben.

Bronwyn arbeitete dort, seit sie vor fast zwei Jahren nach New York gekommen war. Ich war noch nie hier gewesen, da ich kein Interesse an Wassertieren hatte. Die Gegend war jedoch schön. Am südlichsten Punkt von Brooklyn in Brighton Beach lag es direkt an der Lower Bay und man konnte auf Breezy Point hinausblicken.

Das Taxi hielt vor dem gigantischen Eingang, der aus blauen und cremefarbenen Metallfischen und Algenpflanzen bestand. Darüber befand sich ein Eisenkonstrukt mit der Aufschrift *New York Aquarium*. Das Tor war geöffnet, dahinter musste man einen asphaltierten Weg zum inneren Bereich entlanggehen. Glücklicherweise wartete Bronwyn bereits mit einer Kollegin auf mich.

»Bitte warten Sie hier«, instruierte ich den Taxifahrer und stieg aus.

Bronwyn trug immer noch ihre Uniform: Khakihosen mit

schwarzem Gürtel und ein königsblaues T-Shirt. Ihr Gesicht war bleich. Bleicher als ohnehin schon. Ihre Sommersprossen stachen deutlich auf ihrer Nase und ihren Wangen hervor. Das honigblonde Haar hatte sie zu einem unordentlichen Zopf zusammengebunden, aus dem sich bereits einzelne Strähnen gelöst hatten. Ihre Wimpern warfen dunkle Schatten unter ihre katzengrünen Augen. Eine Hand presste sie auf ihren Bauch, in der anderen hielt sie eine unscheinbare braune Papiertüte.

Oh. Ihr war *schlecht* schlecht.

»Bronwyn«, sagte ich, weil sie bisher nicht aufgesehen hatte.

Ihre Kollegin, eine Frau ungefähr zehn Jahre älter als wir, blickte in meine Richtung. Sie tippte Bronwyn auf die Schulter.

»Shiloh«, presste Bronwyn hervor. Ihr gelang es selbst in dieser Situation, mich anzulächeln.

Ich wünschte, Nick wäre an meiner Stelle hier und nicht wieder an irgendeinem Filmset. Ich wünschte, er würde sich um seine beste Freundin kümmern. Ich wünschte, mich würde nicht eine Welle des Mitleids überkommen.

»Sie muss sich seit zwei Stunden fast durchgehend übergeben«, erklärte mir ihre Kollegin, als sie Bronwyn sanft zu mir schob. »Ich glaube, ihr Magen ist leer. Sie sollte es zumindest bis nach Hause schaffen, ohne …«

»Okay. Danke«, zwang ich mich, zu sagen. Damit war die Verantwortung auf mich übertragen worden. Die Kollegin verabschiedete sich, und Bronwyn und ich stiegen ins Taxi.

Ich war froh, dass wir nicht die Metro nehmen mussten. Es wäre ein größeres Hindernis gewesen, sie in diesem Zustand von Bahngleis zu Bahngleis zu manövrieren. Und ein Bus würde total rütteln, was ihrem momentanen Gesundheitszustand bestimmt nicht zuträglich wäre.

»Hast du was Falsches gegessen?«, fragte ich Bronwyn, nachdem wir die Shell Road verlassen hatten.

»Vielleicht die Bestellung von gestern Abend«, murmelte sie. »Tut mir leid, dass du nicht zum College kannst.«

Ich stockte. Mir war nicht klar gewesen, dass sie wusste, was heute auf meiner Agenda stand.

»Schon okay. Ein paar Fehlstunden kann ich mir leisten«, entgegnete ich. Innerlich kalkulierte ich, wie viele Stunden ich tatsächlich noch fehlen dürfte, ohne durch die Kurse zu fallen. Immerhin würde ich heute nur zwei Kurse verpassen.

Bronwyn übernahm die horrende Taxifahrt, wofür ich dankbar war. Irgendwie hätte ich das Geld zusammenbekommen, aber ich musste schon jetzt jeden Cent drei Mal umdrehen.

Ich stützte sie, während wir die Treppe hinauf zu unserem Apartment nahmen. Eilig schloss ich die Metalltür auf und zog ihre und meine Schuhe aus. Als ich sie jedoch ins Bett manövrieren wollte, schüttelte sie den Kopf.

»Wohnzimmer. Dann habe ich nicht das Gefühl, krank zu sein.« Die Aussage machte für mich keinen Sinn, aber ich wollte nicht diskutieren.

Nachdem ich ihr dabei geholfen hatte, die Hose auszuziehen und sich auf der dunkelblauen Samtcouch auszustrecken, stellte ich ihr ein Glas Wasser auf den Tisch. Sie schaltete den Fernseher ein, achtete aber nicht aufs Programm.

Unschlüssig stand ich auf dem Florteppich und sah sie an. Was machte man, wenn jemand krank war? Ich konnte mich nicht daran erinnern, jemals umsorgt worden zu sein, aber ich wusste auch, dass das nicht die Normalität war. Meine Eltern hatten mir nie erlaubt, mich auszuruhen. Selbst wenn mir schlecht gewesen war, hatte ich mich mit einem Buch über Stochastik ins Bett legen müssen.

»Ähm, wie wäre es mit Suppe? Für später?« Mit einer Suppe konnte man nichts falsch machen, oder?

Bronwyn blinzelte. Sie hatte noch weniger als ich damit gerechnet, dass ich etwas vorschlug, das ihr helfen würde.

»Klingt gut. Später. Gerade grummelt mein Bauch noch.«

»Okay. Wir haben nichts da, deshalb lauf ich schnell zum Glatt Mart. Ich beeile mich.«

»Danke, Shiloh.«

Im Glatt Mart nebenan deckte ich mich mit sämtlichen Suppen ein, weil ich nicht wusste, welche davon Bronwyn am liebsten mochte. Als ich an der Kasse stand, fiel mein Blick wieder auf die Zeitschriftenauslage. Eine davon, die mit Miles' Gesicht auf dem Cover, schien mich zu verhöhnen. Bevor wir uns letzten Samstag begegnet waren, hatte ich abends zuvor sein Gesicht zum ersten Mal gesehen. Hier. An dieser Stelle.

Ohne wirklich zu wissen, was ich tat, klaubte ich das letzte Exemplar vom Stand und bezahlte es zusammen mit den Suppentüten.

*Was auch immer.*

Auf dem Weg zurück zur WG blätterte ich durch das Hochglanzmagazin und musste schmunzeln, als ich die Fotos von Miles im Innenbereich sah. Er war nicht gut getroffen worden. Paparazzi hatten ihn dabei abgelichtet, wie er wild um sich schlug, während ein Polizist im Hintergrund stand. Sein Gesicht war nicht zu erkennen. Der Artikel bestätigte das, was Miles mir erzählt hatte. Er war zwar nicht gefahren, aber er hatte sich unhöflich benommen.

Seufzend steckte ich das Magazin in die Einkaufstüte. Was machte ich hier eigentlich? Miles hatte mich längst vergessen. Ein kurzes Abenteuer, und das war's. Warum zur Hölle konnte ich nicht das Gleiche tun?

## • KAPITEL 7 •

### *forget about him*

Als ich zurück ins Apartment kam, war Bronwyn vor den laufenden Nachrichten eingeschlafen. Ich stellte die Tüte in der Küche ab und schaltete den Fernseher aus. Mein Blick fiel auf Bronwyns entspanntes Gesicht, das immer noch schrecklich weiß war. Nach kurzem Zögern legte ich eine Hand auf ihre Stirn. Glücklicherweise fühlte sie sich nicht heiß an.

Da ich völlig überraschend einen Abend freihatte, musste ich mir erst überlegen, was ich damit anstellte. Schließlich entschied ich mich, aufzuräumen. Bronwyn und ich teilten uns die Aufgaben, wenn Nick unterwegs war. Sie sollte sich aber in den nächsten Tagen ausruhen, und ich hatte ohnehin nichts anderes vor.

Ich begann mit unserer schmalen Küche, die aus weißen Möbeln, altmodischer Herdplatte und Fliesen mit Dreieckmuster bestand. Der Kühlschrank war die einzige Neuanschaffung, worüber ich ganz froh war. Dadurch hatten wir ein Gefrierfach, das bis obenhin mit Tiefkühlpizza und Eis gefüllt war. Ich räumte den Einkauf weg, ignorierte das Magazin und spülte das sich angesammelte Geschirr. Ohne Spülmaschine stapelte sich das ziemlich schnell.

Als ich mit dem Ergebnis zufrieden war, betrat ich das ebenso schmale Badezimmer. Bronwyn war so kreativ gewesen, drei Körbe aufzuhängen, die an Ketten hingen und eigentlich für Obst und Gemüse gedacht waren, in denen wir jeweils unsere Kosmetikprodukte aufbewahrten. Als Handtuchhalter nutzten wir ein Gestell aus Holz, das gegen die Wand lehnte. Nick hatte es in seiner Freizeit gebaut, und währenddessen hatte Bronwyn ihm die ganze Zeit vorgehalten, dass er es falsch machte. Am Ende hatte sie zugeben müssen, überreagiert zu haben.

Ich stand in der Tür und konnte mich nicht bewegen, als mein Blick auf dem Williamsburg-Bademantel landete. Die Erinnerung an Miles brach über mich herein. Wie laut mein Herz geschlagen hatte, als er sich um meine Schürfwunden gekümmert hatte.

Ich schnaubte und warf die Tür wieder zu. Ums Badezimmer könnte ich mich später noch kümmern.

Bronwyn wachte fast zwei Stunden später auf, woraufhin ich ihr die Suppe kochte. Auch mein Magen grummelte, aber ich hatte nicht sonderlich Lust auf Suppe oder Instantnudeln. Während ich neben Bronwyn auf der Couch saß und überlegte, was ich mir stattdessen zubereiten könnte, schellte es an der Tür.

Mein Herz rutschte in die Hose. Niemand klingelte je bei uns. Bronwyn und Nick waren zwar Besties, aber abgesehen davon waren sie genauso einsiedlerisch wie ich. Ich sprang auf, rannte förmlich in den Flur und drückte den Türöffner. Ein lautes Brummen folgte. Leider funktionierte unsere Gegensprechanlage nicht, sodass ich in den Hausflur gehen musste, um zu sehen, wer am frühen Abend noch zu uns wollte.

Was tat ich, wenn es Miles war? Eilig versuchte ich, meinen Haaren etwas mehr Volumen zu geben. Ohne nennenswerten Erfolg. Wann hatte ich zuletzt in den Spiegel geschaut? Würde das was ändern? Ich hatte ohnehin kein Make-up drauf, und auf die Schnelle hätte ich auch nichts an meinem Erscheinungsbild ändern können.

»Hallo?«, rief ich nach unten und beugte mich übers Geländer. Ich hörte das Rascheln von Kleidung, dann blitzte etwas Rotes zwischen den Holzstreben auf, ehe ich die Baseballcap erkannte.

Enttäuschung breitete sich in mir aus. Ich löste mich vom Geländer. Nur ein Lieferant. Nicht Miles.

Bronwyn hatte für mich eine Pizza bestellt. Ihre Art, um mir für die Hilfe zu danken und sich für die Unannehmlichkeit zu entschuldigen.

Obwohl mir meine eigene Unvernunft den Appetit verdorben hatte, zwang ich mich, im Wohnzimmer zu bleiben und zu essen. Bronwyn konnte nichts dafür, dass ich in meiner Fantasiewelt lebte.

Ich wünschte, mir würde Miles wieder begegnen, nur damit ich ihm sagen konnte, dass ich ihn nicht mochte. Das war das eigentliche Problem, oder? Er dachte vermutlich, ich war geflohen, weil ich heimlich Gefühle für ihn hegte.

Nein. Er dachte, ich würde mich schämen. Oder es bereuen.

Ich stieß ein frustriertes Stöhnen aus und erntete einen neugierigen Blick.

»Was ist los?« Bronwyn hatte die Suppe bis auf den letzten Rest ausgeschlürft und wirkte nicht so, als würde sie sie in nächster Zeit wieder auskotzen.

»Nichts«, murmelte ich und schob mir ein weiteres Stück Peperonipizza in den Mund.

»Das hörte sich aber nicht nach nichts an.« Sie klang nicht verurteilend, sondern … freundlich. Als wäre es wirklich okay für sie, sich meine Probleme anzuhören.

Aber was wusste ich schon? Ich hatte gedacht, meinen Zwillingsbruder zu kennen, und offenbar hatte ich zwanzig Jahre lang falschgelegen.

»Ich bin in meinem Zimmer. Wenn du was brauchst, sag Bescheid.« Ich nahm den Pizzakarton und verließ das Wohnzimmer. Es war besser so.

Miles hatte mir gezeigt, dass ich offenbar sofort die Kontrolle verlor, wenn ich mal nicht aufpasste. Ich war wie ein misshandelter Streuner. Reichte man mir den kleinen Finger, nahm ich die ganze Hand und ließ nie wieder los. Und wer wollte schon einen Streuner, der nur Probleme machte und übertrieben anhänglich war?

Dienstag, Mittwoch, Donnerstag … Die Tage vergingen und die Erinnerung wollte nicht verblassen. Ich wusste nicht, welchen Zauber Miles um mich gewoben hatte, aber ich wurde ihn nicht los.

Es half auch nicht, dass ich ständig sein Instagram-Profil stalkte und frustriert war, weil er nichts postete. Ein paar Mal hatte ich damit angefangen, ihm eine Nachricht zu schreiben, ehe ich die App doch wieder geschlossen hatte.

Bronwyn ging es mittlerweile besser, sodass sie heute das erste Mal wieder zur Arbeit gegangen war. Ich war allein zu Hause und versagte kläglich dabei, Spaghetti bolognese zu kochen. Warum versuchte ich es immer wieder? Gab es einen Begriff für Menschen, die nie aufhörten, obwohl sie genau wussten, dass sie versagen würden?

Ich versuchte, nicht zu enttäuscht zu sein, als ich meine zermatschten Nudeln mit der zu flüssigen Soße vermischte. Geschmacklich machte es wahrscheinlich keinen großen Unterschied. Einfach hinsetzen und essen.

Das College gestern war wieder furchtbar langweilig gewesen. Nicht zum ersten Mal fragte ich mich, ob es nicht ein Fehler gewesen war, Mathematik zu studieren. Aber was blieb mir sonst?

Ich spießte die Spaghetti missmutig mit der Gabel auf, drehte sie herum und schob sie mir in den Mund. Meine Laune war kontinuierlich schlechter geworden. Miles beäugte mich vom Cover des Klatschmagazins und schien mich von seiner Position aus auf dem Beistelltisch zu verhöhnen. Bronwyn hatte einmal darin rumgeblättert, aber schnell das Interesse verloren.

Nervös wippte ich mit den Füßen.

»Es reicht.«

Der Appetit war mir vergangen. Ich warf die Reste in den Müll und spülte eilig das Geschirr. Wenn ich Miles nicht aus meinem Kopf werfen konnte, müsste ich mich ihm eben stellen.

Ich machte einen kurzen Abstecher in mein Zimmer, um mir Wimperntusche aufzutragen und mein Haar zu einem Pferdeschwanz zusammenzubinden. Mit einem Kamm fuhr ich noch einmal durch meinen Fransenpony und nahm dann meine Stofftasche vom Haken. Ich trug noch das schwarze Trägertop und den Jeansmini von heute Morgen, als ich in der Detektei gearbeitet hatte. Im Flur zog ich meine schwarzen Schnürboots an, ehe ich nach draußen in den lauen Abend ging.

An der Kreuzung hielt ich anders als an den Abenden zuvor nicht inne. Miles würde auch hier nicht auf mich warten. Das Fahrrad war längst verschwunden. Ich wusste nicht, ob er es abgeholt oder jemand es mitgenommen hatte.

Auch war ich in den letzten Tagen des Öfteren mit der Metro gefahren, ohne daran denken zu müssen, wie Miles mir den Arm um die Taille gelegt hatte. Hörte ich endlich auf, mich nach ihm zu sehnen?

Bis zum Williamsburg Hotel dauerte es nicht lange. Der Feierabendverkehr war längst vorbei, sodass ich niemanden anrempeln musste, als ich aus der Metro stieg. In Richtung Wythe Av / N 9 St verließ ich die Station und ging den Rest zu Fuß.

Mit jedem Schritt wurde ich nervöser. Zweifel stiegen in mir auf. War ich verrückt geworden? Ich war noch nie einem Typen hinterhergelaufen.

Mein Verstand musste sich im Laufe des letzten Samstags verabschiedet haben und war seitdem nicht wieder zurückgekehrt.

Dann stand ich auch schon vor dem Williamsburg Hotel und blickte an der Backsteinfassade hinauf. Noch befand ich mich auf der gegenüberliegenden Straßenseite, als würde es einen Weg zurück geben.

Ein Kloß hatte sich in meinem Hals gebildet. Es war zum Verrücktwerden. Er würde sich eh nicht dort aufhalten. Schließlich wohnte er hier nicht und hatte den Saal lediglich für einen Tag reserviert. Trotzdem war es abgesehen von seinem Instagram-Profil mein einziger Anhaltspunkt. Was würde ich überhaupt tun oder sagen, wenn ich ihm im unwahrscheinlichen Fall doch begegnete?

*Hey Miles, bin zufällig vorbeigekommen und dachte mir, ich schau mal rein. Wie geht's?*

Auf gar keinen Fall. Konnte ich vielleicht sagen, dass ich etwas vergessen hatte? Verloren? Einen Ohrring? Oder ich war für den Schlüsselanhänger aus dem Souvenirshop zurückgekehrt. Ja! Das war die perfekte Ausrede.

Entschlossen drückte ich die Schultern zurück und überquerte die wenig befahrene Straße.

Von außen wirkte das Hotel nicht so imposant, wie es von innen war. Die schwarzen Buchstaben auf dem Betonvordach, in denen die Glühbirnen leuchteten, waren der einzige Hinweis darauf, wie groß die Liebe zum Detail war.

Die breiten Doppeltüren waren geöffnet, ein leerer Kofferwagen stand daneben und ein Concierge neigte mir freundlich den Kopf zu. Ich nickte zurück und betrat mit klopfendem Herzen die Lobby.

Sofort fühlte ich mich in der Zeit zurückversetzt. Gäste und

Mitarbeitende wuselten umher. Ein Mann unterhielt sich gerade am Tresen mit der braunhaarigen Concierge in dem dunkelblauen Kleid. Ich sah mich in der von gelblichem Deckenlicht beleuchteten Lobby um, ging an dem Schild vorbei, das Richtung Bar zeigte, und ignorierte den Slogan, der mir das letzte Mal mein Schicksal verkündet hatte.

Ich sah jeder Person ins Gesicht, aber bei keiner von ihnen handelte es sich um Miles.

Um nicht weiter unschlüssig rumzustehen, steuerte ich den Souvenirshop an. Die Tüte mit Miles' Geschenken hatte ich nicht mehr angerührt, seit ich den Bademantel daraus hervorgeholt hatte. Sie stand irgendwo in meinem Zimmer, weil ich die Gefühle nicht ertrug, die sie auslöste.

Albern. So verdammt albern.

Der Souvenirshop war hell erleuchtet und die Verkäuferin ebenso gut gelaunt wie diejenige, die mich am Samstag begrüßt hatte. Unsicher lief ich durch die Gänge, als ein anderer Gast den Shop betrat und die Verkäuferin begrüßte.

Ich erstarrte. Die Stimme. Ich hatte sie erkannt.

Bevor ich reagieren und mich verstecken konnte, stand ich ihm gegenüber. Miles' Bruder. Samuel Allerton. Sam. Sammy.

Er war größer als Miles und im Gegensatz zu seinem Bruder trug er einen Dreitagebart. Sein Haar war dunkelbraun statt schwarz, und seine Augen, die ich das letzte Mal noch als klar und blau beschrieben hätte, wirkten nun mehr gräulich. Einem Sturm gleich. Sein Blick fiel auf mich herab und Überraschung zeichnete sich auf seinen Zügen ab. Er hatte mich sofort erkannt. Obwohl wir uns nur kurz begegnet waren, hatte er sich mein Gesicht gemerkt.

»Sorry«, nuschelte ich und drehte mich um. Er packte meinen Ellbogen, ganz leicht, doch dadurch verhinderte er meine übereilte Flucht.

»Shiloh? Das war doch dein Name, oder?«

»Äh, ja, du kannst dich an mich erinnern?« Da er nicht auf Förmlichkeit bestand, hielt ich mich auch nicht damit auf.

Er ließ meinen Ellbogen los und verschränkte die Arme, sodass sein weißes Hemd über seiner Brust spannte. »Gibt es einen Grund, warum du hier bist? Hast du was vergessen?«

*Miles. Ich habe Miles vergessen.*

»Eigentlich …« Was sollte ich antworten? Ich fühlte mich, als wäre ein Scheinwerfer auf mich gerichtet und als hätte ich meinen Text vergessen.

»Das hier ist kein Ort für dich«, sprach er einfach weiter. Ihn interessierte nicht wirklich, was ich zu sagen hatte. Für ihn war seine eigene Meinung das Wichtigste, seine eigenen Pläne. Miles hatte mir gesagt, ich sollte nicht zu hart mit ihm ins Gericht gehen. Für das Verhalten, das er während Melissas Abfuhr an den Tag gelegt hatte. Doch mein Urteil von Sam als kalter, hochnäsiger Erbe blieb bestehen.

»Warum?«, konterte ich.

Er blinzelte, als hätte ich ihn in einem Gedankengang unterbrochen, was sonst nie vorkam. »Warum was?«

»Warum sollte ich nicht hier sein? Es ist ein Hotel, kein exklusiver Bereich, in dem sich nur Personen aufhalten dürfen, die drei Jungfrauen geopfert haben.«

»Drei …« Er öffnete den Mund und schloss ihn wieder. Ich konnte ganz genau beobachten, wie seine Gedanken rasten und er versuchte, sie zu sortieren. Als er meinen durchdringenden Blick bemerkte, verschloss sich seine Miene. »Miles ist nicht hier. Das ist der Grund deines Besuchs, nicht wahr? Du hast gehofft, du würdest ihn wiedersehen. Eine weitere Kostprobe seines glamourösen Lebens erhalten.«

Glamourös? Wohl kaum. »Du denkst, darum geht es?« Ich schüttelte den Kopf. »Was machst *du* denn hier? Hast du nichts

Wichtiges als Anwalt zu tun?« Meine Frage klang schärfer als beabsichtigt, aber er war auch nicht sonderlich nett gewesen. Er wollte mich ganz eindeutig abschrecken.

»Nicht, dass dich das was angehen würde, aber ich habe hier hin und wieder Geschäftsessen.« Er sah mich an. »Tu dir selbst einen Gefallen, und vergiss ihn. Er wird sich nicht mit dir einlassen, ganz gleich, wie viel Spaß ihr in der Nacht gehabt habt.«

Ich spürte Hitze aufsteigen, die mein ganzes Gesicht wie eine Ampel leuchten ließ. Es kostete mich alles, nicht beschämt zu Boden zu sehen.

Miles hatte ausgerechnet seinem Bruder von unserer gemeinsamen Nacht erzählt? Er hatte unsere intimsten Momente geteilt? Ohne auch nur einen Gedanken an mich zu verschwenden?

»Wo ist er?«, zwang ich mich zu fragen, bevor mich unter dem starren Blick des eitlen Gockels der letzte Mut verließ.

»Fort. Nicht in New York. Vergiss ihn, Shiloh. Sei mit deinem Leben zufrieden, und lass ihn in Ruhe.«

Das Schlimmste war, dass seine Worte nicht länger voller Arroganz waren, sondern voller Mitleid. Und das ertrug ich noch viel weniger. So fühlte ich mich klein und unbedeutend. Wie eine Ameise, die vom Riesen bemitleidet wurde, weil sie die Welt nie im Ganzen sehen würde, so wie er es tat.

Ich hob mein Kinn, ignorierte meine zitternde Unterlippe und warf meinen Zopf über die Schulter.

»Nur damit du's weißt: Euer Reichtum ist mir egal. Miles' Leben sah nicht beneidenswert aus. Ich fand ihn einfach unterhaltsam. Als *Freund*. Mehr wollte ich nicht.«

»Dann ist ja gut.« Er glaubte mir nicht. »Auf einen Freund lässt sich schließlich leicht verzichten. Vor allem, wenn er nie einer war.«

Stimmte das? Konnte man Freunde einfach so vergessen? Das war doch der Grund, warum ich alle Beziehungen gekappt hatte.

Weil es mir unmöglich war, mein Herz auszuschalten, und ich mich davor fürchtete, betrogen zu werden.

»Wenn du das sagst«, murmelte ich und wandte mich ab. »Ich geh dann mal.«

»Es ist besser so, Shiloh«, sagte er leise, bevor ich den Souvenirshop verlassen hatte.

*Es ist besser so, Shiloh.* Für wen? Für ihn? Für Miles? Für mich?

War es besser so? Wahrscheinlich. Ich hatte einem Impuls nachgegeben und war hier aufgetaucht, ohne nachzudenken. Miles und ich kamen aus verschiedenen Welten. Das Schicksal hatte mir heute dabei geholfen, weiter an meinem Mantra festzuhalten. Keine Beziehungen. Keine näheren Kontakte. Nur auf mich selbst schauen.

Ich sollte glücklich sein. Warum war ich das nicht?

# • KAPITEL 8 •

*these hands are the death of me*

*Fünf Wochen später*

Ich hielt mich am Haltegriff fest, während die Bahn durch den Untergrund ruckelte. Für die morgendliche Uhrzeit war sie nicht ungewöhnlich voll, doch normalerweise konnte ich beim Einstieg an meiner Station einen Sitzplatz ergattern. Jedoch nicht heute. Was ärgerlich war, da ich mich bereits darauf konzentrierte, mit Troye Nachrichten auszutauschen. Gleichzeitig versuchte ich, nicht quer durch den Gang zu fallen, wenn wieder eine unvorhergesehene Kurve kam.

Heute Morgen hatte ich mich für einen durchlässigen schwarzen Strickpullover entschieden, der meine Schultern freiließ. Unter ihm trug ich ein gelbes Bustier über einem Jeansrock mit pinkem Aufdruck. Ein paar Zentimeter Körpergröße schenkten mir meine weißen Plateau-Sneakers.

Wenn mich meine Eltern so sehen würden, würden sie mich enterben.

*Enterben*, echote es in meinem Inneren. Sie hatten einen Berg Schulden, den sie mir mit Kusshand übertragen wollten. Weil sie die Schulden in meinem und Troyes Namen aufgenommen hatten. Um uns in unserer Erziehung zu fördern, nach ihrer eigenen Aussage.

Um uns zu kontrollieren, war die meine.

Sobald ich mit Troye schrieb, war ich gereizt. Er war neben seinem besten Freund Elliot die zweite Person gewesen, die mir deutlich gemacht hatte, dass ich niemandem trauen konnte. Doch im Gegensatz zu Elliot hatte es mir bei Troye das Herz gebrochen.

> **Troye:** Kannst du dich nicht zusammenreißen, Sis? :P Du bist an der Princeton aufgenommen worden! Du hättest alles haben können.

Wütend tippte ich mit einer Hand eine Antwort.

> **Shiloh:** Darum geht es nicht. Ich will nicht das Leben von Mom und Dad leben. Sie kontrollieren dich, und du bist damit glücklich???

> **Troye:** Sie wollen nur das Beste für uns. 🫤 Warum ist das plötzlich ein Problem für dich? Kein Plan, was in deinem Dickkopf vorgeht.

Er schickte noch ein GIF hinterher, bei dem jemand seinen Kopf gegen die Wand schlug. Herrlich. Das dachte er also von mir? Dass ich selbstverletzend handelte?

> **Shiloh:** Lass mich in Ruhe. Srsly.

Damit betätigte ich die Tastensperre und steckte das Handy in meine Umhängetasche aus hellem Strick. Ich war so außer mir, dass ich erst jetzt bemerkte, dass sich die Türen schlossen.

*Fuck!* Das wäre mein Halt gewesen.

Jetzt musste ich zur nächsten Station fahren und zu Fuß gehen. Ich könnte zwar das Gleis wechseln, um zurückzufahren, aber alles in allem würde sich an der verschwendeten Zeit nicht viel ändern.

Seufzend drängte ich mich an einem Pärchen vorbei, das die Hände nicht voneinander lassen konnte. Nur kurz streifte mich der Gedanke an eine vergangene Szene, in der ein Mädchen mit einem Jungen hier gestanden und er sie festgehalten hatte. Dann war der Moment vorbei, und ich hatte die Bahn verlassen.

Wieder oberirdisch machte ich einen kurzen Halt bei Starbucks, um Mr Goldbloom mit einem Espresso Macchiato und einer Zimtschnecke zu bestechen. Vielleicht würde ihm meine Verspätung dann nicht auffallen. Einen Versuch war es wert.

Da ich ohnehin schon einmal dort war, holte ich mir gleich einen Kaffee dazu. In den letzten Nächten hatte ich kaum ein Auge zugetan. Noch weniger als sonst. Vielleicht lag es an der sommerlichen Hitze oder an meiner inneren Unruhe, die ich nicht abstellen konnte. Die Frage nach dem Wohin überwältigte mich. Ich war meinem Elternhaus entkommen, aber ich hatte keine Ahnung, wohin ich lief.

Der so wichtige Weg war verblasst und hatte einen Schatten hinterlassen, den ich nicht mit Sinn füllen konnte. Meine Entscheidung, zu fliehen, war einerseits wochenlang geplant gewesen, andererseits im Gesamten gesehen überstürzt. Ich hatte mir kaum Gedanken darüber gemacht, wie ich mehr oder minder erfolgreich eine Wohnung bezahlen und mich selbst ernähren sollte. Das Mathematikstudium war mir in den Schoß gefallen. Es war das Naheliegendste gewesen. Aber war es auch das, was ich für den Rest meines Lebens tun wollte? Wofür ich innerlich brannte?

Es war zu früh am Morgen für existenzielle Fragen. Die sollte ich auf nachmittags – oder besser auf niemals – verschieben.

Mein Name wurde aufgerufen, und ich nahm meine Bestellung entgegen. Es war erst kurz nach acht, trotzdem war die Hitze fast unerträglich. Die schwüle Luft samt den Abgasen machte mir zu schaffen. Deshalb verzog ich mich nach der Kanzlei meistens in mein Zimmer und ging von dort aus zum College. Abgesehen davon gab es keinen Grund, die Wohnung zu verlassen.

Bronwyn und Nick waren sowieso meist nicht da. Nick war zwar zwischendurch von einem Dreh zurückgekehrt, doch schon nach zwei Tagen hatte er zum nächsten aufbrechen müssen. Ich hatte so getan, als würde ich Bronwyns blutunterlaufene Augen nicht sehen. Dass sie ihn von Mal zu Mal mehr vermisste, war für mich kein Geheimnis mehr. Für ihn scheinbar schon. Oder sie hatten sich einst geschworen, die Linie zwischen Freundschaft und Liebe niemals zu überqueren. Was wusste ich schon?

Ich brauchte zehn Minuten bis zur Detektei in Flatlands. Herunterlaufender Schweiß kribbelte in meinem Nacken und hatte mit Sicherheit die Wimperntusche verwischt. Da ich beide Hände voll hatte, konnte ich nicht meinen Spiegel rausholen, um nachzusehen. Ein Mann mit Anzug hielt mir freundlicherweise die Eingangstür zum nicht klimatisierten Backsteingebäude auf. Ich pustete nach oben, damit mein Pony nicht an meiner feuchten Stirn klebte.

Glücklicherweise funktionierte der Fahrstuhl, auf den manches Mal schon kein Verlass gewesen war. Es hätte mich nicht gewundert, wenn er gerade an diesem Tag, an dem meine Geduld am seidenen Faden hingen, außer Betrieb wäre.

Mit dem Ellbogen drückte ich auf den silbernen Knopf für die vierte Etage. Ich wartete, bis die Türen leicht rumpelnd zuglitten, ehe ich einen Blick in den kleinen Spiegel neben dem Werbe-poster für natürliches Zahnweiß wagte. Nicht ganz so schlimm, wie ich erwartet hatte. Nicht ganz so gut, wie erhofft.

Da ich noch immer die beiden Kaffeebecher hielt, tupfte ich mit dem Handrücken die feuchten Stellen auf meinem Gesicht ab. Es wäre besser gewesen, wenn ich die schwarze Sonnenbrille zu Hause gelassen hätte, da sich die Hitze dahinter staute. Ich wagte es nicht, sie abzunehmen. Bei meinem Glück würde ich den Kaffee über mich gießen, und dann hätte ich kein Mittel mehr, um Mr Goldbloom zu erweichen. Würde er mich feuern?

Nein, ich war schon öfter zu spät gekommen.

Und wenn es heute das eine Mal zu viel wäre?

Mit einem leisen Pling glitten die Türen auseinander, und ich konnte in den feuchtwarmen, dunklen Flur hinaustreten. Die Detektei befand sich hinter der letzten Tür. Daneben gab es noch zwei weitere für Firmen, die Panabaker's und Mory can do hie-ßen. Was auch immer sich dahinter verbarg. Ich hatte bisher nur Menschen in Anzügen ein und aus gehen sehen.

Die Tür zur Detektei war genauso gestaltet wie die darin: dunk-les Holz und eine eingesetzte Scheibe im oberen Bereich, auf de-ren milchiger Oberfläche *Goldbloom & Son* in schwarzer Schrift geschrieben stand. Darüber thronten die Ziffern 507. Als Iden-tifikationsnummer für die Briefe, die ich normalerweise in der Lobby im ersten Stock holen sollte.

Aber heute vergessen hatte.

*Fuck. Fuck. Fuck.*

Zu spät war zu spät, ich würde nachher noch einmal nach un-ten laufen müssen. Doch zuerst der Kaffee.

Mir gelang es irgendwie, den bronzenen Türknauf zu drehen und die Tür aufzudrücken, die eine Millisekunde später in mein Gesicht gedonnert wurde. Der Kaffee kippte auf meinen Pullo-ver, verbrannte mich an meinen Händen und an meinem Bauch.

Ich japste auf, ließ die Becher zu Boden fallen, doch da war es bereits zu spät und das Unheil angerichtet. Immerhin war ich einer gebrochenen Nase entkommen, da ich einen Schritt zurückgewichen war.

»Huch«, hörte ich jemanden auf der anderen Seite der Tür sagen. Sie wurde aufgezogen.

Ich erkannte seine Stimme sofort. Noch bevor ich ihn zu Gesicht bekam. Gekleidet in ein weißes T-Shirt und blaue Jeans, die mit einem hellbraunen Stoffgürtel um seine Hüfte festgezurrt worden war. Auf seinem Nasenrücken saß eine zierliche Brille mit rundem Gestell, aber ohne Gläser. Ganz als modisches Accessoire gedacht. Das schwarze Haar war kürzer als bei unserem letzten Aufeinandertreffen. Als hätte er es sich vor ein paar Wochen komplett abrasiert. Mit etwas Gel hatte er es sich nun zurückgekämmt. Kein Vergleich zu den sanften Wellen, durch die ich mit meinen Fingern geglitten war.

Seine hellgrauen Augen wurden groß, als er mich ansah. Von oben bis unten musterte. Die Lippen, mit denen er meinen Körper erkundet hatte und die ich geschmeckt hatte, pressten sich zusammen. Wurden schmal und verbargen ihre Fülle.

»Miles«, sagte ich. Meine Stimme kaum mehr als ein Hauch, weil ich glaubte, zu träumen.

Ein Albtraum. Das hier war ein Albtraum.

»Shiloh. Was …«

Ich kannte Miles nicht gut genug, um beurteilen zu können, ob es für ihn ungewöhnlich war, nach Worten zu ringen. Dennoch fühlte es sich an, als wäre er ziemlich überrascht. So wie ich.

Sofort hämmerte mein Herz los. War Miles noch breiter geworden um die Schultern? Wie viel Sport hatte er in den letzten Wochen getrieben? Seine Haut war ebenfalls dunkler geworden, als hätte er viel Zeit unter der Sonne verbracht.

»Autsch«, entfloh es mir, als ein stechender Schmerz auf meiner erhitzten Haut mich an meine Verbrennungen erinnerte. »Autsch. Lass mich vorbei.«

Ich ignorierte die Pappbecher auf dem Boden und suchte die Toilette auf. Mr Goldbloom kam mir nicht entgegen. Aus dem Augenwinkel nahm ich jedoch wahr, dass seine Tür geöffnet war.

Im Vorraum zog ich meinen Pullover über den Kopf und band ihn mir um die Hüfte, damit ich die Hände frei hatte. Als ich wenig später die roten Stellen auf meinem Bauch mit einem feuchten Tuch abtupfte, stellte sich Miles in die Tür. In meiner Eile hatte ich vergessen, sie zu schließen.

Bei seinem Anblick wurde mir flau im Magen. Es war sicherer, wieder in den Spiegel zu sehen. Leider konnte ich seine Spiegelung darin erkennen. Verflucht. Ich blickte an mir herab.

Die Flecken sahen nicht so schlimm aus wie befürchtet. Stattdessen wurde mir bewusst, dass ich lediglich im Bustier und Rock bekleidet vor Miles stand.

*Shit.*

»Shiloh«, begann er. Seine Stimme besaß die Macht, mir einen warmen Schauer über den Rücken zu schicken. Es waren sechs Wochen seit unserer gemeinsamen Nacht vergangen, und ich hatte ihn endlich fast vergessen. Wie konnte er einfach so wieder in meinem Leben auftauchen und es durcheinanderbringen?

»Ms Tenley? Miles? Mr Allerton?« Mr Goldbloom wusste ganz offenbar, wer sich Zugang zu seiner Detektei verschafft hatte. Wie hoch war die Wahrscheinlichkeit, dass sich Miles ausgerechnet meinen Arbeitgeber aussuchen würde, um ihn als Privatermittler zu engagieren? »Kommen Sie bitte in mein Büro? Wir haben etwas zu besprechen.«

Es irritierte mich, dass er uns beide zu sich rief. Normalerweise integrierte er mich nicht direkt in die Kundenarbeit. Er rief mich meist nur dann zu sich, wenn er Kaffee benötigte. Doch selbst dann versuchte er mittlerweile, sich selbst zu versorgen. Er wusste um meine Neigung, Heißgetränke fallen zu lassen. Und jetzt war es schon wieder geschehen. Ich konnte bloß hoffen, dass ich die Sauerei im Flur sauber gewischt bekam, bevor es ihm auffiel.

»Darf ich mal?« Ich wartete keine Antwort ab, sondern drängte mich an Miles vorbei. Unsere Blicke begegneten sich für einen kurzen Moment, während seine Hand die meine fast unwillkürlich berührte. Seine Brille bildete leider kein ausreichendes Hindernis, um seinen Augen zu entkommen.

*Er hat dich nur aus Versehen berührt, Shiloh. Bilde dir nichts darauf ein. Er hat sechs Wochen Zeit gehabt, sich bei dir zu melden.*

Dass er es nicht getan hatte, zeigte, dass er von mir bekommen hatte, was er gewollt hatte. Und das war okay so. In jener Nacht waren wir uns einig gewesen. Ich machte es ihm nicht zum Vorwurf.

Trotzdem verschlechterte sich meine Laune im Sekundentakt.

Mr Goldbloom stand mit verschränkten Armen im Türrahmen und sah von mir zu Miles, der mir gefolgt war. Er grunzte etwas, das ich nicht verstand, dann stampfte er in sein Herrenhauszimmer.

Das war wohl unser Zeichen, ihm zu folgen. Ich unterdrückte ein Seufzen. Was auch immer in den nächsten Minuten geschehen würde, ich bezweifelte, dass es mir gefallen würde. Manchmal musste ich meinem Pessimismus vertrauen. Heute war einer dieser Tage.

»Die Tür, Miles … Ähem, Mr Allerton«, korrigierte sich Mr Goldbloom und winkte mit einer Hand. Was hatte es zu bedeuten, dass er Miles ständig mit Vornamen ansprach? Das tat er nicht mal bei Kunden, die jede Woche vorbeikamen. Für ihn war Geschäftliches geschäftlich. So viel hatte ich mittlerweile verstanden.

Unschlüssig stellte ich mich auf den Teppich vor den imposanten Schreibtisch, auf dem abgesehen von seinem silbernen Laptop nur zwei Stifte und ein blanko Notizbuch lagen. Ein weiterer Hinweis darauf, wie ordentlich Mr Goldbloom war, wenn es um seine eigenen Räume ging. Mir eine Akte nach der anderen auf einen Haufen zu schmeißen, kümmerte ihn hingegen nicht.

Miles positionierte sich neben mir. Ich verschränkte meine Arme. Es war mir unangenehm, nur im Bustier dazustehen, obwohl Mr Goldbloom nie etwas gegen meine Art, mich zu kleiden, gesagt hatte. Vielmehr machte mir Miles' Präsenz etwas aus. Und das, obwohl er bereits alles von mir gesehen hatte. Jeden Zentimeter gekostet. Jedes Muttermal geküsst und …

»Ms Tenley, Sie fragen sich sicher, wer dieser stramme junge Mann ist«, begann Mr Goldbloom endlich, den Grund für unsere kurzfristig anberaumte Versammlung zu enthüllen, aber … *strammer junger Mann? Ernsthaft?*

»Der Gedanke ist mir gekommen, ja«, murmelte ich, da er auf eine Antwort zu warten schien.

»Nun, es sind ja keine Neuigkeiten, dass die Masse an Aufgaben, mit denen ich Sie überschüttet habe, für eine Person zu viel ist.«

*O nein.* Mir gefiel die Richtung ganz und gar nicht, die dieses Gespräch nahm. Panisch sah ich Miles an, doch seine Miene war undurchschaubar, obwohl er seinen Blick nicht für eine Sekunde von mir genommen hatte. Was kurios wirkte, weil Mr Goldbloom mit uns beiden sprach, Miles ihn jedoch nicht ansah.

»Deshalb hat mein lieber Freund Abraham Allerton den Vorschlag gemacht, seinem Sohn eine Chance zu geben. Miles hier.« Als würde ich nicht wissen, von wem er sprach, deutete er mit einer Hand auf Miles. »Er wird uns beide unterstützen. Nicht wahr, Mr Allerton?«

Jetzt wurde mir auch klar, warum er ihn die ganze Zeit mit Vornamen ansprach. *Lieber Freund Abraham Allerton?* Vermutlich kannte er Miles, seit er im Kindergarten sein Unwesen getrieben hatte.

War das der erste Schritt zu meiner Entlassung? Ich hatte Mr Goldbloom nie für den subtilen Typ gehalten, sondern für einen ehrlichen Mann mit Prinzipien. Sollte er mir nicht einfach eine Kündigung schreiben, wenn er mit meiner Arbeitsweise unzufrieden war?

Ich war gekränkt. Das lenkte mich immerhin davon ab, dass es ausgerechnet Miles war, der mich als Arbeitskraft ersetzen sollte.

»Ich freue mich darauf, anpacken zu dürfen, Sir«, sagte Miles nach einer gefühlten Ewigkeit. Ich hatte den Blick absichtlich auf Mr Goldbloom gerichtet. Trotzdem spürte ich, dass er mich nicht länger ansah. »Ich werde mein Bestes geben.«

»Ich habe nichts anderes von Abes Sohn erwartet.« Mr Goldbloom war so glücklich mit seiner Entscheidung, dass sein Schnurrbart vergnügt zitterte. »Ms Tenley, seien Sie so freundlich und zeigen Sie ihm alles. Vielleicht gelingt es Ihnen ja mit Miles' Hilfe, Fortschritte im Office-Management vorzuweisen, insbesondere was Struktur und Ordnung angeht.«

Ich ballte die Hände zu Fäusten. Fortschritte? Dann kam ich eben mit der Ordnung seiner Handakten nicht hinterher, wo war das Problem? Den Rest meiner Arbeit hatte ich immer zu seiner Zufriedenheit erledigt. Okay. Meistens. Jeder Mitarbeiterin passierten doch Missgeschicke. Mich und meine Kompetenzen auf Fehler zu reduzieren, war unfair.

»Sicher«, presste ich durch zusammengebissene Zähne hervor. Was blieb mir auch anderes übrig? »Sonst noch etwas, das ich für Sie tun kann?«

Seine Brauen zogen sich zusammen. Er spürte meinen Missmut, aber konnte ihn sich nicht erklären. Deshalb ignorierte er ihn. »Gehen Sie nur, ich muss ein paar unangenehme Dinge erledigen. Schließen Sie die Tür im Rausgehen.«

»Danke, Mr Goldbloom«, sagte Miles lächelnd. Sofort dabei, sich einzuschleimen.

Ich hatte vergessen, dass ich diese aalglatte Seite von ihm nicht mochte. Für ihn war alles nur ein Spiel. Er konnte sich jederzeit verziehen und würde auf einem Kissen aus Geld landen. Während ich ohne diesen Job meine Miete nicht mehr würde zahlen können.

Es war schön gewesen, sich vorzustellen, jemanden wie Miles zu daten. Doch sein Bruder hatte recht gehabt. Wir kamen aus unterschiedlichen Welten. Unterschiedlichen Universen.

Miles folgte mir, als ich zurück in den Flur ging, um die Becher zu beseitigen. Aber als ich die Tür öffnete, fand ich nichts vor. Entweder hatte ich mir den Zusammenstoß eingebildet, oder Miles hatte den Ritter in goldener Rüstung gespielt.

Ich schlug die Tür zu und steuerte meinen Arbeitsbereich an. Wieder folgte er mir. Von Sekunde zu Sekunde wurde ich wütender, ohne mir erklären zu können, worüber. Miles hatte mir nichts getan. Wenn dann müsste ich meinen Ärger auf Mr Goldbloom lenken.

Das Problem war bloß, dass er mein Boss war und ich ihn nicht anmotzen könnte. Zumindest nicht, wenn ich nicht wirklich rausgeworfen werden wollte.

Miles war neben mir hinter den Tresen getreten und berührte hier ein Dossier und dort einen Kundeninformationsbogen. Seine Mundwinkel zuckten, als er das Chaos in all seiner Pracht begutachtete.

»Ich wollte eben schon nach dir sehen, weil Goldbloom gesagt hat, seine Sekretärin verspäte sich. Nicht dass du im Fahrstuhl stecken geblieben wärst«, sagte er aus dem Nichts heraus.

Ich hatte im Stehen mein Passwort in die Maske eingetragen, um den Bildschirm zu entsperren. Aus irgendeinem Grund wollte ich mich nicht noch kleiner machen. Nicht nur seine dazugewonnenen Muskeln schüchterten mich ein. Dass er keine Kaffeeverbrennungen hatte, war schon ein Pluspunkt für ihn.

»Du willst nicht mit mir reden?«, hakte er nach.

Mein Magen verknotete sich, als ich die Bewegung seiner Hände beobachtete. Ich erkannte Schwielen an der Innenseite, die das letzte Mal nicht dagewesen waren. Was zum Teufel hatte er in den letzten Wochen getan?

Er strich mit einem Zeigefinger über die Schreibtischkante und stoppte nur Millimeter vor meiner Hand, die ich dort abgelegt hatte. Mein Herz schlug mir bis zum Hals. Ich schluckte, doch es wurde nicht besser. Wieder kehrten meine Gedanken zu unserer Nacht zurück. Die Art, wie er mich mit diesem Zeigefinger ... mit all seinen Fingern berührt hatte.

Meine Lippen fühlten sich plötzlich trocken und spröde an. Als ich darüber leckte, trafen sich unsere Blicke. Seine Augen hatten sich dunkel gefärbt. Ich hielt das Schweigen nicht mehr aus. Die Anspannung.

Seine Anwesenheit musste geklärt werden. Hier und jetzt.

Ich packte ihn am Handgelenk und zog ihn hinter mir her ins angrenzende Archiv. Zeit zu Reden.

Mit einem Knall schlug ich die Tür hinter ihm zu und schob ihn hart dagegen. Mit meiner freien Hand zog ich an der Schnur, durch die die nackte Glühbirne, die von der Decke hing, angeschaltet wurde.

»Was zur Hölle machst du hier, Miles?«

# • KAPITEL 9 •

*never be so clever (to forget to run)*

»Hast du Mr Goldbloom nicht zugehört?« Er bewegte sich nicht von der Tür weg, selbst als ich meine Hand sinken ließ. Ich hatte das Schlagen seines Herzens fühlen können, als ich ihn gegen die Tür gepresst hatte, und es tat mir nicht gut. Meine Atmung ging viel zu schnell, was auch er bemerkt haben musste.

Vielleicht war es das, was mir am meisten zusetzte. Dass er überhaupt nicht aus dem Konzept gebracht wirkte. Klar, meine Anwesenheit hatte ihn für eine Sekunde überrascht, aber nicht mehr. In etwa so, wie wenn man die Tür zu seinem Haus öffnete und darin eine Maus fand. Ja, war ungewöhnlich, doch nichts Weltbewegendes. Kurz rausscheuchen und wieder vergessen.

Shit. Warum tat ich mir das an? Ich sollte aufhören, seine Gedanken über mich ergründen zu wollen. Das würde mich nur in Verzweiflung stürzen.

»Das soll ich glauben? Diese Story, dass du rein zufällig hier aufgetaucht bist, weil dich dein Dad vorgeschlagen hat?«, entgegnete ich höhnisch.

Miles grinste. Das Grübchen fügte meinen Innereien einen weiteren Knoten hinzu. Beim letzten Mal hatte ich es geküsst.

Beim letzten Mal hatte ich meine Nase daran gerieben, bevor ich Miles' Geruch in mich aufgenommen hatte.

*Hör auf damit!*

»Mein Dad und Mr Goldbloom kennen sich schon eine Weile.« Er kratzte sich am Hinterkopf. »Ich tue ihm mehr oder weniger einen Gefallen.«

Es war das erste Mal, dass er mich direkt anlog. Das erkannte ich nun daran, dass er meinem Blick auswich.

Was bedeutete das? Dass er aus eigenem Willen hier angefangen hatte? Hatte er gewusst, dass ich hier arbeitete und … Nein, das musste ich mir sofort wieder aus dem Kopf schlagen.

Stöhnend vergrub ich mein Gesicht in meinen Händen und legte den Kopf für einen Moment in den Nacken. Ich würde nichts gegen diese Situation unternehmen können. Miles hingegen …

»Kündige«, platzte es aus mir heraus.

»Was?« Er runzelte die Stirn. Sein Vergnügen wie weggeblasen.

»Du sollst kündigen. Sag, du hättest dir etwas anderes darunter vorgestellt und der Job würde nicht zu dir passen. Sollte dir nicht allzu schwerfallen.«

»Bedeutet was genau?« Es mischte sich eine Schärfe in seine Stimme, die nicht mal durch die Nachwirkungen seines Grinsens abgemildert wurde.

Plötzlich kam ich mir dumm vor, konnte aber keinen Rückzieher mehr machen.

»Mr Goldbloom wird dich nicht feuern. Deshalb musst du es selbst tun.«

»Warum?«

»Weil ich hier arbeite.«

»Ja, und?« Er sah mich von oben herab an. Bis hierhin hatte er sich meine Attitüde noch gefallen lassen. Jetzt war ich ihm zu weit gegangen.

Ich war allerdings nicht bereit, zurückzurudern.

»Das kann nicht dein Ernst sein! Wie würdest du es finden, wenn ich plötzlich bei deiner Arbeitsstelle auftauche und dort angestellt wäre?«

Er verschränkte die Arme. »Ich arbeite nicht.«

»Miles …«

»Ja, okay, jetzt arbeite ich. Aber es würde mir nichts ausmachen, mit dir zusammenzuarbeiten. Es *macht* mir nichts aus«, korrigierte er sich. Wahrscheinlich empfand er die Situation als unproblematisch, weil er seit unserer Nacht im Hotel keinen weiteren Gedanken mehr an mich verschwendet hatte.

*Du bist diejenige gewesen, die gegangen ist, Shiloh.* Doch nur, um mir und ihm die Verlegenheit eines Abschieds zu ersparen.

Ich haderte zwar mit mir selbst, aber der Gedanke daran, dass er mich so gut wie vergessen hatte, half mir, meine Gefühle unter Kontrolle zu kriegen.

»Kannst du dir keinen anderen Job suchen? Es ist ja nicht so, als würdest du das Geld brauchen.«

Er verengte die Augen. »Und woher willst du wissen, was ich brauche und was ich nicht brauche?«

»Nun, das ist … Du hast selbst gesagt, dass …« Ich druckste herum, ohne zu wissen, was ich sagen wollte. Wieder hatte ich mich selbst in eine Ecke manövriert.

»Ich finde nicht, dass du entscheiden kannst, was hier passieren soll. Goldbloom ist mein Chef und nicht du.« Die Verärgerung verpuffte, als ihm eine Idee zu kommen schien. Amüsiert beugte er sich vor, bis er mir so nahe war, dass ich von seinen grauen Augen hypnotisiert wurde. Ich vergaß schlagartig jeden Gedanken und konnte ihn nur noch ansehen. Als wäre er der Mittelpunkt meiner Welt, die dem Untergang geweiht war. Es war mir peinlich, wie sehr er mich aus dem Konzept brachte, doch das hielt mich nicht davon ab, ihn weiter anzustarren. »Es sei denn, *du* willst kündigen. Dann halte ich dich davon sicher nicht ab.«

Als er mit den Fingerspitzen seiner linken Hand sanft über meine Wange strich, war der Moment vorbei. Ich wich einen Schritt zurück und stolperte über meine eigenen Füße. Unelegant landete ich auf meinem Hintern.

Ich rechnete es Miles hoch an, dass er nicht in lautes Gelächter ausbrach. Lediglich seine Mundwinkel zuckten. Einen Moment wartete er ab, dann streckte er mir seine Hand hin.

»Ich werde auf keinen Fall kündigen.«

Verärgert über mich selbst schlug ich die Hand fort und stand ohne seine Hilfe auf. Ich brauchte ihn weder, um meinen Job zu erledigen, noch um mich aufzurichten. Er konnte mir gestohlen bleiben. Dann war er eben ein One-Night-Stand, der zu meinem Kollegen geworden war. Das bedeutete nichts. Ich musste ihm nicht freundschaftlich begegnen, und ich musste erst recht nicht nett zu ihm sein. Wir waren nur wenig mehr als Fremde.

Er hatte die letzten anderthalb Monate damit verbracht, jeden Tag zu trainieren, während ich Tag für Tag darum gekämpft hatte, ihn endlich zu vergessen. Doch das würde er nie erfahren. Ich war mir sicher, dass Sam unsere Begegnung im Williamsburg Hotel unerwähnt gelassen hatte. Er würde meinen Namen vor Miles nicht freiwillig in den Mund nehmen. Und die Instagram-Nachricht, die ich ihm vor einer Woche versehentlich an meinem Geburtstag geschickt hatte, war sicherlich in seinem Spam-Ordner gelandet.

Ich klopfte den Dreck und Staub von meinem Pullover und meinem Rock. Heute war wirklich, wirklich, wirklich nicht mein Tag.

Die Sekunden, in denen wir keinen Blickkontakt hatten, gaben mir meinen Verstand zurück.

»Fein. Okay. Mach, was du willst, aber lass mich in Ruhe.«

Ich war froh, als er mir nicht den Weg versperrte. Noch eine Konfrontation, und ich würde schreiend aus der Detektei laufen.

»Du könntest mal an deinen Manieren arbeiten!«, rief er mir noch nach, als ich den Archivraum bereits verlassen hatte.

Ich zuckte zusammen. Hoffte, Mr Goldbloom hätte ihn nicht gehört.

Mistkerl.

Ich musste mich ganz einfach mit der Situation abfinden. Mr Goldbloom hatte lediglich angewiesen, dass ich Miles alles zeigen sollte. Mehr nicht. Danach könnte er sich selbst beschäftigen. Ich wäre nicht für ihn verantwortlich.

»Das hier ist das Archiv für die Handakten, die wir nicht mehr benötigen. Wir bewahren sie noch für eine gewisse Zeit auf.« Mit einer Handbewegung deutete ich auf den Schreibtisch im Flur, nachdem Miles mir gefolgt war. Ich ignorierte seinen Kommentar geflissentlich, weil ich mich auf keinen ausgewachsenen Streit an meinem Arbeitsplatz einlassen wollte. »Und hier ist mein Arbeitsbereich. Ich organisiere Mr Goldblooms Termine und kümmere mich um die Aktenpflege«, ratterte ich runter und zeige mal hier- und mal dorthin. Ich führte ihn erneut zur Toilette, dann zu dem Besprechungsraum und schließlich zur kleinen Küchenzeile, die niemand von uns benutzte. »Noch Fragen?«

»Wo kann ich mich hinsetzen?« Er blickte um sich und visierte meinen Schreibtischstuhl an.

Vielleicht war ich kindisch. Okay, ganz bestimmt war ich kindisch. Aber ich rannte förmlich darauf zu und setzte mich hin, bevor er es konnte.

»War das notwendig?« Er verschränkte die Arme, und wieder fielen mir die Muskelstränge auf, die sich unter seiner Haut abzeichneten.

»Mir ist egal, wo du dich hinsetzt. Im Gegensatz zu dir muss ich hier arbeiten«, grummelte ich. Das war nicht mal eine Ausrede. Nicht nur zumindest.

Ich loggte mich erneut in den PC ein und überprüfte die heu-

tigen Termine. Abgesehen von Ms Halstrom, die das abschließende Ergebnis einer Untersuchung über die Freundin ihres
Sohnes bekam, stand nichts an. Dadurch könnte ich die Infos von
zwei neuen Klienten in die dafür vorgesehene Maske übertragen,
zwei Rechnungen verfassen und sie ausdrucken. Mr Goldbloom
würde sie noch abzeichnen müssen, aber …

»Was machst du da?«, rief ich aus. Neben mir fiel ein ganzer
Stapel Akten vom Schreibtisch und verteilte sich auf dem Boden.

»Ups, sorry«, entschuldigte sich Miles mit einem knappen Lächeln. »Ich wollte sie bloß sortieren.«

»Sie waren sortiert!«, entgegnete ich.

»Ehrlich?« Er runzelte die Stirn. Keiner von uns hatte bisher
Anstalten gemacht, die verstreuten Akten wieder aufzusammeln.
»Das sah nach keiner mir bekannten Ordnung aus.«

»Als wärst du so ein Ordnungsfanatiker!«

»Bin ich nicht?«

»Bist du?«

Wir sahen uns einen Moment an, dann lächelte er, und das
Grübchen erschien. Ich musste schlucken.

»Nope, bin ich nicht. Aber ich weiß, was Ordnung ist, und
das ist keine.«

Ich presste die Lippen zusammen und wandte mich ab. Heute
testete er wahrlich meine Geduld. War er auch so während unserer ersten Begegnung gewesen? War ich blind gewesen? Vielleicht
hatte ich ja den Radunfall gehabt und nicht er – und vielleicht
waren mir dabei ein paar Gehirnzellen abhandengekommen. Wer
konnte das jetzt schon so genau sagen?

»Ich hebe sie dann mal wieder auf«, verkündete er und ging
hinter mir in die Hocke.

Während ich weiterhin auf die Tastatur eintrommelte, spürte
ich jede seiner Bewegung unter mir. Sie verursachten einen Luftzug, der mir um die nackten Beine strich. Kurz kam er mir so

nahe, dass er mit dem Handrücken meinen Fußknöchel berührte, ehe er die Akte daneben einsammelte.

»Ein paar Blätter sind rausgefallen«, sagte er irgendwann. »Ich weiß nicht genau, zu welcher Akte sie gehören.«

»Ich kümmere mich drum.«

»Du kannst mir nicht sagen, dass deine Ordnung besonders gut funktioniert hat, wenn die Akten einfach so aus den Dossiers fallen können.«

Ich ballte die Fäuste und zwang mich gleich darauf, sie wieder zu lösen.

»Ich sagte, ich kümmere mich drum.«

»Wie du willst.«

»Will ich.«

*Ich will dich, Miles.*

*Shit. Nicht darüber nachdenken.*

Kurz darauf kam Ms Halstrom, und ich überließ es Miles, sich um sie zu kümmern. Er blieb sogar einen Moment im Büro von Mr Goldbloom sitzen, eher er rausgeworfen wurde. Es kam nicht oft vor, dass ich mich am Missmut anderer Leute erfreute. Aber heute war ich bereits so tief gesunken, da war eine weitere Etage kaum noch der Rede wert. Als Miles die Tür schlechtgelaunt zuzog und ein paar Flüche murmelte, konnte ich mir ein Grinsen kaum verkneifen.

Er hatte sich wohl eingebildet, dass ihm die Connection zu Mr Goldbloom erlaubte, sich direkt an den Fällen zu beteiligen.

Falsch gedacht.

Mr Goldbloom legte großen Wert auf Verschwiegenheit, weshalb er einen Großteil der Akten schwärzte. Mittlerweile vertraute er mir mehr, sodass er es nicht mehr so häufig tat. Jedoch behielt er die wichtigsten Informationen für sich, und er hatte es mir bisher nicht ein einziges Mal erlaubt, bei einem Klientengespräch dabei zu sein.

Wenn er es heute mit Miles anders gehandhabt hätte, hätte ich vermutlich gekündigt. Ich wusste, dass Mr Goldbloom viele Freundinnen und Freunde in der High Society hatte, doch keine seiner Bekanntschaften hatte bisher Einfluss auf seine Arbeit ausgeübt. Jedenfalls nicht meines Wissens nach. Alle Rechnungen waren stets gleich. Er gewährte keine Rabatte und tat niemandem einen Gefallen. Jeder Aspekt seiner Arbeit hatte einen ganz bestimmten Preis, und die Kosten änderten sich nicht von Klient zu Klient.

»Wow, er weiß wirklich, wie er sich wichtigmacht«, grummelte Miles. »Wie hältst du es mit ihm aus?«

Es war besser, nicht zu antworten. Nur noch zwei Stunden, dann würde ich von hier abhauen und mich an den Gedanken gewöhnen können, dass Miles mir tagtäglich begegnen würde.

Tagtäglich?

»Wie oft in der Woche wirst du hier sein?«, fragte ich möglichst unschuldig.

Er hatte sich mit zwei Akten auf die Couch gesetzt, die eigentlich für wartende Klienten vorgesehen war. Da wir heute jedoch niemanden mehr erwarteten, wies ich ihn nicht zurecht.

Langsam löste er seinen Blick von der Akte und sah mich an. »Jeden Tag.«

Ich biss mir versehentlich auf die Innenseite der Wange. »Jeden Tag?«

»So wie du. Du arbeitest von Montag bis Freitag vormittags hier, oder nicht?«

»Ja, aber das ist *mein* Arbeitsplan. Wäre es nicht sinnvoller, dass du reinkommst, wenn ich nicht da bin?«

»Warum?«

»Damit Mr Goldbloom auch nachmittags versorgt ist.« Ich spielte mit dem Kugelschreiber in meinen Händen, um einen Teil meiner nervösen Energie loszuwerden. Es lag nicht an Miles. Ich war einfach überrumpelt von der Situation. Wie oft passierte es denn, dass man Wochen später seinem One-Night-Stand wiederbegegnete? Ausgerechnet auf der Arbeit? Das musste ich erst mal verdauen. Gleichzeitig durfte ich mich nicht von meiner Verlegenheit kleinkriegen lassen.

Miles schien leider nicht ganz so aus dem Gleichgewicht zu sein wie ich, was mich immer noch störte. Dann wiederrum hatte er eine dreimonatige Bekanntschaft heiraten wollen. Er hatte mir dadurch von Anfang an gezeigt, dass er gefühlsmäßig nicht viel zu geben hatte.

»Hmm, darüber habe ich mir keine Gedanken gemacht. Aber Goldbloom hat mir gesagt, wann ich hier zu sein habe. Ich schätze, er hätte mir etwas anderes vorgeschlagen, wenn es besser für ihn gewesen wäre«, antwortete er nach einem kurzen Moment.

Ich machte ein unbestimmtes Geräusch und überließ ihm wieder der Durchsicht der Akten. Da stand ohnehin nichts Wichtiges drin. Die Dossiers mit den gefährlichen Informationen befanden sich allesamt in einem abschließbaren Rollcontainer, von dessen Existenz Miles nichts wissen musste.

Nach einer Weile hatte ich Miles' Anwesenheit fast vergessen. Na klar, es war mir immer noch sehr bewusst, wie gut er aussah, wie gut er roch und wie sich seine Lippen beim lautlosen Lesen leicht bewegten – aber ich wurde nicht mehr komplett davon eingenommen. Nur ein ganz kleines bisschen, und das war okay. Für den ersten Tag.

Ms Halstrom war längst mit einem dicken Briefumschlag in den Händen gegangen, und Mr Goldbloom verließ uns kurze Zeit später ebenfalls. Mittlerweile bat er mich nicht mehr, beim Gehen abzuschließen, das hatte sich längst zwischen uns eingespielt. Der einzige Unterschied zu anderen Tagen war seine Verabschiedung von Miles. Während er mir lediglich zunickte, reichte er Miles die Hand und dankte ihm für die harte Arbeit.

Harte Arbeit? Er hatte meine Ordnung zerstört und die restliche Zeit auf der Couch gechillt.

Ich musste sämtliche Selbstbeherrschung aufbringen, um nicht laut zu schnauben. Dann war Mr Goldbloom auch schon aus der Tür raus.

Eine halbe Stunde später wurde es Zeit für den Feierabend. Nachdem ich den PC runtergefahren hatte, ging ich mit meiner Tasche zur Tür. Das Konzept Feierabend musste ich Miles nicht erklären. Zwölf Uhr bedeutete das Ende unseres Arbeitstages. Im Gegensatz zu ihm müsste ich später jedoch noch zum College, bis dahin wollte ich …

»Lass uns zusammen Mittagessen«, schlug er vor und nahm dabei die Brille ab. Ich wandte mich ab und drehte den Schlüssel im Schloss um. »Gegenüber gibt es einen interessant aussehenden Sandwichladen. Wie wär's?«

»Warum?« Ich zog meinen Pullover wieder an. Die getrockneten Kaffeeflecken waren kaum sichtbar.

Miles nahm mir die Tasche ab, was ich schweigend erlaubte. Erstens wäre es zu albern gewesen, sie festzuhalten, und zweitens war es tatsächlich praktischer. Er gab sie mir sofort zurück, als ich meine Hand ausstreckte.

»Ich bin hungrig. Du nicht?«

Wir gingen nebeneinander durch den langen Flur zum Lift. Ich wollte zwar kaum etwas weniger, als mit ihm in einem so kleinen Raum zu stehen, aber mir blieb wohl keine andere Wahl.

»Nein, ich meine, warum willst du mit *mir* essen gehen?« Die Frage *Hast du keine Freunde?* erschien mir dann doch zu harsch. Außerdem erinnerte ich mich daran, dass er tatsächlich niemanden mehr hatte, nachdem ihn sein bester Freund mit Melissa betrogen hatte.

Noch immer war ich wütend, wenn ich daran dachte, mit welcher emotionslosen Oberflächlichkeit sie Miles gestanden hatte, dass sie von nun an in einer anderen Beziehung war. Und er … Er hatte alles getan, um nicht betroffen zu wirken. Stattdessen war er in übertriebenes Gelächter verfallen, und ich hatte mich als seine Beschützerin aufgeschwungen.

Gott. Wie sehr ihn im Nachhinein meine energische Reaktion amüsiert haben musste, vor allem, da er sich selbst kaum ernst nahm. Kein Wunder, dass er sich nie mehr bei mir gemeldet hatte.

Der Lift öffnete sich, und wir stiegen ein. Miles zuckte mit den Schultern.

»Macht man so, wenn man zusammenarbeitet. Hab ich jedenfalls gehört.« Er grinste, was ich nur im Spiegel erkennen konnte. Uns beide nebeneinander zu sehen, verdeutlichte mir wieder, wie unterschiedlich wir waren.

Ich fühlte mich nicht hässlich oder unzulänglich, aber Miles umgab eine Aura, die nur unter seinesgleichen zu finden war. Eine Leichtigkeit. Die Sicherheit, dass alles gut gehen würde.

Obwohl mir das klar war und obwohl ich seit heute Morgen Herzrasen hatte, überraschte ich mich selbst, indem ich zusagte.

Der Sandwichladen gegenüber war mir bisher noch nie aufgefallen, und ich arbeitete schon seit einem Dreivierteljahr bei *Goldbloom & Son*. So war es mit allem, was teuer war. Irgendwann blendete ich es aus, um mich selbst zu schützen. Hin und wieder wurde ich dann wieder mit der Nase darauf gestoßen und war ganz überrascht, wie viel es in dieser Welt eigentlich mit Geld zu erstehen gab.

Miles und ich stellten an der Theke jeweils unsere Sandwiches zusammen, und er bezahlte meine Rechnung, nachdem er mehrmals darauf bestanden hatte. Als Entschuldigung für den verschütteten Kaffee, den ich längst vergessen hatte.

Da der Laden regelrecht überfüllt war, konnten wir uns nur noch an den Tresen am Fenster auf die Hocker setzen. Immerhin konnte ich dadurch draußen die Leute beobachten und musste nicht Miles ansehen.

Der plapperte drauflos, als hätte er sich bis dahin zurückgehalten. Er erzählte, was er aus den Akten gelernt hatte und wie kurios er das Konzept fand, einen anderen Menschen zu engagieren, um etwas herauszufinden, das einem sowieso nicht gefallen würde.

Ich machte mir nicht mal die Mühe zu antworten. Von Moment zu Moment fühlte ich mich unwohler. Meine Wangen erhitzten sich, weil ich nicht aufhören konnte, an seine Hände zu denken. An unsere beiläufigen Berührungen. An den Fakt, dass ich nicht von ihm loszukommen schien. War ich besessen? Oder bloß selbstzerstörerisch veranlagt?

Klar, der Sex war fantastisch gewesen. Aber wie zum Teufel konnte das Grund genug dafür sein, dass er mir nicht aus dem Kopf ging?

Ich hätte Nein zum gemeinsamen Essen sagen sollen. Warum sagte ich ständig Ja?

»Danke fürs Sandwich, aber ich muss jetzt los.« Mir war der Appetit vergangen, und ich schaffte nicht mehr als die Hälfte.

»Echt? Wohin?« Miles sah von meinem halb aufgegessenen Sandwich nach oben in mein Gesicht.

»Ich muss gleich zum College.« Dass ich noch mehrere Stunden Zeit hatte, ließ ich unerwähnt. Mein Handy vibrierte. Um Miles Blickkontakt ausweichen zu können, fischte ich es aus meiner Handtasche.

Troye: Ich hab mit Dad gesprochen. Er würde dir keine Vorwürfe machen, wenn du zurückkommst. Mom ist eine andere Nummer, aber das weißt du ja. Wir kriegen das schon hin, Sis.

Troye. Ich hatte ihn nicht darum gebeten, Mom und Dad danach zu fragen. Obwohl ich seit fast einem Jahr von zu Hause ausgezogen war, ging er immer noch davon aus, dass ich die Zelte abbrechen und etwaige Fehler, die ich in ihren Augen gemacht hatte, eingestehen würde.

Ich konnte nicht wirklich wütend sein auf meinen Zwillingsbruder, aber ich konnte verletzt sein. Von Anfang an hatte er sich geweigert, mir zuzuhören. Überhaupt zu versuchen, mich zu verstehen.

»Wer ist es?«

»Was hast du gesagt?«

»Wer hat dir geschrieben? Du bist ganz blass geworden.« Sorgenvoll beugte er sich vor, sodass ich den leichten Bartschatten auf seiner unteren Gesichtshälfte erkennen konnte. Außerdem wehte der Geruch seines Shampoos zu mir rüber. Könnte auch sein Duschgel sein. Meeresfrische.

»Mein Bruder. Troye«, murmelte ich abgelenkt. Was sollte ich antworten?

»Wohnt er auch in New York?« Miles stützte sein Kinn auf einer Hand ab.

»Nein. Er studiert an der Montclair State. Aber gerade ist er bei meinen Eltern. In Livingston.« Ich steckte das Handy wieder ein. Mir fiel nichts ein, was Troye nicht als Provokation werten würde. Besser ich antwortete später in Ruhe, wenn ich Zeit hatte, mir Gedanken über mögliche Konsequenzen zu machen.

Doch welche würden das schon sein? Weder er noch meine Eltern wussten, wo sie mich finden könnten. Klar, ich hatte ihnen gesagt, dass ich nach New York gezogen war, aber mehr auch nicht.

Im schlimmsten Fall würde mich keiner von ihnen mehr kontaktieren. Und wäre das wirklich so schlimm?

»Du bist nicht gut auf ihn zu sprechen, hm?« Warum klang

er so verständnisvoll? Er hatte Sam vor mir in Schutz genommen. Hatte sogar so gewirkt, als würde er seinen älteren Bruder tatsächlich bewundern. Konnte er sich wirklich in mich hineinversetzen?

»Das ist es nicht, es … Er verunsichert mich«, gab ich zu. Irritiert rieb ich mir über den Nasenrücken. Ich hatte noch nie zuvor mit jemandem über meine Familie gesprochen …

Und ich sollte heute nicht damit anfangen.

Eilig erhob ich mich und brachte unser Tablett weg. Miles folgte mir nach draußen, bevor ich mich eilig von ihm verabschiedete.

»Wir sehen uns.« Ich winkte ihm zu und drehte mich weg. Es war mir egal, in welche Richtung er gehen müsste.

Zielstrebig steuerte ich die nächste Metrostation an, die mich weit, weit wegbringen würde. Abstand. Das brauchte ich in diesem Moment mehr als alles andere.

»Shiloh.« Miles. Er war mir gefolgt. Wir standen auf der breiten Treppe, er eine Stufe über mir. Die Leute teilten sich um uns, als ich erschrocken zu ihm aufblickte. Er hielt meinen Ellbogen umfasst.

»Was?«

»Du bist wütend auf mich«, sagte er ernst, während sein Blick suchend über mein Gesicht wanderte. »Warum?«

Das Blut rauschte in meinen Ohren. Seine Stimme. Vielleicht hatte ich sie am meisten vermisst. Ein Ton, der mein Herz zum Klingen brachte. Die Art, wie er meinen Namen sagte. So, wie ich es nie zuvor erlebt hatte.

»Du hast dich nicht bei mir gemeldet. Danach«, antwortete ich ehrlich und hasste mich dafür. Gleichzeitig war ich stolz darauf, dass meine Stimme nicht zitterte. »Du bist einfach verschwunden.«

Er schien überrascht, blinzelte und lehnte sich zurück.

»Du dich auch nicht«, sagte er schließlich und ließ meinen Arm fallen.

»Ich hab's versucht«, flüsterte ich. Wie sehr ich es versucht hatte. Und wie sehr ich mich selbst davon hatte abhalten wollen.

»Du hast ...« Er unterbrach sich selbst und starrte mich an.

Ich starrte zurück.

# • KAPITEL 10 •

*uncovered*

Mit Kopfhörern im Ohr saß ich in der Bahn und spülte mit den Klängen von Panic! at the Disco sämtliche Gedanken aus meinem Kopf.

Nach meinem überraschenden Geständnis war ich geflüchtet. Was hätte ich auch sonst tun oder sagen sollen? Es war peinlich genug, dass ich mehr oder weniger zugegeben hatte, dass der Sex mit ihm nicht nur spaßige Belanglosigkeit gewesen war, sondern gleich Gefühle erzeugt hatte. Aber war es der Sex gewesen? In der dunkelsten Stunde der Nacht, wenn ich schlaflos an die Decke starrte, glaubte ich, dass es die Leichtigkeit gewesen war, die er aus mir herausgekitzelt hatte. Miles hatte durch sein Lächeln, durch seine Aura etwas in mir hervorgerufen, das ich bis dahin nicht gekannt hatte und das mich in einen Rauschzustand versetzt hatte. Kein Wunder also, dass ich wie eine Süchtige versucht hatte, mehr davon zu bekommen.

Gott, wie sollte ich ihm morgen wieder begegnen?

Ich hatte die Freizeit zwischen Arbeit und College genutzt, um Einkäufe zu erledigen, mein Bett neu zu beziehen sowie meine Pflanzen zu gießen. Bei dieser Hitze brauchten sie jeden Tag frisches Wasser, und ich musste mir den Wecker stellen, damit ich sie nicht vergaß. Die Blumen waren teuer genug gewesen, da wollte ich sie nicht durch meine Schludrigkeit vernichten.

In East Flatbush angekommen, taumelte ich förmlich in das heruntergekommene Gebäude meines dürftigen Colleges, das alles war, was ich mir leisten konnte. Auf meinem Weg zum richtigen Raum begrüßte ich hier und dort bekannte Gesichter mit einem Nicken. Obwohl ich mir wegen meiner Studienwahl unsicher war, fühlte ich mich in dieser Umgebung wohl. Sie passte perfekt zu meinem Wunsch, nicht aufzufallen und keine Freundschaften zu schließen. Tatsächlich waren alle hier gleich. Wir hatten ein klares Ziel, und wir brauchten keine Ablenkung in Form von anderen Menschen. Wir akzeptierten den Fakt, dass wir einander zuhören mussten und hin und wieder zu Gruppenarbeiten gezwungen wurden. Abgesehen davon hielten wir Persönliches privat.

Leider war es heute wieder überdeutlich, dass ich zwar gut in Mathematik war, aber keine Begeisterung dafür aufzubringen vermochte. Der Umgang mit Zahlen war mir in den Schoß gefallen. Nichts, das ich mir ausgesucht hätte, weil ich so gern komplizierten Formeln hinterhersann.

Hatte ich den leichten Weg genommen, nachdem ich das Schwerste getan hatte, was ich mir bis dahin hatte vorstellen können?

Mein erster Kurs war Stochastik mit Ms Meyer, die eine der jüngeren Dozentinnen war. Sie war im dritten Trimester ihrer Schwangerschaft und würde nächstes Semester keine Kurse mehr anbieten, was ich schon jetzt bedauerte.

Ich hörte ihr konzentriert zu und versuchte, Notizen zu machen. Doch meine Gedanken schweiften immer wieder ab. In meinem Kopf herrschte Chaos. Erst dachte ich an Miles und seine grauen Augen, dann an Troye, der mich wie in meinen Albträumen nach Hause zerren wollte.

Mein Blick war starr auf die Tafel gerichtet, ohne dass ich etwas sehen konnte. Vielleicht existierte ich bereits in anderen Sphären. Wahrscheinlich zuckte ich deshalb so heftig zusammen, als das Handy auf meinem Schoß zu vibrieren begann und nicht wieder aufhörte. Jemand rief mich an.

Ich blickte aufs Display hinab und sah Troyes Namen. Fuck.

Bevor jemand das Vibrieren wahrnahm, schlich ich mich aus dem Raum in den Flur und nahm den Anruf an.

»Ja?« Ich lehnte mich mit dem Rücken gegen die Wand.

»*Ja? So begrüßt du deinen Zwilling?*«

»Ich wusste nicht, dass du es bist«, log ich.

»Was machst du?«

»Bin im College«, antwortete ich, ehe ich mich wieder im Griff hatte.

»Im College? Was meinst du damit? In Princeton?«

»Ich hab dir gesagt, dass ich in New York bin.«

»Du gehst zur NYU, ohne uns etwas davon gesagt zu haben? Bist du deshalb abgehauen? Weil du geglaubt hast, dass Mom und Dad Princeton bevorzugen würden? Shiloh! Das ist doch Murks. Die NYU ist super! Wir …«

»Ich bin nicht auf der NYU«, widersprach ich, ehe er sich weiter eine absurde Geschichte zusammenspann. »Es ist ein normales Abendcollege. Nichts Großartiges.«

Schweigen schlug mir entgegen. »Was studierst du?«

»Mathematik.«

»Damit ich das richtig verstehe: Du hast Princeton den Rücken gekehrt, um an einem No-Name-College Mathematik zu studieren? Was geht in dir vor?« Er schrie nicht. Troye würde nie schreien. Trotzdem troff jedes Wort vor Unglauben und Ekel.

Ich hatte mich so weit von seiner eigenen Lebensrealität wegbewegt, dass er nicht anders konnte. Seiner Meinung nach hatte ich ein perfekt geordnetes Leben aufgegeben, um mich freiwillig als Müll abzuschaffen.

»Warum hast du angerufen?« Erschöpft und mit herannahenden Kopfschmerzen rieb ich mir mit der freien Hand die Schläfe.

»Können wir uns treffen?« Viel zu schnell hatte er sich wieder gefangen. Als wären seine Emotionen lediglich Streifen einer Tapete, die er problemlos lösen konnte. Ohne dass Überreste zurückblieben.

Als ich diese Tatsache das erste Mal realisiert hatte, hatte es kein Zurück mehr für mich gegeben. Ich erinnerte mich daran, als wäre es gestern gewesen.

Ich hatte Troye vor einem Jahr zu seinem Judoturnier begleitet, um ihn anzufeuern, was meine Eltern grundsätzlich nicht taten. Er kam auch nie zu meinen Turnieren oder Auftritten, was ich bis dahin akzeptierte, da er immer eine Ausrede parat hatte. Nicht für eine Sekunde hatte ich darüber nachgedacht, dass es unfair war, dass ich ihn begleitete, aber er nicht mich.

An diesem Abend schaffte er es bis ins Finale. Er schlug sich gut. So lange, bis er einen Fehler machte und mit dem Kopf heftig auf den Boden krachte. Außerhalb der Matte. Er trug zwar einen Kopfschutz, doch entweder hatte er ihn falsch angezogen oder er war fehlerhaft, denn es ertönte beim Aufprall ein lautes Geräusch, das mir durch Mark und Bein ging.

Sofort waren Sanitäter zur Stelle und kümmerten sich um ihn. Er wurde ins Krankenhaus gebracht, wo er untersucht wurde. Währenddessen hatte ich meine Eltern angerufen, die natürlich herbeigeilt kamen.

Als jedoch feststand, dass Troye mit dem Schrecken und einer leichten Gehirnerschütterung davongekommen war, wurde bei meinen Eltern und Troye sofort wieder auf Normalität umgeschaltet.

Troye verließ auf eigene Verantwortung das Krankenhaus, weil er am nächsten Tag eine wichtige Prüfung hatte. Meine Eltern aktualisierten direkt seinen Lernplan, da er zwei Stunden beim Arzt verloren hatte.

Ich konnte nicht anders, als sie wie eine Zuschauerin zu beobachten. Plötzlich war ich nicht mehr mittendrin, sondern außen vor. Die Scheuklappen, die mir bis dahin vorenthalten hatte, wie meine Familie wirklich war, waren mir von den Augen gerissen worden. Ich hatte all die Fehler erkannt, die ich ihnen bis dahin zugestanden hatte, weil ich es für die Normalität gehalten hatte.

Am Tag darauf fuhren wir Troye zur Prüfung, obwohl er sich in der Nacht übergeben hatte und blass gewesen war. In den Köpfen meiner Familie war nichts wichtiger als die Prüfung und Troyes berufliche Zukunft. Ausruhen könnte er sich, wenn er irgendwann in Rente ging. Das war die Devise. Wir sollten zu den Besten der Besten gehören und mit dem Geld, das wir dann scheffelten, unseren Eltern das Leben ermöglichen, das ihnen verwehrt geblieben war.

Ich konnte es nicht länger ertragen. Für meine Eltern zu leben und dadurch meine eigene Gesundheit zu riskieren. Vielleicht hatten sie recht. Vielleicht war ich wirklich ein undankbares Kind. Doch war es so falsch von mir, eigene Entscheidungen treffen zu wollen? Frei sein zu wollen?

Ich hatte geglaubt, Troye würde es genauso sehen. Tat er aber nicht. Als ich versucht hatte, mit ihm darüber zu sprechen, hatte er abgeblockt. Mich ausgelacht. Meine Gedanken als absurd abgestempelt und weitergelacht. Als hätte ich mir lediglich einen Scherz erlaubt.

All diese Erinnerungen, die ich tief vergraben hatte, kochten wieder an die Oberfläche. Ich liebte meinen Bruder. Fast zwanzig Jahre meines Lebens hatte er an erster Stelle gestanden, bis ich mich selbst an erste Stelle stellte. Ich hatte geglaubt, er würde mich immer verstehen und mich immer unterstützen.

Ich hatte keine Ahnung gehabt.

»Ich kann gerade nicht. Lass uns später darüber sprechen«, gab ich kraftlos zurück.

»Wann später? Ich muss bald wieder zurück ans College.«

Natürlich, ich musste in seinen Terminplan passen – nicht umgekehrt.

»Ich muss gehen. Meine Dozentin ruft mich«, log ich und legte auf, ohne auf eine Erwiderung zu warten. Anschließend schaltete ich das Handy aus, was ich nie tat, aber meine Selbstbeherrschung neigte sich rapide dem Ende zu. Ich wusste nicht, was ich sagen würde, sollte er noch einmal anrufen. Besser, ich ging kein Risiko ein.

Die Hoffnung, wir würden irgendwann auf einen Nenner kommen oder zumindest zivilisiert miteinander umgehen können, hatte ich noch nicht gänzlich aufgegeben.

Ich atmete tief durch. Das Licht in der Leuchtstoffröhre über mir flackerte. Eine fette Fliege summte um meinen Kopf herum, ehe ich sie mit einer Hand in die Flucht schlug. Meine Haut fühlte sich feucht und klebrig an. Im Waschraum, der nur alle Jubeljahre geputzt wurde, kühlte ich mich mit Leitungswasser ab. Das Wasser rann glucksend über meine Handgelenke. Ein bisschen was spritzte ich mir ins Gesicht, bevor ich mich am Beckenrand abstützte und in den Spiegel sah.

Wie lange konnte ich noch davonlaufen? Von Mal zu Mal wurde mein Widerstand geringer, und meine Kraft nahm ab. Irgendwann wäre es einfacher, nachzugeben und zu meinen Eltern und dem vorgeplanten Leben zurückzukehren, als weiter allein für mich zu kämpfen.

Ich leckte mir die Tropfen von den Lippen. Wie es wohl gewesen wäre, als Kind reicher Eltern aufzuwachsen? Wie Miles. Eltern, die nichts von einem erwarteten, außer dass man sich amüsierte und glücklich war? Beneidenswert. Kein Wunder, dass ich mich von ihm angezogen fühlte, wie die Motte vom Licht. Es ging viel mehr um das, was er verkörperte, als um die Person, die er war.

*Viel Glück damit, dir das einzureden.* Gut, dann war er eben heiß und sexy und gut aussehend und charmant und süß und …

Ich kehrte nicht zu meinem Kurs zurück, sondern wartete, bis die Stunde beendet war, um meine Sachen zu holen. Zwar hatte ich noch einen Kurs über elementare gebrochen-rationale Funktionen bei Mr Jones, allerdings war ich durch mit diesem Tag.

Seltsamerweise hatte ich fast ein Jahr lang nie geschwänzt und nun innerhalb von sechs Wochen gleich zweimal. Es machte mir überraschend wenig aus, wofür mein achtzehnjähriges Ich wenig Verständnis gehabt hätte. Das wäre vermutlich in Panik ausgebrochen und hätte sich bereits einen Plan zurechtgelegt, wie es die versäumten Stunden aufholen könnte.

Nein. Mein achtzehnjähriges Ich wäre nie in eine solche Situation gekommen. Nicht einmal hatte ich geschwänzt, bevor ich nach New York gekommen war. Ich sah es als Fortschritt an. Es könnte sein, dass mein Widerstand doch größer war als angenommen.

An der Courtelyou Road, an der mein College lag, gab es einige Restaurants, Bistros und Cafés, die ich passieren musste, um zu meiner Metrostation zu kommen. Von philippinisch über tibetanisch bis zu afghanisch war alles dabei. Manchmal stellte ich mir vor, was für ein glamouröses Leben ich hätte haben können, wäre ich dem Plan meiner Eltern gefolgt. Dann hätte ich mir in zehn Jahren leisten können, essen zu gehen, so viel ich wollte. Würde ich für immer meine Tage mit Gedanken wie diesen verbringen, wenn ich weiter unbeirrt meinen Weg beschritt?

Seufzend schaltete ich mein Handy wieder ein, um Musik zu

hören. Troye hatte nicht noch einmal angerufen, wie ich feststellte. Keine neuen Nachrichten. Ich entschied mich für ein älteres Album von Counting Crows und schloss in der Bahn die Augen, um mich von der einzigartigen Stimme des Leadsängers tragen zu lassen.

Nur vier Stationen später befand ich mich bereits in Midwood und stieg an der Avenue J aus. Mein Apartment war nur fünf Gehminuten entfernt. Die Straßenlaternen tauchten die Umgebung in orangefarbenes Licht, und an der gefährlichen Kreuzung musste ich wie immer aufpassen. Abends wurde sie glücklicherweise nicht so viel befahren.

Ich stand noch auf der gegenüberliegenden Straßenseite, als ich eine Person wahrnahm, die auf der Treppe zu meinem Hauseingang saß. Sicher, dabei könnte es sich um einen der anderen Bewohnerinnen und Bewohner oder um einen Gast von ihnen handeln, doch etwas ließ mich innehalten.

Die Fußgängerampel sprang auf Grün, wie ich aus dem Augenwinkel bemerkte. Ohne den Blick von der Person zu wenden, eilte ich über die Kreuzung. Sie hob ihren Kopf im selben Moment, in dem ich sie erreichte.

Miles.

»Was machst du hier?« Ich wusste nicht, welches Wort ich betonen sollte. Du? Hier? Was? Alles erschien mir befremdlich, und so nahm meine Stimme einen hohen, fast panischen Klang an.

Er erhob sich, sodass er über mir aufragte. Dabei war ich nicht klein und er auch nicht sonderlich groß, vielleicht um die ein Meter fünfundsiebzig. Trotzdem wirkte seine Größe bedrohlich.

»Du bist früher da, als ich dachte«, sagte er, ohne mir zu antworten.

»Miles …«

Er trug noch die gleichen Sachen von heute Morgen. Blaue Jeans, ein weißes T-Shirt. Dazu hatte er sich eine lachsfarbene

Sweatshirtjacke angezogen, da es mittlerweile frisch geworden war. Die Brille hatte er nicht wieder hervorgeholt.

»Die Sache ist … Shit. Also, es gefiel mir nicht, wie das Gespräch vorhin geendet hat.« Er plusterte eine Wange auf, während er offenbar angestrengt nachdachte. »Deshalb habe ich hier auf dich gewartet.«

»Huh, du konntest dich also doch dran erinnern, wo ich wohne.« Ich konnte mir den Kommentar nicht verkneifen, auch wenn ich gerührt war, dass er den Weg auf sich genommen hatte. Ich verstand bloß nicht, warum jetzt. Warum nicht in den letzten Wochen?

»Willst du was trinken gehen? Mit mir?«

»Jetzt?« Unsicher sah ich von ihm zur geschlossenen Haustür. Hatte Bronwyn ihn beim Hereingehen gesehen? Wie lange hatte er bereits hier gesessen, ehe ich gekommen war?

»Nur wenn du nichts anderes vorhast. Ich habe bloß gehofft …«

»Okay«, unterbrach ich ihn. Es war seltsam, ihn vor sich hin stammeln zu hören. Vielleicht war das der Grund, warum ich zusagte. Zum ersten Mal zeigte er mir, dass auch er unsicher war in Bezug auf uns und wie wir weitermachen sollten.

»Wow. Cool. Ähm, ich hätte da einen Ort im Kopf. Sollen wir?« Ich nickte.

Auf dem Weg zu der Rooftop-Bar, in die er gehen wollte, redeten wir nicht, was mir ganz recht war. So hatte ich die Gelegenheit, mir meine Worte zurechtzulegen. Ich wollte ihm deutlich machen, dass ich ihm nicht hinterhergetrauert hatte oder so. Nicht dass er mich für eine Stalkerin hielt. Oder jemanden, der sich in jeden One-Night-Stand verliebte.

Wir fuhren mit der Metro zur Bar Hudson Merry. Ich war noch nie zuvor hier gewesen, aber Miles versicherte mir wiederholt, dass es mir gefallen würde. Und er sollte recht behalten. Nachdem wir durch einen gedrungenen Flur in einen der beiden rustikalen Fahrstühle gestiegen waren, erreichten wir die beleuchtete Dachterrasse. Sie war so weitläufig, dass vielleicht hundertfünfzig Leute gleichzeitig sitzen und stehen konnten. Es gab eine kleine Tanzfläche auf der linken Seite der L-förmig angelegten Terrasse, auf der bereits drei, vier Paare zum Folk-Pop der Liveband tanzten. Die Bar war etwa vier Meter lang. Dahinter bewegten sich drei Barkeeperinnen, die zwei Kellner mit Getränken versorgten. Das Sortiment an Tischen und Sitzgelegenheiten wirkte zunächst wirr und chaotisch. Auf den zweiten Blick strahlten die bunten Sitzkissen, die kurios geformten Stühle und Sofas aus Leder, Bambus und Stoff eine seltsame Heimeligkeit aus. Ketten mit Glühbirnen waren über Stahlträger an beiden Seiten der Dachterrasse gespannt und dienten als Sternenersatz vor dem dunklen Nachthimmel.

Ich war begeistert.

In meiner Anfangszeit in New York war ich hin und wieder ausgegangen, hatte Leute kennengelernt und mich auf verschiedene Typen eingelassen. Doch ich hatte nie einen solch inspirierenden Ort gesehen wie diesen.

»Ist der Platz okay?«, fragte mich Miles. Direkt neben der milchigen Glaswand, die uns vom Abgrund trennte, waren zwei Plätze an einem runden Tisch frei.

»Klar.« Ich setzte mich Miles gegenüber. Fasziniert sah ich mich weiter um, bis mein Blick von der Aussicht auf den Hudson River gezogen wurde. Er wirkte magisch, da er die Lichter der Stadt reflektierte.

Kurz darauf bestellten wir zwei Cranberry Gin Tonics mit Rosmarin bei einem netten Kellner mit goldenen Ohrsteckern und Nasenring. Er wünschte uns mit einem breiten Lächeln eine entspannte Nacht, während die Band uns weiter mit ihrer sanften Melodie einhüllte.

»Bist du öfter hier?«, fragte ich, nachdem wir unsere Getränke erhalten hatten. Normalerweise war ich eher der Typ für Bier oder Wein, aber in dieser Nacht schien es mir in Ordnung, aus meinen Gewohnheiten auszubrechen. Früher hatte ich es öfter getan, um mir selbst zu beweisen, dass ich nicht mehr unter der Fuchtel meiner Eltern stand. Doch nach ein paar Monaten war mir die Lust abhandengekommen. Der Sinn genauso.

Miles' Hand streifte meine, als er über den Rand der Getränkekarte fuhr. Unwillkürlich zuckte ich zurück und faltete meine Hände in meinem Schoß. Es war nicht zu erkennen, ob er den Moment bemerkt hatte. Seine Lider waren leicht gesenkt, weil er sich auf die Karte konzentrierte. Er überlegte, sich noch einen Snack zu bestellen.

Um mich von seinem Anblick abzulenken, nahm ich einen Schluck von meinem Getränk und spielte dabei mit dem Strohhalm. Der Cocktail schmeckte erfrischend und nicht so stark wie befürchtet. Ich nahm einen weiteren Schluck und befeuchtete meine Lippen.

Miles blickte im gleichen Moment auf wie ich. Eine Erschütterung ging durch mich hindurch. Wie konnte er alles von mir sehen?

»Früher war ich öfter hier«, antwortete er schließlich in seinem locker-leichten Tonfall. Dass er wieder wie er selbst klang, beruhigte mich.

»Und warum jetzt nicht mehr?«

Er fuhr sich mit einer Hand über seine kurzen Haare. Erneut schoss mir die Frage in den Kopf, was er in den letzten sechs Wochen getan hatte, und warum er plötzlich beschlossen hatte, in der Detektei anzufangen. Bei unserer letzten Begegnung erzählte er noch, dass er nicht arbeitete und lediglich das Geld aus seinem Treuhandfonds verprasste. Er hatte nicht so gewirkt, als würde ihn das groß stören oder als hätte er vorgehabt, in naher Zukunft etwas daran zu ändern. Deshalb war ich so irritiert.

»Ich hatte niemanden mehr, mit dem ich die Aussicht teilen konnte«, antwortete er mit Blick auf mich, abwartend beinahe.

»Was ist mit Melissa?« Ich bereute es augenblicklich, ihren Namen ausgesprochen zu haben.

Er verschloss seine Miene vor mir.

»Sie war nicht so die Person, die abends noch gern was unternahm. Was okay ist. Aber ich wollte nicht mit jemand anderem herkommen.«

»Also gehst du immer mit deinen neuen Flammen hierher?« Ich hatte spöttisch klingen wollen, stattdessen hörte ich mich weinerlich an.

Besser noch einen Schluck nehmen. Wann hatte ich den Cocktail ausgetrunken? Ich bestellte einen weiteren, und Miles schloss sich direkt an. Auf Snacks hatte er doch keine Lust.

»Shiloh«, sagte er leise, ohne mich anzusehen. Ich wusste, jetzt war der Moment gekommen, in dem er mir sagen würde, wie leid ihm alles täte und dass es die gemeinsame Nacht nie hätte geben sollen. »Ich hätte mich bei dir melden sollen. Wollte es sogar, aber ich konnte nicht.«

»Warum nicht?« Meine Stimme war so leise, dass ich sie selbst kaum über die Musik hinweg verstehen konnte.

»Am Tag … darauf war ich immer noch betrunken. Ich habe einfach durchgehend weitergetrunken, obwohl ich hätte aufhören sollen«, begann er leise. »Leider hatten mich meine Eltern eingeladen, nachmittags zu einem Geschäftstreffen ins Krankenhaus zu kommen. Dad stand vor einer wichtigen Wahl und ich … Ich habe mich echt danebenbenommen. Es ist mir ziemlich peinlich, deshalb will ich besser nicht darüber sprechen. Jedenfalls …« Unsere neuen Getränke wurden an den Tisch gebracht, und er nutzte die Möglichkeit, um eine Pause einzulegen. Als der Kellner wieder gegangen war, sprach er weiter. »Jedenfalls war das zu viel des Guten, und es hat Konsequenzen nach sich gezogen. Es war mir nicht möglich, zu dir zu kommen, Shiloh.«

Er wich aus. Schon wieder verheimlichte er etwas vor mir, und ich wusste nicht, warum es mich störte. Heute Morgen hatte er mich bereits angelogen. Es sollte mir nichts ausmachen. Vielmehr sollte ich mich daran erfreuen, dass er sich überhaupt bei mir hatte melden wollen, obwohl wir einander nichts versprochen hatten. Doch er hatte gleichzeitig eine Barriere zwischen uns gezogen, die klarmachte, dass Vergangenes vergangen war. Ob ihm das bewusst war oder nicht, konnte ich nicht sagen.

Miles hatte sich verändert.

# • KAPITEL 11 •

*not gonna leave*

Wir verfielen in Schweigen. Er hatte mir gesagt, was ihm auf dem Herzen gelegen hatte, und ich … Ich wusste nicht, was ich darauf erwidern sollte. Wir befanden uns in einem seltsamen Limbo. Waren weder befreundet noch ein Liebespaar. Keine Fremde, aber auch keine guten Bekannten. Wenn sich die Welt in ihren normalen Abläufen bewegt hätte, wären wir einander niemals aufgefallen. Uns niemals begegnet.

Durch einen unglückseligen Zufall hatte uns das Schicksal jedoch zusammengeführt, und jetzt hatten wir den Salat.

Ich blickte auf die Tanzenden, die so glücklich wirkten in ihrem eigenen Universum. Erst jetzt fiel mir auf, dass es nicht nur Paare waren, die sich zum Takt der melancholischen Töne bewegten. Einige wirkten wie Elternteil und erwachsenes Kind, enge Freunde oder lediglich Fremde, die sich dort zusammengefunden hatten. Es war überraschenderweise leicht zu erkennen. Die Art, wie sie sich aufeinander zubewegten beim Sprechen, die leichte Verlegenheit oder andererseits die vertraute Ausgelassenheit.

»Ich will tanzen«, verkündete ich plötzlich.

Miles riss die Augen auf. »Tanzen?«

Mit einem Kopfnicken deutete ich hinter ihn auf die Tanzfläche. »Ich mag die Band.«

»Ich tanze nicht.«

Ich errötete leicht. Niemand bekam gern einen Korb, doch das hielt mich nicht von meinem Vorhaben ab. Es sah mir zwar überhaupt nicht ähnlich, doch Miles' Anwesenheit kitzelte eine unbekannte Seite in mir hervor. Wie schon im Williamsburg Hotel war ich auch heute wieder bereit, Wagnisse einzugehen.

»Schon okay, ich geh allein.« Ich leerte noch meinen Cocktail, ehe ich mich durch die Tische auf die Tanzfläche zubewegte.

Das Licht hier wirkte sanfter. Die Schatten auf den Gesichtern der Tanzenden war weich und schmeichelnd. Sofort fühlte ich mich wohl, anstatt mich zu schämen, dass ich allein hier war.

Noch nie zuvor war ich mutig oder verwegen genug gewesen, allein vor anderen zu tanzen. Ich musste mir nur sagen, dass niemand auf mich achtete. Ich war nicht der Mittelpunkt der Welt. Die Menschen um mich herum waren allesamt mit sich selbst beschäftigt.

Langsam bewegte ich meine Hüften im ruhigen Klang der Musik, die mich sehr an Damien Rice erinnerte.

Ich hob meine Arme über den Kopf, drehte mich träge im Kreis, schloss meine Augen und ließ mich von den Klängen tragen. Die Anspannung, die Angst und die Erwartungen an mich selbst fielen allesamt von mir ab. Meine Atmung wurde ruhiger. Ich spürte, wie ich zu mir selbst fand. Oder zumindest zu einer Version, die mir nicht völlig fremd war. Mittlerweile wusste ich gar nicht mehr, wer ich wirklich war oder was mich ausmachte.

Als ich meine Lider wieder aufschlug, war ich nicht mehr allein.

Ein junger Mann stand vor mir. Er sah gut aus, hatte strohblondes Haar und warme braune Augen. Sein Lächeln war freundlich und beinahe entschuldigend.

»Sorry, ich wollte dich nicht erschrecken«, sagte er leicht zu mir gebeugt, damit ich ihn über die Livemusik hinweg verstehen konnte. Ich hatte aufgehört, zu tanzen. »Bist du allein hier? Kann ich dir einen Drink ausgeben?«

»Ähm, ehrlich gesagt …« Ich war noch so ausgefüllt von meinem inneren Frieden, dass ich nicht wusste, wie ich antworten sollte.

»Wir sind zusammen hier«, sagte Miles, der plötzlich neben mir auftauchte und den Typen ansah.

»Oh, mein Fehler. Schönen Abend noch.« Er wirkte nicht sonderlich zerknirscht und winkte uns sogar noch zu, als er in Richtung Theke verschwand.

Ich drehte mich zu Miles um.

»War das okay?«

»Das fragst du jetzt?«, entgegnete ich, jedoch ohne ihm böse zu sein. Schließlich hatte Miles die Wahrheit gesagt. Wir waren gemeinsam hier.

»Sorry, ich habe einfach angenommen, dass du nicht mit ihm tanzen oder was trinken willst.« Er wirkte ehrlich getroffen. »Lag ich falsch?«

Einen Schritt konnte ich auf ihn zugehen. Mehr Platz gab es nicht mehr zwischen uns. Ich blickte zu ihm auf, sah seine Lippen an, die einladender wirkten als am Morgen. Es war sicherlich der Alkohol, der mich dazu brachte, ein weiteres Wagnis einzugehen. Zögerlich legte ich meine Hände um seinen Nacken und strich mit dem Daumen über seine Haut.

Miles erzitterte, ohne den Blick von mir zu wenden.

»Da du mich eines potenziellen Tanzpartners beraubt hast, musst du jetzt herhalten.«

»Aber ich …«

»Auch wenn du nicht tanzt«, fiel ich ihm ins Wort.

Nach einem kurzen Moment, der sich wie eine halbe Ewigkeit anfühlte, schien er eine Entscheidung getroffen zu haben.

Er hob seine Arme und umfasste meine Taille. Da ich lediglich einen Strickpullover mit groben Maschen trug, spürte ich seine warme Haut direkt auf meiner.

Meine Atmung reagierte sofort und beschleunigte sich. Miles betätigte mit seinen Berührungen einen Schalter in mir, von dessen Existenz ich bis vor sechs Wochen nichts geahnt hatte.

Ich erinnerte mich an unsere Nacht, daran, wie es sich angefühlt hatte, von ihm auf diese Art und Weise wertgeschätzt zu werden. Gleichzeitig hatte ich jeden Zentimeter an ihm berührt und geküsst, weil seine Freude meine gewesen war.

Es war nur eine Nacht gewesen, aber sie hatte mich erschüttert. Unsere Blicke hielten einander fest.

Doch die Nacht war lediglich eine Zuflucht vom Alltag gewesen, und ich musste einen Weg finden, damit abzuschließen. Miles arbeitete nun mit mir zusammen, ob ich wollte oder nicht. Ich dürfte ihn nicht für meine eigenen Gefühle verantwortlich machen. Deshalb war es unabdinglich, einen Schlussstrich zu ziehen. Zwischen dem, was hätte sein können, wenn er mich aufgesucht hätte, und dem, was nun war. Erst dann wäre ich fähig, so etwas wie Freundschaft zwischen uns zuzulassen.

Ich legte meine Wange an seine Schulter und lauschte seinem Herzen. Zumindest bildete ich mir ein, dass ich es trotz der Musik hören konnte. Ein gleichmäßiger Klang. Wenn ich noch einen Beweis gebraucht hätte, dass er nicht genauso empfand wie ich: Hier war er. Meine Anwesenheit ließ ihn vollkommen kalt.

*Es ist okay so*, sagte ich mir selbst und würde es vielleicht bald schon glauben.

Seine Hände bewegten sich leicht auf und ab. Er war tatsächlich nicht der beste Tänzer, aber ich gab mich damit zufrieden, mich in einem kleinen Radius mit ihm zu bewegen. Das war wohl kein guter Zeitpunkt, ihm zu erzählen, dass ich fünf Jahre lang Standardtänze gelernt hatte. Bis Mom aufgefallen war, dass es eigentlich Zeitverschwendung gewesen war, weil ich erst mit erfolgreicher Karriere meine Tanzkünste unter Beweis stellen müsste. Vorher würde mich niemand zu einem wichtigen Bankett einladen.

Irritierend.

»Worüber denkst du nach?«

Hatte ich versehentlich etwas gesagt? Als hätte er meine Gedanken gelesen, fügte er hinzu: »Du hast missbilligend geschnaubt. Ich hoffe, es ist nicht meinetwegen. Ich gebe mein Bestes.«

»Du schlägst dich gut«, sagte ich ausweichend, unfähig, mich von seiner Schulter zu lösen, auch wenn ich es tun sollte. Er hatte die perfekte Größe für mich. Es war so angenehm, mich nicht auf Zehenspitzen stellen zu müssen, um seinen Nacken zu berühren.

Apropos, wann hatte ich damit angefangen, ihn zu streicheln? Ach herrje.

Sofort hörte ich auf damit.

»Also, warum dann das Schnauben?«

»Hab an meine Eltern gedacht. Genauer gesagt an meine Mom.«

»Ihr kommt nicht gut zurecht? Wie du und dein Bruder?«

*Troye …* Stimmt, er hatte meine Reaktion mitbekommen, als mir Troye eine Nachricht geschrieben hatte.

»Sie verstehen nicht, warum ich hier bin.«

»Hast du es ihnen denn erklärt?« Ich löste mich von seiner Schulter, um ihm einen verärgerten Blick zuzuwerfen. »Sorry, wollte dir nicht zu nahe treten.«

»Bist du nicht. Wahrscheinlich hast du sogar recht, und ich habe es ihnen nicht richtig klargemacht. Oder wir haben aneinander vorbeigeredet, was weiß ich. Es gibt so viel, das zwischen uns liegt.« Seufzend ließ ich meine Arme sinken und trat aus Miles' Umarmung.

Die gestohlenen Stunden waren vorbei.

»Willst du noch einen Drink?« Er zog den Reißverschluss seiner Jacke bis zur Hälfte zu. Ich hatte es nicht bemerkt, aber es
war frischer geworden.

»Es ist spät, ich bin müde«, sagte ich. »Lass uns gehen.«

Miles beglich die Rechnung für uns, bevor wir uns auf den
Nachhauseweg machten. Entgegen meiner Aussage war es noch
gar nicht so spät. Miles bestand darauf, mich bis zur Haustür zu
begleiten. Ich diskutierte nicht mit ihm. Der Tag hatte schon
genug Kraft von mir gefordert, und ich brauchte jedes übrige
Quäntchen, um mich davon zu überzeugen, dass ich die Linie zwischen meinen Gefühlen für ihn und mir halten konnte.
Klar, es wäre einfacher gewesen, ohne ihn zu gehen, doch dafür
hätte ich mit ihm reden müssen. Und jedes Mal, wenn ich seine
Stimme hörte, verlor ich an Boden. Lieber ließ ich ihn neben mir
gehen und sah ihn nicht an.

Wir schlenderten die immer noch geschäftige Avenue J entlang und überquerten gemeinsam die Kreuzung, an der wir uns
das erste Mal begegnet waren. Wenn ich an diesem Tag nur zu
Hause geblieben wäre, dann hätte ich Miles heute das erste Mal
getroffen. Dann hätte keine Verlegenheit zwischen uns existiert,
und ich hätte mich so von ihm distanzieren können, wie ich es
bei Bronwyn und Nick tat.

Doch das Schicksal hatte andere Pläne gehabt.

Ich kramte meinen Schlüsselbund aus der Seitentasche, nachdem wir die Treppe zu meinem Wohnhaus erreicht hatten. Die
Straße war hell erleuchtet. Ein paar Leute gingen hier und dort
ihrer Wege.

Miles vergrub die Hände in den Taschen seiner Sweatshirtjacke.

»Danke. Fürs Nach-Hause-Bringen«, sagte ich. Er sah mich
bloß an. »Bis dann.«

Nickend schenkte er mir ein Lächeln, ehe er sich auf den Weg zurück machte. Zumindest nahm ich an, dass er mit der Metro fahren würde. Obwohl er sich das letzte Mal null mit dem Netzwerk von New York ausgekannt hatte. Offenbar hatte sich das geändert.

Ich sah ihm einen Augenblick hinterher.

»Miles?«, rief ich, als er die Fußgängerampel erreicht hatte. Fragend sah er zu mir zurück. »Wie lange wirst du bleiben? Bei *Goldbloom & Son*?«

Er grinste schief und sein Grübchen erschien. »So schnell verschwinde ich nicht wieder. Besser, du gewöhnst dich an mich, Shiloh.«

»Besser *du* gewöhnst dich an *mich*«, gab ich zurück.

Er lachte auf, und ich stimmte leise mit ein. »Ich freue mich drauf. Bis morgen, Shi.« Damit sprang die Ampel auf Grün, und er winkte mir ein letztes Mal zu.

Ich wartete noch, bis ich ihn nicht mehr sehen konnte, bevor ich das Haus betrat. Nur jede zweite Glühbirne im Flur funktionierte, Schmutz sammelte sich auf den Stufen, aber die Temperatur war angenehm kühl. Mein Zuhause. Würde ich mich je daran gewöhnen können?

Oben angekommen, blieb ich vor der Eisentür stehen. Das Licht ging mit einem leisen Klicken aus. In der Dunkelheit kehrten all die Unsicherheiten, die ich über den Tag gespürt hatte, zu mir zurück. Prasselten auf mich ein. Am größten war die Angst, dass mein Leben eine Aneinanderreihung von Fehlern war, seit ich Livingston verlassen hatte.

Vielleicht war es falsch, mein kurzzeitiges Glück von einem Typen abhängig zu machen, allerdings vertrieb der Gedanke an Miles' Lächeln augenblicklich die dunkelsten Schatten in meiner Seele.

Ich fand die Kraft in mir, die Tür zu öffnen und den Tag damit zu beenden.

# • KAPITEL 12 •

*the want to touch*

Miles erwartete mich am nächsten Morgen grinsend mit frisch gebrühtem Kaffee hinter der Theke von *Goldbloom & Son*. Es war ein so sonderbarer Anblick, dass ich bezweifelte, mich jemals daran gewöhnen zu können. Irgendwie war es uns am Tag zuvor gelungen, die Konflikte und Missverständnisse zwischen uns zu überwinden. Zumindest so weit, dass ich ihm freundlich und zuvorkommend begegnen konnte.

Es hatte sich nichts an meinem Vorhaben geändert, keine Freundschaften zu schließen. Doch ich hatte eingesehen, dass es einfacher war, mich mit meinem neuen Kollegen gut zu stellen, wenn ich meinen Job behalten wollte.

Mr Goldbloom tolerierte bereits viele meiner Fehler, aber etwas sagte mir, dass er Miles mir vorziehen würde. Schließlich war er der Sohn seines langjährigen Freundes. Wenn es zu einem offenen Krieg zwischen Miles und mir im Büro käme, würde ich als Erstes gefeuert. Wenn er das nicht ohnehin vorhatte. Doch irgendwas sagte mir, dass Mr Goldbloom mich nicht einfach so vor die Tür setzen würde. Mittlerweile kannte ich ihn gut genug, um das sagen zu können.

Und was meine Gefühle gegenüber Miles anging ... Sie würden früher oder später vergehen. Wie Blüten im Frühlingswind. Sobald ich mich an seine Anwesenheit gewöhnte und der morgendliche Schreck verdaut wäre, würden auch das Flattern in meiner Magengegend und das Herzrasen verschwinden. Ganz sicher.

»Womit habe ich das verdient?«, fragte ich, nachdem ich um die Theke getreten war. Meine Tasche legte ich auf einen kleinen freien Platz auf dem Schreibtisch.

Miles hatte sich zu mir gedreht und schob mir die weiße Tasse mit den schwarzen Pandaohren hin. Ich hatte nicht mal gewusst, dass wir eine solche Tasse besaßen. Oder hatte Miles sie besorgt?

»Ich möchte ein guter Mitarbeiter sein«, verkündete er grinsend. Das Grübchen war wieder sichtbar. »Ich wusste nicht, wie du ihn trinkst.«

»Schwarz ist okay. Danke«, murmelte ich und sah ihn über den Rand der Tasse hinweg an. Er schien verändert. Einerseits war er wieder der sorglose Spaßvogel, den ich kennengelernt hatte, andererseits wirkte er, als wäre er auf der Hut.

Ich beschloss, seine Gemütslage für den Moment nicht weiter zu beachten. Nur Menschen, die an einer Freundschaft interessiert waren, würden sich nach seinem Befinden erkundigen. Da ich aber keine Absicht in diese Richtung hegte, schluckte ich jeden Kommentar herunter und nippte an dem heißen Kaffee.

»Was machen wir zuerst?«, fragte er. Tatsächlich wirkte er ehrlich interessiert, wie er so dastand. Auf seinem Nasenrücken saß erneut die Fake-Brille mit den goldenen Rändern. Das kurze Haar hatte er mit etwas Gel zurückgekämmt, und heute trug er schwarze Jeans mit einem weißen T-Shirt ohne Aufdruck. Fast schon zu formell für unseren Job. Auf jeden Fall formeller als das, was ich zur Arbeit anzog.

Ich hatte mich heute Morgen für ein zweiteiliges Ensemble

entschieden. Ein bauchfreies Top mit breiten Trägern, das bis zu meiner Taille reichte, und einen Hosenrock aus Wolle. Beides war grün-weiß mit orangefarbenen Blüten. Ein bisschen retro, aber ich liebte es. In Livingston hätte ich mich niemals getraut, so etwas Auffälliges anzuziehen. Hier in New York fiel ich damit nicht auf. Mein Haar hatte ich zu einem hohen Pferdeschwanz gebunden und meinen Pony zurechtgeföhnt. Eine weiß umrandete Sonnenbrille steckte noch auf meinem Kopf. Da ich mich mit Sneakers am wohlsten fühlte, hatte ich sie heute wieder angezogen, obwohl es draußen immer noch heiß war.

»Morgens schaue ich immer auf den Kalender, um zu sehen, welche Termine Mr Goldbloom zu erwarten hat. Parallel checke ich meine Mails, falls ein Klient eine Absage geschickt hat«, erklärte ich noch im Stehen. Ich konnte den Blick nicht von Miles wenden, als er einen Stift und Block zur Hand nahm und sich Notizen machte. Seine Finger, die mich gestern noch berührt hatten. War es möglich? Könnte eine Art Waffenstillstand zwischen uns existieren? Könnte ich aufhören, in ihm eine Person zu sehen, die ich berühren wollte? Schmecken? Halten? Es sollte möglich sein. Alles andere würde mich beschämen. Als hätte ich mich selbst nicht mehr unter Kontrolle.

Wie um mir selbst etwas zu beweisen, zog ich meinen Schreibtischstuhl schwungvoll zurück und setzte mich. Gleichzeitig tippte ich mein Passwort in den PC.

»Und danach?« Er beugte sich vor. Ich spürte seinen warmen Atem in meinem Nacken.

Mich zu entspannen, war unmöglich. Was dachte er sich dabei?

»Danach schicke ich Mr Goldbloom die Zusammenfassung der Tagesagenda per Mail, damit er sich vorbereiten kann.« Ich leckte mir über die Lippen. Ein Schauer rann meinen Rücken hinab. »Du kannst dir einen Stuhl aus dem Archiv holen. Da müsste noch einer stehen.«

Als er sich hinter mir aufrichtete, bereute ich fast, den Vorschlag gemacht zu haben. Er legte Stift und Block neben meine Tastatur.

»Okay, bin gleich wieder da.«

Ich nutzte die kurze Atempause, um tatsächlich meinen Job zu erledigen. Obwohl ich es nicht mehr so unvorstellbar fand, mit Miles zusammenzuarbeiten, wusste ich nicht, wie ich mich jeden Tag konzentrieren sollte, wenn er in meiner Nähe war. Wie konnte ich die Vorstellung von ihm und mir zusammen ausradieren?

»Geht das so, oder stört das?« Er hatte den alten Holzstuhl mit dunkelrotem Polster gefunden und neben mich gestellt. Als ich den Kopf schüttelte, setzte er sich und rückte den Stuhl zurecht, bis er ganz dicht an mir dran war. So dicht, dass sein Arm meinen berührte, während ich die Maus betätigte.

Nach einem kurzen Seitenblick versuchte ich erneut, mich zu entspannen. Wie auch immer ich von ihm dachte – er verhielt sich absolut neutral mir gegenüber. Unsere Berührungen hatten auf ihn nicht den gleichen Effekt. Sein Blick war auf den Bildschirm geheftet.

»Passt«, zwang ich mich, zu sagen. »Schau, das ist der Kalender. Wir können die verschiedenen Termine mit unterschiedlichen Farben anlegen. Dadurch fällt es Mr Goldbloom leichter, auf den ersten Blick zu erkennen, was ihn erwartet. Orange verwenden wir bei ersten Terminen von möglichen neuen Klienten. Blau sind Abschlussgespräche, wenn Fälle gelöst worden sind oder aufgegeben werden.«

»Aufgegeben?«

Er rückte noch näher an mich heran, um seinen Block von der anderen Seite meiner Tastatur zu nehmen. Ich schluckte schwer, als er mit seiner Wange fast meine Lippen streifte. Eilig lehnte ich mich zurück.

O Gott. Was war ich für ein Creep?

»Passiert manchmal.« Ich atmete aus. Wieder Abstand.

»Warum?«

»Es gibt unterschiedliche Gründe. Manchmal ist ein Fall aufwendiger als gedacht, und der Klient kann nicht mehr bezahlen. Oder will nicht mehr bezahlen. Hin und wieder kommt es aber auch vor, dass Mr Goldbloom in einer Sackgasse landet. Anstatt dann unendlich weiter zu suchen und zu recherchieren und damit das Geld des Klienten zu verschwenden, zieht er sich zurück. Das macht er jedoch nur höchst selten. Ich glaube, heute ist eines dieser Gespräche. Um neun Uhr.«

»Kennst du den Grund?«

Ich klickte auf den Termin im Kalender, und der Name des Klienten ploppte auf. Eddy Wrenxton. Seit seinem ersten Gespräch mit Mr Goldbloom waren ungefähr sechs Wochen vergangen. Die Akte mit allen Informationen befand sich im Büro des Detektivs, deshalb konnte ich den Grund nicht nachlesen. Ich erinnerte mich jedoch an seinen Besuch und wie sorglos er sich gegeben hatte.

»Hm, sechs Wochen sind eine lange Zeit«, murmelte ich zu mir selbst, nachdem ich Miles von seinem ersten Termin erzählt hatte. Und dann lauter, um auf seine ursprüngliche Frage zurückzukommen: »Es könnte alles sein. Die vergangenen Rechnungen hat Mr Wrenxton jedoch alle pünktlich bezahlt und sich über keine einzige beschwert.«

»Also liegt es wahrscheinlich nicht an den Kosten«, schlussfolgerte Miles. Nachdenklich tippte er mit dem Kugelschreiber auf seinen Block.

Ich setzte zu einer Antwort an, bevor ich es mir anders überlegte. Nein. Es gab Dinge zu erledigen. Wichtigere Dinge als über Mr Goldblooms Arbeitsweise und seine Klienten zu spekulieren.

»Möchtest du Mr Goldbloom die E-Mail mit den Terminen schreiben? Sie sind alle bestätigt«, wechselte ich das Thema.

»Wäre es nicht einfacher, anzuklopfen und sie ihm mitzuteilen?«

*Wenn man Menschen mag und sich darüber freut, mit anderen zu reden, anstatt lieber für sich zu sein, dann klar, warum nicht?* Leider bin ich nicht so eine Person. Ich hasste unnötige Konversationen, die in beschämtem Schweigen endeten, was eigentlich immer eintraf, wenn ich mit Mr Goldbloom sprach. Ich hasste es, an die Tür zu klopfen und auf ein Herein zu warten. Ich hasste es, mich klein zu fühlen.

Es war nicht so, als würde mir Mr Goldbloom absichtlich ein solches Gefühl geben wollen. Ich war reflektiert genug, um zu erkennen, dass das Problem bei mir lag. Die Situation war, wie sie war. Er war mein Boss. Natürlich stand ich unter ihm, das bedeutete aber nicht, dass er mich automatisch nicht respektieren würde oder von mir genervt wäre. Trotzdem ließ sich das Gefühl nicht abschütteln. Um mich selbst zu schützen, vermied ich es, Mr Goldbloom aufzusuchen, und schrieb lieber E-Mails, obwohl uns lediglich eine Tür trennte.

»Mach, was du willst«, murrte ich und erhob mich.

Fragend sah er zu mir auf. Er wirkte fast wie ein Welpe, dem ein Leckerli verweigert worden ist. »Wohin gehst du?«

*Lass dich nicht von diesem Blick einfangen.* »Ich ordne Akten.«

»Seit wann das?«

Ich blinzelte. »Wie bitte?«

Er deutete auf die verschiedenen Aktenberge. »Fängst du heute damit an, weil du endlich Unterstützung hast?«

»Tu einfach, was ich dir gesagt habe, und sei leise«, fauchte ich.

Wie konnte ich mich bloß von einem arroganten Arsch wie ihm angezogen fühlen? Dann war diese Ordnung eben nicht seine Art von Ordnung. Warum musste er darauf rumreiten?

Konnte er nicht dankbar sein, dass ich ihm überhaupt eine Aufgabe gegeben hatte?

Ich konnte ja selbst nicht sagen, warum es mir so schwerfiel, die Akten einzusortieren und ein System beizubehalten. Manchmal kam mir der Gedanke, dass mir der Job nicht wichtig genug war. Doch das fühlte sich nicht richtig an. War es möglicherweise meine Rebellion gegen all das, was mir meine Eltern beigebracht hatten? Ohne die gleichen Konsequenzen wie zu Hause fürchten zu müssen?

Es war nicht an mir vorübergegangen, dass ich in den Bereichen meines Lebens, die mit meiner Zukunft zu tun hatten, penibel an ihrer Ordnung festhielt. Im Studium würde mir niemals der Gedanke kommen, dem Chaos die Oberhand zu überlassen. Ich würde eher Nächte durchmachen, lernen und aufräumen, anstatt Aufgaben unerledigt und Unterlagen durcheinandergebracht liegen zu lassen.

Miles nuschelte etwas, das ich nicht verstehen konnte. Es war besser, nicht nachzufragen und dadurch womöglich den gestern hart erkämpften Frieden zu verlieren. Warum sollte es mich auch interessieren, was in seinem Kopf vorging? Wie er mich ansah? Er war offensichtlich nicht an mir interessiert ... Was gut so war, da ich meiner eigenen Selbstkontrolle nicht vertrauen konnte.

*Aber er hat dir gestern erklärt, dass er sich nicht bei dir melden konnte.*

Das änderte nichts. Er hätte sich ja auch am Wochenende vor seinem Arbeitsbeginn bei mir melden können und ...

»Hör auf damit«, grummelte ich vor mich hin.

»Meinst du mich?«, kam es unschuldig von ihm.

»Hast du die Mail schon fertig?«, wechselte ich das Thema, weil ich ihm nichts von meinen Gedanken erzählen wollte.

»Willst du drüber lesen?« Er grinste mich über seine Schulter hinweg an.

Ich nahm einen Stapel Akten und steuerte auf das Archiv zu. »So viel traue ich dir schon zu«, sagte ich im Vorbeigehen, öffnete die Tür mit dem Ellbogen und verschwand in dem kleinen, stickigen Raum.

Hier würde ich erst mal Luft schnappen können. Im metaphorischen Sinn. Im wörtlichen gab es nicht viel Sauerstoff, mit dem ich meine Lunge füllen konnte. Das war auch der Grund, weshalb ich mich dazu durchrang, die Tür geöffnet zu lassen. Ich wollte nicht auf der Flucht vor Miles ersticken.

Außerdem wollte ich hören, wenn Mr Wrenxton die Detektei betrat. Ich traute Miles nicht zu, dass er sich anständig um unsere Klienten kümmerte und sich daran hielt, sie nicht mit Fragen zu löchern.

Ich stellte die Akten mit einem lauten Knall auf den Beistelltisch. Staub wirbelte auf und brachte mich zum Niesen. Ein »Gesundheit« drang zu mir, das ich nicht weiter kommentierte.

Mein Blick war starr geradeaus gerichtet, ohne dass ich den Raum wahrnahm. Miles war für wenige Minuten vergessen. Stattdessen suchten mich meine üblichen Ängste heim, wie ich es mittlerweile gewohnt war.

Es war so erschöpfend. Dieser ständige Struggle zwischen dem, was ich wollte, und dem, was meine Eltern für mich vorgesehen hatten. Öfter, als mir lieb war, fand ich mich in dem gleichen Zwiespalt wieder. Wollte ich dies oder das, weil ich es wirklich wollte, oder war es lediglich das, was meine Eltern *nicht* für mich vorgesehen hatten? Vermied ich es, weil es meinen Eltern gefallen hätte, oder konnte ich damit tatsächlich nichts anfangen?

Selbst wenn ich Antworten auf diese Fragen fand, traute ich ihnen nicht. Fast zwanzig Jahres meines Lebens hatten mich meine Eltern geformt, mich das Denken und Sprechen gelehrt. Mir vorgekaut, was ich zu wollen und zu vermeiden hatte. Wie sollte ich mir und meinem eigenen Urteil vertrauen?

Immer noch war Troye das beste Beispiel für meine Inkompetenz auf diesem Gebiet. Auch wenn ich mich während der Highschool-Zeit unsicher bezüglich unserer Eltern gefühlt hatte, an Troye und seiner Treue zu mir hatte ich nicht eine Sekunde gezweifelt.

Letztlich hatte er mir den Rücken gekehrt. Genauso würde es mit Bronwyn, Nick und Miles ablaufen, wenn ich nicht aufpasste. Ich kannte sie nicht gut genug. Würde nie wissen, was in ihren Köpfen vorging. Ob sie bloß nett zu mir waren, weil es einfach war, um mich dann bei nächstbester Gelegenheit zu verraten. Wenn es ihnen in die Karten spielte. Wenn der Aufwand zu groß wäre, weitere Energie auf mich zu verschwenden, oder die Beziehung auch Arbeit bedeuten würde.

Ließ ich sie einmal herein, gäbe es kein Zurück mehr für mich. Dann könnte mein Herz immer und immer wieder gebrochen werden.

Nachdem ich gedanklich wieder in die Gegenwart zurückgefunden hatte, sortierte ich die Akten mit den abgeschlossenen Fällen alphabetisch ein. Hin und wieder blätterte ich in ihnen herum, weil ich es hinauszögerte, zu Miles zurückzukehren.

Als ich mich nicht mehr länger beschäftigen konnte, lenkte mich glücklicherweise Eddy Wrenxtons Auftauchen ab. Er war ein paar Minuten zu früh. Ich wies ihn an, Platz zu nehmen. Miles mischte sich direkt dazu und erkundigte sich bei unserem Klienten, ob er gern etwas trinken würde.

Ich beschloss, dass sein Einsatz nicht schaden könnte, und ließ ihn machen. Währenddessen begab ich mich wieder hinter die Theke. Ich würde Mr Goldbloom erst in ein paar Minuten Bescheid geben, dass sein Klient gekommen war.

Mr Wrenxton konnte mich vom Sofa aus beobachten, was er auch ausgiebig tat. Er lächelte freundlich und wirkte entspannt. Heute trug er wieder seine teure Uhr und einen sommerlichen, cremefarbenen Anzug. Es überraschte mich, dass er nicht schwitzte. Hier drin war die Temperatur aufgrund der Klimaanlage zwar angenehm, aber draußen hatte er sich der Hitze stellen müssen.

Um den Blickkontakt mit ihm nicht weiter aufrechterhalten zu müssen, setzte ich mich.

Als ich die Maus über den Bildschirm bewegte, fiel mir die Gänsehaut auf meinem Arm auf. Vielleicht hatte ich die Klimaanlage zu kühl eingestellt. Sobald Mr Wrenxton in Mr Goldblooms Büro wäre, würde ich die Temperatur korrigieren.

Mein Chef wünschte mir bei meinem Eintreten zehn Minuten später einen guten Morgen. Sein Lächeln verschwand jedoch schnell, als ich ihm sagte, dass Mr Wrenxton wartete.

»Hm, schicken Sie ihn rein, Ms Tenley. Es wird Zeit für die enttäuschende Nachricht. Falls er später Probleme macht, bitten Sie Miles um Hilfe«, war sein mysteriöser Kommentar, ehe er mich rausschickte. Manchmal kam es tatsächlich vor, dass unsere Kunden ärgerlich wurden, weil sie nicht glaubten, dass Mr Goldbloom alles Erdenkliche versucht hatte.

»Sie dürfen eintreten, Mr Wrenxton«, sagte ich an den Klienten gewandt.

Er leerte sein Wasserglas in einem Zug, bevor er sich mit langsamen Bewegungen erhob und an mir vorbeischlenderte. Eilig zog ich die Tür hinter ihm zu.

»Er tut mir leid«, sagte Miles, während er das benutzte Glas einsammelte.

Ich schüttelte mich unwillkürlich. »Warum?«

»Offenbar konnte Goldbloom ihm nicht helfen, dabei scheint er echt ein netter Kerl zu sein.«

»Hmm.« Eine bessere Antwort fiel mir nicht ein.

»Hmm? Ist das alles?«

Irritiert sah ich auf die Pinnwand des hinteren Arbeitsplatzes.

»Hast du das angefasst?«, entgegnete ich, statt zu antworten.

Miles trat zu mir. Wieder war er so nahe, dass sich unsere Arme berührten. Nackte Haut an nackter Haut.

»Was bedeutet dein Hmm?«

Ich hob einen Finger und deutete auf die Pinnwand, gleichzeitig sah ich ihn an. Er wandte mir sein Gesicht zu. »Hast du das angefasst?«

»Hab ein bisschen Ordnung geschafft«, nuschelte er und rieb sich den Nacken. »Also? Dein Hmm?«

»Ich weiß nicht, warum du so mit ihm sympathisiert. Er ist bloß ein Klient von vielen«, sagte ich mit unterdrückter Wut. »Und ich habe dir nicht erlaubt, das anzufassen.«

»Muss ich bei allem um Erlaubnis bitten?« Seine Stimme hatte einen eingeschnappten Unterton angenommen. Es hätte nicht viel gefehlt, und er hätte geschmollt. »Und warum soll ich nicht mit ihm sympathisieren?«

»Weil du ihn nicht mal kennst«, presste ich hervor. »Das hier ist *mein* Arbeitsbereich, Miles. Du hast nicht einfach Dinge umzustellen oder abzuhängen oder neu zu sortieren oder …«

»Es ist auch mein Arbeitsbereich, Shiloh«, unterbrach er mich. Seine Augen wirkten unschuldig, doch seine Mundwinkel zuckten gekränkt. Ich konnte den Blick nicht von ihm wenden. Unwillkürlich ließ ich die ausgestreckte Hand sinken. »Und fühlst du bloß mit Menschen, die du kennst?«

»Ich fühle mit überhaupt niemandem«, gab ich zurück. Noch immer verärgert, dass er die Notizen und Quittungen auf der Pinnwand neu sortiert hatte. Meine Ordnung hatte für mich einen Sinn ergeben. Termine, Systemkürzel, Memos. Jetzt war zwar alles gerade und in einem Raster angelegt, aber ich fand nichts wieder.

Er sah mich an.

Ich pustete meine Wangen auf.

Die Tür zum Büro wurde geöffnet. Mr Wrenxton verließ das Zimmer. Er wirkte zerknirscht, als er sich mit einem Nicken von uns verabschiedete. Dieses Mal spürte ich auch so etwas wie Mitleid in mir aufsteigen.

Ich machte Miles zu hundert Prozent für diese plötzliche Gefühlsduselei verantwortlich.

Nachdem Mr Wrenxton die Detektei verlassen hatte, öffnete ich den Mund, um unseren Streitpunkt noch einmal aufzugreifen, als Mr Goldbloom nach mir rief.

Ich schnaubte noch einmal in Miles' Richtung, dann machte ich mich auf den Weg ins Herrenhauszimmer. Dort reichte mir Mr Goldbloom das Dossier von Mr Wrenxtons Fall.

»Er hat nach seiner Schwester suchen lassen, aber wir legen den Fall damit zu den Akten. Die Spuren waren nicht ausreichend genug«, erklärte er mir, ohne aufzusehen. Wahrscheinlich machte er sich bereits mit dem nächsten Fall vertraut. Wenn ich seinen Terminkalender richtig im Kopf hatte, war heute ein weiteres Abschlussgespräch.

»Verstanden«, antwortete ich.

Wie immer wurde ich kurzzeitig verlegen, weil ich nicht sagen konnte, ob ich damit entlassen wäre. Doch da er nichts weiter sagte, eilte ich aus dem Büro und schloss leise die Tür hinter mir.

Miles hatte sich wieder an die Theke gesetzt. Die Kaffeemaschine machte leise Geräusche und verteilte einen angenehmen Geruch im Raum. Ich setzte mich auf meinen Stuhl und gab meiner Neugier nach.

Auch daran war Miles schuld. Plötzlich wollte ich wissen, warum er so mit dem Klienten sympathisierte und warum Mr Goldbloom keine Ergebnisse erzielt hatte. Steckte mehr dahinter?

Dafür, dass Mr Goldbloom mehr als einen Monat mit dem Fall verbracht hatte, war die Akte überraschend dünn. Das ließ darauf schließen, dass er bereits früh auf eine unüberwindbare Hürde gestoßen war.

Die persönlichen Infos von Eddy Wrenxton kannte ich bereits. Ich hatte auch gewusst, dass er nach seiner Schwester suchte, die er vor vier Jahren aus den Augen verloren hatte. Es war auffällig, dass Mr Goldbloom seine Notizen, die er während der Gespräche mit den Klienten machte, dem Dossier nicht hinzugefügt hatte. Es gab lediglich ein Blatt, auf dem geschrieben stand: *Kontrakt terminiert. Ms Wrenxton nicht auffindbar. Zu ausufernd. Abschlussgespräch.*

Ich war überrascht, dass Mr Goldbloom sich dazu entschieden hatte, keine abschließende Rechnung zu stellen. War vielleicht eine Mischung aus Größe des Falles und zu hohen Kosten der Grund für das schnelle Aufgeben des Detektivs? Vermutlich könnte ich ihn einfach fragen, doch so wichtig war es mir nicht. Zudem war das Aufgeben eines Falles nicht komplett untypisch.

»Darf ich mal sehen?« Miles riss mich aus meinen Gedanken.

Immerhin fragte er und entriss mir die Akte nicht einfach. Ich reichte sie ihm, bevor ich mich neben ihn setzte. Darin stand nichts, was er nicht hätte sehen dürfen. Als Mitarbeiter der Detektei war ihm ebenso wie mir der Zugang zu den Informationen der Klienten erlaubt.

»Ich versteh's nicht«, sagte Miles nach ein paar Minuten. Wahrscheinlich hatte er sich gerade den ersten Fallbericht durchgelesen. Das hatte ich bereits nach dem Erstgespräch getan.

»Was genau?« Ich bereute sofort, nachgefragt zu haben.

»Goldbloom hat gesagt, er kann ihm helfen. Hier steht es. Warum hat er sich plötzlich anders entschieden?« Unmutig klappte er die Akte zusammen und legte sie auf den Stapel neben sich. Nicht dorthin, wo sie meiner Ordnung nach hingehörte. Ich verkniff mir einen Kommentar. Es wäre einfacher, das nachher selbst zu korrigieren.

»Ich habe dir eben erklärt, dass es manchmal andere Gründe dafür gibt, einen Fall aufzugeben. Es ist ja nicht so, als würde Mr Goldbloom ihm nicht helfen wollen.« Ich seufzte. »Vor allem, wenn Mr Goldbloom lukrativere Jobs an Land gezogen hat.«

Miles umfasste meinen Unterarm. Ein Schauer fuhr bei der Berührung durch meinen Körper. Ich riss meinen Arm etwas zu energisch zurück und stieß dabei mit dem Ellbogen gegen die Rückenlehne des Stuhls. Fuck.

Miles folgte unbeirrt seinem Gedankengang. »Wir könnten ihm doch helfen, seine Schwester zu finden. Hast du gesehen, wie niedergeschmettert er vorhin ausgesehen hat?«

»Das ist keine so gute Idee«, murmelte ich und widmete mich wieder dem Bildschirm. Ich hatte eigentlich vorgehabt, noch die letzten Klientenbögen anzupassen, konnte mich aber nicht auf die Buchstaben konzentrieren.

»Komm schon, Shiloh.« Er beugte sich vor, bis sein Gesicht fast zwischen dem Bildschirm und meinem Gesicht war. »Du hast heute doch kein College, oder? Wir können uns einfach mal mit ihm treffen …«

»Du glaubst, du bist klüger als Mr Goldbloom, der seit dreißig Jahren im Geschäft ist?« Ich verdrehte die Augen. »Träum weiter.«

»Waren nicht deine eigenen Worte, dass es einen anderen Grund geben könnte?«

»Ich glaube nicht, dass es Mr Wrenxton an Geld mangelt. Hast du seine Rolex gesehen?«

»Manchmal zeigt man sich der Welt von der besten Seite, weil man sich seiner Schatten schämt. In seinem Fall will er vermutlich niemandem einen Grund geben, an seinem Lebensstandard zu zweifeln.«

Plötzlich klang er so ernst, dass ich nicht anders konnte, als ihn überrascht anzusehen. Wieder überkam mich das Gefühl, dass er sich verändert hatte.

»Okay. Du kannst ihn anrufen und fragen, ob Interesse besteht. Ich bin mir aber sicher, dass er nicht so verzweifelt ist, eine Studentin und einen …«

»Ja?« Nun, da er seinen Willen bekommen hatte, war der Ernst von ihm abgefallen. Er grinste mich breit an.

»Einen reichen, verantwortungslosen Typen anzuheuern, der nichts mit seinem Leben anzufangen weiß.«

Er legte eine Hand auf sein Herz, als wäre er von einem Pfeil getroffen worden. »Harsch.«

»Macht es nicht weniger wahr.« Ein bisschen schlecht fühlte ich mich trotzdem.

»Okay, ich rufe an. Wünsch mir Glück.«

Seine Definition von Glück entsprach höchstwahrscheinlich nicht meiner.

# • KAPITEL 13 •

### *the ice is melting*

Um ein Uhr erreichten wir ein kleines gemütliches Café, das vier Stationen von der Detektei entfernt war. Auf dem Weg hatte mir Miles noch einen Burrito ausgegeben. Als Entschädigung dafür, dass ich nachgegeben hatte und meinen freien Nachmittag für ihn opferte.

Für ihn und Mr Wrenxton, der überraschenderweise sofort zugesagt hatte, nachdem Miles ihm den Vorschlag unterbreitet hatte, umsonst weiterzuarbeiten. War ihm klar, dass wir keine Ahnung von Detektivarbeit hatten? Nur weil wir in einer Detektei arbeiteten, bedeutete das nicht, dass wir wussten, wie man an Informationen gelangte und was einen guten Detektiv ausmachte.

Mr Goldbloom hatte sich in den vergangenen drei Jahrzehnten ein ganzes Netzwerk an Ressourcen aufgebaut. Miles würde noch früh genug erkennen, dass wir nichts für Mr Wrenxton tun könnten.

Der wartete bereits auf uns, als wir durch die gläserne Tür ins klimatisierte Innere traten.

Es war überraschend wenig los, obwohl Mittag war. Ich genoss den Klang der gedämpften Stimmen und die leise Musik.

Ein starker Kontrast zum Lärm, der sonst überall in New York herrschte.

»Tut uns leid, falls Sie lange warten mussten«, entschuldigte sich Miles sofort, nachdem wir uns zu Mr Wrenxton gesetzt hatten.

»Eddy, bitte, und keine Sorge: Ich bin auch gerade erst gekommen. Ein schönes Café. Hast du es ausgesucht?« Sein Blick fixierte mich, und sofort fühlte ich einen kalten Schauer meinen Rücken hinabrinnen.

»Ich bin schon ein paar Mal hier gewesen«, antwortete Miles. »Mein Name ist Miles, und das ist Shiloh.« Eigentlich hatte ich nicht vorgehabt, mich mit meinem Vornamen vorzustellen. Aber jetzt war das Kind bereits in den Brunnen gefallen. »Danke, dass du dich zu einem Treffen bereiterklärt hast, Eddy.«

»Das hörst du vielleicht nicht gern, aber meine Quellen sind versiegt. Detektiv Goldbloom war meine letzte Chance, und dass ihr angerufen habt … Nun, sagen wir so, ich kann es mir nicht leisten, wählerisch zu sein.«

»Ist schon okay. Wir können dir auch nicht versprechen, dass unsere Suche fruchtet, aber es schadet nicht, es zu versuchen.« Miles wirkte so zuversichtlich und selbstbewusst. Ich musste mich zwingen, ihn nicht bewundernd anzustarren. Wie konnte er Fremden mit einer solchen Leichtigkeit begegnen? Das ergab keinen Sinn für mich.

Ein junger Kellner, ungefähr in meinem Alter, nahm unsere Bestellung auf. Ich entschied mich lediglich für ein Glas Orangensaft. Miles und Eddy wählten beide einen Iced Latte Macchiato.

»Willst du uns einmal ganz von vorn erzählen, was mit deiner Schwester passiert ist? Wie lange suchst du schon nach ihr?« Miles holte sein Handy hervor, um sich Notizen darauf zu machen.

Da all dies seine irrwitzige Idee war, beschloss ich, erst mal bloß zuzuhören. Ich hatte mich lediglich dazu breitschlagen lassen, ihn zu begleiten, damit er keinen Unfug anstellte und die Detektei nicht in Verruf brachte.

»Ihr Name ist Susan Wrenxton«, begann Eddy und drehte leicht abwesend das Glas in seiner Hand hin und her. Dabei klirrten die Eiswürfel leise. »Wir hatten es nicht immer einfach. Unsere Eltern haben sich kaum um uns gekümmert, und eigentlich waren wir ihnen egal. Trotzdem haben wir es irgendwie geschafft. Haben uns Jobs gesucht und versucht, zu akzeptieren, dass manche Eltern ihre Kinder eben nicht lieben. Bis vor ein paar Jahren war alles in Ordnung, doch dann ist sie plötzlich vor Gericht gegangen und hat behauptet, ihr Ehemann würde sie misshandeln. Das war für uns alle natürlich ein großer Schock. Ihr Mann wurde dann auch verurteilt. Obwohl er hinter Gittern war, konnte meine Schwester keinen Schlusspunkt unter die Sache setzen. Sie hat immer gedacht, er würde rauskommen und sie finden, um sich zu rächen. Also hat sie sich aus dem Staub gemacht.«

Ich bekam eine Gänsehaut. An ihrer Stelle wäre ich wahrscheinlich auch abgehauen und hätte mich irgendwo versteckt, wo mich niemand finden würde.

*Du hast dasselbe gemacht*, erinnerte ich mich selbst. Natürlich. Ich war nicht auf diese Art misshandelt worden, aber ich war geflohen, als wäre der Teufel persönlich hinter mir her.

Plötzlich stand ich dem Fall nicht mehr ganz so neutral gegenüber. Unwillkürlich richtete ich mich auf und lauschte jedem Wort, das Eddy äußerte.

»Was ist dann passiert?« Auch Miles schien von der Erzählung eingenommen.

Eddy wirkte niedergeschlagen, wie er so dasaß: die Schultern gesenkt, die Mundwinkel nach unten gezogen.

»Wie gesagt, in einer Nacht-und-Nebel-Aktion ist sie abgehauen. Hat ihre wichtigsten Sachen gepackt und ist verschwunden. Nur einen Brief hat sie mir hinterlassen.« Er zückte ein zerknittertes Stück Papier, das er uns hinhielt. Miles faltete den Brief auf und hielt ihn so, dass ich ihn auch lesen konnte.

»*Ich kann das nicht mehr*«, las Miles leise vor. »*Jeden Tag verbringe ich in Angst. Such nicht nach mir. Susan.*«

»Und du glaubst, dass es ihr nicht gut geht?«, fragte ich.

Eddy fixierte mich mit seinen blauen Augen. »Ich weiß es nicht. Aber ich vermisse sie und würde ihr gern sagen, dass sie sich nicht mehr zu verstecken braucht. Der Mann, vor dem sie davongelaufen ist, ist gestorben. Es gibt keinen Grund mehr, unterzutauchen. Ich bin sicher, sie würde es wissen wollen.«

Miles nickte zustimmend und gab Eddy den Brief zurück. »Wahrscheinlich hat sie immer noch Angst. Ich kann verstehen, warum du sie finden willst. Hast du ein Foto von ihr? Gibt es irgendwelche Anhaltspunkte, wo sie sich aufhalten könnte?«

»Auf meinem Handy. Ich kann euch ein paar Fotos schicken.«

Eddy und Miles tauschten Nummern aus, was ich ziemlich fahrlässig fand. Ich würde einem Klienten garantiert nicht meine Privatnummer geben.

»Hast du eine Ahnung, ob sie in einen anderen Staat ausgewandert ist?« Miles vergrößerte die Fotos, die Eddy ihm geschickt hatte.

»Wir kommen ursprünglich aus Pennsylvania. Ich bin extra nach New York gekommen, weil ich sicher bin, dass sie hier ist. Sie wollte schon immer hierher. Wo kann sie besser anonym sein als in New York?« Er hatte nicht ganz unrecht, dennoch erschien mir die Argumentation weit hergeholt. »Die letzten beiden Fotos sind in ihrer Zeit nach der Flucht entstanden. Sie war auf einer Instagram-Seite markiert, aber als ich sie entdeckt habe, wurde ihr Profil gelöscht.«

Ich beugte mich zu Miles, um die Fotos genauer betrachten zu können. Sie zeigten eine Frau Ende dreißig mit blondem Pferdeschwanz und dunklen Augen. Ihre weiße Haut war ebenmäßig, und sie trug kein Make-up. Oder so wenig, dass es nicht auf dem Foto zu erkennen war.

Im Hintergrund befanden sich zwei Aquarien mit bunten Fischen und sattgrünem Seegras. Auf dem letzten Bild stand sie neben zwei anderen Frauen, ungefähr im gleichen Alter. Gemeinsam hielten sie ein Banner in die Höhe mit der Aufschrift: *Aquacon – We sea you.*

Miles sperrte sein Handy und blickte Eddy an. »Wir versprechen dir, dass wir unser Bestes geben, sie zu finden.«

Eddy schenkte ihm ein steifes Nicken. »Ich habe keine großen Hoffnungen, aber ich wünsche euch viel Erfolg bei der Suche. Bis ich genug Geld zusammengekratzt habe, um einen anderen Detektiv zu engagieren, dauert es noch was.«

Ich blickte auf seine Rolex. Vielleicht etwas zu auffällig, da er meinen Blick bemerkte.

»Eine Fälschung«, erklärte er und sah beschämt zu Boden. Mit einer Hand strich er übers Zifferblatt. »Susan hat sie mir mit ihrem ersten Gehalt gekauft. Seitdem trage ich sie.«

Ich enthielt mich eines Kommentars. Miles hingegen sprang sofort darauf an, entschuldigte sich und beschwichtigte ihn. Irgendwann schaltete ich ab.

Erst nachdem Eddy sich verabschiedet hatte und gegangen war, kämpfte ich mich aus meinen Tagträumereien.

»Willst du noch was trinken?«

»Noch mal das Gleiche, danke.«

Nachdem er wieder an unseren Tisch zurückgekehrt war, setzte er sich auf Eddys frei gewordenen Platz. Dadurch saßen wir uns nun gegenüber, anstatt nebeneinander. Seine Augen glänzten regelrecht, so euphorisch war er wegen seines Vorhabens.

Ich konnte mich nicht daran erinnern, wann ich selbst zuletzt solch offensichtliche Freude empfunden hatte. War das überhaupt schon mal vorgekommen? Für was hatte ich mich auf diese Art begeistern können? Für Mathematik? Für meine Arbeit in der Detektei? Für Musik?

Es gab scheinbar nichts, das mich interessierte. Nichts, das meine Aufmerksamkeit für lange Zeit halten konnte.

Nichts außer Miles.

Nein. Diesen Pfad würde ich nicht einschlagen.

»Also? Was hältst du davon?«

»Wovon genau?« Mit dem Glasstrohhalm wirbelte ich den Saft auf.

»Von dem Fall.«

»Dazu habe ich keine Meinung. Es stand ja fast genauso im Bericht von Mr Goldbloom.«

»Aber die Verbundenheit zwischen Bruder und Schwester hat Goldbloom nicht erwähnt. Stell dir mal vor, dein Bruder würde einfach verschwinden.« Ich bereute es ziemlich, ihm von meinem Bruder erzählt zu haben. Glücklicherweise erwartete er keine Antwort und redete weiter. »Wir könnten ihm den Sommer retten.«

»Miles …«

»Ja?« Fragend fing er meinen Blick auf.

»Glaubst du wirklich, dass wir ihm helfen können?«

Einen Moment schwieg er, aber gleich darauf breitete sich ein Lächeln auf seinem Gesicht auf. »Ich vielleicht nicht, aber du bist klug genug.«

»Das ist …«

»Die Wahrheit«, unterbrach er mich. »Ich wusste vom ersten Moment an, dass du eigentlich nicht in meiner Liga spielst. Kluge Frauen ignorieren mich meistens. Was für ein Glück ich gehabt habe, dass du dich doch herabgelassen hast, mit mir zu sprechen.«

»Du hattest kein Glück. Du warst bloß aufdringlich«, erwiderte ich leicht beschämt. Ich wollte jetzt nicht über uns reden. »Wo willst du überhaupt anfangen? Mit der Suche meine ich.«

»Eddy hat mir mit den Fotos eine Adresse geschickt. Dort hat sie scheinbar für kurze Zeit gewohnt. Das hat ein Detektiv vor Goldbloom herausgefunden.«

Stirnrunzelnd las ich mir die Textnachricht durch, die mir Miles weitergeleitet hatte. »Das stand nicht in der Akte.«

»Wahrscheinlich ist es eine Sackgasse, aber das Wetter ist schön, und wir können die Sonne zusammen genießen. So weit von hier ist es nicht.«

»Du willst *jetzt* gehen?«

»Hast du was Besseres vor?« Er leerte den Rest seines Kaffees.

Hatte ich was Besseres vor? Mir fielen nur *andere* Dinge ein, die ich tun könnte, aber keine *besseren*. Kurz fragte ich mich, ob überhaupt etwas in meinem Leben existierte, das *besser* war, als Zeit mit Miles zu verbringen.

Susan hatte zuletzt in West Farms gewohnt. Einem Viertel zwischen dem Crotona Park und dem Bronx Park. Ich war hier noch nie gewesen und freute mich insgeheim, mehr von der Stadt zu sehen, die zu meinem neuen Zuhause geworden war.

Wir brauchten ungefähr anderthalb Stunden mit der Metro und weitere zwanzig Minuten zu Fuß, ehe wir das richtige Haus gefunden hatten.

Es unterschied sich nicht auffällig von den anderen Reihenhäusern links und rechts daneben. Sie alle bestanden aus rotem oder grauem Backstein, schmalen Fenstern und Klimaanlagen, die aus jedem dritten Fenster hervorlugten. Feuertreppen waren seitlich angebracht, die Hauseingänge lagen erhöht und konnten nur über kurze Steintreppen erreicht werden. Graffitis von verschiedenen Künstlerinnen und Künstlern zierten manche Wände, die man nur sah, wenn man sich die Mühe machte, hochzusehen.

Die Nachmittagssonne war nicht mehr so gleißend wie heute Mittag. Einige Schatten breiteten sich über den unebenen Bordstein und schenkten etwas Abkühlung. Trotzdem musste ich mir mit dem Handrücken den Schweiß von der Stirn wischen, als ich zu Haus Nummer vierundvierzig hinaufblickte. Die Fenster waren vernagelt, der blecherne Briefkasten war von seiner Halterung gerutscht und auf dem Boden vor der Haustür liegen gelassen worden. Die Glühbirne über dem Eingang war entweder von allein geplatzt oder, was wahrscheinlicher war, von jemandem in einem Anflug von Ärger und Zerstörungswut zerschlagen worden.

Es gab zwei Klingelknöpfe, aber die Namen waren längst von der Sonne ausgeblichen. Einst hatten hier zwei Parteien gewohnt. Und eine davon sollte Susan Wrenxton gewesen sein?

»Sieht unbewohnt aus«, kommentierte ich.

Miles lachte neben mir. »Wusste nicht, dass du Humor hast.«

»Hab ich auch nicht.« Tatsächlich hatte mir noch nie jemand gesagt, dass ich witzig wäre. Deshalb glaubte ich auch, dass Miles lediglich erstaunt gewesen war. Ich hatte nichts Lustiges gesagt. »Und jetzt?«

»Du hast wirklich keine Lust, mir zu helfen, oder?« Auch sein Gesicht glänzte feucht. Doch anstatt dadurch erschöpft auszusehen, machte es ihn nur noch heißer.

Was war das bloß mit Kerlen und Schweiß?

Ich verfluchte lautlos meine Kleiderwahl. Heute Morgen hätte ich mich besser für eine Jeansshorts und ein dünnes Top entscheiden sollen. Der dicke Wollstoff klebte an meiner Haut.

»Ich weiß nicht, was du meinst.«

»Okay. Dann eben nicht.« Ich warf ihm einen Seitenblick zu, weil ich nicht wusste, ob ich ihn verärgert hatte. Er ließ sich jedoch nichts anmerken. »Unterhalten wir uns mit den Nachbarn, vielleicht kann sich einer von ihnen an Susan erinnern und weiß, wo sie hingezogen ist.«

Er machte sich bereits auf den Weg. Eilig fasste ich ihn am T-Shirt. Penibel darauf bedacht, ihn nicht zu berühren. Fragend blickte er zurück.

»Wir sollen mit den Nachbarn sprechen?« Panik stieg in mir auf. Ich fand es nach einem Jahr immer noch schwierig mit Mr Goldbloom zu sprechen, und jetzt sollte ich fremde Leute ansprechen?

»Wie sollen wir sonst an Informationen gelangen? So funktioniert das mit dem Detektivsein.« Er runzelte die Stirn. Ich konnte spüren, wie mir das Blut aus dem Gesicht wich. Einzig seine Hand, die sich plötzlich um meine schloss, lenkte mich von meiner Angst ab. »Na komm, wir machen's zusammen. Du brauchst nur zuzuhören, okay?«

Da ich meiner eigenen Stimme nicht traute, nickte ich lediglich. Dankbar dafür, dass er nicht weiter nachfragte und einfach … Miles blieb. Er ließ meine Hand nicht los, und überraschenderweise verspürte ich trotz der bleiernen Hitze nicht den Drang, ihm die meine zu entziehen.

Ich blickte auf seinen Hinterkopf, das schwarze kurze Haar und den braunen Nacken, der im Rundkragen seines weißen Shirts verschwand. Fühlte es sich so an, jemanden zu haben, der sich um einen sorgte?

Ohne mich gedanklich von unseren verbundenen Händen wegbewegen zu können, folgte ich ihm zum nächsten Nachbarhaus. Ein älterer Mann saß auf der Treppe zum Hauseingang und drehte sich eine Zigarette. Sein weißes Haar reichte ihm bis zu den gebräunten Schultern. Er trug lediglich Shorts und Flipflops. Sein nackter, beharrter Bauch wölbte sich über den Bund, aber es schien ihm nicht unangenehm zu sein.

Während Miles ihn zu seiner ehemaligen Nachbarin befragte, wartete ich Sekunde um Sekunde darauf, dass er sich mir entzog. Dass er den Schweiß störend fand, der sich zwischen unseren Händen bildete, und mir ein entschuldigendes Lächeln zuwarf. Er tat nichts von dem. Seine Hand blieb fest mit meiner verschränkt.

Was war falsch mit ihm? Warum reagierte er nicht so, wie ich es von ihm erwartete?

Immer wieder sah ich auf unsere Hände, dann zu Miles und wieder zurück. Ich konnte mich kaum auf das Gespräch konzentrieren. Deshalb war ich überrascht, als wir uns plötzlich von dem Mann entfernten und zum nächsten Haus gingen.

»Huh, ziemlich seltsam«, kommentierte Miles.

Ich war so in Gedanken versunken gewesen, dass ich ein paar Schritte rennen musste, um seine Hand nicht zu verlieren.

»Was ist seltsam?« Ich zwang mich endlich, nicht mehr nach unten zu schauen und mich auf ihn zu fokussieren.

»Dass er seit zehn Jahren hier lebt, jeden seiner Nachbarn kennt, aber Susan nie gesehen hat.«

»Wenn sie immer noch Angst hat, hat sie sich vermutlich kaum nach draußen getraut, oder?«

»Die Fotos würden dagegensprechen.«

»Nicht unbedingt«, widersprach ich. »Es könnte sein, dass sie gelegentlich versucht hat, aus ihrem Käfig auszubrechen. Aber zu selten, als dass ihr Nachbar sie gesehen hat. Meistens hat die Angst gesiegt, und sie hat sich doch nicht vor die Tür gewagt.«

Miles blieb stehen und wartete, bis ich zu ihm aufsah. Mein Herz klopfte wie wild in meiner Brust. Das letzte Mal, als er mich derart angesehen hatte, war in jener Nacht gewesen. Voller Bewunderung für mich, die ich nicht verstehen konnte.

»Ich sag ja, ich brauche dich, Shiloh.« Mit der freien Hand hielt er für ein paar Sekunden mein Gesicht. Ich konnte nicht sagen, was er vorhatte. Ich wusste bloß, dass ich unfähig wäre, auszuweichen.

Bevor ich reagieren konnte, schrie jemand auf. Miles reagierte vor mir, ließ mich los und trat einen Schritt zurück. Ein etwa Sechsjähriger preschte auf seinem kleinen grünen Rad zwischen uns hindurch. Ich atmete aus. So war es besser.

»Der kleine Racker«, amüsierte sich Miles, als wären wir bis vor wenigen Sekunden nicht ganz voneinander eingenommen gewesen. Er sah dem rasenden Radfahrer hinterher. »Komm, fragen wir weiter.«

Da ich offenbar zu keinem eigenen Willen mehr fähig war, folgte ich Miles wortlos.

Nachdem wir in der brütenden Hitze anderthalb weitere Stunden von Haustür zu Haustür gelaufen waren, gab Miles endlich auf. Ich saß auf der Treppenstufe eines leer stehenden Hauses und blickte auf den Basketballplatz mir gegenüber. Ein paar Teenager hatten sich dort samt zweier Marshall-Musikboxen versammelt und warfen – mehr oder minder ernst – Körbe. Die Hip-Hop-Songs waren so laut, dass der Bass selbst in meiner Brust vibrierte. Doch niemand aus den umstehenden Häusern schien sich daran zu stören.

Interessiert beobachtete ich die Mädchen, die auf den Bänken saßen und miteinander quatschten. Ihre Gesten waren groß und einnehmend. Sie waren fröhlich, offen und begeistert. Neid durchfuhr mich wie ein schmerzhafter Stich.

Hin und wieder reichten sie den Jungs was zu trinken, wenn die eine Pause vom Spiel machten. Sie waren schweißgebadet, manche hatten ihre Shirts ausgezogen, anderen klebten die ärmellosen Hemden nass auf der Haut.

»Na, gefällt dir der Ausblick?« Miles war vom Eiswagen ein paar Meter entfernt zurückgekehrt. Er reichte mir ein Erdbeereis am Stil. Das Schokoeis behielt er für sich.

»Danke.« Auf dem kurzen Weg vom kleinen weißen Lastwagen mit der bunten Schrift und dem Eisaufdruck an der Seite bis zu mir war das Eis schon total geschmolzen. Ich schleckte eilig den unteren Rand ab, damit es mir nicht auf den Rock tropfte.

Miles setzte sich neben mich, aber mit Abstand, sodass wir uns nicht berührten. Während ich die Beine gestreckt hielt, winkelte er sie an und stützte seine Unterarme auf den Oberschenkeln ab.

Er wirkte sorglos und gelassen, obwohl wir keine neuen Informationen erhalten hatten. In neun von zehn Fällen hatten die Nachbarinnen und Nachbarn Susan Wrenxton nicht einmal gesehen. Selbst ich war frustriert. Dabei war das Ganze nicht auf meinen Mist gewachsen.

Trotzdem hatte Miles es geschafft, dass ich Gefühle für Susan entwickelt hatte.

»Also?« Abwartend sah mich Miles von der Seite an.

»Also was?« Mit der Schuhsohle strich ich über grünes Unkraut, das aus den Rissen des aufgeplatzten Betons der Treppe wuchs.

Das Eis kühlte herrlich, und der Erdbeergeschmack war fruchtig und nicht künstlich, wie ich es erwartet hätte.

»Bist du an einem von ihnen interessiert?« Mit einem Kopfnicken deutete er auf die Basketballspieler, bevor er einen Bissen von seinem Eis nahm. Wer zur Hölle *biss* in ein Eis?

»Ist das dein Ernst?« Ich kam mir vor wie im falschen Film.

»Ich war nur neugierig«, erwiderte er unbekümmert. Solche Fragen stellte man nur Kumpels. Wahrscheinlich wollte er mir klarmachen, dass er wirklich kein Interesse an mir als Frau hatte.

Unser One-Night-Stand war für ihn nur das gewesen: eine einmalige Nummer. Seiner Meinung nach sollte ich nichts in seine

Berührungen hineininterpretieren. Er würde meinen Wingman spielen, und das war's.

Das Eis lag mir plötzlich schwer im Magen. Wie oft würde ich mir noch vormachen, meine Hoffnung begraben zu haben, nur um sie wieder an der Oberfläche zu sehen? Bereit, erneut zerschlagen zu werden?

»Das geht dich nichts an«, sagte ich so spät, dass es nicht mehr natürlich klang. Er machte ein unverständliches Geräusch.

Ich verputzte den letzten Rest des Eises. Die Sonne näherte sich dem Horizont, und die Hitze wurde immer erträglicher.

Eigentlich war es ganz schön hier. Noch schöner wäre es, wenn ich nicht mehr darüber nachdenken müsste, wie es gewesen war, Miles' Hand in meiner zu spüren.

## • KAPITEL 14 •

*a portrait of youth*

»Und du willst trotzdem weitermachen?«, fragte ich, während Nellys Stimme aus den Boxen zu uns drang. Ich streckte meine Beine erneut aus und lehnte mich gegen die hintere Stufe zurück. Mein Hosenrock rutschte weiter nach oben und enthüllte meine gebräunten Oberschenkel. Seit ich nach New York gezogen war, hatte ich viel mehr Zeit draußen verbracht. Hatte mir ein Buch genommen und mich hin und wieder einfach in den Park auf eine Decke gelegt. Das hätte ich mich in Livingston nie getraut. Abgesehen davon, dass mir meine Eltern einen Vortrag darüber gehalten hätten, wie verschwenderisch es war, vier Stunden nur mit dem Lesen eines Romans zu verbringen. Ich hatte nie vier Stunden Freizeit gehabt, um einem Hobby nachzugehen.

Jetzt hatte ich manchmal so viel Zeit, dass ich kaum etwas damit anzufangen wusste. Also wanderte ich öfter ziellos durch die Stadt und wurde braun, ohne es beabsichtigt zu haben.

Ich spürte Miles' Blick auf mir und erwischte ihn dabei, wie er meine Beine anstarrte. Ertappt blickte er wieder zum Basketballfeld. War er rot geworden, oder hatte er lediglich zu lange in der Sonne gesessen?

Mir wurde warm. Wärmer noch als vor wenigen Minuten, als ich mir seine indirekte Abfuhr hatte anhören müssen. Dabei musste ich mich daran erinnern, dass es keinen Grund gab, verlegen zu sein. Er wusste nicht, was für ein Chaos in meiner Gefühlswelt herrschte. Vielleicht hatte er bemerkt, dass ich mich weiterhin körperlich von ihm angezogen fühlte. Das war keine Neuigkeit, nachdem wir bereits miteinander geschlafen hatten. Ich für meinen Teil machte diesen Schritt nicht mit einer Person, die ich nicht attraktiv fand. Damit meinte ich nicht nur das Äußere. Ebenso fühlte ich mich von bestimmten Charaktereigenschaften angezogen.

»Wir haben doch gerade erst begonnen. Warum so pessimistisch?«

»Angst ist ein guter Motivator, sich zu verstecken. Ich glaube, sie ist geschickter darin, als du glaubst«, erwiderte ich. »Wer weiß, was sie in der Ehe durchgemacht hat. Vielleicht ist für sie ein Leben auf ständiger Flucht besser als ein Leben in seiner Nähe.«

»Aber es muss ja kein Leben auf der Flucht mehr sein. Ihr Ehemann ist tot. Er kann ihr nichts mehr tun, und wir haben die Möglichkeit, sie mit ihrem Bruder zu vereinen. Ist das nicht viel Wert?«

»Schon«, gab ich zu. »Aber ich bin mir nicht sicher, ob du weißt, wie viel Aufwand das ist.«

»Gibt es keine Möglichkeit, Goldbloom danach zu fragen?«

»Er hat uns die Akte geleert gegeben, was bedeutet, dass sie geheime Informationen enthält. Selbst wenn er Susan nicht ausfindig machen konnte«, erklärte ich, »wird er uns nicht mehr verraten.«

»Auch nicht, wie viele Stunden er damit verbracht hat, nach ihr zu suchen?«

Ich stockte. »Das lässt sich leicht herausfinden, da ich Eddy jede Stunde in Rechnung stellen musste.«

»Kannst du dich an die Zahl erinnern?«

Ich überlegte einen Moment, als ein lauter Aufschrei meinen Gedankengang unterbrach. Sofort blickte ich zum Spielfeld und sah, wie sich einer der Spieler humpelnd an den Rand zu den Bänken begab. Er lächelte, aber winkte ab, als die anderen ihn erneut zum Spielen motivieren wollten.

Hoffentlich hatte er sich nicht schwer verletzt. Ein paar Mal ging der orangefarbene Ball spielerisch von Teenager zu Teenager, als uns einer von ihnen entdeckte. Ein mulmiges Gefühl überkam mich.

Zu Recht, denn bereits fünf Minuten später saß ich neben den anderen Mädels auf einer Plastikbank und Miles war zum Mitspielen animiert worden. Es hatte keine große Überredungskunst gebraucht, und schon hatte er seine Brille abgelegt. Er war sofort Feuer und Flamme gewesen. Und ich war irgendwie hier gelandet.

*Na super.*

Ich war so überrumpelt gewesen von dem Vorschlag, mich während des Spiels dazuzusetzen, dass ich kein Gegenargument hatte vorbringen können. Und jetzt war es zu spät, um einen Rückzieher zu machen.

»Ist das dein Freund?«, fragte mich ein Mädchen, das vielleicht vier Jahre jünger war als ich. Gerade siebzehn oder achtzehn. Sie trug riesige goldene Kreolen und ihre vollen Lippen waren dunkel geschminkt. Fast schwarz.

Die anderen vier drehten sich interessiert in meine Richtung. Ich fühlte mich plötzlich wie in einer Schulaufführung, für die ich den Text vergessen hatte.

»Nein. Also, ich meine, er ist ein Freund. Aber nicht mein Freund. Nur einer. Vielleicht.« Gott, ich war mir nicht mal sicher, ob wir Freunde waren. Was war mit meiner Prämisse geschehen, *keine* Freunde zu haben? Hatte ich den Verstand verloren?

»Klingt kompliziert. Mein Name ist Lizzy übrigens.« Sie

kaute mehrmals auf ihrem Kaugummi herum, den ich bis dahin nicht wahrgenommen hatte. »Das sind Sandara, Bling, Futy und Trish.«

»Freut mich«, beeilte ich mich, zu sagen, und winkte leicht, da sie keinerlei Anstalten machten, mir die Hand zu reichen. »Ich bin Shiloh, und das dort ist Miles.«

»Wo hast du ihn aufgegabelt?«, erkundigte sich Lizzy. Von allen schien sie am offensten anderen gegenüber zu sein. Nach und nach wandten sie sich wieder den Jungs zu.

Mir wurde schwindelig, als sich Miles das T-Shirt über den Kopf zog, und ich seinen muskulösen Oberkörper sehen konnte.

Was ich bisher nur geahnt hatte, wurde nun bestätigt. Er hatte nicht nur Muskeln an den Armen zugelegt, sondern an seinem gesamten Körper. Das Sixpack, das ich vor sechs Wochen unter meinen Händen gespürt hatte, war nun noch deutlicher zu erkennen. War es nicht mittlerweile ein Eightpack? Gab es so was überhaupt?

Feuer schien sich durch meine Adern zu brennen, und Hitze sammelte sich in meinem Unterleib.

Was zur Hölle hatte er im letzten Monat getrieben? Wen hatte er damit beeindrucken wollen? Er musste mehrere Stunden pro Tag trainiert haben, um ein derartiges Ergebnis zu erzielen.

Er lief an den Bänken vorbei und legte das nasse T-Shirt neben mich. Da ich bereits auf seine Wertsachen aufpasste, machte das auch keinen Unterschied mehr. Nicht dass ich mich beschweren würde, immerhin konnte ich so seinen Oberkörper von Nahem betrachten. Mir gelang es nicht mal, ihm ins Gesicht zu sehen, als er sich bei mir fürs Achtgeben bedankte. Schon war er wieder zu den anderen gerannt.

»Wow«, kommentierte Bling. Oder war es Trish? Beide saßen hinter mir auf den höher gelegenen Sitzbänken, sodass ich mir nicht sicher sein konnte.

»Ja, Shiloh, sag mal. Wo findet man jemanden wie ihn?« Das war eindeutig Futy.

»Er hatte einen Unfall mit seinem Rad. Ich habe ihm geholfen«, antwortete ich leicht verlegen.

»Geholfen? Aha.« Lizzy lachte. »Ich würde ihm auch helfen.«

»Ich glaub, YT hätte etwas dagegen.«

»YT?«

»Lizzys Freund. Der mit der blauen Baseballcap«, antwortete Futy und deutete auf den größten Spieler, der ebenfalls seinen freien Oberkörper zur Schau stellte. Schwarze Tattoos bedeckten ungefähr sechzig Prozent von dem, was ich sehen konnte. Weite, glänzende Shorts reichten ihm bis zur Mitte seiner Unterschenkel. Er sah gut aus.

»Nicht schlecht«, sagte ich, weil ich mich so fühlte, als würde ich ihren Fang kommentieren müssen. Offenbar war es das Richtige, da sie von einem Ohr bis zum anderen grinste.

»Hier, trink was.« Sie reichte mir eine Coke und lehnte sich dann zurück. »Ihr seid nicht von hier, oder?«

»Nein, wir wollten jemanden besuchen, aber sie wohnt nicht mehr hier.«

»Ah, kein Wunder. Leute kommen und gehen. Hoffe, du findest sie bald.«

Daraufhin plapperten sie und ihre Freundinnen über dies und das: ihre anderen Freunde, die Schule und ihre Eltern. Ich war zufrieden damit, bloß dazusitzen und Miles zu beobachten.

Ich machte mir nichts vor. Er sah verboten gut aus.

Obwohl er nicht so groß war wie die anderen Spieler, schlug er sich gut. Er war nicht derjenige, der die meisten Körbe verbuchte, doch er konnte den Ball erobern und an seine Mitspieler weiterleiten. Ich sollte nicht beeindruckt sein, war es aber dennoch. War er jemals in einem Verein gewesen oder wussten einfach alle reichen Schnösel, wie sie Basketball zu spielen hatten?

Der Spieler, der sich vorhin verletzt hatte, rief einen der anderen zu sich.

»Wir müssen los, Bro.«

»Ey, ihr könnt jetzt nicht gehen!« Mehrere Spieler beschwerten sich lautstark, doch nach einigem Hin und Her verabschiedeten sich die zwei trotzdem.

»Was ist mir dir, Shiloh?«

»Hm?« Ich hatte auf meinem Handy nach der Hausaufgabe geschaut, die mir mein Dozent aufgegeben hatte. Fragend sah ich auf.

Miles stand mit dem Ball in den Händen unweit von mir entfernt. Er wurde von zwei Spielern flankiert, die mich ebenfalls abwartend ansahen. Einer von ihnen war YT. Er grinste Lizzy an. Sie grinste zurück.

»Uns fehlt ein Spieler. Willst du einspringen?«, wiederholte Miles. Er wirkte nicht, als würde er scherzen.

»Ich?«

»Hast du Angst?« Das war eindeutig als Herausforderung gemeint.

»Ich mach euch platt.« Moment mal? Hatte *ich* das gesagt? Wo war das plötzlich hergekommen?

Ohne wirklich die Kontrolle darüber zu haben, legte ich meine Tasche und meine Wertsachen ab und ging entschlossen auf Miles zu. Mit jedem Schritt, den ich machte, pochte mein Herz schneller.

Als ich ihm direkt gegenüberstand, spürte ich Hitze von ihm ausgehen. Schweiß glänzte auf seinem Oberkörper, perlte herab und verschwand im Bund seiner Jeans. Ein schmaler Rand seiner Boxershorts lugte hervor, was mir von Weitem nicht aufgefallen war.

»Hier sind meine Augen«, kommentierte Miles, der meinen Blick bemerkt hatte.

Ich lief rot an. Bevor ich im Boden versinken konnte, schlug ihm YT den Ball aus den Händen.

Wir stellten uns einander vor und sortierten die Teams neu. Da ich keine Ahnung hatte, wer gut und wer schlecht war, hielt ich mich zurück. Letztlich lief es darauf hinaus, dass Miles und ich in unterschiedlichen Teams landeten. Ich war bei YT, der keineswegs enttäuscht darüber wirkte. Im Gegensatz zu den anderen.

»Steh einfach nicht im Weg, das reicht schon«, kommentierte Evra im Vorbeigehen. Er war deutlich jünger als ich, trotzdem hatte er keine Hemmungen, so mit mir zu sprechen.

Sollte er sich an seinen eigenen Worten verschlucken. Ich würde mich am Spiel beteiligen und nicht nur unnütz dastehen.

»Los geht's!«, rief Lizzy über die Musik hinweg.

Meinem Vorhaben zum Trotz stand ich tatsächlich im Weg rum. Ich brauchte zum einen länger als gedacht, um mich daran zu erinnern, wer in meinem Team war, und zum anderen wurde ich vollkommen ignoriert. Selbst YT, der nichts gegen mich als Teammitglied gehabt hatte, machte keine Anstalten, mich zu integrieren. Okay, er hatte genug mit dem Körbewerfen zu tun, aber dennoch.

Miles hingegen hatte keine Probleme, auf dem Feld akzeptiert zu werden. Anders als ich erkämpfte er sich den Ball jedoch auch, und das war scheinbar der Weg, sich den Respekt der Mitspieler zu sichern.

Das konnte ich auch. Nicht umsonst hatte ich vier Jahre lang im Verein gespielt, ehe klar geworden war, dass ich nicht mehr wachsen würde. Meine ein Meter siebenundsechzig waren vielleicht im Profisport ein Nachteil, aber hier würde ich mich mit ein paar schmutzigen Handgriffen schon durchsetzen können.

Ich hatte durchaus bemerkt, dass nicht alle lupenrein spielten. Zumindest solange sich niemand zu sehr verletzte oder beschwerte.

Als Miles den Ball auffing und zu dribbeln begann, witterte ich meine Chance. Abgesehen von ihm gab es noch zwei andere, die nicht so groß waren wie zum Beispiel YT. Ich näherte mich Miles von hinten, während er die anderen im Auge behielt, die ihn bis dahin angegriffen hatten. Sein Fokus galt einzig ihnen.

Das war die Gelegenheit. Blitzschnell fasste ich nach vorn, entriss ihm im Dribbeln den Ball, machte zweieinhalb Schritte und warf.

Der Ball landete zielsicher im Korb, was mich selbst am allermeisten überraschte.

Atemlos und bereits verschwitzt von der kurzen Aktion sah ich dem hüpfenden Ball nach. Niemand bewegte sich. Einzig 2 Pacs Rap durchdrang die Stille in unserer Truppe.

Es war YT, der zuerst den Bann brach, indem er mir einen Arm um die Schulter legte und johlte. Die anderen aus meinem Team und selbst Evra stimmten mit ein. Auch Lizzy jubelte lautstark. Es war ihr Aufschrei, der mich aufweckte und zum Lachen brachte.

Ich wollte mir nicht mal ausmalen, wie peinlich es gewesen wäre, wenn der Angriff in die Hose gegangen wäre. Umso besser, dass alles funktioniert hatte.

»Ey, ihr habt das Spiel noch nicht gewonnen«, beschwerte sich Vince aus der anderen Mannschaft. Aber er wirkte vergnügt. »Guter Wurf, Sweets.«

Ich errötete unter seinem Blick, ehe sich Miles in den Kreis drängte.

»Wenn du so spielen willst, können wir das einrichten«, sagte er. Seine Augen funkelten gefährlich.

»*So spielen?* Was bedeutet das?«

»Ein Angriff aus dem Nichts.«

»Du hast ihn bloß nicht kommen sehen, weil du mich unterschätzt hast«, erwiderte ich trotzig und verschränkte die Arme.

»Ohooo«, riefen die anderen und drückten damit ihre Bewunderung für mein Comeback aus.

Danach setzte sich das Spiel fort. Ich wurde mehr und mehr akzeptiert, und nachdem ich mich noch zwei, drei Mal bewiesen hatte, warf mir auch Evra den Ball zu.

Miles hingegen war … unnachgiebig. Er machte es sich zur Agenda, mir jeden Ball zu entziehen. Gleichzeitig versuchte auch ich, ihn vom Spiel abzuhalten.

Es fiel mir zunehmend schwerer, einen klaren Kopf zu behalten. Zum einen war mir so heiß, dass ich mir am liebsten die Kleider vom Leib gerissen hätte, zum anderen ließ mich Miles jede Taktik vergessen.

Ich hatte den Ball von YT erhalten, als mich Miles von hinten umfasste. Sein gesamter Körper schien sich an meinen zu pressen. Es hätte eklig sein müssen, als sich unser Schweiß miteinander vermischte, doch das war es nicht. Unsere Herzen schlugen rasend schnell. Sein Atem in meinem Nacken bescherte mir eine Gänsehaut, als er sich weiter vorbeugte. Seine Arme links und rechts um meinen Körper. Eingekesselt. Mein Mund wurde trocken. In meinem Bauch flatterten tausend Schmetterlinge, die ich nicht einfangen konnte.

»Hab dich«, raunte er, aber seine Stimme zitterte. Ich bildete mir ein, dass dieses Beben seine wahren Gefühle verriet. Er war vielleicht doch an mir interessiert.

Ich wusste nicht, ob eine Sekunde vergangen war oder eine Minute, als ich mich aus meiner Starre lösen konnte. Ohne den Ball zu verlieren, drehte ich mich in seinen Armen. Ich stellte mich auf die Zehenspitzen und warf den Ball mit Schwung über ihn hinweg. Evra bekam ihn zu fassen und dribbelte davon.

Ich hingegen stand Miles weiterhin gegenüber. Langsam ließ ich mich sinken, sodass ich meinen Kopf leicht in den Nacken legen musste, um seinen Blick zu halten.

»Oder auch nicht.« Ich grinste so, wie er es immer tat, wenn er mich aufzog.

Als er nichts weiter sagte, entzog ich mich ihm und achtete wieder aufs Spiel. Niemand schien etwas davon bemerkt zu haben. Alle Augenpaare waren auf YT gerichtet gewesen, der einen weiteren Treffer gelandet hatte.

Das Spiel dauerte noch eine Weile an. Ich hatte jegliches Zeitgefühl verloren. Die Dämmerung setzte irgendwann ein und wir einigten uns auf ein Shoot-out, bei dem sich mein Team durchsetzen konnte.

Freudig warf ich die Arme in die Luft, klatschte mich mit meinen Teammates ab und jubelte glücklich. So euphorisch war ich noch nie in meinem Leben gewesen. Und es war mir fast peinlich, dass es ein Basketballspiel gebraucht hatte, um dieses Gefühl herauszukitzeln.

Miles und ich sammelten unsere Sachen ein. Ich bedauerte, dass er sein T-Shirt wieder anzog, achtete aber penibel darauf, ihn währenddessen nicht anzustarren. Anders als Lizzy. Sie schürzte ihre Lippen in meine Richtung, als sie meinen Blick bemerkte.

»Keine Sorge, Honey, er gehört ganz dir.« Sie und die anderen lachten, während ich versuchte, nicht im Boden zu versinken.

Miles tat glücklicherweise so, als hätte er nichts gehört. Wir verabschiedeten uns ausgiebig und steuerten dann gemeinsam die nächste Metrostation an.

»Shit, ich fühle mich fürchterlich«, sagte ich und wischte mir über die klebrigen Arme.

»Du siehst aber glücklich aus.«

Überrascht sah ich zu ihm auf. »Ich bin verschwitzt, erschöpft und durstig.«

»Und glücklich. Es ist das erste Mal, dass ich dich so lachen gesehen habe«, sagte er ernst, dann legte er einen Arm um meine Schultern und drückte mich an seine verschwitzte Achsel.

Ich schrie auf und wehrte mich. »Bah! Lass das!«

Als ich mich befreit hatte, lief ich einige Meter vor ihm weg. Dafür reichte meine Kraft noch.

»Eben hat dir das nicht so viel ausgemacht!« Lachend lief er mir nach. »Shiloh!«

»Hm?« Ich wurde langsamer.

»Sollen wir uns frisch machen und noch was zusammen essen?« Ich hielt in der Bewegung inne und leckte mir unwillkürlich über die Lippen, weil ich einen Unterton wahrnahm, der mich verwirrte.

Er fragte nicht nur, ob wir was essen wollen. Was er auch fragte, war: Willst du noch Zeit mit mir verbringen?

Sein Kehlkopf hüpfte, als ich nicht sofort antwortete. Die logische Antwort darauf wäre ein entschiedenes Nein. Um mich selbst zu schützen.

Unwillkürlich lächelte ich. »Okay.«

»Okay«, wiederholte er, und sein Lächeln, das sich in seinen Augen widerspiegelte, raubte mir den Atem.

## • KAPITEL 15 •

### *illusion*

Ich konnte nicht mehr genau sagen, wie es dazu gekommen war, aber letztlich hatten wir uns dazu entschieden, zu Miles nach Tribeca zu fahren. Tribeca war ein Viertel von New York, das sich zwischen Chinatown und dem Hudson River ausbreitete. Bekannt für das Ghostbusters Hauptquartier und den Hudson Park. Selbst ich war einmal hier gewesen, nur um mir die Gegend anzusehen. Nie hätte ich mir vorstellen können, in einem der schönen roten Gebäude an der Hudson Street jemanden zu besuchen.

Miles wohnte, wenig überraschend, in der obersten Etage, was in dieser Gegend nicht schwindelerregend hoch war, aber hoch genug, um zwei Aufzüge zu rechtfertigen.

Der Ausblick verschlug mir den Atem.

Während ich noch im Eingang stand und damit beschäftigt war, meinen Mund geschlossen zu halten, hatte Miles bereits Schuhe und Socken ausgezogen. Nach kurzem Zögern tat ich es ihm gleich. Mir kam erneut der Gedanke, wie entfernt unsere Welten voneinander waren. Miles wohnte in einem Apartment, das gut und gern Teil des Luxushotels in Brooklyn hätte sein können.

Ich kannte ihn zu wenig, um bestimmen zu können, ob er die Einrichtung selbst ausgewählt hatte. Jedoch war sie so stimmig und aus einem Guss, dass ich auf die helfende Hand eines Innenarchitekten tippte.

Der Flur bestand hauptsächlich aus weiß-glänzenden Fliesen mit schwarzen Rauten in den Ecken, weißen stuckverzierten Wänden und gerahmten Familienfotos. Davon gab es so viele, dass ich bloß einen flüchtigen Blick auf Miles' Freunde und Familie werfen konnte. Abgesehen von den Bildern gab es aber wenig Persönliches, das ich ausfindig machen konnte.

Küche und Wohnzimmer schlossen nahtlos aneinander an. Beide Räume waren ebenfalls in Weiß gehalten. Eine riesige Mitte. Auf ihr waren eine Edelmetallschüssel mit Obst und eine Vase mit frisch gepflückten Sonnenblumen angerichtet. Die Oberflächen, auch die vom mattweißen Wohnzimmertisch, waren blitzblank geputzt. Die gegenüberstehenden cremefarbenen Sofas wirkten einladend. Ein paar Kissen und kunstvoll gefaltete Decken waren darauf verteilt. An der Wand über dem künstlichen Kamin hing ein breiter LED-Fernseher, bei dessen Anblick Bronwyn vor Neid erblassen würde.

Vielleicht sollte ich heimlich ein Foto schießen, um es ihr bei Gelegenheit zu zeigen?

»Es ist nichts Besonderes, aber es erfüllt seinen Zweck«, kommentierte Miles, den ich angesichts der Pracht seiner Wohnung beinahe vergessen hatte.

»Nichts Besonderes?« Ich schüttelte den Kopf. »Man merkt, dass du schon immer reich gewesen bist.«

Er stand an der Küchenzeile und hatte zwei Flaschen Wasser in den Händen. Eine davon warf er mir zu. Meine Arme fühlten sich wie Gummi an nach dem Workout, aber immerhin konnte ich noch eine einfache Flasche auffangen.

»Bist du neidisch?«

Typisch Miles. Er nahm nie ein Blatt vor dem Mund, weil er sich nicht vor Ablehnung fürchtete. Ich erinnerte mich an seine Begründung, warum er Melissa hatte heiraten wollen. Nicht weil er sie unendlich liebte und den Rest seines Lebens mit ihr verbringen wollte, sondern weil es für ihn ein Zeitvertreib gewesen war. Es hatte ihn auch nicht in Verzweiflung gestürzt, als herausgekommen war, dass Melissa ihn betrogen hatte. Er hatte kaum etwas in die Beziehung investiert, nichts von seinem wahren Selbst. Warum sollte er traurig sein? Sie hatte nicht ihn abgelehnt, sondern eine Version von ihm, die er scheinbar ohnehin nicht sonderlich mochte.

Damals hatte mir die Erkenntnis wenig ausgemacht. Sie hatte mich nicht betroffen.

Heute, hier und jetzt, schmerzte sie. Es war ihm egal, was ich von ihm dachte. Wenn ich aus seinem Leben verschwand, würde er weitermachen wie bisher.

Vor zwei Tagen war er von wo auch immer zurückgekehrt und hatte in nur wenigen Stunden mein Leben auf den Kopf gestellt. Doch ich hatte nicht das gleiche Erdbeben bei ihm ausgelöst.

Das tat weh.

Mehr als ich zuzugeben bereit wäre. Denn *ich* wollte, dass er mich mochte.

»Auf deinen Reichtum?«

»Es wäre nur natürlich, wenn du es wärst. Menschen wollen immer das, was sie nicht haben.«

»Du auch?« Ich stellte mich ihm gegenüber an die Küchentheke. Die Flasche hatte ich bereits bis zur Hälfte geleert, so durstig war ich gewesen.

»Natürlich.« Er legte seinen Kopf in den Nacken und trank das Wasser komplett aus. Sein Kehlkopf hüpfte, während er schluckte.

»Was hast du denn nicht?« Für einen Moment hatte ich vergessen, dass ich mich verschwitzt und eklig fühlte. Das Gespräch nahm mich gänzlich ein.

So war das mit Miles. Er musste bloß seinen Mund öffnen, und schon war alles um mich herum vergessen. Um mich selbst zu schützen, müsste ich schon bald einen Zaun zwischen uns ziehen.

Besser noch eine Mauer.

Aus Beton.

Zehn Meter hoch.

Mit Stacheldraht obendrauf.

Er schraubte die Flasche zu und lehnte sich wieder mit den Unterarmen auf die helle Marmorplatte. Erneut waren wir einander so nahe, dass ich die dunklen Wolken in seinen Augen erkennen konnte.

»Wenn ich dir das sage, klinge ich pathetisch.«

»Also nicht anders als sonst?«

»Witzig.«

»Na komm, jetzt bin ich neugierig.« Seine Brauen schossen in die Höhe. »Was?«, fragte ich erneut.

»Du und neugierig, das passt nicht so ganz.«

»Du kennst mich doch gar nicht.« Dass er recht hatte, musste er ja nicht wissen. Vor allem nicht, dass er die Ausnahme meiner Regel war.

Er schien etwas in meinem Blick zu suchen, aber ich konnte nicht sagen, ob er fündig wurde. Schließlich richtete er sich auf. Die Plastikflasche warf er in den Mülleimer.

»Ich geh schnell duschen. Danach kannst du. Ist das okay? Oder willst du zuerst?«

»Du hast meine Frage nicht beantwortet«, grummelte ich.

Er grinste. »Du meine auch nicht. Also sind wir quitt.«

Unschlüssig blieb ich in der Küche stehen, bis ich hörte, wie die Dusche angestellt wurde.

Miles hatte nicht gesagt, dass ich mich nicht umsehen dürfte.

Da ich im Wohnzimmer bereits alles gesehen hatte, schlenderte ich in den zweiten Flur. Anders als im Eingangsbereich gab es keine Fotos an den Wänden, lediglich zwei abstrakte Bilder aus blauen und grünen Pinselstrichen.

Hinter einer Tür musste sich das Badezimmer befinden, da die Duschgeräusche dort lauter waren. Ich ging durch die nächste offen stehende Tür und blieb wie angewurzelt stehen. Das Schlafzimmer. Miles' Schlafzimmer.

Es sah genauso aus, wie der Rest der Wohnung es hätte vermuten lassen, trotzdem überraschte es mich. Die Fenster, die über Eck reichten, gaben den Blick auf die umstehenden Gebäude frei. Man konnte sogar einen Hauch des Sonnenuntergangs dazwischen erkennen. An die Glasscheiben schloss eine längliche Fensterbank an, die so breit und niedrig war, dass man sich auf sie setzen konnte, um die Aussicht zu genießen. Ein riesiges Bett war weit links positioniert. Darauf weiße und cremefarbene Decken und Kissen, die nicht ganz ordentlich waren. Ich vermutete, dass regelmäßig eine Haushälterin vorbeikam, aber wahrscheinlich nicht jeden Tag.

Eilig wandte ich den Blick vom Bett, bevor mir Gedanken kamen, die mich in eine peinliche Bredouille brachten.

Überrascht war ich vom hohen Bücherregal neben der Tür, die zu einem Ankleidezimmer führte. Mit meinen nackten Füßen blieb ich auf dem weichen Teppich stehen und betrachtete eingehend die verschiedenen Buchrücken.

Mir fiel sofort auf, dass sie allesamt gelesen aussahen. Mehrmals. Entweder hatte Miles sie so oft gelesen, oder er hatte sie gebraucht gekauft.

Ich fuhr mit den Fingerspitzen an den Buchrücken entlang und zog immer mal wieder ein Exemplar hervor. Manche Seiten waren regelrecht vergilbt, zerknittert oder voll mit Notizen. Es war auch nicht nur ein Genre, das er interessant fand. Von Autobiografien über Fachbücher bis zu Unterhaltungsromanen und Fantasy war alles dabei.

Die Bücheransammlung war neben den Fotos das Einzige, was einen Einblick in sein Innerstes gewährte. Der Rest des Apartments wirkte dagegen kühl und einsam. Ich fragte mich, warum das so war. Warum er sich lediglich diese kleine Ecke erlaubte.

»Ah, du hast meine Guilty-Pleasure-Ecke gefunden.«

Ich zuckte zusammen. Er hatte sich lautlos angeschlichen. Mit einem Handtuch rieb er sich das Haar trocken. Seine Wangen waren von der Sonne leicht gerötet, und seine Augen glänzten amüsiert. Im Gegensatz zu eben trug er nun khakifarbene Shorts und ein schwarzes T-Shirt, das seine Haut noch gebräunter wirken ließ.

»Warum Guilty Pleasure? Lesen bildet.«

»Selbst Liebesromane?« Er nahm das Handtuch von seinem Kopf und stellte sich neben mich. Der Duft von Seife drang in meine Nase wie eine frische Meeresbrise. Am liebsten würde ich mich an ihn schmiegen und nichts anderes tun, als an seinem Hals zu riechen.

Ich hatte ein Problem. Ein großes und gut riechendes.

Konzentriert starrte ich aufs Bücherregal.

»Erst recht Liebesromane. Man kann einiges aus ihnen lernen.« Tatsächlich hatte ich meinen ersten Liebesroman gelesen, nachdem ich Livingston verlassen hatte. Und dann hatte ich nicht mehr damit aufgehört.

»Ach ja?« Miles strich ebenfalls über die Buchreihen und berührte dabei meine Hand, die auf einem der Rücken gelegen hatte. Eilig zog ich sie zurück. »Was zum Beispiel?«

*Ganz gefährliches Terrain.*

»Menschliche Beziehungen und so. Empathie. Was in anderen vorgeht.« Tatsächlich sagte ich nur, was mir gerade in den Sinn

185

kam. Während mein Herz auf Hochtouren arbeitete, legte mein Verstand eine Pause ein.

»Hm, vielleicht auch, was man tun muss, um dem anderen zu gefallen?« Seine Stimme klang plötzlich viel tiefer. Rauer. Was dachte er bloß?

*Lass dich nicht wieder einlullen, Shiloh! Er will nur mit dir spielen.*

»Ich sollte auch mal duschen«, verkündete ich. »Hast du was, das ich anziehen könnte?«

Ich wollte nicht weiter meine verschwitzte Kleidung tragen.

»Moment. Ich such dir was raus.« Er zögerte keine Sekunde. Verschwand in sein Ankleidezimmer, als hätte er gerade nichts empfunden.

Dieses Feuerwerk explodierte nur auf meiner Seite.

Das Badezimmer war teuer und edel. Weiß auf weiß auf weiß mit einzelnen dunklen Holzelementen. Am beeindruckendsten fand ich das in den Raum eingelassene riesige Rundsprossenfenster, das die Badewanne vom Rest des Raumes trennte. Ein Kerzenleuchter stand am marmornen Beckenrand sowie eine silberne Schüssel mit Äpfeln darin. Als wäre es das Normalste der Welt, während des Badens Äpfel zu verspeisen. Ein Regal war in die Wand eingelassen und beherbergte verschiedene Kerzen sowie Badesalze und -essenzen.

Ich legte die Sachen ab, die mir Miles gebracht hatte, bevor ich mich selbst für die gläserne Dusche entkleidete. Sie war noch feucht von eben. Ich kam mir etwas komisch vor, bei ihm zu duschen, obwohl mir der Gedanke reichlich spät kam. Warum hatte ich zugesagt, noch mehr Zeit mit ihm zu verbringen?

Ich war verrückt geworden.

Sobald das heiße Wasser auf meinen Kopf prasselte, fühlte ich jedoch jeden negativen Gedanken samt der Anspannung aus meinen Muskeln verschwinden. Ich wünschte, unsere WG-

Dusche wäre so angenehm wie diese hier. Aber unsere wurde im Dreißig-Sekunden-Takt von einem Schwall kaltem Wasser unterbrochen.

Innerhalb der Dusche waren verschiedene Shampoos, Lotions und Gels aufgereiht. Drei von ihnen benutzte er regelmäßig. Die anderen schienen weitestgehend ungenutzt.

Ich entschied mich für ein Shampoo, auf dem eine Avocado und Oliven abgebildet waren. Dieses Mal würde ich nicht nach Magnolie riechen.

Seit er mein Shampoo bemerkt hatte, wollte ich kein anderes mehr nutzen.

Erbärmlich. Genauso wie der Neid, der sich tatsächlich eingestellt hatte, als ich sein Apartment begutachtet hatte. Ich wollte nicht neidisch sein. Denn das würde bedeuten, dass ich einen Fehler begangen hatte. Wäre ich in Livingston geblieben und hätte mich meinen Eltern gefügt, wäre all das meine Zukunft gewesen.

Okay. Vielleicht nicht ganz so edel, aber ich hätte mir einen anderen Lebensstandard ermöglichen können als denjenigen, der jetzt auf mich wartete.

Nachdem ich mich abgetrocknet hatte, zog ich die Stoffshorts und das weite T-Shirt von Miles an. Beides dunkelblau. Mein Haar föhnte ich schnell trocken und nahm es dann zu einem Knoten zusammen. Als ich meinen Blick im Spiegel auffing, erschreckte ich mich beinahe. Ich trug nie viel Make-up, aber ich hatte mich morgens für Wimperntusche entschieden, und die klebte mir jetzt unter den Augen.

Es dauerte ein paar Minuten, ehe ich jegliche Überreste abgeschrubbt hatte. Ohne Make-up-Entferner ging das nicht so einfach und meine sensible Haut leuchtete rot.

Sobald ich die Tür öffnete, knurrte mein Magen. Der Geruch von gedünsteten Zwiebeln und Knoblauch wehte zu mir.

In der Küche hatte sich Miles eine Juteschürze umgebunden, während auf dem Herd in einem Topf bereits Wasser siedete und in einem anderen eine dunkelrote Soße kochte.

»Ich dachte, wir wollten draußen was essen?«, fragte ich. Er drehte sich zu mir um, öffnete den Mund und schloss ihn wieder. Unwillkürlich strich ich mir ein paar verlorene Strähnen hinters Ohr.

»Schlimm? Ich hatte noch ein paar Zutaten zu Hause.« Seine Mundwinkel zuckten. »Das steht dir besser als mir.«

»Es passt mir vermutlich auch besser als dir.«

»Was soll das heißen?«

»Du hast bestimmt fünf Kilo Muskelmasse zugenommen, seit wir uns vor sechs Wochen begegnet sind.«

»Hm.« Anstatt auf meinen lockeren Tonfall einzugehen, verschloss er sich vor mir. »Koste mal.«

Er hielt mir einen Löffel mit Soße hin. Zögerlich näherte ich mich ihm und öffnete den Mund. Es war glücklicherweise nicht mehr heiß, sodass ich den köstlichen Geschmack sofort genießen konnte.

»Kichererbsen?«

Miles nickte. »*Pasta e Ceci.* Gut?«

»Gut. Sehr gut sogar.« Ich lächelte. »Von wem hast du das Kochen gelernt?«

Mit dem Rücken lehnte ich mich an die Kücheninsel neben den Herd, damit ich Miles beobachten konnte. Er legte den Löffel in die Spüle und begann dann damit, einen Eisbergsalat zu zerkleinern und zu waschen.

»Ein Freund von mir ist Koch. Er hat mir ein paar Monate lang die Grundlagen beigebracht.«

»Einfach so?«

Erstaunt sah er auf. »Machen Freunde das nicht einfach so?«

»Ich weiß nicht …«

»Ich weiß ja, dass *ich* ein Problem damit habe, Freundschaften zu knüpfen, aber du?«

»Warum überrascht dich das?« Anstatt zu verneinen, wollte ich bei der Wahrheit bleiben. Die meiste Zeit war ich tatsächlich davon überzeugt, dass ich gut ohne Beziehungen zurechtkam. Es würde mir auf lange Zeit nützen, weil ich dadurch mein Herz schützte.

Aber manchmal war es so verdammt anstrengend, ständig auf der Hut zu sein. Mich ständig zurückzunehmen. Ständig … zu lügen.

Stirnrunzelnd konzentrierte er sich wieder auf den Salat, während er nachdachte. Die Nudeln blubberten im Hintergrund munter weiter.

»Du kannst so offen und freundlich sein. Warm. Ich dachte nicht, dass du tausend Freunde hast, aber nicht mal einen?«

»Jetzt klingst du verurteilend.« Damit spielte ich auf unser Gespräch im Williamsburg Hotel an, als er mir gesagt hatte, dass er keine richtigen Freundschaften in seinem Leben hatte. Damals hatte ich sehr verständnisvoll und eben nicht verurteilend reagiert.

»Sorry. Das wollte ich nicht. Ich bin bloß erstaunt.«

Während er Olivenöl und Balsamico für das Dressing vermischte, legte ich mir eine Antwort zurecht.

»Es ist nicht so, als wollte ich allein sein«, sagte ich schließlich. »Ich habe einfach Angst davor, enttäuscht zu werden.«

»Also riskierst du lieber nichts?«

»Ich habe bereits genug riskiert.« Ich presste die Lippen zusammen und wandte mich ab. Natürlich würde er mich nicht verstehen. Ich verstand mich ja selbst nicht.

Gemeinsam deckten wir den kleinen, rechteckigen Tisch zwischen Küche und Wohnzimmer. Er stand an der Wand, direkt unter einem Fenster, und bot Platz für drei. Die weißen Kunststoffschalenstühle waren überraschend bequem, trotzdem war ich dankbar für das runde Sitzkissen. Miles zündete die einzelne Kerze auf der Tischmitte an, bevor er uns Rotwein einschenkte.

»Bist du mittlerweile einundzwanzig?«, erkundigte er sich – reichlich spät, da wir bereits in der Rooftop-Bar Alkohol getrunken hatten. Mir fiel mir auf, dass ich nicht mal nach einem Ausweis gefragt worden war.

»Seit einer Woche.« Ich schnappte mir das Weinglas, ehe er es mir wieder wegnehmen konnte.

»Du machst mich fertig.« Seufzend ließ er sich links von mir übers Eck nieder. Er beugte sich zu mir, hauchte einen Kuss auf meine Wange und zog sich blitzschnell wieder zurück. »Happy Birthday.«

»Danke«, nuschelte ich verlegen.

Ich war froh, dass wir uns nicht gegenübersaßen, so wirkte die Atmosphäre entspannter. Obwohl der Rest gut und gern einem Dating 101 hätte entspringen können. Es war mir fast peinlich, wie nervös ich war.

»Parmesan?«

Ich nickte, und er rieb vom Parmesanblock über meine Nudeln. Es roch fantastisch. Die ersten Bissen stopfte ich förmlich in mich hinein, so hungrig war ich. Miles schien es ähnlich zu gehen, da er das Gespräch nicht fortsetzte. Wir hatten uns beide auf dem Spielfeld ziemlich verausgabt. Die Suche nach Susan zuvor hatte mich außerdem mental mitgenommen. Obwohl ich nicht mit den Fremden hatte reden müssen, war ich ziemlich angespannt gewesen.

Umso schöner, dass ich mich nun entspannen konnte.

»Es schmeckt fantastisch, Miles«, sagte ich lobend. »Wow.«

»Von was ernährst du dich sonst, dass du das Gericht in den Himmel lobst?« Er meinte es als Scherz, aber wieder traf er genau ins Schwarze.

»Fertignudeln.«

»O Gott.« Er schüttelte lachend den Kopf. »Immer wenn ich glaube, du kannst mich nicht noch mehr überraschen, beweist du mir das Gegenteil.«

»Das passiert nicht mit Absicht.«

»Dachte ich auch nicht.« Lachend schüttelte er den Kopf, und ich stimmte mit ein, ehe er einen ernsten Gesichtsausdruck aufsetzte, als wäre ihm ein Einfall gekommen. »Danke jedenfalls, dass du mich aushältst, Shiloh. Ob nun als Kollegen oder Freund.«

»Du würdest mit mir befreundet sein wollen?«

»Warum nicht?«

Mir fielen Millionen Gründe ein, die dagegensprachen. Leider flohen sie regelrecht aus meinem Verstand, als sich Miles leicht zu mir drehte und unsere nackten Knie sich berührten.

Mein Herz sprang förmlich aus meiner Brust. Seine Wärme, die an dieser kleinen Stelle auf mich überging ... Ich würde gern ganz in diese Wärme eintauchen. In ihn. Würde mich gern an ihn klammern und nie wieder loslassen.

Er rührte sich zunächst genauso wenig wie ich, als würde sich sein ganzes Sein auch auf diese eine Stelle konzentrieren. Dann schob er seine Hand über meine, die links neben dem Teller auf dem Tisch gelegen hatte.

Ich riss die Augen auf. Was würde als Nächstes geschehen? Mit dem Daumen zog er langsam Kreise über meine Fingerknöchel. Unsere schwerer werdende Atmung war das Einzige, das die Stille durchbrach.

Ich hielt seinem Blick stand. Langsam wurde ich mutiger und traute mich, mit dem Fuß über seine Wade zu streichen. Er drückte meine Hand als Reaktion darauf.

Was, wenn wir die eine Nacht wiederholten? Was dann?

»Shiloh ...«, raunte er. Doch bevor ich hören konnte, was er zu sagen hatte, ertönte eine laute, helle Melodie.

Wir zuckten beide zusammen und lösten gleichzeitig den Körperkontakt zueinander. Sofort überkam mich eine Welle der Enttäuschung. Andererseits sollte ich froh über die Unterbrechung sein. Ich hätte alles andere ja doch nur bereut.

Miles räusperte sich. »Die Tür.«

»Okay.« Was sollte ich sonst sagen?

Ich drehte mich leicht im Stuhl um, damit ich einen direkten Blick in den Flur hatte. Es klingelte ein weiteres Mal, ehe Miles die Tür erreicht hatte. Ich nahm an, dass er den Türöffner drückte, um den späten Gast einzulassen. Nach ein paar Minuten klopfte es an die Tür.

Melissa stürmte herein, sobald Miles die Tür für sie geöffnet hatte. Ihr langes blondes Haar fiel in Wellen auf ihre Schultern herab, die blauen Augen waren weit aufgerissen. Sie quasselte los, noch bevor sie den Wohnraum betreten hatte. Ihr weißes Etuikleid strahlend hell.

»Miles! Babe! Ich habe einen großen Fehler begangen!«, rief sie aus, barg das Gesicht für zwei Sekunden in den Händen und sah dann wieder ihn an. Er wirkte genauso überfordert, wie ich mich fühlte. »Colin weiß gar nicht, was er an mir hat. Seriously, ich bin so dumm gewesen. Du hast mich auf Händen getragen, und ich hab's verbockt.«

Als sie in Miles' Arme fiel, stand ich auf. Ich konnte nicht sitzen bleiben, während sich die beiden versöhnten. Am besten ich verschwand so schnell wie möglich.

Ich wollte mich umdrehen, um meine Handtasche zu suchen, als ich mit dem Ellbogen eines der beiden Weingläser umstieß.

»Fuck.«

Verzweifelt versuchte ich, das Unheil rückgängig zu machen, doch vergeblich. Die weiße Tischdecke sog sich mit dem roten Wein voll. Dann tauchte ein helfendes Paar Hände samt Küchentüchern auf.

Miles.

»Lass mich«, bat er sanft.

»Wer bist du?«, hörte ich Melissa fragen. Sie hatte sich im Gegensatz zu ihm nicht vom Fleck bewegt. »Miles?«

Ja, wer war ich, Miles?

## • KAPITEL 16 •

*you're the source of my insecurity*

Die Situation war nicht nur mir peinlich. Ich war mir ziemlich sicher, dass sie allen Beteiligten unangenehm war. Dabei hatten Miles und ich nichts Falsches getan. Obwohl ich mich schlecht fühlte, war Melissa diejenige, die uneingeladen aufgetaucht war. Sie gehörte hier weniger hin als ich. Oder?

Was, wenn Miles noch Gefühle für sie hatte? Was, wenn Melissa ihn zurückwollte? Ich könnte es ihr nicht verübeln. Wenn ich mich zwischen Colin, dem Männermodel, und Miles hätte entscheiden müssen, würde ich immer Miles wählen. Miles war mehr als genug.

Kein Wunder, dass Melissa wieder zu Verstand gekommen war. Allerdings wollte ich nicht dabei sein, wenn sich die beiden dazu entschieden, ihrer Beziehung eine zweite Chance zu geben.

»Ich bin dann mal weg«, antwortete ich. Glücklicherweise erspähte ich im gleichen Moment meine Tasche. »Bis dann.«

Miles hielt mich nicht auf. Er hätte genug Zeit gehabt, als ich meine Tasche von der Kommode klaubte oder meine Schuhe anzog. Aber er blieb stumm. Stattdessen sahen er und Melissa schweigend in meine Richtung.

Das sagte alles aus.

Erst als ich das Gebäude verlassen und mich orientiert hatte, gestattete ich mir, das falsche Lächeln auf meinen Lippen fallen zu lassen. Wahrscheinlich hatten sie ohnehin problemlos durch meine Fassade hindurchgesehen. Oder es hatte sie gar nicht interessiert, weil sie zu sehr voneinander abgelenkt gewesen waren.

Das war mir auch recht.

Alles war mir recht.

*Abstand, Shiloh. Hast du vergessen, wie das geht?*

Wenn es um Miles ging, war ich offensichtlich nicht dazu fähig.

In der WG schaffte ich es gerade bis zur Couch, ehe mich die Kräfte verließen. Im Gehen zog ich die Schuhe aus und ließ die Tasche fallen. Ich war so verdammt erschöpft. Und ich ärgerte mich, dass es mir nicht gelang, von Miles loszukommen. Konnte es sein, dass er im Geheimen ein Magier war und einen Liebeszauber angewandt hatte?

Nicht dass ich ihn lieben würde, aber meine körperliche Reaktion auf ihn war wirklich bedenklich.

Wie albern von mir.

Ich rollte mich auf den Bauch, strampelte wie ein Kleinkind frustriert mit den Beinen und schlug gleichzeitig schreiend auf ein Kissen ein. Es war zum Haare-Raufen. Seit sich unsere Knie berührt hatten, kribbelte es in meinem ganzen Körper. Es brannte förmlich.

Miles hatte ein Feuer in mir entfacht, das nur er bändigen konnte.

»Shit, Shit, Shit!«

Diese kitschige Seite an mir gefiel mir überhaupt nicht. Ich wünschte, ich könnte sie von mir streifen.

Leider schien nichts in meinem Leben so zu laufen, wie ich es mir vorstellte.

Seufzend drehte ich mich wieder auf den Rücken. Es wäre kindisch von mir, weiterhin so zu tun, als würde ich Miles komplett aus meinem Leben streichen können. Ich hatte sechs Wochen gebraucht, um halbwegs zurechtzukommen, und jetzt würde ich ihn jeden Tag sehen. Er besaß eine Anziehungskraft auf mich, gegen die ich wehrlos war. Gleichzeitig musste ich unbedingt mein Herz schützen. Deshalb wäre es von nun an okay, eine Freundschaft zwischen uns zuzulassen. Die Kraft, die ich bisher darauf verwandt hatte, mich dagegen zu wehren, würde ich nun nutzen können, um meine romantischen Gefühle in Schach zu halten.

Das wäre einfacher, wenn er Melissa zurücknehmen würde. Ich war mir sicher, dass er niemals jemandem fremdgehen würde, und auch ich würde davor zurückschrecken. Er in einer anderen Beziehung würde meinem Selbsterhaltungstrieb helfen.

Mein Handy vibrierte unter mir. Es dauerte einen Moment, ehe ich es zwischen Couch und Rücken hervorgeholt hatte. Troye hatte bereits aufgelegt. Glücklicherweise. Ich hatte keine Lust, mit ihm zu sprechen. Was sollte ich auch sagen? Dass ich mich davor fürchtete, wieder nach Livingston zurückzukehren?

Ein Rumpeln aus dem Hausflur weckte mich aus meiner Versteinerung. Ich setzte mich auf, als die Tür geöffnet wurde. Es folgten ein Poltern, ein Fluchen und schließlich Bronwyn, die nur mit einer Socke am Fuß ins Wohnzimmer stolperte.

»Hallo.« Sie kicherte. Ihr honigblondes Haar war auf einer Seite platt gedrückt, auf der anderen ein wildes Nest. Sie war wahrscheinlich im Taxi an die Scheibe gelehnt eingenickt. »Wie spät ist es?«

Sie hatte Probleme, ihre Zunge zu bewegen, und lallte deutlich.

»Zehn. Wie viel hast du getrunken?«

Sie torkelte mit ausgestreckten Armen auf mich zu. Bevor sie auf mich fallen konnte, lenkte ich sie auf den Platz neben mir. Sie konnte sich nicht wehren. Ihr Hinterkopf fiel schwer auf die Lehne.

»Zehn?«

»Zehn Uhr«, bestätigte ich.

Sie wedelte mit der Hand und verteilte dabei ihre Alkoholfahne im Raum. Grandios. »Nein, zehn Bier.«

»Das hast du geschafft?« Das waren erstaunlich viele Liter für eine so kleine Person. Sie war bestimmt fünf Zentimeter kleiner als ich.

»Ging ganz gleich … äh, leicht …« Sie legte ihre Füße auf den Wohnzimmertisch. »Goodness Gracious, warum dreht sich alles?«

»Weil du betrunken bist«, erklärte ich, obwohl ich nicht sicher war, dass sie mir überhaupt zuhörte.

»Was hast du da eigentlich an?« Sie versuchte, ihren Blick auf mich zu fokussieren, aber ihre Augen drifteten immer wieder nach unten. »Sieht nicht … nach dir aus.«

»Stimmt.« Ich hatte immer noch Miles' Sachen an.

Ein weiteres lautes Poltern erschreckte mich.

»Hast du vergessen, die Tür zuzumachen?«, rief ich und stand auf. Was sollte ich tun, wenn wir ausgeraubt würden? Auf Bronwyns Unterstützung konnte ich nicht zählen. Aber vielleicht könnte sie die Polizei rufen …

»Oh!« Sie kicherte erneut, bevor sie ihre Füße wieder auf den Boden abstellte. »Ich habe jemanden mitgenommen. Aber … Kannst du ihn loswerden? Bin doch nicht in Stimmung … Bitte, bitte, Shiloh.«

»Du bist unglaublich«, murrte ich. Immerhin handelte es sich um keinen Einbrecher, was meine Angst vertrieb. Ich ließ Bronwyn auf der Couch zurück und ging in den Flur.

Tatsächlich saß ein schwarzhaariger Typ mit braun-ockerfarbener Haut auf dem Boden neben dem Schuhschrank und schnarchte leise vor sich hin. Okay. Nicht angsteinflößend.

Ich schüttelte ihn leicht an der Schulter und dann fester, als er sich immer noch nicht rührte.

»Hey …« Er blinzelte. Wow. Er musste noch betrunkener sein als Bronwyn. »Komm, steh auf, wir gehen nach unten. Ich ruf dir ein Taxi.«

Es war eine Herausforderung, mit ihm zusammen die Treppen nach unten zu steigen. Doch es war besser als die Alternative – ihn in unserem Apartment zu lassen. Unten angekommen suchte ich nach seiner Brieftasche und fand seine Adresse und ein paar Banknoten, die hoffentlich für die Fahrt reichten.

Ich musste mit ihm auf dem Bordstein sitzend ein paar Minuten warten, ehe das Uber kam. Um diese Uhrzeit wäre es hoffnungslos gewesen, ein Taxi zu bestellen.

Vollkommen erschöpft kehrte ich wieder ins Apartment zurück. Ich war nass geschwitzt. Die Dusche bei Miles hätte ich mir sparen können.

Im Flur hielt ich inne. Fuck. Ich hatte meine Kleidung bei ihm vergessen. Gott, wie peinlich. Was, wenn Melissa sie fand und es sich anders überlegte? Hoffentlich erklärte ihr Miles, dass zwischen uns nichts lief und dass er sie gern zurücknehmen würde.

Das wäre das Beste für alle.

*Du meinst, das Beste für dich.*

*Na und?*

»Liebster Nick, warum …«, hörte ich Bronwyn sagen, als würde sie eine Nachricht schreiben, die sie im betrunkenen Zustand nicht schreiben sollte.

Einen Moment blieb ich unschlüssig im Flur stehen. Ich sollte mich nicht einmischen und wollte sie auch nicht bevormunden. Wir waren nicht befreundet. Was zwischen ihr und Nick passierte, ging mich nichts an.

Trotzdem bewegten sich meine Beine scheinbar ohne mein Zutun in ihre Richtung, und ein paar Sekunden später hatte ich Bronwyn das Handy weggenommen. Gerade noch rechtzeitig, bevor sie die Nachricht wegschicken konnte. Ich las sie mir nicht durch, löschte sie auch nicht, für den Fall, dass sie sie im nüchternen Zustand doch senden wollen würde. Stattdessen legte ich das Handy außerhalb ihrer direkten Reichweite oben aufs Regal.

»Komm, ich bring dich ins Bett«, sagte ich, nachdem sie mit ihren Protesten zum Ende gekommen war.

Sie schmollte. »Ich will nicht.«

»Ich begleite dich.«

»Bleibst du, bis ich eingeschlafen bin?«

»Nur wenn du dich nicht vollkotzt. Oder mich.«

»Mir ist nicht schlecht«, versicherte sie mir sogleich, ehe sie auf die Beine sprang. Sie wankte leicht, und ich musste sie stützen.

War Bronwyn jemals zuvor derart betrunken gewesen? Und wenn ja, hatte ich es einfach nicht mitbekommen, weil ich mich in meinem Zimmer verbarrikadiert hatte? Oder hatte sich Nick so effektiv um sie gekümmert?

Mit Bronwyn an meinem Arm dauerte es zu ihrem Zimmer fast genauso lang wie mit dem Typen die Treppen nach unten. Sie ließ sich ständig von der kleinsten Sache ablenken und büxte mir ein paar Mal aus.

Als ich sie endlich auf ihr weißes Eisenbett abladen konnte, über das Fake-Efeuranken als Himmel gespannt waren, war ich außer Atem. Sie strampelte mit den Füßen die Decke weg, was ich als Zeichen dafür wertete, dass es zu heiß war.

Ich knipste die Lichterkette an ihrem Bett an und öffnete dann eines der beiden Fenster. Dabei musste ich aufpassen, dass ich die Reihe bunter Pflanzentöpfe nicht versehentlich runterstieß, die die Fensterbank schmückten.

Im Gegensatz zu meinem geordneten Zimmer war ihres mit

einem gemütlichen Chaos aus verschiedenen Webstoffen, Pflanzen, Girlanden, Bildern und Accessoires erfüllt. Bunte Teppiche, überall Schals und Taschen, Holzschränke und -regale, die mit allerlei Krimskrams gefüllt waren.

Ein kühler Luftzug trocknete den Schweiß auf meiner Stirn. Ich trug noch immer Miles' Kleidung, und trotz meines Vorhabens, nur mit ihm befreundet zu sein, wollte ich sie nicht sofort wieder ausziehen und zurückgeben.

»Kommst du jetzt?«, fragte Bronwyn und klopfte auf den Platz neben sich.

»Ich kann mich auch hier hinsetzen.« Ich deutete auf den kleinen grünen Sessel mit dem roten Stickkissen.

»Hier«, sagte sie betont langsam.

Ich hatte nicht gewusst, dass sie ein derartiger Befehlsgeneral sein konnte.

Nachdem ich mich neben sie gesetzt hatte, rückte sie an mich heran und legte Hände und Wange auf meine Schulter. Ich war überfordert. Nie zuvor hatte ich eine Freundin gehabt und keinen blassen Schimmer, was man mit betrunkenen Freundinnen tat.

Ich sah auf die gegenüberliegende Wand, die voll war mit Postkarten von Orten, an denen sie meines Wissens noch nie gewesen war. Tibet. Seoul. Madrid. Rom. São Paulo. Johannisburg. War das ihr Wunsch? New York zu verlassen, um reisen zu können?

Und dann dämmerte mir die eigentliche Bedeutung. All das waren Orte, an denen Nick gewesen war, um einen neuen Film zu drehen.

Ein Großteil seiner Arbeit fand im Studio vor einem Greenscreen statt. Trotzdem musste er noch oft genug an die Drehorte fliegen, um die Authentizität zu gewährleisten. Ich wusste zwar nicht von jedem Ort, an dem er gewesen war, aber zumindest konnte ich mich an Seoul, Madrid und Johannisburg erinnern.

»Shiloh?«

»Hm?«

Sie gähnte einmal. Zweimal. Ich musste auch ein Gähnen unterdrücken.

»Warum willst du nicht mit mir befreundet sein? Bin ich so schrecklich?«

Ich schloss die Augen. »Es liegt nicht an dir.«

»Das sagen sie immer alle.«

Ich fragte nicht nach, wen sie mit *alle* meinte. Das war nicht wichtig. Wichtig war, dass ich diese Nacht bereits eine Ausnahme gemacht hatte, und wenn ich bereit war, eine Freundschaft mit Miles in Betracht zu ziehen, dann konnte ich mich nicht weiter Bronwyn entziehen. Sie war von Anfang an für mich da gewesen, auch wenn ich sie abgeblockt hatte.

»Ich hatte ... habe Angst«, gestand ich überraschenderweise.

»Vor mir?« Die Vorstellung war für sie so absurd, dass sie halb ihren Nacken verrenkte, um mich ansehen zu können.

»Vor allen.« Ich lockerte die Hand in meinem Schoß, die ich unwillkürlich zu einer Faust geballt hatte. »Ich traue mir selbst nicht. Meinem Urteil. Ich habe Angst, dass du doch nicht so bist, wie ich es von dir denke. Dass du mir wehtust, wenn ich dich einmal hereinlasse.«

»Shiloh ...« Bronwyn setzte sich ganz auf. »Ich würde nie ... Für mich bist du die coolste Person, die ich kenne. Ich bewundere dich für deine Unabhängigkeit und deinen starken Willen. Ich will deine Freundin sein. Können wir nicht ... Können wir es nicht einfach ausprobieren?«

Sie wirkte so ehrlich und ernst. Ihre grüngelben Katzenaugen waren weit aufgerissen.

»Okay«, sagte ich mit kratziger Stimme. »Lass uns Freunde sein.«

Sie lächelte so glücklich, dass mein Herz flatterte. Bronwyn. Meine erste Freundin.

Ich hatte fürchterliche Angst, aber … Ich freute mich auch. Überraschenderweise fühlte es sich ganz und gar nicht schrecklich an.

Es dauerte nicht lange, ehe Bronwyn vom Alkohol besiegt wurde. Leise schnarchend ließ ich sie in ihrem Bett zurück und stellte mich das zweite Mal an diesem Abend unter die Dusche. Miles' Sachen warf ich in die Wäsche. Ich würde nicht unnötig daran festhalten und mich in Verzweiflung stürzen. So war es besser.

Als ich frisch gewaschen in meinem Bett lag, schloss ich mein Handy ans Ladekabel und scrollte ein paar Minuten durch Instagram. Um kurz vor Mitternacht schickte mir Miles eine Nachricht.

Mein Herz trommelte in meiner Brust. Ich fürchtete mich davor, die Nachricht zu öffnen, aber nicht zu wissen, was er mir geschrieben hatte, machte mich noch nervöser. Also öffnete ich sie.

Zuerst sah ich meine eigene Nachricht, die ich ihm an meinem Geburtstag geschickt hatte.

> **Shiloh:** Ähm, hey.

Gott, wie peinlich.

Seine Nachricht bestand lediglich aus einem Wort.

> **Miles:** Sorry.

Was sollte mir dieses eine Wort sagen? Entschuldigte er sich dafür, dass er meine Nachricht erst jetzt gesehen hatte? Dass Melissa einfach so aufgetaucht war? Oder dafür, dass er erneut mit ihr zusammengekommen war? Oder …

> **Shiloh:** Alles okay.

Klar, meine Antwort hätte eloquenter ausfallen können, doch ich war froh, dass mir überhaupt so schnell etwas Unverfängliches in den Sinn gekommen war. Genau genommen, log ich nicht mal. Es *war* alles okay. Mir ging es gut. Ich war mit mir selbst im Reinen und würde seiner Romanze nicht im Weg stehen.

Auch wenn ich öfter, als mir lieb war, an den Moment zurückdenken musste, als sich unsere Knie berührt hatten. Die Möglichkeiten, die ich in meinem Kopf durchspielte, waren nicht gesund. Gleichzeitig spürte ich Ärger in mir aufwallen darüber, dass Miles mich nicht zurückgehalten hatte. Dass mein Platz in seinem Leben so schnell wieder von Melissa in Anspruch genommen werden konnte.

Trotz der widerstreitenden Gefühle konnte ich irgendwann einschlafen. Überraschenderweise ganz ohne Albträume.

Dieses Mal erwartete mich Miles nicht, als ich um kurz vor acht die Detektei betrat. Ich hatte mir heute Morgen Zeit gelassen, mich mehrmals umentschieden, was ich anziehen sollte, und war noch einmal in die Wohnung zurückgekehrt, weil ich meine Tasche vergessen hatte, und war trotzdem vor ihm da.

Selbst Mr Goldbloom war nicht in seinem Büro. Nach einem kurzen Check seines Terminplans fand ich heraus, dass er einen auswärtigen Termin hatte. Nervös lief ich von einer Ecke in die andere, machte vor dem Spiegel im Wartebereich halt und zupfte an meinem schwarzen Fransenshirt. Es reichte gerade bis zu meinem Bauchnabel, ein kleiner Streifen Haut war zu sehen zwischen Top und schwarzer Hotpants. Dazu hatte ich mich für Kniestrümpfe aus schwarzem Nylon und für Stiefel entschieden. Schwarz wie meine Stimmung. Viel passender als es meine erste Wahl gewesen wäre – ein blassgrünes Sommerkleid.

Mein Haar hatte ich wieder zu einem Dutt zusammengebunden, damit ich nicht im Nacken schwitzte. Heute Morgen hatte ich mir sogar die Mühe gemacht, Schmuck anzuziehen. Zierliche goldene Ohrstecker und eine dazu passende Kette mit einer ebenfalls goldenen Blume als Anhänger. Nur zum Make-up hatte ich nicht gegriffen. Zu viel Aufwand dafür, dass ich letztlich doch nicht mit dem Ergebnis zufrieden wäre.

Ich setzte mich wieder zurück an die Theke und sortierte ein paar bezahlte Rechnungen. Überprüfte die Kontostände und verbuchte die jeweiligen Zahlungseingänge, damit ich nicht in Rückstand geriet. Vielleicht war ich ein Tollpatsch auf zwei Beinen, und vielleicht konnte ich keine Akten ordnungsgemäß stapeln, aber immerhin machte ich keine Fehler bei den Kostenrechnungen.

Es verging eine Stunde, ehe sich Miles blicken ließ. Mr Goldbloom war immer noch bei seinem Termin, sodass ihm nicht auffallen konnte, dass sein neuer Mitarbeiter bereits am dritten Arbeitstag zu spät kam.

Er wirkte nicht mal zerknirscht oder entschuldigend, als er hereinplatzte. Ein Lächeln auf den Lippen, das Glitzern in seinen Augen. Hatte er den gestrigen Abend noch mit Melissa ausklingen lassen? War er deshalb zu spät?

Ich hasste mich selbst dafür, aber ich konnte nicht damit aufhören, mir vorzustellen, wie er seine Ex in den Armen hielt, ihr Worte ins Ohr flüsterte, die er mir gesagt hatte. Wie er sie berührte und küsste und …

»Erde an Shiloh!« Er wedelte mit einer Hand vor meinem Gesicht herum.

Ich achtete penibel darauf, mir nichts anmerken zu lassen. Möglichst desinteressiert richtete ich meinen Blick von den Zahlen auf den Bildschirm und dann auf ihn. Er war so gut gelaunt, dass die Freude aus jeder seiner Poren zu strahlen schien.

»Du bist zu spät«, rügte ich ihn. »Ich weiß, du erkennst meine Autorität nicht an, aber ich werde Mr Goldbloom davon berichten müssen.«

Er öffnete den Mund und schloss ihn wieder. Ich hatte ihn mit meinem Verhalten kalt erwischt. Warum hatte ich ihn plötzlich bestrafen wollen? Noch gestern Nacht hatte ich mir die Erlaubnis erteilt, eine Freundschaft zwischen uns zuzulassen. Jetzt stand mir die Eifersucht wie ein grünes Monster im Weg, und ich konnte nicht dagegen ankämpfen.

»Ist es wegen gestern?«

»Was?«

»Deine Kälte. Es ist wie im tiefsten Winter hier drin.« Er machte eine umfassende Geste.

»Du bist zu spät, nichts weiter«, log ich und wandte mich wieder dem Bildschirm zu. »Ich weiß, das Konzept mag dir fremd erscheinen, aber wer berufstätig ist, kann sich seinen Arbeitsbeginn normalerweise nicht aussuchen. Und wenn doch, dann wäre eine Nachricht an die Kollegin und den Vorgesetzten wünschenswert.«

»Ich habe einen guten Grund.« Unbeirrt ging er um die Theke herum und setzte sich breitbeinig auf den Stuhl, den er sich am Montag aus dem Archiv geholt hatte. Auch wenn ich ihn lediglich aus den Augenwinkeln sah, spürte ich seinen durchdringenden Blick auf mir.

»Wurdest du wieder angefahren?«

»Nein.« Perplex blinzelte er.

»Hast du jemanden gerettet, der beinahe angefahren worden wäre?«

»Nein, aber …«

»Bist du die Treppe runtergefallen und konntest dich kurzzeitig nicht daran erinnern, wer du bist und wo du sein musst?«

»Shiloh!«

Ich blinzelte. Es war das erste Mal, dass er mich mit dieser Art von Nachdruck ansprach.

»Ich bin hier. Du brauchst nicht so laut zu werden.« Ich fing endlich seinen Blick auf und musste schlucken, als ich die Verärgerung darin wahrnahm.

»Würdest du mir bitte kurz zuhören? Danach kannst du deine Standpauke fortsetzen.« Er atmete laut aus, als wäre ich ein anstrengendes Kind.

»Das war keine …« Ich klappte den Mund zu. Seine hochgezogenen Brauen sprachen eine eigene Sprache. »Ich bin ganz Ohr.«

Das Grinsen samt Grübchen kehrte zurück. God, manchmal war es so einfach, ihn glücklich zu machen. »Ich bin einem Hinweis nachgegangen. In der Nacht habe ich mir noch einmal die Fotos angesehen, und da ist mir aufgefallen, dass Susan ein Salzwasseraquarium besitzt oder besessen hat. Das war mir vorher nicht klar. Ich meine, es sah aus wie jedes andere Aquarium auch, aber die Fische darin wirkten auf mich besonders. Also habe ich sie gegoogelt und in ein paar Foren nachgefragt. Und voilà – die Fische gibt es eigentlich nur in den Malediven. Oder in ganz wenigen Züchtungen. Langschnauzen-Büschelbarsche!«

»Langschnauzen- was?«

»Langschnauzen-Büschelbarsche! Wir müssen nur herausfinden, welche Züchter es im Raum New York gibt. Vielleicht haben wir Glück.«

Susan. Eddy. Langschnauzen-was-auch-immer. Ich hatte Probleme damit, ihm zu folgen. Zu sehr war ich von der Begeisterung abgelenkt, die seine Gesichtszüge so lebendig wirken ließ. Wie bei einem kleinen Jungen, der das erste Mal einen Regenbogen gesehen hatte und sich nun auf die Suche nach dem Topf mit Gold begeben wollte.

Seufzend drehte ich mich auf dem Stuhl wieder herum.

»Freust du dich nicht?«

»Erstens: Eddy zu helfen, war von Anfang an deine Idee, und mit Freude hat das bei mir wenig zu tun«, sagte ich möglichst ruhig. Gleichzeitig hämmerte ich wütend auf die Tastatur ein, weil sie nicht so wollte wie ich. »Zweitens: Ich weiß schon, wohin wir nach der Arbeit gehen, und ich hasse mich selbst dafür.«

Er rückte auf seinem Stuhl näher. Sein Geruch, der auch in seiner Kleidung gewesen war, umhüllte mich. Ich durfte bloß meine Emotionen nicht zulassen, dann wäre alles in Ordnung.

»Ins New York Aquarium. Bronwyn arbeitet dort. Sie kennt vielleicht ein paar Züchter, die diese Art von Fisch verkaufen«, erklärte ich wider besseres Wissen.

»Bronwyn ist auf meiner Coolheits-Skala gerade weit nach oben gerückt. Ich kenne niemanden, der einen so krassen Job hat wie sie«, warf Miles ein.

Ich strengte mich an, nicht zusammenzuzucken. Natürlich, was hatte ich gedacht? Dass er mein Mathematikstudium oder meinen Job in der Detektei spannend fand? Wohl kaum. Ich fand beides ja nicht mal selbst unterhaltsam.

»Bis dahin gibt es hier allerdings noch was zu tun. Mach dich nützlich oder sei still.«

Er stand auf. Ich dachte schon, er würde sich ins Archiv begeben, doch stattdessen spürte ich plötzlich seine Arme von hinten um mich. Seine Wange lag auf meinem Kopf.

»Danke.«

Bevor ich wusste, was geschehen war, hatte er mich wieder losgelassen.

Vor sich hin pfeifend machte er sich an der Kaffeemaschine zu schaffen. Mit meinem laut pochenden Herzen ließ er mich allein.

# • KAPITEL 17 •

*losing hope*

Es war kurz nach zwölf, als Miles und ich uns auf den Weg machten, um erst eine Rechnung einzuwerfen und dann zum Aquarium zu fahren. Es war das dritte Mal in drei Tagen, dass wir nach der Arbeit noch was unternahmen, und wenn ich morgen nicht allein nach Hause ging, würde es sich schnell wie eine neue Gewohnheit anfühlen.

Das müsste ich unter allen Umständen vermeiden. Freundschaft war okay, nachdem ich sie mir nun erlaubt hatte. Mit Freundschaft würde ich irgendwie klarkommen, aber ich dürfte mich nicht an Miles' ständige Anwesenheit gewöhnen.

Wie um mich selbst zu bestrafen, fragte ich ihn in der Metro nach Melissa. Ich konnte meine Neugier nicht länger zügeln, und sein ominöses *Sorry* von letzter Nacht war Antrieb genug. Ich überzeugte mich selbst, dass es ganz natürlich war, als normale Freundin nach dem Beziehungsstatus zu fragen.

Wir saßen nebeneinander, die Metro war relativ leer. Im Gang standen ein paar Fahrgäste, obwohl genug freie Sitzplätze vorhanden waren. Miles tippte mit den Sohlen aufs Linoleum. Er ließ sich mit seiner Antwort ungewöhnlich lange Zeit.

»Ihr Auftauchen tut mir leid, Shiloh«, sagte er, nachdem wir an einer weiteren Station vorbeigefahren waren. Wir mussten erst zum Grand Central fahren und von dort aus weiter zum Aquarium. Ich hatte mich geweigert, erneut ein teures Taxi zu bezahlen und wollte nicht von ihm ausgehalten werden, nur weil Miles in Murray Hill die Rechnung für Mr Goldbloom abzugeben hatte. Nachdem der Klient bisher nicht bezahlt hatte, sollten wir sie persönlich in den Briefkasten werfen. Ich hätte es lieber gehabt, wenn er das während seiner eigenen Zeit erledigt hätte, konnte aber nicht Nein sagen. »Ich habe unseren Tag bis dahin echt genossen.«

»Ich auch«, gab ich zu, ohne dass ich es vorgehabt hätte. Was war los mit mir?

*Reiß dich zusammen.*

Miles bemerkte meine erhitzten Wangen nicht, da er immer noch auf den Boden starrte. Seine Mundwinkel zuckten leicht. Trotzdem wirkte er traurig.

»Ich hätte dich aufhalten sollen, aber ich wusste nicht … Ich war überfordert. Fuck. Und ich konnte Melissa nicht rauswerfen. Ich wollte sie nicht vor den Kopf stoßen.« Er fuhr sich durchs Haar.

Als er nichts mehr hinzufügte, kämpfte ich mit mir selbst. Meine Lippen fühlten sich trocken an. Die Nervosität war ein Biest, das mich ständig in Miles' Anwesenheit zu überfallen schien.

»Will sie dich zurück?« Meine Stimme klang so fiepsend. Klein. Schwach.

»Vielleicht«, antwortete er ausweichend.

Dieses Mal konnte ich mit Mühe die Frage zurückhalten, ob auch er sie zurückwollte. Ich hatte die Spitze meiner Neugier befriedigt, und der Rest musste nun von allein versiegen.

Als wir durch die riesige Eingangshalle des Grand Central

gingen, überkam mich ein ganz eigenartiges Gefühl. Vor ziemlich genau einem Jahr war ich hier ausgestiegen und hatte mein neues Leben begonnen. Die gelblichen Säulen, der ausgeblichene grünblaue Deckenhimmel mit den goldenen Sternenkonstellationen. Ich hatte den Bahnhof damals nicht zum ersten Mal gesehen, doch es war ein Besuch voller Bedeutung gewesen.

Ich hatte mich gefühlt, als könnte ich alles erreichen. Die Angst, die mir eben noch das Schlucken erschwerte, war in den Hintergrund gerückt. Mehrere Minuten lang stand ich einfach inmitten der geschäftigen Station und blickte nach oben. Die Sternenkonstellationen hatten mich damals vollkommen eingenommen. Mir neues Leben eingehaucht.

Heute traute ich mich nicht, sie direkt anzusehen, weil ich mich schämte. Für das, was aus meiner Hoffnung geworden war. Aus meinen Träumen.

Ich war längst nicht da, wo ich sein wollte. Ich kannte mich immer noch nicht selbst. Die Angst, die für einen Tag verschwunden war, hatte mir gleich darauf wieder aufgelauert. Seitdem war sie meine ständige Begleiterin. Hin und wieder kam ich mir mutig und zeitweise auch waghalsig vor. Dabei war ich in der Rückschau Welten davon entfernt, eins von beidem zu sein. Hatte sich nicht lediglich mein Wohnort geändert? Im Inneren fühlte ich mich immer noch gefangen.

Da ich tief in Gedanken versunken war, achtete ich nicht auf den Weg. Glücklicherweise hatte Miles die Züge im Blick behalten. Da er wieder ein funktionstüchtiges Handy besaß, nachdem sein vorheriges bei dem Umfall zerstört worden war, konnte er sich problemlos zurechtfinden. Schon bald saßen wir im Zug, der uns in den Süden der Stadt bringen würde.

Wir brauchten fast eine Stunde zur Ocean Parkway und mussten vorher bei Atlantic Avenue-Barclays Center umsteigen. Immerhin klappte das problemlos. Nicht so unsere Unterhaltung.

Seitdem ich mich nach Melissas Besuch erkundigt hatte, schienen wir beide eine Barriere zwischen uns zu spüren. Ich kaute nervös auf meiner Unterlippe herum. Ständig mit dem Mantra im Kopf, dass es gut so war. Melissas Auftauchen hatte mich vor einem Fehler gigantischen Ausmaßes bewahrt.

Mein Handy vibrierte. Miles starrte aus dem Fenster. Wirkte gar nicht anwesend.

> **Troye:** Ruf mich an, Shiloh.

Troye. Als würde ich mich danach sehnen, von ihm kleingeredet zu werden. Gleichzeitig war der Widerstand in mir nicht so groß, wie ich gern gehabt hätte. Aber Troye war immer noch Troye, und ich war immer noch Shiloh. Zwillinge, die fast zwanzig Jahre ihres Lebens miteinander verbracht hatten. Er kannte mich wie niemand sonst, und ich kannte ihn mittlerweile besser als er sich selbst.

Das war auch der Grund dafür, dass ich nicht mehr zurückkehren könnte. Ich wusste, dass er mir nicht das geben konnte, was ich brauchte. Im Herzen war er genauso ambitioniert wie meine Eltern. Für ihn war es das Wichtigste, zu glänzen, aufzusteigen, Karriere zu machen und anerkannt zu werden. Gesundheit, persönliches Glück, Freiheit waren in kleinen Boxen verstaut, die er hin und wieder rausholte, damit er mental und körperlich fit genug war, um weiterzuarbeiten. Auch ich war so gewesen. Auch ich hatte auf diese Weise gelebt und es für richtig erachtet.

Schließlich erreichten wir Ocean Avenue und stiegen aus in die brütende Hitze. Ich hatte mich schon zu sehr an das klimatisierte Innere des Zuges gewöhnt.

Miles streckte ausgiebig seine Arme und Beine, als wir auf der Plattform standen. Da er sein Handy weggesteckt hatte, übernahm nun ich die Führung.

Immerhin war ich bereits einmal hier gewesen, als ich Bronwyn abgeholt hatte. Ich wusste, dass sie heute trotz Kater zur Arbeit gegangen war, und hoffte, dass sie halbwegs ansprechbar war, um uns zu helfen. Und wenn nicht, dann konnte uns vielleicht eine ihrer Kolleginnen helfen.

Nachdem ich uns erfolgreich zum Aquarium navigiert hatte, bezahlten wir am Eingang für die Tickets und gingen dann direkt in den Innenbereich. Hier endete meine Kompetenz, aber wir hatten einen Plan erhalten, in dem sämtliche Becken eingezeichnet waren. Auf der ersten Seite war der Außenbereich als Illustration abgebildet. Hier befanden sich das Aquatheater, der Bereich für Seelöwen und der für Otter sowie die Pinguine. Ich wusste jedoch aus Bronwyns Gesprächen mit Nick, dass sie im Glovers-Reef-Bereich arbeitete. Der Teil mit dem riesigen Becken, in dem sich die schönsten Fische tummelten. Zumindest hatte das meine Internetrecherche ergeben.

Die Temperatur senkte sich schlagartig, sobald wir den Innenbereich betraten und durch den langen Gang schritten, der mitten unter einem riesigen Wassertank hindurchführte.

Fasziniert blieb ich irgendwann stehen und sah mich um.

Ich kannte mich nicht mit Fischen und Meerestieren aus, aber ich konnte ihre Schönheit anerkennen. Die leuchtenden Schuppen, die sich wiegenden Pflanzen und die gefährlich aussehenden Fische, die über uns hinwegglitten, als würden wir in ihrer Welt nicht existieren.

»Ist es«, antwortete mir Miles mit einem bedeutsamen Unterton.

Unbewusst musste ich meine Bewunderung laut ausgesprochen und die Schönheit gelobt haben. Als ich meinen Blick wieder senkte, fing ich den seinen auf. Er hatte sich nicht umgesehen. Seine grauen Augen waren einzig auf mich gerichtet in diesem blau schimmernden Universum, das ganz uns gehörte.

Keine anderen Besucherinnen und Besucher hielten sich in unserer Nähe auf.

Miles stand nur einen Meter von mir entfernt. Ich müsste lediglich meine Hand ausstrecken und könnte ihn zu mir ziehen. Was würde er tun, wenn sich meine Finger in sein dunkelblaues Led-Zeppelin-T-Shirt krallten?

Würde er sofort versuchen, sie zu lösen? Würde er den Blick abwenden? Würde er meinen Namen sagen, als wäre er eine Warnung?

Es kam nicht dazu. Er ließ mir keine Zeit. Schon machte er zwei Schritte auf mich zu und ragte über mir auf. Die zehn Zentimeter, die er größer war als ich, wirkten auf diese kurze Distanz vervielfacht. Wir atmeten beide schwer. Schwerer noch ab der Sekunde, als er mit seiner Hand über meinen nackten Unterarm strich. Sie fühlte sich warm an. Mich überkam dennoch ein Schauer.

»Du hast gefragt, ob Melissa mich zurückwill«, sagte er leise. Von irgendwoher hörte ich Kindergeschrei und eine Erwachsene, die sie zurechtwies. »Aber du hast nicht gefragt, ob ich sie zurückmöchte. Warum nicht?«

Ich musste mehrmals schlucken. Meine Kehle fühlte sich unsagbar trocken an. Wenn Miles mich auf diese Weise ansah, als wäre ich das Zentrum seiner Existenz, konnte ich alles vergessen. Am schlimmsten war, dass ich mich selbst vergessen konnte.

»Weil es mich nichts angeht.«

Er beugte sich vor. Seine Lippen streiften mein linkes Ohr. Auch seine andere Hand strich nun über meinen Arm. Er hielt sich an mir fest. Oder hielt ich mich an ihm fest?

»Und wenn ich will, dass es dich etwas angeht?«

Meine Knie waren wie aus Gummi. Es hätte nicht viel gefehlt, und ich wäre hier und jetzt zusammengesackt. Mein Herz schlug mir bis zum Hals.

Bevor ich etwas darauf erwidern konnte, zog er sich wieder ein Stück zurück, damit er mir in die Augen sehen konnte. Warum waren seine nur so schön? Eigentlich hellgrau fingen sie nun das Blau des Wassers auf. Das Leuchten des künstlichen Meeres. Und auch mich fingen sie auf.

Er wartete eine Sekunde ab. Als ich mich nicht aus seiner Umarmung wand und keine neuen Mauern errichtete, schloss er die Lider und küsste mich.

Bittersüß.

Sanft.

Und dann fester. Wie sein Griff um meine Arme.

Ich wollte mehr. Zog ihn zu mir. Doch er löste sich von mir. Ein Grübchen erschien. Aber nicht auf eine überhebliche Weise. Nicht weil er sich über meine Reaktion lustig machte, sondern … weil er glücklich war.

»Na komm«, raunte er und nahm meine Hand in seine. »Wo finden wir Bronwyn?«

Wie in Trance ließ ich mich von hier wegführen. Von dem magischen Ort, an dem ich einen magischen Kuss erhalten hatte. Es war ein Versprechen von Miles gewesen. Eine Klarstellung, dass er und Melissa Geschichte waren und wir … die Zukunft? Die Gegenwart?

Er hatte das Fass geöffnet, das ich gestern Nacht noch in mühsamer Handarbeit geschlossen hatte. Ich hatte mir eingeredet, dass Freundschaft zwischen uns existieren könnte, aber nichts anderes. Weil ich den Gefühlen nicht traute, die er in mir auslöste. Doch es waren Gefühle, die einzig das Mehr zuließen. Das Weniger würde mich in die Verzweiflung treiben.

Der Kuss …

Ich blickte Miles' Hinterkopf an, da er mir einen Schritt vorausging. Es war mir nicht möglich, zu ihm aufzuschließen. Noch war ich nicht bereit, ihn anzusehen und mich seiner Wahrheit zu stellen. Ich fürchtete mich so schrecklich davor, loszulassen und ihm zu erlauben, mich ganz zu nehmen.

War es das, was man Liebe nannte? Vertrauen? Warum war das bloß so beängstigend?

Wir fanden Bronwyn in Taucherausrüstung in einem Becken. Sie winkte uns durch die Scheibe zu, nachdem sie mich erkannt hatte. Dann machte sie eine Kusshand in Richtung Miles, ehe sie an die Oberfläche schwamm. Ich nahm an, sie würde sich umziehen, damit wir sprechen konnten.

Immerhin ging es ihr gut genug, um in einem Becken voller Haie zu tauchen.

Miles und ich warteten schweigend auf einer Bank. Er hatte meine Hand bisher nicht losgelassen, und auch ich machte keine Anstalten, unsere Hände zu lösen. Auch nicht, als Bronwyn wenig später zu uns stieß. Ihr geschärfter Blick hatte diese Kleinigkeit natürlich sofort wahrgenommen, und da wir nun so etwas wie Freundinnen waren, würde ich schon bald in Erklärungsnot geraten. Bis dahin genoss ich einfach den Moment.

Ich hatte es satt, mir ständig von meinen eigenen negativen Gedanken die Freude vermiesen zu lassen. Miles hatte mich geküsst. Er hatte meine Hand genommen. Er mochte mich. Das reichte fürs Erste.

Bronwyn trug immer noch ihren schwarzen Tauchanzug, der obere Teil hing mit den Ärmeln von ihrer Hüfte, dazu hatte sie sich pinke Schlappen angezogen. Obenrum trug sie nur ein Bikinioberteil. Ihr Haar war noch feucht.

»Wir haben uns noch nicht kennengelernt, oder? Ich bin Bronwyn Halfers, Aquaristin.«

Miles reichte ihr die rechte, freie Hand. »Freut mich, dich kennenzulernen, Bronwyn. Ich bin Miles Allerton.«

Ihre ohnehin riesigen Augen wurden noch riesiger. »Allerton, wie in die medizinische Elite Allerton?«

»Wir sind nicht alle Mediziner«, stellte er mit einem Schmunzeln klar.

»Aber deine Eltern und zwei deiner Geschwister. Ich habe so viel von ihnen gelesen. Wow. Ich wusste gar nicht, dass ihr euch kennt. Shiloh! Welche prominenten Freunde hast du noch, die du vor mir verheimlichst?«

»Habe ich dir gestern aufgezählt. Kannst du dich nicht mehr erinnern?«, scherzte ich.

O Gott. Ich *scherzte*? Seit wann das?

Auch Bronwyn schien für einen Moment überrascht, ehe sie nicht mehr an sich halten konnte und loslachte.

»Was hab ich verpasst?« Miles sah von ihr zu mir.

Bronwyn hielt sich den Bauch. Tränen rannen aus ihren Augenwinkeln. »Ich war gestern sturzbesoffen. Also hab ich alles, was Shiloh gesagt hat, längst vergessen. Wahrscheinlich hat sie mir ihre schlimmsten Geheimnisse anvertraut, und ich weiß nichts mehr. Trotzdem, best friends forever!«

*Best friends forever* … Offenbar hatte sie nicht alles vergessen, was wir miteinander besprochen hatten. Darüber war ich tatsächlich froh.

»Du hast dich vor einem Arbeitstag betrunken? Mutig«, kommentierte Miles trocken.

»Dass du plötzlich weißt, was sich als Arbeitnehmer gehört und was nicht, überrascht mich jetzt«, grummelte ich.

Grinsend hob er unsere Hände und hauchte einen Kuss auf meinen Handrücken. »Weißt du's noch nicht, Shi? Ich zieh dich gern auf.«

Bronwyn deutete mit einem Finger abwechselnd auf uns. Ihr blieb die Spucke weg. Unartikulierte Laute verließen ihren Mund.

Ich nahm es ihr nicht übel. Auch mir waren sämtliche Worte abhandengekommen. Miles hatte die Grenze, die ich mühsam gezogen hatte, innerhalb weniger Minuten verwischt. Meine Selbstbeherrschung war vorher schon kaum existent gewesen, und jetzt konnte ich sie nicht mal mehr finden.

Möglicherweise wollte ich sie auch nicht finden.

»Jedenfalls«, sagte ich betont, als mein Sprachzentrum wieder funktionierte. »Wir wollten dich etwas zu Züchtern besonderer Fische fragen. Kennst du dich damit aus?« An Miles gewandt sagte ich: »Zeig ihr das Foto.«

Leider ließ er mich los.

Bronwyn nahm nach einem vieldeutigen Blick in meine Richtung das Handy entgegen und zoomte ans Foto heran.

»Oh, das sind Langschnauzen-Büschelbarsche!«, rief sie aus. »Es ist gar nicht so einfach für eine Privatperson, da dranzukommen.«

»Warum nicht?«

»Sie sind sehr kompliziert in der Haltung, und Züchter sind zögerlich, was ihre Käufer angeht.« Bronwyn gab das Handy zurück. »Ich nehme an, die Frau auf dem Bild hat sie gekauft?«

»Davon gehen wir aus«, sagte Miles grinsend. »Susan Wrenxton. Allerdings lebt sie höchstwahrscheinlich unter einem anderen Namen.«

»Okay, wenn du mir das Foto zuschickst, werde ich mich bei meinen Kontakten nach ihr erkundigen. Shiloh hat meine Nummer.« Sie zögerte. »Ist es für deinen Job? In der Detektei?«

»*Unseren* Job«, sagte Miles stolz.

Ich verdrehte die Augen. »Ist es.«

»Moment. Warte. Ihr arbeitet zusammen? Der Sohn des berühmten Onkologenpaares arbeitet in einer Detektei in Brooklyn?«

»Unglücklicherweise, ja«, bestätigte ich. »Danke für deine Hilfe, Bronwyn. Wir sehen uns später.«

»Hey, sollen wir heute Abend nicht zusammen essen gehen? Ich muss noch ein paar Stunden arbeiten, aber …«

»Sorry, muss zum College.« Ich wollte Miles packen und mit ihm verschwinden, bevor ich die Kontrolle über die Situation verlor. Käme ich damit klar, wenn zwei Welten meines Lebens in Form von Bronwyn und Miles aufeinanderprallten?

»Wie wär's mit morgen dann? Bitte, bitte!« Sie machte einen Schmollmund.

»Bitte, bitte«, wiederholte Miles genauso zuckersüß und bescherte mir schon Zahnschmerzen.

»Wir können auch in der WG bleiben. Ich will Miles besser kennenlernen!«

»Und ich will Bronwyn besser kennenlernen.«

Offenbar zählte es nicht, was ich wollte, denn ich war überstimmt.

»Okay. Morgen Abend.« Ich gab mich geschlagen. Bis morgen Abend waren es noch mehr als vierundzwanzig Stunden. Währenddessen konnte viel passieren. Miles könnte sich beispielsweise daran erinnern, dass es öde war, mit mir abzuhängen.

Ich atmete erst wieder ungehindert durch, als wir den Innenbereich verlassen hatten. Bronwyn hatte zurück an die Arbeit gehen müssen und wir … Wir konnten erst mal nichts weiter tun, als abzuwarten, bis sie an Informationen käme. Ehrlich gesagt konnte ich nicht sagen, ob ich wollte oder nicht, dass sie etwas herausfand.

Das Schicksal von Eddy und Susan berührte mich nicht allzu sehr, aber Miles war gefühlsmäßig betroffen, auch wenn ich den Grund dafür nicht verstand. Vielleicht fehlte mir einfach die Empathie. Ich half bloß, weil es ihn glücklich zu machen schien.

Mein Handy vibrierte. Penetrant. Jemand rief mich an.

Es gab nicht viele, die meine Nummer hatten, und noch weniger, die mich anrufen würden. Eigentlich nur eine Person.

Sofort sank mir das Herz in die Hose.

Miles sah mich fragend an. Ich konnte seinen Blick nicht erwidern, nachdem ich Troyes Namen auf dem Display erkannte. Allein die Buchstaben schienen bereits die Ungeduld meines Bruders auszusenden.

Seufzend nahm ich den Anruf entgegen.

»Ich bin in New York.« Das waren Troyes erste Worte, und sie trafen mich vollkommen unerwartet.

Jedes Mal, wenn ich dachte, jetzt wäre ich bereit, mich seiner Verurteilung zu stellen, überraschte er mich mit etwas Neuem. Er verunsicherte mich zunehmend.

»*New York* New York?«, wiederholte ich, als hätte ich ihn nicht verstanden.

»Freiheitsstatuen-New-York«, antwortete er.

»Was machst du hier?« Ich war stehen geblieben. Das Eingangstor ragte über uns auf. Nur wenige Schritte trennten mich von der realen Welt. Hier im Aquarium war die Realität einem Märchen gleichgekommen.

Miles, der wie ein edler Ritter nicht von meiner Seite gewichen war.

Bronwyn, die mir als holde Maid ihre Unterstützung zugesichert hatte.

Und das Aquarium als mein Königinnenreich.

All das zerfiel vor meinen Augen zu Staub.

»Wenn du nicht zu mir kommst, komm ich zu dir, Sis. Wo sollen wir uns treffen?«

Die Welt drehte sich. »Jetzt?«

»Dein College fängt erst in ein paar Stunden an, oder nicht? Ich bin gerade im Brooklyn Bridge Park. Am Ufer.«

»Ich …«

»Komm schon, Sis. Hast du mich gar nicht vermisst?« Doch. Sehr sogar. Er war mein Bruder. Mein Seelenverwandter für fast zwei Jahrzehnte. Ich vermisste ihn jeden Tag.

»Okay. Ich bin in einer Stunde da.«

»Ich warte hier. Ruf ruhig an, falls du mich nicht sofort siehst.«

»Bis gleich.« Er hatte in seinem Eifer schon aufgelegt. Fassungslos starrte ich das erloschene Display an.

Was war da gerade geschehen?

»Shiloh? Geht's dir gut? Du siehst aus, als hättest du mit einem Geist telefoniert.«

Das hätte ich lieber getan.

»Troye, mein Bruder. Er will sich mit mir treffen.«

»Jetzt?« Ich nickte. »Wo?«

»Brooklyn Bridge Park.« Meine Stimme klang hohl. Gar nicht wie ich selbst.

»Soll ich dich begleiten?«

Entweder die Frage selbst oder die Ernsthaftigkeit dahinter weckten mich aus der Starre, in der ich mich befunden hatte, seit ich den Anruf entgegengenommen hatte. Blinzelnd sah ich auf. Miles wirkte weder ungeduldig noch genervt. Für ihn war es selbstverständlich, bei mir zu bleiben.

Die Gefühle in mir für ihn nahmen ein anderes Ausmaß an.

»Das würdest du tun?«

Er legte eine Hand auf sein Herz. »Autsch. Ich versuche, nicht verletzt davon zu sein, dass du so ungläubig klingst.«

»Es ist nicht … Damit meinte ich nicht …« Ich räusperte mich. »Ich will dir nichts schuldig sein.« Nicht das, was ich ursprünglich hatte sagen wollen, aber gut genug.

Scheinbar nicht für Miles. Seine Miene verschloss sich.

»Keine Sorge. Ist ein normaler Freundschaftsdienst.«

»Okay. Gut. Dann sollten wir besser …«

Der Märchenschleier war schon zehn Meter vor dem Ausgang gehoben worden, trotzdem fühlte es sich endgültig an, als ich das New York Aquarium nun hinter mir ließ. Plötzlich wollte ich einfach nur losheulen. Wie ein Kleinkind, das im Vergnügungspark allein gelassen worden war und dann auch noch die Zuckerwatte fallen gelassen hatte.

Doch würde ich einmal anfangen, zu weinen, könnte ich nicht mehr rechtzeitig vor meinem Treffen mit Troye aufhören.

Mein Rettungsring war Miles. Auch wenn er meine Geschichte und meinen Hintergrund nicht kannte, war er klug und geistesgegenwärtig. Er würde jedes angespannte Schweigen zwischen Troye und mir überbrücken können. Daran hielt ich mich fest.

Wir erwischten gerade so den nächsten Zug zur York Street in Brooklyn. Von dort aus war es nur ein Katzensprung zum Brooklyn Bridge Park.

Es war bereits früher Nachmittag, als wir den grünen Park erreichten, der sich am Ufer des East River ausbreitete. Ich war schon ein paar Mal hier gewesen. Meistens hatte ich mich auf eine Bank oder auf die Steintreppe gesetzt und die Menschen, die auf dem satten Grün picknickten, beobachtet.

Heute hielt ich Ausschau nach einer ganz bestimmten Person. Es dauerte nicht lange, bis ich sie im Schatten der Brooklyn Bridge stehen sah. Bloß …

… Troye war nicht allein.

Er hatte mich bereits erkannt und winkte mir knapp zu. Hätte er mich nicht gesehen, wäre ich davongerannt. Stattdessen blieb ich wie angewurzelt stehen.

Miles hatte mein Halten erst bemerkt, nachdem er ein paar Schritte weitergegangen war. Fragend sah er zwischen uns hin und her.

»Meine Eltern«, presste ich hervor. »Das sind meine Eltern.«

## • KAPITEL 18 •

### *our contrast*

Troye und ich waren eine exakte Mischung meiner Eltern. Mom hatte uns ihr karamellbraunes Haar vererbt, Dad die dunkelgrauen Augen. Mom war kleiner als ich, Dad ein Stück größer als Troye. Wir waren allesamt schlank und besaßen kaum Rundungen. Einzig Dad hatte mittlerweile einen kleinen Bauch, der sich unter seinem gestreiften Hemd abzeichnete.

Mom und er trugen wenig überraschend Kleidung, die man eher in einem Büro erwartete als in einem Park. Grau und blau.

Einzig Troye hatte sich für ein schwarzes Poloshirt und Leinenhosen entschieden. Er war erwachsen geworden. In dem einen Jahr, in dem wir uns nicht gesehen hatten, hatte er an Ernsthaftigkeit noch dazugewonnen.

Ich kam mir plötzlich in meinem schwarzen Outfit unzulänglich vor, obwohl ich meinen Stil liebte. Damit drückte ich das aus, was ich nicht in Worte kleiden konnte. Aber ein Blick von Mom, die ihre Nase krauszog, zeigte mir, dass die Nachricht entweder nicht ankam oder sie sie nicht wertzuschätzen wusste.

Sie hasste alles daran. Meine Hotpants, mein Crop-Top, meine Boots und meine Kniestrümpfe. Wahrscheinlich hasste sie auch den Pony, den ich mir an meinem zweiten Tag in New York hatte schneiden lassen.

Missmutig presste sie die Lippen zusammen.

Anders als ich waren sie nicht an Ort und Stelle festgefroren. Gemeinsam näherten sie sich uns. Miles kehrte an meine Seite zurück. Ich brauchte ihn als mentale Stütze, wenn ich nicht den Verstand verlieren wollte.

Gott, warum konnte ich mich nicht einfach umdrehen und fliehen?

»Du hast uns warten lassen, Shiloh«, sagte Mom. »Wo bist du gewesen? Auf einer dieser Trashpartys?« Miles' Anwesenheit ignorierte sie geflissentlich.

»Was ist eine Trashparty?«, entgegnete ich. Immerhin konnte ich meinen Mund benutzen, wenn schon nicht meine Beine.

»Nicht mit mir, junge Dame«, ermahnte sie mich, als wäre ich sechs Jahre alt. »Du weißt genau, was ich damit meine, und willst mich provozieren.«

Ich schluckte einen Kommentar runter.

»Deswegen sind wir nicht hier«, mischte sich Dad ein. Ich fragte mich, ob er sich direkt von seinem Job bei der Bank auf den Weg nach New York gemacht hatte oder ob er einen ganzen Urlaubstag für mich opferte.

Mom verschränkte ihre Arme. Ich erwischte sie dabei, wie sie Miles einen argwöhnischen Blick zuwarf. Doch ihre Abneigung war noch nicht tief genug, um ihn anzusprechen.

»Sis, es wird Zeit, dass du nach Hause kommst.« Troye legte einen Arm um meine Schultern und zog mich an sich. Dadurch wurde der Abstand zwischen Miles und mir größer. Die Entfernung zu meinem alten Leben geringer.

»Du hast genug rebelliert«, sagte Dad. »Wir werden die nächste Zeit schon sinnvoll überbrücken, und dann tun wir alles, um dir deinen Platz in Princeton zurückzuholen.«

»Die Schulden verkleinern sich nicht von selbst«, erinnerte mich Mom. »Wie kannst du so undankbar sein? All das Geld, das wir in deine Karriere und Ausbildung gesteckt haben … Und sobald es schwierig wird, kehrst du uns den Rücken zu?«

»Wir haben es bisher doch auch immer hinbekommen, Sis. Liegt es daran, dass wir an verschiedenen Unis wären?«

Sie schmetterten mir abwechselnd ihre Argumente entgegen, die immer tiefer zu mir vordrangen. Ich konnte sie nicht abschütteln. Hatte sie drei Millionen Mal gehört und drei Millionen Mal anerkannt.

»Statt dich hier zu prostituieren, solltest du zu uns zurückkehren. Noch ist es nicht zu spät«, sagte Mom harsch. Eine Ader pochte zwischen ihren Brauen. Es war die Ader der Flucht, wie Troye sie getauft hatte. Wenn sie erschien, sollten wir uns in Acht nehmen und im besten Fall versuchen, zu fliehen. Bevor ihr Temperament wie ein Vulkan ausbrach.

»Wirf dein Leben nicht weg, Shiloh«, setzte Dad nach. »Wenn du weitermachst wie bisher, hast du nichts mehr, auf das du stolz sein kannst.«

Ich zitterte am ganzen Körper. Schweiß rann mir den Rücken hinab, als ich mich aus Troyes halbem Klammergriff wand. Miles war wie eine steinerne Säule, an der ich mich mental festhalten konnte. Ich war nicht allein. Auch wenn er schweigsam blieb. Auch wenn er mich den Kampf ausfechten ließ, war er da. Bei mir.

Ich ballte die Fäuste. Es bereitete mir körperliche Schmerzen, allerdings führte kein Weg an dieser Konfrontation vorbei. Ich wusste nicht, wie lange ich dem ständigen Angriff noch standhalten konnte. Irgendwann wäre es einfacher, aufzugeben.

»Hört auf«, flüsterte ich. Meine Stimme zitterte und war viel zu hoch. Ich konnte sie nicht kontrollieren. Mir fehlte die Kraft. Es war ein Fehler gewesen, herzukommen. Ich hatte Troye vertraut, und wieder hatte er mich enttäuscht. Mich in diesen Hinterhalt gelockt.

»Du hast offenbar noch nicht verstanden, dass wir nur dein Wohl im Sinn haben«, setzte Mom nach, als hätte sie mich nicht gehört.

»Ich habe genug verstanden«, gab ich zurück. Meine Fingernägel gruben sich schmerzhaft in meine Handballen. »Ich habe euch aus einem bestimmten Grund nicht gesagt, wo ich wohne. Lasst mich in Ruhe. Hier geht es mir besser.«

»Besser? *Besser?*«, echote Mom. Es war das erste Mal seit der Konfrontation, dass sie ihre Stimme hob. Beinahe schrill klingelte sie in meinen Ohren. »Du gibst dich mit Jungs ab, nimmst wahrscheinlich Drogen und trinkst Alkohol, und dir geht es *besser*? So haben wir dich nicht erzogen!«

»Genau dazu habt ihr mich gemacht«, fauchte ich zurück. Mehr ertrug ich nicht.

Es kostete mich alles, mich umzudrehen. Doch Mom war noch nicht fertig. Sie packte mich am Arm und wirbelte mich zu sich herum. Zu spät bemerkte ich, was sie vorhatte. Ihr Arm war bereits erhoben. Die Hand flach auf mich gerichtet.

Ich schloss die Augen, erwartete einen Schlag, der jedoch nie kam.

»Fassen Sie sie nicht an«, hörte ich Miles gefährlich leise sagen.

Als ich die Augen öffnete, sah ich, dass er das Handgelenk von Mom festhielt. Sie sah ihn erschrocken an. »Sie muss nicht hier stehen und sich Ihre Beleidigungen anhören. Geschweige denn sich schlagen lassen.«

Mom schien die Kraft zu versagen. Als Miles seinen Griff löste, ließ sie ihren Arm sinken.

»Du hast keine Ahnung«, zischte Mom in seine Richtung.

Ich hatte noch nicht gänzlich verarbeitet, was da gerade geschehen war. Trotzdem wusste ich, dass ich von hier verschwinden sollte.

Miles hatte recht. Ich musste mir das hier nicht länger anhören. Es würde mich nicht weiterbringen und auch der Beziehung zwischen meinen Eltern und mir in keiner Weise zuträglich sein.

Niemand hielt mich mehr zurück. Mit ausholenden Schritten stürmte ich davon, in der Hoffnung, vor meiner Vergangenheit davonlaufen zu können. Einer Vergangenheit, die sich einen Platz in meiner Zukunft sichern wollte.

Mir war so schlecht. Gott, mein Magen fühlte sich an wie in einem Waschmaschinenschleuderprogramm.

Ich schaffte es gerade rechtzeitig zu einem Mülleimer, bevor ich mir die Seele aus dem Leib kotzte. Es wallte mit solcher Kraft in mir auf, dass ich mich mit den Händen an den Rand des Eimers klammern musste, sonst wäre ich umgefallen. Mein Magen krampfte und krampfte und krampfte.

Jemand – Miles, es musste Miles sein – strich mein Haar zurück, stützte mich mit einer Hand am Rücken. Er machte beruhigende Laute, die ich durch das Rauschen in meinen Ohren vernehmen konnte.

Irgendwann war mein Magen komplett leer. Leider war ich dadurch so zittrig auf den Beinen, dass mich Miles bis zur nächsten Bank stützen musste.

Ich fürchtete mich davor, von meiner Familie gesehen zu werden. Doch Miles musste meine Angst erkannt haben. Beruhigend strich er mir über den schweißnassen Hals.

»Sie sind schon weg«, sagte er leise. Seine freie Hand schloss sich um meine. »Ist es okay, wenn ich kurz weg bin? Dann besorge ich was zu trinken für dich.«

Ich nickte. »Okay. Geh nur.«

»Es dauert nicht lange.« Er sprach mit mir wie mit einer Blüte, die bei der kleinsten falschen Bewegung verwelken würde. »Mach ruhig die Augen zu.«

Ich gehorchte. Es machte keinen Unterschied. Ich konnte eh nichts wahrnehmen gerade.

Obwohl mein Körper so schwach war, hatte ich immer noch genug Energie, um mich selbst zu schelten. Wie peinlich, so vor Miles zusammengebrochen zu sein, nur weil ich nicht mit der Familienwiedervereinigung im Park gerechnet hatte. Kein Wunder, dass er abhauen wollte. Es hätte mich nicht überrascht, wenn er nicht mehr zurückkäme.

»Hier. Vorsicht.«

Ich sah ihn an. Er war wieder da. Er hatte mich nicht zurückgelassen.

»Shiloh?«

Erst jetzt nahm ich die Wasserflasche wahr, die er bereits für mich geöffnet hatte. Abwartend hielt er sie mir hin. Meine Hände zitterten weiter, doch irgendwie gelang es mir, die Öffnung an meine Lippen zu führen. Ich nahm einen Schluck nach dem anderen und fühlte mich sogleich besser.

Den unangenehmen Geschmack im Mund würde ich erst mit gründlichem Putzen loswerden, doch für den Moment war Wasser genug.

Nachdem ich die Hälfte der Flasche geleert hatte, schraubte Miles sie wieder zu.

»Nicht dass dir wieder schlecht wird«, erklärte er.

»Wie spät ist es?« Wir befanden uns in einem abgeschiedenen Teil des Parks mit ein paar Laubbäumen um uns herum. Ein kühler Wind wehte. Joggerinnen und Jogger liefen auf dem Weg vor uns vorbei.

»Kurz vor fünf.«

»Fuck.« Ich setzte mich abrupt auf. »Ich muss zum College.«

»Bist du sicher, dass es dir gut genug geht?«

»Ich will nicht schwänzen.«

»Es ist kein Schwänzen, wenn es dir schlecht geht.«

»Warum diskutiere ich überhaupt mit dir? Danke für das Wasser.« Ich lief bereits Richtung Ausgang, auch wenn jeder Schritt eine Qual war. Wann hatte ich mich das letzte Mal so schwach gefühlt?

»Warum diskutiere *ich* überhaupt mit *dir*?« Miles war mir gefolgt und hielt mir die Wasserflasche hin. »Ich begleite dich.«

»Du musst nicht … Du hast deine Pflicht als Freund getan. Ich komme klar.« *Als ob* … Es war offensichtlich, dass ich von uns beiden diejenige war, die ihr Leben weniger im Griff hatte.

»Und du weißt so genau, was die Pflichten eines Freundes sind?«

»Ich … Nicht unbedingt, aber …«

»Dann lass mich die Führung übernehmen. Ein Freund hätte dir vielleicht Wasser gebracht, ein *guter* Freund stellt sicher, dass du gut dort ankommst, wo du als Sturkopf unbedingt hinmöchtest.« Sein Grübchen verriet mir bereits, wie sehr er seine Rolle als Held genoss. Ich konnte ihm jedoch nicht ansehen, was er von meinen Eltern und meinem Bruder hielt.

Es war so verdammt demütigend, dass ich ausgerechnet vor dem ersten Typen, den ich wirklich mochte, so die Fassung verloren hatte.

»Okay.«

»Okay? Das war überraschend einfach.«

»Strapaziere dein Glück nicht über«, warnte ich ihn.

Er lächelte bloß und legte einen Arm schützend um meine Schultern. Es fühlte sich anders an als Troyes Umarmung. Während Troye mich damit zu einem Ort hatte bringen wollen, der mich vor Angst lähmte, wollte Miles mich beschützen.

»Wenn du deine Ruhe vor mir brauchst, sag Bescheid«, fügte er nach einem kurzen Moment hinzu.

»Danke.« Ich wendete mein Gesicht beim Sprechen von ihm ab, um ihn nicht mit meinem Atem zu verschrecken. Vielleicht traute ich mich auch nicht, ihn anzusehen, damit er nicht die Gefühle sah, die mir zweifellos ins Gesicht geschrieben standen.

Möglicherweise lag der Grund auch irgendwo dazwischen begraben.

Irgendwie konnte ich mich während der Fahrt und auch im College zusammennehmen. Miles besorgte mir aus einem 7-Eleven Zahnpasta und Zahnbürste, damit ich mich während des Unterrichts zumindest nicht vor mir selbst ekeln musste. Meine Vorlesungen dauerten dreieinhalb Stunden bis halb neun, und Miles wartete bereits auf mich.

Wir redeten nur das Nötigste. Ich rügte ihn nicht dafür, dass er seinen Abend für mich verschwendet hatte. Er blieb bei mir und brachte mich nach Hause. Vor meinem Haus küsste er meine Stirn, dann wartete er, bis ich nach drinnen verschwunden war.

Als ich die Tür zur WG öffnete, war der Moment gekommen. Der Faden riss.

Miles hatte mich bis dahin festhalten können. Jetzt war ich allein. Ich konnte keine Stärke mehr daraus ziehen, dass ich vor jemand anderem das Gesicht wahren musste. Für mich war es wie ein Anker gewesen, der nun wegfiel.

Aus einem Impuls heraus zog ich die Schublade aus der Kommode im Flur auf, in der ich bis dahin jeden Brief meines Vaters ungeöffnet verstaut hatte. Kopflos riss ich die Schublade komplett heraus und nahm sie mit in mein Zimmer, um Bronwyn nicht auf mich aufmerksam zu machen, falls sie zu Hause war. So weit reichte mein Verstand noch.

Doch sobald die Tür meines Zimmers hinter mir ins Schloss fiel, verlor ich auch diesen Teil meines Selbst. Ich setzte mich samt Schublade auf die Feuerleiter vor meinem Fenster, ignorierte die traurig aussehenden Pflanzen, die ich seit Tagen nicht gegossen hatte, und riss einen Brief nach dem anderen auf.

Worte des Unglaubens, Worte der Erpressung, Worte der Verzweiflung schlugen mir entgegen. In der Hoffnung, mich zur Rückkehr zu bewegen.

*Kannst du nicht einsehen, dass du einen Fehler begangen hast?*

*Du musst nur das tun, was du am besten kannst, Tochter.*

*Vergiss nicht, warum du auf dieser Welt bist.*
*Du hast versprochen, deinen Eltern zu gehorchen.*

Und dann, hin und wieder, ein hingeworfenes *Wir lieben und vermissen dich*. Als würde ich ihnen das abkaufen. Als wäre ich so leicht von meinem Pfad abzubringen.

Doch was war mein Pfad? Hatte Dad nicht recht? War mein Leben nicht wertlos, wenn ich ohne Ziel und Zweck existierte?

Dieser Gedanke engte mich so ein, dass ich kaum atmen konnte. Tränen rannen mir ungehindert die Wangen hinab, als ich Brief um Brief zerriss. Die Fetzen warf ich in einen leeren Blumentopf und übergoss sie mit Wasser. Ich wollte nichts davon.

Wenn es nur so einfach wäre, meine Familie zu vergessen. Meine Vergangenheit als Hölle zu sehen. Nur war sie es nicht. Sie war nicht durchgehend schlimm, schlecht, schrecklich. Die meiste Zeit war ich nah am Glück gewesen. Ich wusste, was ich zu tun hatte. Ich hatte Troye an meiner Seite, ein Dach über dem Kopf und ein Ziel vor Augen. Vielleicht hatte ich keine Freunde und war emotional abgestumpft, aber lange Zeit war das okay gewesen.

Und dieses Okay war keine Hölle. Aber es war auch kein Himmel.

Das, was ich nicht verstand, war, wogegen ich das Okay getauscht hatte. Wo befand ich mich jetzt? Näher an der Hölle? Näher am Himmel? Sollte ich wieder zum Okay zurückkehren? Sollte ich weitermachen wie bisher?

Um kurz vor Mitternacht saß ich hellwach auf meinem Bett. Im Fernseher lief irgendeine Realityshow, die ich stummgeschaltet hatte. Ich konnte mich nicht auf die Personen konzentrieren. Musik löste in mir das Bedürfnis aus, wieder loszuheulen. Also starrte ich an die Decke mit dem drehenden Ventilator und überlegte, was zu tun war. Wie könnte ich der Verzweiflung entkommen?

Gott, es war nur ein Treffen mit meinen Eltern gewesen. Wie schwach war ich, dass ich mich auch nach Stunden nicht davon erholt hatte?

Ich blickte auf mein Handy, das neben mir lag. Es hatte vor einer Weile vibriert, aber ich hatte nicht die Kraft gehabt, mir die Nachricht anzusehen. Jetzt konnte ich mich selbst davon überzeugen, es in die Hand zu nehmen.

> **Miles:** Kannst du schlafen? Brauchst du was? 😊

Zwei Fragen und die Last auf meinen Schultern wurde leichter.

> **Shiloh:** Bist du noch wach?

Seine Antwort ließ nicht lange auf sich warten.

**Miles:** Klar. Wer geht denn so früh schlafen? 😎

**Shiloh:** Ich. Normalerweise. 😵

**Miles:** Sorry.

**Shiloh:** Sorry?

**Miles:** Es gibt so viel, das mir leidtut.

Ich dachte nicht, dass noch eine Nachricht kommen würde, aber er überraschte mich. Offenbar hatte er ein paar Minuten gebraucht, um seine Gedanken zu sortieren und in Worte zu fassen.

**Miles:** Ich glaube, am meisten tut mir leid, dass ich mich nicht gemeldet habe. Nach unserer Nacht im Hotel. Ich habe oft daran zurückgedacht. Eigentlich ständig. Ob es Schicksal war, dass ich vor deiner Tür angefahren worden bin? 😳 Jedenfalls bereue ich es nicht. Gar nichts. Ich bin auch froh, dass ich heute bei dir war. Was auch immer mit deiner Familie los ist, du hast nichts Falsches gemacht, Shi. 🫂

Auch wenn ich ihm nicht gänzlich zustimmte – schließlich wusste er nicht, was ich getan oder was ich nicht getan hatte –, bauten mich seine Worte auf.

> **Shiloh: Können wir uns treffen?**

Ich dachte nicht weiter darüber nach. Schlaf würde ich heute eh nicht mehr finden und Miles … Miles würde die Düsternis vertreiben. Normalerweise musste ich mich selbst wieder aufbauen, weil niemand da war, der mir das abnehmen würde. Aber heute ließ ich mir mehr als gern von seinem Licht helfen.

> **Miles: Bin in einer halben Stunde da. Zieh was Schickes an.** 😊 ✳

> **Shiloh: Okay.** 😊

Ich hatte keine Ahnung, was er geplant hatte, trotzdem fühlte ich Aufregung in mir aufsteigen. Mit neuer Energie sprang ich vom Bett zu meinem Kleiderschrank. Schick? Was genau war *schick*?

Da es draußen immer noch warm war, entschied ich mich für ein pastellgrünes Trägerkleid, das an der Taille mehrere Aussparungen in Form von Blütenblättern besaß und bis zur Mitte meiner Oberschenkel reichte. Der Stoff mit den ungleich großen, perlmuttfarbenen Punkten war so leicht und dünn, dass ich auf einen BH verzichtete. Ich hatte sowieso nicht so viel Oberweite. Mein Haar kämmte ich zurück und ließ es offen. So trug ich es nur selten.

Nachdem ich Wimperntusche aufgetragen hatte, packte ich Handy, Lippenbalsam und Geldbeutel in eine sackartige Handtasche, die ich mir als Rucksack umbinden konnte.

Im Vorbeigehen hörte ich keinen Mucks aus Bronwyns Zimmer. Sie schlief wahrscheinlich schon. Bevor ich das Apartment verließ, zog ich noch meine schwarzen Stiefeletten an, die ein wenig Absatz hatten. Wahrscheinlich war ich damit immer noch kleiner als Miles. Aber nur noch um wenige Zentimeter.

Ich war gerade auf die Straße getreten, als Miles in einem Taxi vorfuhr. Er öffnete eine der hinteren Türen und lächelte mich an. Ich lächelte zurück.

»Wow«, sagte er und das Grübchen wurde tiefer. »Du siehst hinreißend aus, Shi.«

»Du kannst dich auch sehen lassen«, gab ich als Kompliment zurück, bevor ich mich zu ihm setzte. Er rückte auf die andere Seite und schnallte sich an.

Ich wäre eingeschüchtert gewesen, wenn er sich für einen Anzug entschieden hätte. So wirkte er lediglich, als hätte er sich gerade genug Gedanken gemacht: ein offen stehendes Jeanshemd, ein weißes Shirt darunter und etwas dunklere Jeans. An seinem linken Handgelenk glänzte eine teure schwarze Uhr. Sein Haar hatte er mit Gel bearbeitet. Ich liebte alles an seinem Outfit und musste mich dazu zwingen, wegzusehen.

Mein Herz pochte so heftig bis in meinen Hals, dass ich mir sicher war, er würde es bemerken.

Glücklicherweise richtete er seinen Blick nach vorn, um dem Fahrer eine neue Adresse in Brooklyn zu nennen. Eine Kunstgalerie.

Nicht ganz das, womit ich gerechnet hatte. Nicht dass meine Vorstellung vom heutigen Abend derart ausgereift gewesen wäre … Er bemerkte meine hochgezogenen Brauen und grinste mich an.

»Ein Bekannter hat gerade eine Nachtausstellung. Ist ganz locker und macht Spaß«, erklärte er. Seine Augen leuchteten voller Vorfreude. Lag es an mir oder an seinem Bekannten? »Wenn es uns nicht gefällt, können wir direkt wieder gehen. Kein Druck.«

*Uns …* Er sah uns in dieser Nacht als Einheit. Nichts gefiel mir so sehr, wie dieses eine Wort.

Okay, vielleicht noch die Abkürzung meines Namens. Ich hätte mir nie vorstellen können, dass ein Kosename eine solche Macht besitzen könnte.

Die Galerie befand sich im Süden von Brooklyn in Gravesend. Von außen wirkte sie wie eine Lagerhalle, die allein für die heutige Nacht aufgemotzt worden war. Es gab einen roten Teppich, einen Türsteher und Leute mit Champagnerflöten, die sich rauchend vor dem Eingang tummelten.

Das Taxi spuckte uns direkt vor dem Beginn des Teppichs aus. Miles war nach dem Bezahlen so schnell ausgestiegen, dass er mir die Tür öffnen konnte. Ich hatte überhaupt nicht damit gerechnet. Er war meistens zuvorkommend, doch diese galante Geste verblüffte mich.

Miles verbeugte sich gespielt vor dem Türsteher, der ein für seinen Job typisches, breites Nasenbein und ein noch breiteres Kreuz besaß. Er grinste Miles mit solch ehrlicher Freude an, dass auch ich zu lächeln begann. Es war ansteckend.

»Lang nicht mehr gesehen«, brummte er und klatschte Miles auf die Schulter. Der klatschte zurück.

»Hatte zu tun. Alles beim Alten, Trix?«

»Voll.« Seine kleinen braunen Augen fixierten mich. »Und wen hast du da mitgebracht? Nicht dein übliches Beuteschema …«

Meine Freude verpuffte, so schnell sie gekommen war. Ich kam nicht umhin, mich zu fragen, was denn sein übliches Beuteschema war. Und dann fiel mir ein, dass ich es bereits wusste. *Melissa.*

Doch im Aquarium hatte er mir gesagt, dass er sie nicht zurückwollte. Er hatte mich geküsst. Wir waren uns auf Augenhöhe begegnet. Oder war alles ein Spiel für ihn? Daran wollte ich nicht mehr glauben.

In Miles steckte mehr, als es den Anschein machte. Doch was wusste ich schon?

Miles fuhr mit seinem Zeigefinger an meinem Unterarm entlang, bis er meine Hand erreichte. Er zögerte nicht, unsere Finger miteinander zu verschränken. Mit seinem Blick fixierte er mich, als er Trix antwortete.

»Das ist Shiloh Tenley. Sie ist was ganz Besonderes, Trix.«

Ich fühlte die Hitze in mir aufsteigen und hätte schwören können, dass ich bis unter die Haarwurzeln rot anlief. Niemand zuvor hatte so wertschätzend von mir gesprochen. Damit meinte ich nicht nur die Worte, die er benutzte, sondern auch die Art, wie er sprach, und den Blick, mit dem er mich bedachte.

Schmetterlinge flatterten in meinem Bauch.

In dieser Nacht würden sie sich nicht mehr einfangen lassen.

Trix wünschte uns einen schönen Abend. Wir betraten die Galerie, die anders war, als ich sie mir vorgestellt hatte.

Ich hatte mit langweiligen Bilderrahmen gerechnet, die abstrakte Kunst einfassten, welche ich ohnehin nicht verstehen konnte. Stattdessen begrüßten uns riesige Leinwände, auf die Bilder von gemalten Blüten und Ästen projiziert wurden. Der Rest von der Galerie war nur spärlich beleuchtet, sodass man das Gefühl hatte, man würde sich auf einem Nachtspaziergang befinden. Der Boden wirkte, als hätte ein Künstler mit einem riesigen Pinsel Erdtöne darauf gestrichen. Hin und wieder fand sich ein Blau in dem Fluss aus Farben, das perfekt mit den ausgestellten Bildern harmonierte.

»Wow.« Ich vermochte meine Bewunderung nicht anders auszudrücken.

Wir waren irgendwann stehen geblieben. Der Saal glich mit seinen drei Meter hohen Wänden mehr einer weiträumigen Lagerhalle. Nur die riesigen Leinwände gliederten den offenen Raum.

»Ich habe auch nicht damit gerechnet«, sagte Miles.

Als ich mich endlich von dem Anblick der Wände lösen konnte, blickte ich sein Profil an, das von dem gedämpften Licht weichgezeichnet wurde. Die gerade Nase, die geschwungenen Lippen und der kantige Kiefer. Selbst seine einzelnen Wimpern konnte ich erkennen. Seine Haut wirkte blasser, der bronzene Teint wurde durch die Schatten, die das gedämpfte Licht warf, verdeckt.

»Wie lange kennst du den Künstler schon?«

»Vier Jahre. Komm, wir holen uns was zu trinken und dann stelle ich dich ein paar Leuten vor. Wie klingt das?« Fragend sah er mich an. In diesem Moment hätte ich mich auf alles eingelassen.

»Gut.« Er führte mich ans andere Ende des Saales. Immer dann, wenn der Blick von den Gästen auf ihn fiel, wurde er mit Freuden begrüßt. Es schien, als würde ihn jeder mögen.

Trotzdem musste ich an den Tag seiner geplatzten Verlobung zurückdenken, als die Anwesenden nicht hätten desinteressierter sein können. Konnten diese Menschen so viel Nettigkeit vortäuschen? Aber wenn es darum ging, für Miles da zu sein, war es plötzlich zu viel des Guten?

Die Faszination, die sich beim Anblick der Galerie eingestellt hatte, versiegte angesichts dieser Erkenntnis mehr und mehr.

Wir erreichten die schmale weiße Bar, die an der einzig freien Ecke aufgestellt worden war. Wir mussten ein paar Minuten warten, ehe wir bedient wurden. Ich entschied mich für ein Raspberry Mojito. Miles nahm einen Whiskey. Wir wurden beide nicht nach einem Ausweis gefragt. Offenbar einer der Vorteile, wenn man von Miles begleitet wurde.

»Warum das Stirnrunzeln?« Er nahm meine Hand wieder in seine. »Sollen wir gehen?«

»Nein, ich …« Mein erster Impuls war, zu lügen. Aber warum? Natürlich wollte ich ihn nicht verletzen, allerdings wollte ich ihn verstehen. »Ich habe an deine Verlobung zurückgedacht. Die Leute, die du eingeladen hast.«

Er versteifte sich. »Ja?«

Kurz nippte ich an meinem Cocktail, ehe ich ihm von meinen Bedenken bezüglich der Anwesenden berichtete. Er unterbrach mich nicht und lauschte aufmerksam. Die Art, wie er mich ansah, brachte mich fast zum Weinen. Gott, es wirkte, als würde er jedes meiner Worte einatmen wollen.

Die Vorstellung, dass er wirklich die Person war, die er mir zeigte, brach mir das Herz.

Mich überkam das allumfassende Bedürfnis, ihn glücklich zu machen.

»Du hast nicht unrecht«, sagte er schließlich. Wir bewegten uns langsam durch den Raum, ehe wir vor einer der Wände stehen blieben. Auf sie wurde der blühende Ast eines Kirschbaums projiziert. Die Farben waren blass. Nicht so, wie sie in der Natur zu finden waren. »Ich habe dir bereits gesagt, dass Freundschaften in diesen Kreisen schwierig sind. Selbst für mich. Es ist zur Gewohnheit geworden, oberflächliche Verbindungen zu knüpfen, die im Idealfall wieder leicht zu brechen sind. Nicht schön, aber weniger schmerzhaft.«

Ich konnte nicht glauben, dass ich mein Leben genauso lebte, wie die oberen Zehntausend in New York. Dabei hatten wir nichts anderes gemeinsam.

»Ihr misstraut einander sehr?«

»Leider ja. Außerdem lässt die Begeisterung angesichts einer aufregenden Begegnung für viele schnell nach, und sie wandeln von Bekanntschaft zu Bekanntschaft, weil das Leben sonst nichts Interessantes zu bieten hat.«

»So wie bei deiner Verlobung mit Melissa?«

»Autsch.«

»Sorry, ich wollte es eigentlich nicht erwähnen …« Zerknirscht sah ich zu Boden, als er unsere Hände löste. Anstatt mich jedoch gehen zu lassen, legte er seine Arme um meinen Nacken. Das Whiskeyglas an meinem Rücken.

»Entschuldige dich nicht für deine Ehrlichkeit, Shi. Das mag ich so an dir«, flüsterte er in mein Ohr, küsste mich an der empfindsamen Stelle darunter und zog sich dann wieder zurück.

Bevor ich etwas darauf erwidern konnte, wurden wir von einer Gruppe unterbrochen, die aus drei Leuten bestand. Doch die kannten drei weitere, die wiederum drei weitere kannten und so weiter. Die nächsten Stunden vergingen daraufhin wie im Flug. Ich lernte so viele neue Personen und Namen kennen, dass mir der Kopf nicht nur vom Alkohol brummte.

Jeder sprach höflich, meistens sogar kumpelhaft mit Miles. Frauen, Männer und Divers gleichermaßen. Sie alle sonnten sich in Miles' Licht und bedachten mich lediglich mit knappen Sätzen und ausdruckslosen Gesichtern. Ich nahm es ihnen nicht übel. Für sie war ich ein Plus-one, das schon bald von der Bildfläche verschwinden würde, wie sie selbst.

Ich hatte schon drei Raspberry Mojitos intus, als sich Sam samt weiblicher Begleitung zu uns gesellten. Miles freute sich, seinen älteren Bruder zu sehen, wohingegen ich am liebsten im Boden versunken wäre.

Die Erinnerung an unser Aufeinandertreffen im Souvenirshop war noch zu frisch, obwohl es bereits sechs Wochen her war. Seine graublauen Augen verrieten genauso wenig über seine Gemütslage wie seine stoische Miene. Ich konnte nicht mal sagen, ob er sich ebenfalls freute, Miles zu sehen.

Da ich eine Kunst daraus machte, mich nicht am Gespräch zu beteiligen, traf es mich unterwartet, als Miles mit Sams Begleitung kurzzeitig verschwand. Sie wollten neue Getränke besorgen.

Unsicher verlagerte ich das Gewicht von einem Bein aufs andere, beobachtete die Kondenstropfen, die an meinem länglichen Glas hinabrannen, kämpfte gegen meine Nervosität an.

Doch als Sam das Wort an mich richtete, ging es nicht um unsere peinliche Begegnung im Williamsburg Hotel, bei der er mich davor gewarnt hatte, weiter nach Miles zu suchen.

»Hat er mit dir darüber gesprochen?«, fragte er stattdessen leise und gewählt. Genauso, wie ich mich an ihn erinnerte. Nur die Sorge, die seine Worte unterschwellig begleitete, war mir neu.

»Worüber?«, fragte ich zurück. Dachte er, ich könnte seine Gedanken lesen?

»Wo er gewesen ist. Was passiert ist«, erläuterte er, ohne mich anzusehen. Ich konnte sein Profil mit dem seines jüngeren Bruders vergleichen. Shit, sie waren sich so verdammt ähnlich. Aber während Miles die Sonne war, personifizierte Sam Gewitterwolken. »Er ist seitdem nicht mehr derselbe.«

»Er hat mir nichts gesagt«, antwortete ich, kurz bevor Miles mit neuen Getränken in den Händen zurückkam. Er lächelte glücklich.

Oder spielte er allen etwas vor? Fiel ich wieder auf eine Fassade herein, die nicht existierte, aber an die ich glauben wollte?

Hatte nicht auch ich bemerkt, dass er sich nicht nur äußerlich verändert hatte, sondern auch innerlich? Doch wer war ich, das zu beurteilen? Ich kannte ihn nicht mal.

Gleichzeitig hatte ich ihm erlaubt, sich um meinen Schmerz zu kümmern, ohne dass er den seinen mit mir teilte.

Ich fühlte mich wie ein jämmerliches Exemplar von Freundin. Was auch immer Sam mit seinem Kommentar hatte erreichen wollen, er hatte mir meinen eigenen Egoismus vor Augen geführt. Und nun musste ich zusehen, wie ich damit zurechtkam.

Vielen Dank.

# • KAPITEL 19 •

*dive into you*

Kurz danach verließen wir die Galerie, um noch etwas Essen aufzutreiben. Ich war glücklich, Miles die Führung zu überlassen. Der Tag hatte bereits so lange angedauert, und mit drei Cocktails auf leeren Magen hatte ich den Bogen beinahe überspannt.

Er brachte uns in ein scheinbar angeranztes 24 / 7-Diner, in dem es die fettigsten und bestschmeckenden Pizzen geben sollte. Ich verließ mich da ganz auf ihn.

Miles faszinierte mich. Klar, er hatte schon im Taxi auf dem Hinweg förmlich gestrahlt. Aber unter Leuten schien er seine Energie regelrecht aufgeladen zu haben. Er war so glücklich. So allumfassend Miles. Ich würde mich nie an sein Licht gewöhnen.

Umso mehr schmerzte der Gedanke, dass er mir etwas verheimlichte. Dass es in ihm eine Dunkelheit gab, die er nicht mit mir teilen wollte. Oder konnte.

Wir setzten uns an einen der klebrigen gelben Tische einander gegenüber. Der Boden war mit Linoleum ausgelegt, auf dem sich blaue, braune und weiße Rauten abwechselten. Die Decke war pink gestrichen und mit den verschiedensten Postern von Ikonen der Rockgeschichte beklebt, zwischen denen Neonsmileys und -schriften leuchteten.

Miles lächelte mich an, und ich lächelte zurück.

Seine Leichtigkeit löste in mir Sorglosigkeit und eine ungekannte Wärme aus, die ich mir selbst nicht geben konnte.

Es stellte sich heraus, dass die Pizza hervorragend war. Ich hatte mich wie immer für Peperoni entschieden und genoss jeden Bissen. Der Käse zerfloss förmlich und tropfte samt Fett auf den Pappkarton.

Das pinke Neonlicht, das direkt neben uns am Schaufenster hing, flackerte, als würde sich seine Lebenszeit allmählich dem Ende zuneigen.

Ich lutschte ganz unhygienisch das Fett von meinen Fingern, bevor ich einen Schluck aus der Bierflasche nahm. Es schmeckte okay, obwohl Bier nicht mein Favorit unter den alkoholischen Getränken war.

Nachdem wir fast alles aufgegessen hatten, verließen wir das Lokal. Die Kellnerin wünschte uns eine schöne Nacht. Ich mochte es, dass sie gut gelaunt und freundlich war. Ihre Herzlichkeit mache es mir leichter, den schwierigen Tag zu vergessen.

Angetrunken, vielleicht auch betrunken, wanderten wir durch die Straßen. Albern, lachend. Als wir an einem verlassenen Einkaufswagen vorbeikamen, schwang Miles sich hinein. Ich wunderte mich darüber, dass er noch die Koordinationsfähigkeiten besaß, das zu bewerkstelligen, ohne hinzufallen.

Sobald er sicher saß, schob ich ihn waghalsig durch die menschenleere Gasse. Als ich die Kontrolle verlor und den Wagen gegen eine Backsteinwand krachen ließ, prusteten wir beide los.

»Hey! Wo hast du deinen Führerschein gemacht?«, beschwerte Miles sich. So schnell wie möglich kletterte er aus dem Wagen. Wahrscheinlich befürchtete er, ich würde direkt mit der nächsten Fahrrunde loslegen.

»Ich hab keinen«, entgegnete ich schmollend und verschränkte die Arme.

»Wie bitte?« Verblüfft stellte er sich vor mich.

Ich stolperte einen Schritt zurück. Die Wand war in meinem Rücken. Ich fühlte mich lebendig, wie er mich so ansah. Von Kopf bis Fuß. Alles in mir bebte unter seinem Blick.

»Ich habe keinen Führerschein gemacht«, wiederholte ich. Mir blieb die Luft weg. Er stand nun dicht vor mir. Unsere Körper trennten nur wenige Zentimeter, bis er seine Hände mit meinen verschränkte. Zwischen uns hielt.

Ich liebte das Gefühl von seinen schwieligen Händen in meinen. Langsam beugte er sich vor.

Schon glaubte ich, er würde mich küssen, doch kurz bevor sich unsere Lippen berührten, bewegte er seinen Kopf an meinem vorbei. Sein Atem streifte meinen Hals. Er presste seinen Mund auf meine nackte Schulter.

Seufzend lehnte ich meinen Hinterkopf an die Wand und schloss die Augen. Ermöglichte es ihm dadurch, mit seinen Lippen meinen Hals hinaufzuwandern. Über meine Kehle. Meinen Kiefer entlang.

»Warum nicht?«, fragte er. Seine Hände hielten immer noch meine umfasst. Selbst wenn ich gewollt hätte, hätte ich mich nicht wegbewegen können. Ich musste all meine Konzentration aufbringen, um nicht den Faden unseres Gesprächs zu verlieren.

»Keine Zeit«, presste ich hervor.

Er zog sich zurück. Leider. Zum Glück. Im Schein der Laterne funkelte das Grau seiner Augen wie Sterne.

»Du hast nichts verpasst.« Es war nicht die Antwort, mit der ich gerechnet hatte. Unglaube, ja. Mitleid, auch. Aber das?

Ein Kloß bildete sich in meinem Hals, als ich sein perfektes Gesicht musterte. Wie konnte jemand wie er existieren und für mich da sein?

Ich dachte an Sams Worte zurück. Selbst die Möglichkeit, dass Miles innerlich zerrissen war, tat mir weh.

»Lass uns gehen«, sagte ich übertrieben gut gelaunt und zog ihn hinter mir her. Ich wollte mich nicht von diesen Gedanken niederdrücken lassen. Er würde schon mit mir reden, wenn er bereit wäre.

Hand in Hand suchten wir die nächste Metrostation auf. In der Bahn waren wir die Einzigen im Wagen. Ich lehnte mich mit dem Rücken an die Seitenwand der Metro und stellte meine Füße auf die Sitzfläche. Miles zog sie sanft auf seinen Schoß und strich über meine Schienbeine, bis ich eine Gänsehaut bekam.

Das Knistern zwischen uns ließ sich weder ignorieren noch hatte es einen Zweck, dagegen anzukämpfen. Für mich war es von Anfang an da gewesen, aber ich war bisher nicht sicher gewesen, ob Miles das Gleiche empfand.

Jetzt wusste ich es. Er wollte mich genauso wenig loslassen wie ich ihn. Das machte mich glücklich.

Während der Zug sich ratternd fortbewegte, hielt Miles mir einen seiner beiden Bluetooth-in-Ears hin. Nachdem ich ihn mir ins Ohr gesteckt hatte, hüllte mich eine bekannte Stimme ein.

»Du hörst Harry Styles?«

»Ich vergöttere Harry Styles«, antwortete er stolz, ehe er die Augen schloss.

Wie er ließ ich mich von der Musik tragen und genoss gleichzeitig das Gefühl seiner Hände auf mir.

»Ich vergöttere ihn auch«, sagte plötzlich jemand anderes. Ein gut aussehender junger Mann in einem einfachen weißen Shirt und schwarzen Jeans. Vielleicht Mitte zwanzig. Überrascht sah ich ihn an. Ich hatte nicht bemerkt, dass jemand zugestiegen war. »Harry Styles, meine ich. Wie kann man ihn nicht vergöttern? Ich würde sofort mein Leben riskieren, um ihn zu retten. Wenn er zum Beispiel von einer Klippe hängt oder so.«

»Wer würde das nicht?«, sagte Miles, der den Fremden amüsiert betrachtete.

»Aber würdest du für Harry auch deine Freundin weiter hängen lassen?« Der Fremde grinste.

Miles sah von ihm zu mir. Ich strampelte kindisch mit den Beinen auf seinem Schoß. »Wag es nicht!«

Miles lachte. Der Typ stimmte mit ein.

»Sorry, dann muss ich passen. Du hast im Vergötterungsvergleich gewonnen«, sagte Miles gespielt zerknirscht.

»Das ist alles, was ich wollte«, flötete ich.

Wir erreichten die nächste Station. Die Türen öffneten sich und ein schwarzhaariger Typ linste hinein. Als er den Fremden sah, rief er lauthals: »Woosung! Komm raus!«

Der Typ, Woosung, grinste in unsere Richtung. »Das ist wohl mein Stichwort. Bis dann!«

Er winkte noch einmal, bevor er dann nach draußen zu seinem Freund rannte. Lachend fielen sie sich in die Arme. Die Türen schlossen sich wieder.

»Ich liebe New York«, sagte ich, während unsere Fahrt immer noch von Harry Styles untermalt wurde. »In Livingston wird man nie auf diese Weise angesprochen. Ich liebe die Stadt«, betonte ich erneut.

»Und ich liebe, dass du hier bist und nicht in Livingston.«

Ich lächelte als Antwort. Während der restlichen Fahrt genossen wir einzig die Musik. Erst als wir ausstiegen, gab ich Miles den In-Ear-Kopfhörer zurück.

»Kommst du mit hoch?« Das war keine Einladung zum Sex. Ich wusste nicht, ob ich bereit war, den Schritt erneut zu gehen. Dieses Mal waren so viel mehr Emotionen im Spiel. Aber ich wollte mich auch nicht von ihm trennen.

»Gibt es Bier?«, neckte er mich und umarmte mich gleichzeitig von hinten, seine Arme um meine Schultern.

»Ist das der einzige Grund, warum du mitkommen würdest?«, fragte ich und öffnete die Haustür.

»Welchen gäbe es sonst?«

»Hmm …« Er ließ mich los, als wir die Treppen erreichten. »Ich glaube, du musst doch hier unten bleiben.«

Ich drehte mich zu ihm um. Da er mir gefolgt war, stand ich nun eine Stufe über ihm. Unsere Gesichter befanden sich auf einer Höhe.

»Mir fällt noch ein anderer Grund ein«, beeilte er sich, zu sagen, und grinste verschmitzt.

»Der muss ziemlich gut sein.«

Er küsste mich. Viel zu kurz. Viel zu zärtlich. Trotzdem ging ich in Flammen auf. »Wir können uns besser kennenlernen.«

Wie selbstverständlich nahm er wieder meine Hand. Nun ging er voraus und zog mich hinter sich her, ohne auf eine Erwiderung zu warten. Mein Kopf war ohnehin wie leer gefegt. Ich hätte keine Antwort parat gehabt.

Ehrlich gesagt war ich froh, dass ich überhaupt dazu imstande war, die Treppe nach oben zu nehmen.

Er wollte mich kennenlernen. Er wollte, dass ich ihn kennenlernte.

Seit drei Tagen waren wir fast von morgens bis abends zusammen, und ich hatte immer noch das Gefühl, ihn nicht greifen zu können. So wie er von mir wollte ich mehr von ihm erfahren.

*Er ist seitdem nicht mehr derselbe*, echote es in mir.

Vielleicht würde ich noch erfahren, was Sam damit gemeint hatte.

Da Bronwyn längst im Land der Träume war, wies ich Miles an, leise zu sein.

Wir waren beide nicht sonderlich stabil auf den Beinen, aber es gelang uns mit minimalem Lärm, das Bier aus dem Kühlschrank zu holen und in meinem Zimmer auf die Feuertreppe zu klettern. Nebeneinander saßen wir zwischen den Pflanzen und genossen die frische Nachtbrise.

Ich hatte ihn absichtlich im Dunkeln durch den Raum gezerrt, damit er mein Zimmer nicht begutachten konnte. Es war nicht unaufgeräumt, aber ich hatte noch Hemmungen.

Gerade nahm ich einen Schluck aus meiner Flasche, als mich ein Klicken aus meinen Überlegungen riss. Verwirrt ließ ich sie sinken und sah Miles an. Ein weiteres Klicken.

»Was tust du da?«, fragte ich, obwohl ich das Handy bereits wahrgenommen hatte.

»Ich brauche ein Andenken.« Er drehte die Kamera und lehnte sich enger an mich, bevor er ein Selfie von uns machte. Ich gab mir Mühe, ein ehrliches Lächeln aufzusetzen. Immerhin nutzte er keinen Blitz, sodass die Dunkelheit meinen verunsicherten Gesichtsausdruck bestimmt verschleierte.

Miles steckte sein Handy wieder weg, aber sein Blick war weiterhin auf mich gerichtet. »Ist es nicht verrückt? Wir haben nie darüber geredet, aber ...«

»Dass du nach sechs Wochen plötzlich in meiner Detektei aufgetaucht bist?«

»Hast du gerade meine Gedanken gelesen?«

»Will ich das?«

Er lachte. »Vermutlich nicht.«

»Aber ja, mir kam es auch komisch vor. Ich hab erst gedacht, dass es ein Scherz ist.«

»Same.« Er lehnte sich zurück und streckte die Beine aus. »Ich bin froh, dass ich dich wiedergefunden habe.« War er das? Ich wurde immer noch nicht schlau aus ihm. Insbesondere da er mir etwas Entscheidendes verheimlichte. Das machte mir Angst. Würde er mein Vertrauen genauso missbrauchen wie Troye?

»Das ist eigentlich der Moment, in dem du mir sagst, dass es dir genauso geht«, schob er hinterher.

Ich schnaubte, musste aber gleichzeitig lachen und stand auf. »Träum weiter.«

»Hey, wohin gehst du?«

»Ich muss ins Bad.«

Nachdem ich mein Gesicht gewaschen und mir einen gelben Sommerpyjama mit kurzer Hose und weitem T-Shirt angezogen hatte, kam ich zurück in mein Zimmer. Miles hatte meine beiden Nachttischlampen, die die Form von Walfischen hatten, angemacht und besah sich gerade die Schminkkollektion auf meiner Kommode.

»Du hast so viel Schminke, aber benutzt sie nie.«

Er klang nicht vorwurfsvoll. Es war eine Feststellung, die mir zeigte, wie genau er mich beobachtet hatte.

»Wir haben uns erst an vier Tagen gesehen«, erinnerte ich ihn lächelnd.

»Auf den Fotos siehst du auch eher ungeschminkt aus.« Über der Schminke hing eine Reihe Selfies, die ich von mir aufgenommen hatte, seit ich nach New York gekommen war. Jeden Monat eines an einem anderen Ort, den ich neu entdeckt hatte. Die typischen Touristenattraktionen wie die Freiheitsstatue oder das Moulin Rouge am Broadway, aber auch einfache Gebäude, die mir gut gefallen hatten. Museen oder Parks.

»Du bist ziemlich aufmerksam«, murmelte ich. »Es ist mir eben zu aufwendig. Ich nutze die Zeit lieber, um länger zu schlafen.«

»Aufwendig? Wirklich?«

»Du hast dir anscheinend noch nie ein Schmink-Tutorial angesehen.«

»Schuldig im Sinne der Anklage.«

Ich setzte mich aufs Bett. »Soll ich dich mal schminken? Dann siehst du, wie lange das dauert.«

Zweifelnd sah er von mir zur Schminke. Dann zog er die Nase kraus und winkte ab. »Ein andermal.«

»Komm schon. Ich bin noch zu aufgedreht vom Alkohol, um zu schlafen.«

»Aber übertreib es nicht«, warnte er mich. Ich hatte gewonnen.

Die nächste halbe Stunde saßen wir uns auf dem Bett gegenüber, die Schminke zwischen uns, während ich einen Schritt nach dem anderen an ihm anwendete. Primer, Foundation, Contouring, Concealer und alles weitere.

Ich prägte mir jede Kante, jede Rundung, jedes Muttermal auf seinem Gesicht ein, während ich daran arbeitete. Beugte mich weit zu ihm vor, um in dem wenigen Licht besser sehen zu können. Wir hätten zwar die Deckenlampe anschalten können, doch ich fürchtete, der Zauber würde vergehen.

Sein Grübchen und das Muttermal auf seinem linken Nasenflügel. Ich würde beides nie wieder vergessen können.

Als ich ihm den Handspiegel hinhielt, erschien zunächst eine Falte zwischen seinen Brauen und dann brach er in schallendes Gelächter aus. Er musste sich sogar den Bauch halten.

»Wow, ich könnte als Model durchgehen«, sagte er, als er wieder ausreichend Luft bekam.

Klammheimlich nahm ich mein Handy zur Hand und schoss ein Foto von ihm, wie er in den Spiegel sah. Zu spät bemerkte er, was ich getan hatte. Lachend steckte ich das Handy unter das Kopfkissen und warf ihm mit der anderen Hand eine Packung Abschminktücher zu.

»Das vergesse ich nicht«, grummelte er auf dem Weg zum Bad.

»Gleiches mit Gleichem«, erwiderte ich bloß und spielte damit auf das Foto an, das er eben von mir gemacht hatte.

Gähnend streckte ich mich. Tatsächlich hatte die Schminkaktion genau das erreicht, was ich geplant hatte. Die Müdigkeit lag bleiern auf mir, und mein Herz und mein Verstand hatten sich beruhigt.

Ich räumte die Schminke zurück an ihren angestammten Platz und breitete dann auf dem Boden meine Yogamatte samt dünner Decke und Kissen aus. Als Miles zurückkehrte, war ich bereits in meinem Bett eingekuschelt.

Stirnrunzelnd blieb er im Raum stehen. Ich deutete auf den provisorischen Schlafplatz.

»Es ist schon spät. Du kannst gern hier übernachten, wenn du willst«, murmelte ich in die Decke hinein, die ich mir bis zum Kinn gezogen hatte.

»Danke.« Er schloss die Tür hinter sich. »Wir müssen ja bald schon wieder aufstehen.«

»Hm.«

Ich beobachtete, wie er seine Socken abstreifte und sich dann das T-Shirt über den Kopf zog. Bei dem Anblick seines nackten Oberkörpers ging die Ruhe, um die ich so hart gekämpft hatte, wieder flöten.

Er kniete sich auf die Matte vor meinem Bett und sah mich an.

»Brauchst du noch etwas? Wasser?«

Mit einer Hand schaltete er den Wal aus. Er war die einzige Lichtquelle, die ich noch angelassen hatte.

Ich schluckte. Meine Augen gewöhnten sich nur langsam an die Dunkelheit. Nach und nach erkannte ich seine Silhouette. Er hatte sich nicht vom Fleck bewegt.

»Danke«, sagte er noch mal. »Dass du mir heute Abend geschrieben hast. Dass ich für dich da sein durfte.«

Die Dunkelheit machte es einfacher, ehrlich zu sein.

Ich krabbelte zu ihm hin, bis ich eine Hand an seine Wange legen konnte. Während ich ihn geschminkt hatte, hatte ich viel zu oft auf seine Lippen starren müssen. Jetzt hielt ich mich nicht mehr zurück. Ich presste meinen Mund auf seinen, atmete ihn ein.

Seine Hand wanderte in meinen Nacken, wo er sich an mir festhielt.

In dieser Nacht würde es nicht weiter gehen als bis hierher. Ich hatte immer noch Angst davor, verletzt zu werden. Auch wenn das Gefühl kleiner geworden war. Vorsichtig beendete ich unseren Kuss.

»Du kannst mir sagen, wenn es dir schlecht geht, Miles. Egal, was es ist.« Damit sprach ich endlich aus, was mir seit dem Gespräch mit Sam auf dem Herzen gelegen hatte. Ich wollte nicht nur, dass Miles für mich da war, ich wollte auch für ihn da sein.

Er zog mich mit seiner Hand, die noch immer in meinem Nacken lag, noch einmal an sich heran und legte seine Lippen auf meine. Ich spürte sein Lächeln in der Dunkelheit. »Ich weiß.«

Nachdem wir uns wieder hingelegt hatten, ließ ich meinen linken Arm über den Bettrand fallen. Er umschloss meine Hand mit seiner.

»Du lässt nicht los?«, sagte er amüsiert.

»Sollte ich?«

»Es könnte mich auf falsche Gedanken bringen.« Er bewegte seinen Daumen auf meinem Handrücken auf und ab, bis sich eine Gänsehaut auf meinem gesamten Körper ausbreitete.

»Vielleicht ist der Gedanke ja richtig«, sagte ich und warf meine Vorsätze von eben damit über den Haufen. Meine Atmung wurde flacher, als er sich aufrichtete und mich im Halbdunkel fixierte.

»Meinst du das ernst?«

Ich schluckte, da mir keine Antwort einfallen wollte. Doch er wäre nicht Miles gewesen, wenn er sich sofort geschlagen geben würde. Stattdessen löste er meine Finger von seinen und kletterte aufs Bett. Ich ließ mich in die Kissen zurücksinken, bis er direkt über mir aufragte. Zärtlich strich er über meine Wange und stützte sich mit seiner anderen Hand neben meinem Kopf auf. Seine Beine lagen links und rechts von meiner Hüfte. Obwohl die Decke zwischen uns war, spürte ich die von ihm ausgehende Hitze.

Ich war so davon überfordert, ihn auf mir zu haben, dass ich nicht wusste, was ich mit meinen Händen anstellen sollte. Nachdem er mit dem Zeigefinger über meine Lippen gestrichen hatte, war ich fast so weit, ihn um einen Kuss anzuflehen. Ein Feuer züngelte in meinem Körper und Feuchtigkeit sammelte sich zwischen meinen Beinen. Meine Brüste kribbelten, als Miles endlich Erbarmen mit mir hatte. Er presste seine weichen Lippen auf meine, und ich verlor keine Zeit, ihm mit meiner Zunge zu begegnen.

Mehr hatte ich offenbar nicht gebraucht, damit ich wieder zum Leben erwachte. Instinktiv fuhr ich mit den Händen unter sein T-Shirt und seufzte in seinen Mund, weil seine Haut an meiner ein Verlangen in mir befriedigte, das sich seit Wochen in mir aufgebaut hatte.

Ich hatte das hier nicht geplant. Mir ist klar, dass ich noch mal mit Miles schlafen wollte. Eine Nacht mit ihm war bei Weitem nicht ausreichend, doch bisher hatte das nervöse Kribbeln und meine Unsicherheit die Oberhand behalten.

Bis jetzt. Jetzt gab es nur all die Empfindungen und Miles und mich und dieses Feuer zwischen uns. Er lehnte sich zurück, bevor er meine Hände von seinem Körper nahm und meine Handgelenke mit einer Hand über meinem Kopf festhielt. Nicht fest, nur so, dass ich verstand, dass er für den Moment die Kontrolle übernahm.

Mit aufsteigender Ungeduld beobachtete ich ihn dabei, wie er mit seiner freien Hand die Decke bis zu meiner Taille runterzog. Meine Brustwarzen zeichneten sich mittlerweile deutlich unter dem Jerseystoff meines Schlafshirts ab.

»Du machst mich fertig«, kommentierte er heiser. In der darauffolgenden Sekunde beugte er sich herab und saugte durch das T-Shirt abwechselnd an meinen Brustwarzen.

Die Reizüberflutung legte kurzzeitig mein Gehirn lahm. Als ich wieder halbwegs zu mir kam, hatte Miles den Stoff über meine Brüste geschoben. Er zog mit seiner Zunge Kreise von einer Brust zur nächsten, neckte mich. Spielte mit meinen Erwartungen.

Ich drückte unwillkürlich meinen Rücken durch, weil ich mehr von seiner Zunge brauchte. Überhaupt von ihm.

»Miles«, flüsterte ich, weil mir zu mehr die Kraft fehlte. Der Griff um meine Handgelenke verstärkte sich kurzzeitig. Ich glaubte … nein, ich *wusste*, wenn in diesem Moment nicht sein Handy geklingelt hätte, hätte ich mich ihm gänzlich hingegeben.

Doch sosehr wir das penetrante Klingeln zu ignorieren versuchten, es hatte die Stimmung gekippt. Miles ließ mich los. Ein bedauerlicher Ausdruck auf seinem Gesicht, als er von mir kletterte, um zur Yogamatte zurückzukehren. Dort hatte er sein Handy liegen gelassen.

Wer rief ihn so spät noch an? Es war mitten in der Nacht.

Ich beeilte mich, mein Shirt runterzuziehen und mich aufzurichten. Mit den Fingerspitzen berührte ich zaghaft meine pochenden Lippen.

»Sam?« Miles räusperte sich. »Was ist passiert?«

Ich hörte Sams Antwort nicht im Detail, er hatte allerdings einiges zu sagen.

»Okay, sorry, damit hab ich nicht gerechnet. Kannst du sie in ein Taxi setzen?« Sams Antwort. »Danke, Mann.«

Nachdem Miles aufgelegt hatte, wandte er sich wieder mir zu. Ich hatte mich am Bettrand auf die Knie gesetzt. Abwartend sah ich ihn an.

»Sorry.«

»Du musst dich nicht entschuldigen«, sagte ich prompt.

»Das war Sam ... Melissa ist vor seiner Tür aufgetaucht, um ihn zu verführen.« Er zog eine Grimasse.

»Was?«

»Sie wollte wohl Colin eifersüchtig machen, nachdem ich nicht mitgespielt habe.« Er schüttelte den Kopf. »Anscheinend ist sie auch nicht ganz nüchtern, und Sam wollte mir Bescheid sagen. Er setzt sie jetzt in ein Taxi.«

»Oh, wow.« Tat man das so in seinen Kreisen? Man suchte sich irgendeinen Typen, um seinen Frust zu vergessen und seinen eigentlichen Schwarm eifersüchtig zu machen?

»Ich kann mich nicht erinnern, ob sie schon immer so gewesen ist.«

»Ärgert es dich?«, fragte ich vorsichtig, als er sein Handy wieder weglegte und zu mir ins Bett kletterte.

Wir brauchten ein paar Sekunden, bevor wir beide unter der Decke nebeneinander lagen. Ich nahm die unausgesprochene Einladung an, als er seinen Arm hob, und rückte an ihn heran, bis mein Ohr auf seinem Brustkorb lag. Auch sein Herzschlag raste noch.

»Etwas. Am allermeisten, dass Sam sich wieder damit rumschlagen muss. Ich wäre zu ihm gegangen, wenn meine Anwesenheit helfen würde. Aber je schneller er sie loswird, desto besser wahrscheinlich.«

Eigentlich wollte ich nicht über Melissa sprechen, vor allem da ich immer noch mit der Hitze in meinem Körper zu kämpfen hatte, doch es bedrückte Miles. Und ich wollte, dass er mit mir über all seine Sorgen sprechen konnte.

»Wie war sie denn so, als du sie kennengelernt hast?«, zwang ich mich, zu fragen.

Er platzierte einen Kuss auf mein Haar. Wahrscheinlich wusste er, wie schwer mir das Gespräch fiel. Besonders weil er und ich nicht zusammen waren. Wir hatten keine Grenzen gesteckt und uns nicht irgendwelche Gefühle gestanden. Es gab keine Beziehung. Wir befanden uns in einem Schwebezustand, und währenddessen über seine Exfreundin zu sprechen, war … seltsam.

Trotzdem, sie war ein Teil seiner Vergangenheit, und durch sie hatten wir uns mehr oder weniger kennengelernt. Ich wollte ihn und diese Beziehung verstehen. Vielleicht würde ich dadurch auch einen Teil meiner Unsicherheit loswerden können, weil ich verstand, warum er hier mit mir und nicht mit jemandem wie ihr zusammen war.

»Sie war die schönste Person im ganzen Raum, und das wusste sie«, sagte er neutral. Wie ein Reporter vom Wetter sprach. Nicht in Erinnerungen schwelgend, sondern eine Tatsache verkündend. »Das hat sie interessant gemacht. Gleichzeitig …«

»Ja?« Mein Herz pochte mir bis zum Hals. Wie sollte ich jemals mit einer Schönheit wie dieser mithalten können?

»… war sie wie alle anderen und irgendwie auch wie ich selbst. Selbstsicher und reich und vorhersehbar.« Er zuckte mit der Schulter, die unter mir lag. »Es war weniger aufregend, mit ihr zusammen zu sein, als ich erwartet hatte. Ich dachte, wenn wir uns verloben, würde ich mich … besser fühlen. Stattdessen wäre das ein noch größerer Fehler gewesen.«

»Das klingt jetzt anders als damals. Wie war das noch mal?« Ich machte ein nachdenkliches Geräusch. »Ihr würdet euch einfach scheiden lassen, wenn's nicht klappt.«

Er lachte. »Das habe ich gesagt? Shit. Kein Wunder, dass du mich so verurteilend angeguckt hast.«

»Daran erinnerst du dich noch?«

Er nickte. »Was dich angeht, erinnere ich mich an alles.«

Ein Kribbeln durchfuhr meinen Körper.

»Ähm, also …« Worüber hatten wir gerade noch mal gesprochen? Seine Finger, die sich hauchzart an meinem Oberarm bewegten, lenkten mich ab. »Denkst du jetzt anders?«

»In den letzten Wochen ist viel passiert, und meine Perspek

tive hat sich verändert, ja«, antwortete er vage. Ich war nicht so selbstzentriert, dass ich glaubte, dass das an mir lag. »Melissa und ich waren nicht gut füreinander. Ich habe erkannt, dass ich etwas anderes vom Leben will.«

Er klang ernster, als ich ihn je gehört hatte.

»Du wirst nicht mehr mit ihr sprechen? Sie kommt ja offenbar nicht von dir oder deiner Familie los.«

Er schüttelte den Kopf. »Das würde bei ihr nur Öl ins Feuer gießen. Es ist besser, Abstand zu wahren.«

»Wenn du das sagst …«, murmelte ich.

»Was? Stimmst du mir nicht zu?«

»Du kennst sie besser als ich. Das ist es nicht«, beeilte ich mich, zu sagen.

»Und was dann?«

»Nichts.«

»Shi …«

Ich rückte von ihm ab und stützte mich mit einer Hand auf der Matratze auf, damit ich ihm ins Gesicht sehen konnte. Seine Stirn war gerunzelt. Er wirkte nicht verärgert, aber auch nicht sonderlich freundlich.

»Es ist nichts Schlimmes, Miles. Ich will es auch gar nicht auf mich beziehen, und wahrscheinlich ist dir der Gedanke nicht mal gekommen. Ich möchte bloß, dass du weißt, dass du mit ihr sprechen kannst«, sagte ich, weil ich kein Konflikt daraus machen wollte. »Wenn dir das Bedürfnis kommt, brauchst du nicht an mich zu denken.«

»Wie bitte?«

Okay. *Jetzt* hatte ich ihn verärgert. Warum?

»Es ist dein Leben. Wenn du nur nicht mit ihr sprichst, weil es ihr nicht helfen würde, okay. Dann glaube ich dir. Aber sollte sich das ändern und du denken, du musst Rücksicht auf mich nehmen oder so, dann brauchst du das nicht. Du bist mir nichts schuldig.«

»Und warum nicht?«

Ich zuckte mit den Schultern. Warum machte er es mir so schwer? Ich versuchte bloß, ihm zu sagen, dass es kein Problem für mich war, wenn er ihr half.

Er presste die Lippen zusammen, bevor er die Decke umschlug und aus dem Bett kletterte.

»Was tust du da?« Irritiert beobachtete ich ihn dabei, wie er sich zurück auf die Yogamatte sinken ließ. »Miles?«

»Ich bin müde.«

»Miles.«

»Gute Nacht, Shiloh.«

Etwas war eindeutig schiefgelaufen. Nicht zum ersten Mal kam mir der Gedanke, dass diese Beziehungssache zu kompliziert war. Nicht dass wir eine Beziehung gehabt hätten, aber …

Seufzend legte ich mich wieder hin. Miles an meiner Seite schmerzlich vermissend. Ich hätte besser die Klappe halten sollen.

Bevor ich Miles kennengelernt hatte, hätte ich mir nicht mal vorstellen können, mich dauerhaft an eine Person außer Troye gewöhnen zu können. Jetzt waren erst drei Tage vergangen, und Miles war schon ein so wesentlicher Bestandteil meines Lebens, dass ich mich an ein Vorher ohne ihn kaum noch erinnern konnte.

Dabei änderte es nichts, dass er immer noch unterschwellig so wirkte, als hätte er ein Hühnchen mit mir zu rupfen. Vor Bronwyn ließ er sich zwar nichts anmerken, doch wann immer sich unsere Blicke trafen, spürte ich seine leise Verärgerung.

Wir saßen gerädert von der langen Nacht mit Bronwyn in der Küche und frühstückten. In einer Viertelstunde mussten wir schon los zur Detektei, wobei ich nicht sagen konnte, ob ich diesen mürrischen Miles nicht vorher am Kragen packen und schütteln würde.

Warum konnte er nicht einfach sagen, was ihn bedrückte? Was ich falsch gemacht hatte?

Bronwyn konnte mich glücklicherweise ablenken. Sie hatte ganz komisch geguckt, als sie in die Küche gekommen war und nicht nur mich vorgefunden hatte. Doch da sie Miles bereits tags zuvor kennengelernt hatte, war die Stimmung nicht allzu awkward gewesen.

Sie bestand darauf, für uns Rührei zu machen, während Miles sich um den Kaffee kümmerte und ich dazu verdammt war, den Tisch zu decken. Mehr traute mir offenbar niemand zu.

Ich hätte gern geholfen, um mich nicht ganz so nutzlos zu fühlen, doch ich genoss es auch, beide von meinem Platz aus zu beobachten.

Es passte nur ein rechteckiger Tisch in die längliche Küche, den wir mit einer Seite an die Wand gestellt hatten. Für Notfälle gab es noch einen vierten Klappstuhl in der Abstellkammer. Da Nick aber noch nicht wieder zu Hause war, kamen wir mit den drei Plätzen hin.

Ich zog meine Füße auf den Stuhl und umschlang meine Beine. Bronwyn redete seit fünf Minuten ununterbrochen davon, wie sie neue Korallen gezogen hatte. Miles' Antworten ließen darauf schließen, dass er aufmerksam zuhörte.

Beide standen mit dem Rücken zu mir. Neben Bronwyn wirkte Miles noch viel größer, sein Kreuz noch breiter. Gestern Nacht hatte ich wie schon auf dem Basketballfeld das wahre Ausmaß seines vergangenen Trainings gesehen. Kein Vergleich zu dem Miles vor sechs Wochen. Anatomiestudierende hätten an ihm jeden Muskel erkennen und benennen können.

Ich hatte nicht gedacht, dass eine derartige Veränderung in so kurzer Zeit möglich wäre. Miles hatte mich wie so oft eines Besseren belehrt.

Konzentriert trug er die vollen Tassen von der Theke auf den

Tisch. Nachdem auch Bronwyn fertig war, konnten wir uns endlich aufs leicht verbrannte Essen stürzen. Ich hatte echt Kohldampf. Bis auf die Pizza hatte ich gestern kaum etwas gegessen, und der Käse hatte nur dabei geholfen, dem Alkohol etwas entgegenzuhalten. Immerhin ging es mir abgesehen von leichten Kopfschmerzen heute gut.

»Gibt es eigentlich etwas, das ich wissen sollte?«, fragte Bronwyn nach einem Moment. Mit der Gabel wedelte sie zwischen Miles und mir hin und her.

»Was meinst du?«, fragte ich unschuldig, während ich mein Knie unter dem Tisch sanft gegen Miles' stieß. Er verschluckte sich, als meine Hand über sein Bein wanderte.

Ich wollte nicht, dass er sich von mir entfernte. Würde er mich von sich stoßen, weil ich scheinbar schwer von Begriff war? Hätte Sam nicht angerufen, hätten wir wieder miteinander geschlafen.

All die rationalen Gründe, mich ihm nicht zu öffnen, ließen sich nur noch schwer rechtfertigen.

Gott, ich wollte ihn so sehr.

*Konzentrier dich, Shiloh.*

Seine Hand legte sich auf meine und verhinderte, dass ich mich weiter nach oben arbeiten konnte.

Ich hätte vor Erleichterung beinahe aufgeseufzt. Obwohl er nicht ganz glücklich mit mir war, wies er mich nicht zurück.

»Seid ihr jetzt ein Paar?«

»Wir arbeiten zusammen«, sagte ich unschuldig lächelnd.

»Shiloh Tenley, seit wann bist du so frech?« Bronwyn schüttelte den Kopf, sodass ihr Dutt gefährlich wackelte. »Ich habe schon verstanden. Gosh, ich wünschte, Nick wäre hier.«

»Ich auch.«

Bronwyn sah mich erstaunt an. »Echt?«

Ich nickte amüsiert. Nachdem ich bereits Bronwyn und Miles in mein Leben gelassen hatte, was war da eine Person mehr?

»Nick ist der Dritte im Bunde?«, fragte Miles, der immer noch meine Hand festhielt.

»Der Vierte«, korrigierte ihn Bronwyn.

»Hm?«

»Wir sind jetzt zu viert, oder nicht?«

Miles sah sie einen Moment ungläubig an, dann lächelte er breit und seine Grübchen erschienen. »Ich mag dich, Bronwyn Halfers.«

»Und ich mag dich, Miles Abraham Peter Allerton.«

»Hast du mich gegoogelt?«

»Und wenn schon.« Wir lachten.

»Peter? Abraham? Gut zu wissen«, murmelte ich und speicherte die Namen ab.

»Wage es ja nicht, mich mit dem Namen meines Vaters anzusprechen.« Miles ließ meine Hand los, um sie auf meinen Oberschenkel zu legen. Eine Warnung.

»Peter? Oder Abraham?« Ich stützte mein Kinn auf eine Hand auf und lächelte süß.

»Abraham. Peter hieß mein Grandad.« Er schob seine Hand ein Stück höher. Unsere Blicke blieben ineinander verhakt.

»Peter ist also okay?«

»Peter ist nicht okay. Mein Name ist Miles.«

»Shiloh hat auch einen Zweitnamen«, mischte sich Bronwyn vergnügt ein. Abrupt sahen Miles und ich zu ihr. »*Ann.*«

Miles prustete los. Immerhin zogen wir beide unsere Hände zurück. Er, weil er amüsiert war, ich, weil ich ein Hühnchen mit Bronwyn zu rupfen hatte.

Ich sprang auf und zerzauste ihre Haare. »Als meine BFF solltest du auf meiner Seite sein.«

Lachend zerstörte sie auch meine Frisur, bis wir aussahen wie zwei Vogelscheuchen. »Ich bin auf deiner Seite. Du weißt es nur noch nicht.«

»Das halte ich für ein Gerücht«, murmelte ich, darum kämpfend, nicht weiterzulachen. »Komm, Miles, wir müssen los.«

»Hey, bevor ihr geht: Heute Abend steht, oder? Unser Essen?«, fragte Bronwyn schnell. Ihre Stimme überschlug sich fast.

»Wir haben es versprochen«, sagte Miles augenzwinkernd.

»Haben wir?«, murmelte ich, während ich mein Haar mit den Fingern in Ordnung brachte.

»Okay, dann bereite ich alles vor. Seid pünktlich.«

»Ich muss nur bis um zwölf arbeiten. Das wird wohl pünktlich genug sein, oder?«

»Und Miles?« Bronwyn schnaubte.

»Kann sein, dass ich vorher noch einen Termin hab, aber ich bin da, wenn ich da sein muss.«

»Okay, sieben wäre super.«

»Dann um sieben! Danke für die Einladung, Bronwyn.« Miles grinste zufrieden.

Ich verdrehte die Augen und ging in den Flur. Ich wusste nicht, was ich davon halten sollte, dass sich die beiden so gut verstanden. Was hatte das warme Gefühl in meiner Magengegend zu bedeuten? Gefiel es mir etwa, dass sie auf einer Wellenlänge waren?

Vielleicht bedeutete das auch, dass ich Miles mehr Vertrauen schenken konnte. Wie falsch konnte ich schon liegen, wenn sie sich auch noch gegenseitig mochten? Es war nicht mehr so weit hergeholt, dass sie anständige Menschen waren, denen man vertrauen konnte, oder?

Troye hatte keine Freunde, die so waren wie Miles oder Bronwyn. All seine Bekanntschaften waren arrogante Typen, die mit Geld um sich warfen. Sie waren so, wie Troye sein wollte. Das verstand ich jetzt.

Im Tageslicht fühlte es sich anders an, mit Miles draußen herumzulaufen. Er nahm nicht meine Hand, was vermutlich daran lag, dass wir zum einen immer noch nicht über den Semi-Streit von gestern Nacht gesprochen hatten und zum anderen, weil wir beide jeweils einen Eiskaffee to go festhielten. Und die andere Hand brauchte er, um Nachrichten in sein Handy zu tippen.

»Wem schreibst du so früh?«, fragte ich, bemüht, uns wieder auf einen grünen Zweig zu bringen. Wir hatten die Metrostation bereits verlassen und würden bald die Detektei erreichen. Die Luft war schmutzig heute und kratzte in meinem Hals. Umso mehr Erleichterung brachte der Kaffee.

»Meiner Mom.« Er lächelte schief.

Ich hatte ihm zwar gesagt, dass er mir sagen könnte, wenn es ihm nicht gut ging, doch ich war unsicher, ob das Angebot wirklich bei ihm angekommen war.

»Ich muss nach der Arbeit noch zu ihr. Familienbla«, erläuterte er. »Deswegen kann ich später nicht sofort in eure WG kommen.«

»Klar.«

Die Erwähnung von Familie riss in mir die Wunde auf, die Miles letzte Nacht fast geschlossen hatte. Der Gedanke an meine Familie, an meine Eltern, bereitete mir Bauchschmerzen. Ich hatte gesehen, dass mir Troye Nachrichten hinterlassen hatte, aber ich hatte sie nicht gelesen. Die Mailbox würde ich auch erst mal nicht abhören.

Ich brauchte Abstand und Ablenkung. Letzteres würde ich zumindest auf der Arbeit finden.

»Können wir über das reden, was gestern passiert ist?«, traute ich mich zu fragen.

Miles hielt an der Ecke zur Straße, an der unsere Detektei lag. Es war viel Verkehr, auch auf dem Gehweg. Ich rückte enger an ihn heran, weil ich nicht im Weg stehen wollte.

Er schob das Handy zurück in seine hintere Hosentasche, aber er sah mich nicht an.

»Habe ich was Falsches gesagt?«, bohrte ich weiter, weil ich diese unterschwellige Spannung nicht länger ertrug. Selbst wenn er gelächelt hatte, hatte er einen Teil von sich zurückgehalten.

»Ich habe dir bereits gesagt, dass ich will, dass dich das was angeht, Shi. Im Aquarium. Aber mit deiner Aussage, dass ich dir nichts schuldig wäre? Das war wie ein Schlag ins Gesicht.«

»Eigentlich hast du mich gefragt, ob …«

»Haarspalterei«, unterbrach er mich. »Und darum geht es nicht.«

»Sondern …?« Ich war lost.

Er nahm einen Schluck von seinem Kaffee, um Zeit zu schinden. Oder er musste seine Gedanken ordnen.

»Fuck, wie kommt es, dass ich noch nie vorher in dieser Rolle war?« Er schüttelte den Kopf. Mit jedem Wort fühlte ich mich weiter von ihm entfernt. Ich kam nicht dahinter, was er mir sagen wollte.

»Miles«, sagte ich ruhig. »Wenn du mir nicht jetzt sofort sagst, was Sache ist, schreie ich.«

Bedröppelt sah er mich an. »Du weißt es wirklich nicht, oder?« Ich schwieg. Das sollte Antwort genug sein. »Ich will, dass du eifersüchtig bist. Ich will, dass du erkennst, dass zwischen uns was Besonderes ist. Ich will, dass du ein … Anrecht auf meine Zeit und meine Aufmerksamkeit hast. Shit, ich dachte nicht, dass ich jemals so unsicher sein würde.«

»Das … Du bist unsicher?« Die Erkenntnis, dass ich nicht die Einzige war, die sich mit ihren Gedanken im Kreis drehte, machte mir seltsamerweise bessere Laune.

»Natürlich bin ich das«, murmelte er frustriert. »Immer wenn ich glaube, wir nähern uns an, fühlt es sich an, als würdest du dich wieder von mir entfernen. Das macht mich verrückt. Deshalb war ich gestern verärgert. Ich dachte, wir hätten zusammengefunden, und dann sagst du so was. Als wärst du gar nicht an mir interessiert.«

»Als wäre ich nicht …« Ich war außerstande, Miles etwas entgegenzusetzen. Die Wahrheit war: Durch meine Unsicherheit hatte er sich abgewiesen gefühlt, obwohl ich nur mich selbst hatte schützen wollen.

»Es ist, wie es ist. Puh, ich weiß nicht, ob sich jetzt einer von uns besser fühlt.« Sein Mundwinkel zuckte leicht. Er erwartete nicht mal, dass ich ihm sagte, dass ich ihn wollte. Noch immer dachte er, ich wäre ihm gegenüber kalt und emotionslos. »Lass uns gehen.«

Er nahm meine Hand in seine, ohne dass er mir die Chance gab, Stellung zu beziehen.

Mit klopfendem Herzen ließ ich mich von ihm in die Detektei ziehen. Ich wusste, dass ich ihm versichern musste, dass ich mehr für ihn empfand, als er dachte. Doch der Zeitpunkt war verstrichen und ich … Ich wurde wieder von meiner eigenen Angst geblendet.

Dieses Mal würde ich mich aber nicht davon niederringen lassen. Nicht wenn ich Miles dadurch schadete. Ich würde mit ihm das Gespräch suchen. Spätestens heute Abend, wenn er zum Essen vorbeikäme.

In der Detektei war heute viel los. Mr Goldbloom hatte vier neue Aufträge angenommen und drei weitere Abschlussgespräche. Miles schrieb noch ein paar Nachrichten mit seiner Mom und lächelte mich zwischendurch an, wie um mir zu versichern, dass er mir nicht böse war. Er war mit den Gedanken nicht ganz bei der Sache. Ich teilte ihm Fleißaufgaben zu, bei denen er nicht sonderlich konzentriert sein musste.

Gern würde ich wissen, was noch in ihm vorging. Abgesehen von der Sache zwischen uns schien da mehr zu sein. Doch so wenig er mich gedrängt hatte, so wenig wollte ich ihn nun zwingen, zu reden.

Vor allem da ich ihm noch eine Antwort schuldig war.

Der Feierabend kam viel schneller als gedacht. Ich hatte das Gefühl, nicht einmal die Chance bekommen zu haben, durchzuatmen.

»Ich nehme ein Taxi nach Hause. Dann geht alles schneller«, verkündete er beim Abschließen der Detektei.

»Miles, ich …« Ich hielt ihn am Handgelenk fest. Es war zu viel. Ich könnte nicht bis zum Abend warten. Konnte ihn nicht eine Stunde länger im Glauben lassen, dass er mir egal wäre.

Wir standen im Flur einander gegenüber. Die Türen zu den verschiedenen Firmen waren allesamt geschlossen, und nur das Piepsen des Fahrstuhls weiter hinten durchbrach die Stille.

Fragend sah er zu mir zurück, mir halb zugewandt. »Hm?«

»Ich will auch, dass du mich was angehst«, presste ich unter geschlossenen Augen hervor, um seine unmittelbare Reaktion nicht sehen zu müssen. »Ich will nicht, dass du Melissa wiedertriffst. Ich will keinen Schritt mehr zurückgehen.«

Als er nichts sagte, gab ich mir innerlich einen Ruck und öffnete die Lider. Ein sanftes Lächeln umspielte seine Lippen.

»Danke, Shi«, sagte er. Ich bildete mir ein, ein Zittern aus seiner Stimme herauszuhören.

Zeitgleich näherten wir uns einander, und ich seufzte auf, als ich seine Lippen auf meinen spürte. Unerwartet und doch bekannt.

Viel zu früh löste er sich wieder von mir. Mein Herz schlug mir bis zum Hals.

»Ich muss los. Aber ich freue mich auf heute Abend«, raunte er. Ich nickte. Zu mehr war ich nicht imstande.

## • KAPITEL 20 •

*it is killing me*

Ich wollte Miles dieses Mal überraschen. Er hatte recht: Ich schminkte mich bloß selten, weil mir der Aufwand zu groß war. Das würde sich auch in Zukunft nicht ändern. Allerdings bedeutete das nicht, dass ich nicht hin und wieder Lust darauf hatte. Heute trug ich neben Wimperntusche noch einen dunkelgrauen Lidschatten, Eyeliner, dezenten Rouge und Lipgloss auf.

Nach kurzer Überlegung entschied ich mich für ein schwarzes Kleid mit weißem Seemannskragen und vier goldenen Knöpfen vorne. Es schmiegte sich eng an meine Taille und wurde an meiner Hüfte nur minimal weiter. Darunter begann der Faltenrock, der mir bis zu den Knien reichte. Um die Optik etwas aufzulockern, teilte ich mein Haar in der Mitte und zwirbelte sie zu zwei Knoten auf meinem Kopf. Mein Pony föhnte ich wie immer locker.

Als ich lautes Scheppern aus der Küche hörte, löste ich mich von meinem eigenen Anblick.

Bronwyn hatte darauf bestanden, selbst zu kochen, anstatt einen Lieferdienst kommen zu lassen. Wer war ich, dem Eifer meiner neuen besten Freundin im Weg zu stehen?

In der Küche sah es weniger chaotisch aus als erwartet. Bronwyn trug ein blassblaues Ensemble. Eine Art Ballerinarock, der ihre Schienbeine umspielte, und ein gebundenes Oberteil, das ihre üppige Oberweite gerade so zusammenzuhalten schien. Ich hatte sie noch nie derart herausgeputzt gesehen. Es gefiel mir.

»Gut siehst du aus«, sagte ich vom Türrahmen aus.

Sie sah von der Schüssel auf, in die sie ihre Hände vergraben hatte, um einen Teig zu bearbeiten. An ihrer Wange haftete Mehl. Neben ihr auf dem Boden lag ein Deckel, den sie vermutlich versehentlich vom Tisch gestoßen hatte.

»Ich hätte mir eine Schürze anziehen sollen. Das geht gar nicht gut. Ich seh's schon kommen. Warum muss Kochen auch so furchtbar schwierig sein?«

Lachend half ich ihr, sich die Schürze doch noch umzubinden. Anschließend folgte ich ihren einfachen Instruktionen, damit sie nicht alles allein machen musste. Wir beide besaßen kein Talent fürs Kochen, aber zusammen stellten wir uns gar nicht so unfähig an.

»Gibt es etwas an Gesprächsthemen, das ich heute Abend vermeiden sollte?«, fragte sie mich.

»Du machst dir Sorgen, einem von uns auf den Schlips zu treten?«, wunderte ich mich laut.

»Ich bin kein Elefant im Porzellanladen«, murrte sie gespielt beleidigt und rührte hektisch im Topf mit der roten Soße. »Ich rede bloß gern.«

»Das weiß ich doch.« Ich lächelte. »Solange wir nicht über meine Familie reden, ist alles für mich in Ordnung. Was Miles angeht, kann ich das nicht genau sagen.« Ich erinnerte mich daran, dass er nicht über die vergangenen Wochen hatte sprechen wollen, und wiederholte den Gedanken laut, damit Bronwyn vorbereitet war.

»Alles klar. Daran kann ich mich halten.« Grinsend nahm

sie den Topf hoch, um den Inhalt in die Auflaufform zu gießen. »Here goes nothing.«

Um Punkt sieben Uhr läutete es an der Tür, und Miles erschien mit einem halbtrockenen Rotwein im Apartment. Er hatte sich umgezogen. Er trug eine schwarze Jacke über einem weißen Shirt und schwarze Stoffhosen mit einem cremefarbenen Gürtel. Eine sommerlich anmutende Kette mit bunten Perlen lag um seinen Hals. Seine Wangen waren glatt, strahlend und offenbar frisch rasiert.

Mein Herz flatterte.

»Hey«, begrüßte ich ihn im Flur. Bronwyn war in der Küche geblieben. Ich genoss den kurzen Moment, den wir für uns hatten.

»Hey.« Lächelnd zog er mich mit einer Hand an meinem Rücken zu sich heran. Er küsste meinen Mundwinkel. »Hey, Schönheit«, wiederholte er.

»Das ist das Kleid«, sagte ich automatisch, anstatt ihm für das Kompliment zu danken.

»Das bist du«, widersprach er liebevoll.

»Hat alles geklappt? Mit deinen Eltern?«, wechselte ich das Thema, als er mich losließ.

»War so wie erwartet«, antwortete er ausweichend. »Riecht fantastisch. Was brutzelt Bronwyn denn da?«

Mehr würde er dazu wohl nicht sagen. Ich nahm ihm den Wein ab, damit er seine Jacke an die Garderobe hängen konnte.

»Eines ihrer Leibgerichte, wie sie selbst sagt. Das Einzige, das sie beherrscht, ist aber näher an der Wahrheit dran. Lasagne. Und zum Nachttisch gibt es Muffins. Ich weiß zwar nicht, wie wir die danach noch in uns reinstopfen sollen, aber okay.«

»Gebt euch einfach Mühe«, rief Bronwyn aus der Küche. Sie hatte zumindest den zweiten Teil unserer Unterhaltung mitbekommen.

Wir gingen zu Bronwyn, um ihr beim Abwasch zu helfen. Das war das Mindeste, was wir tun konnten. Währenddessen redeten wir über Unverfängliches. Das Wetter, die kaputte Glühbirne und wie gut es duftete. Wir hatten bereits einen Großteil des schmutzigen Geschirrs weggespült, als die Lasagne fertig gebacken war. Der Käse brutzelte schon knusprig braun.

»Setzt euch«, wies Bronwyn an. Sie zog die vollgekleckerte Schürze wieder aus. »Ich kann zwar nicht viel kochen, aber das kann ich. Ihr werdet begeistert sein.«

»Miles hat Wein mitgebracht.«

»Du bist minderjährig«, ermahnte mich Bronwyn grinsend.

»Lustig.« Ich verdrehte die Augen. Sie wusste genau, dass ich bereits Geburtstag hatte.

»Und wie.« Trotz ihrer neckenden Worte holte sie drei Weingläser aus dem Schrank. Ansonsten war der Tisch bereits gedeckt.

Miles setzte sich wieder zwischen Bronwyn und mich, gegenüber der Wand. Ohne nachzudenken, hatten wir eine Sitzordnung etabliert. Fehlte bloß Nick.

Da ich Bronwyn nicht die Laune verderben wollte, fragte ich nicht danach, wann er wieder in New York sein würde. Selbst ich vermisste seine humorvolle, aber stoische Präsenz in der WG, obwohl ich bis vor Kurzem noch als Einsiedlerin hatte leben wollen.

Nachdem Bronwyn mit Miles' Hilfe die Lasagne aus dem Backofen geholt hatte, verteilten wir die Portionen auf unsere Teller. Während wir darauf warteten, dass sie abkühlte, machte Bronwyn ihre Spotify-Playlist an, die voll entspannter Hintergrundmusik war. Zwei schlanke Kerzen flackerten zwischen uns und spendeten das Licht, das eigentlich von der Deckenlampe hätte kommen sollen. Wenn sie nicht kaputt gewesen wäre.

Ich war fast glücklich. Einzig die Probleme mit meiner Familie hielten mich zurück.

Wenn das hier von nun an mein Leben wäre, könnte ich mich damit arrangieren. Das *hier* war weitaus mehr, als ich je zu hoffen gewagt hatte. Ich hatte mir diese Art von Frieden und Freundschaft nicht mal vorstellen können.

Bis zu dem bedeutungsschweren Tag, an dem ich Miles das erste Mal getroffen hatte, war für mich Glück einzig gewesen, nicht mehr in Livingston zu wohnen.

Ich hatte geglaubt, dass ich höhere Ansprüche an mich und mein Leben nicht verdient hätte. Weil Livingston den Rücken zuzukehren, bereits ein so großer Schritt, ein so großer Wunsch gewesen war. Wer war ich, um nach mehr zu streben?

»Der Wein schmeckt gut«, kommentierte Bronwyn. »Ich bin zwar keine Feinschmeckerin, aber auch einem Mähdrescher wie mir schmeckt er gut.«

»Mähdrescher?« Miles wirkte amüsiert.

»Es gibt wenig, was ich nicht in mich reinstopfe«, erklärte Bronwyn. »Bananen zum Beispiel.«

»Du isst keine Bananen?«, fragte ich ungläubig.

»Hast du jemals Bananen in diesem Haushalt gesehen?«

»Jetzt, da du's sagst …«

Miles und ich machten Bronwyn Komplimente, weil die Lasagne wirklich köstlich war. Sie wiederum versuchte, nicht breit zu grinsen und so rot anzulaufen wie die Soße. Trotzdem sah man ihr an, wie viel es ihr bedeutete, dass es uns schmeckte.

»Oh, fast habe ich es vergessen«, sagte Bronwyn aufgeregt, wobei ihr Südstaatenakzent durchbrach. »Ich schicke euch gleich den Namen und die Adresse der Frau, die ihr sucht. Einer meiner bekannten Züchter hat sie von dem Foto wiedererkannt.«

Miles und ich warfen uns einen Blick zu. »Wow, ich habe nicht damit gerechnet, dass das so schnell geht«, sagte ich.

»Ich auch nicht«, stimmte Miles zu. »Eigentlich sollten wir Goldbloom von unserem Erfolg berichten. Dann kann er uns gleich als Juniordetektive einstellen.«

»Das werden wir schön sein lassen«, entgegnete ich. »Wenn er herausfindet, dass wir einen seiner Fälle übernommen haben, macht er uns jeweils einen Kopf kürzer.«

Miles lächelte verschmitzt. »Wahrscheinlich hast du recht. Ich kann's kaum erwarten, Eddy von unserem Fund zu erzählen. Er wird sich freuen.«

Bevor ich etwas Falsches sagen konnte, nahm ich lieber noch einen Bissen Lasagne. Ich verstand Miles' Euphorie nicht, was diesen Fall anging. Und ehrlich gesagt behagte es mir nicht, dass wir derart schnell zu einem Ergebnis gekommen waren.

»Ich bin froh, dass ich helfen konnte«, sagte Bronwyn. »Ihr könnt mich ja auf dem Laufenden halten, wie es ausgeht?«

»Sicher.« Zumindest das konnte ich guten Gewissens versprechen. »Ich bin voll.« Stöhnend lehnte ich mich im Stuhl zurück.

»Du hast aber nicht aufgegessen.« Bronwyn hatte selbst noch die Hälfte von ihrem Stück auf dem Teller, was ich gerade hervorheben wollte, als ich vom Rumpeln der schweren Eisentür unterbrochen wurde.

Es gab bloß eine weitere Person, die einen Schlüssel zu unserem Apartment besaß.

»Nick!«, rief Bronwyn euphorisch und sprang von ihrem Stuhl.

Nick war jedoch schneller bei uns als sie bei ihm. Als er uns in der Küche sah, lächelte er breit, wenn auch überrascht.

Bronwyn, die Anstalten gemacht hatte, in seine Arme zu fallen, erstarrte mitten in der Bewegung.

Nick war zwar von seinem Job als Stuntman zurückgekehrt, aber er hatte sich verletzt. Mehr als normalerweise. Sein linker Arm war in einer Schlinge festgezurrt, sein Kinn wies Schürfwunden auf und ein paar Kratzer verteilten sich über sein Ge-

271

sicht. Sie waren noch rot, teilweise blutig. Der Unfall konnte nicht allzu lange zurückliegen.

»Was ist passiert?« Jegliche Freude war aus Bronwyn gewichen. Ihre Stimme klang hohl. Fremd. Emotionslos. Sie stand neben ihrem Stuhl, die Hände zu Fäusten geballt.

Mangelnde Emotionen waren definitiv nicht ihr Problem. Ganz im Gegenteil konnte sie ihre Wut kaum unterdrücken, und ich wusste nicht, wie ich als ihre Freundin damit umgehen sollte.

»Kleiner Arbeitsunfall. Nichts Schlimmes«, antwortete Nick lächelnd. Im Vorbeigehen verwuschelte er Bronwyns Haar und reichte dann Miles seine Hand. »Hey, ich bin Nick.«

Miles stand aus Höflichkeit auf, als er seine Hand schüttelte. »Miles. Shilohs guter Freund.«

*Shilohs guter Freund?* Was bedeutete das? Ein normaler Freund? Ein Freund mit Ausblick auf mehr? Eine lose Bekanntschaft?

Gut, Letzteres konnte ich sicher verwerfen nach dem Gespräch, das wir heute Morgen gehabt hatten. Er wollte mehr. Ich wollte mehr.

Die Frage war bloß die, wie wir beide unsere Unsicherheiten würden überwinden können.

»Wie es aussieht, habe ich einiges verpasst. Hallo, Shiloh«, begrüßte er auch mich und lächelte warm. Bronwyn ignorierte er förmlich. Er kannte sie besser als ich. Wusste, wie er mit ihren Stimmungen umzugehen hatte. Ich versuchte, mir nicht zu viele Sorgen um sie zu machen.

»Ich hoffe, es tut nicht sehr weh«, sagte ich, um die seltsame Stimmung zu durchbrechen.

»Ach, hatte schon schlimmere Verletzungen. Immerhin bekomme ich jetzt ein paar bezahlte Wochen frei.«

»Was genau machst du?«, fragte Miles neugierig.

»Sollen wir den Tisch von der Wand schieben? Damit du dich

hinsetzen kannst?«, schlug ich vor, damit wir nicht so komisch in der Gegend rumstanden.

Sofort setzten sich alle bis auf Bronwyn in Bewegung. Ihr Blick ließ nicht eine Sekunde von Nick ab. Immerhin setzte sie sich, nachdem es sich auch die Jungs wieder bequem gemacht hatten. Ich hatte den Ersatzstuhl aus der Abstellkammer geholt und mit einem nassen Tuch abgewischt. Wahrscheinlich nutzten wir ihn heute zum ersten Mal.

Da Bronwyn offenbar zu keiner Handlung mehr fähig war, übernahm ich die Rolle der Gastgeberin und füllte Nick einen Teller mit Lasagne. Er war gut gelaunt. Schien sich wirklich zu freuen, uns zu sehen und Miles' Fragen zu beantworten.

Fragen, die ich mir bisher verboten hatte, zu stellen, um Nick nicht mehr zu mögen als nötig. Nun lauschte ich aufmerksam seinen Antworten.

Nach und nach schien sich Bronwyn zu entspannen. Ihr finsterer Blick richtete sich auf ihren Teller. Sie rührte ihr eigenes Gericht nicht mehr an, sondern schob es lustlos mit der Gabel hin und her.

»Ich kann keine Details verraten wegen meiner unterschriebenen Verschwiegenheitsklausel, aber eigentlich war es ein cooler Stunt«, sagte Nick. »Der Fehler war wie so oft, dass Dinge last minute geändert wurden. Das Timing hat nicht gepasst, deshalb bin ich falsch aufgekommen. Sieht schlimmer aus, als es ist, wirklich.«

»Ich frag mich, was deine Mom dazu sagen wird«, erwiderte Bronwyn.

Nick sah sie prompt an. Bisher hatte er es gemieden, in ihre Richtung zu blicken. Er wirkte nicht direkt wütend, aber auch nicht amüsiert.

»Sie wird nichts dazu sagen, weil sie es nicht erfahren wird.« Seine Stimme erlaubte keine Widerworte.

Bronwyn grummelte irgendwas, ehe sie aufstand, um sich um das schmutzige Geschirr zu kümmern. Das nahm ich als mein Stichwort, ihr zu helfen.

»Wow, ich bin richtig neidisch. Was ein cooler Job.« Miles goss uns allen eine letzte Runde Wein ein, ehe er Anstalten machte, sein Geschirr abzuräumen.

Ich legte eine Hand auf seine Schulter. »Lass nur, du bist heute Gast.«

»Und ich?«, erkundigte sich Nick und sah mich direkt an.

Seine Frage wirkte wie eine Mutprobe. Bis dahin war unsere Beziehung oberflächlich gewesen. Eben die von zwei Menschen, die zusammenwohnen und sich nichts zu sagen hatten. Er gab mir nun die Chance, das zu ändern, und ich wusste es zu schätzen. Und warf ihm prompt das Geschirrtuch hin.

»Du kannst auch mit nur einer Hand abtrocknen.«

»War klar.« Er grinste, als er das karierte Tuch mit der Rechten auffing. »Dann mach ich mich mal an die Arbeit.«

Während wir gemeinsam aufräumten, arrangierte Miles die Muffins auf einem Teller und stellte sie ins Wohnzimmer. Bronwyns Laune heiterte sich mehr und mehr auf, auch wenn sie es spürbar vermied, mit Nick zu reden. Wieder überkam mich das Gefühl, dass zwischen ihnen mehr war, als sie zuzugeben bereit waren.

Der restliche Abend floss dahin, und wir amüsierten uns unglaublich gut, als wären wir schon seit Ewigkeiten befreundet. Es überraschte mich selbst am allermeisten.

Wir tranken Wein und bedienten uns noch an dem gemeinsamen Biervorrat. Es war … lustig. Die Unterhaltung bewegte sich voran, ohne dass es zu seltsamen Pausen kam. Ich genoss es, den anderen zuzuhören. Zu lachen, wenn sie sich gegenseitig aufzogen. Auch Bronwyn erwärmte sich endlich für die Situation. Entweder war sie nicht mehr wütend auf Nick, oder sie hatte beschlossen, den Abend zu genießen und ihrem Ärger morgen Luft zu machen.

Schließlich verabschiedete sich Miles. Kurz kam mir der Gedanke, ihn einzuladen, hier zu übernachten, aber ich fand nicht die richtigen Worte. Wenn er gefragt hätte, hätte ich nicht Nein gesagt. Insbesondere da ich immer noch das Bedürfnis verspürte, ihn davon zu überzeugen, dass ich mehr von ihm wollte als bloße Freundschaft.

Der Moment, in dem ich ihn hätte fragen können, verstrich, und Miles hatte bereits Bronwyn und Nick umarmt.

Ich folgte Miles in den Flur, wo er sich die Schuhe anzog. Sein Handy klingelte, und er blickte aufs Display.

»Mein Uber ist schon da.«

»Das ging ja schnell«, murmelte ich.

Als ich an ihm vorbeigreifen und die Tür öffnen wollte, zog er mich in eine Umarmung. Verblüfft hielt ich inne.

Meine Wange lag an seinem schnell schlagenden Herzen. Eine Hand hatte ich noch ausgestreckt, die andere baumelte herab. Ich war wie erstarrt.

Miles drückte mich an sich, ehe er mit einer Hand mein Kinn sanft nach oben schob, sodass ich ihn ansehen konnte. Meinen Kopf legte ich dabei leicht in den Nacken.

War meine Atmung eben noch nicht aufzuhalten gewesen, wusste ich jetzt nicht mehr, wie ich Luft holen sollte.

Miles küsste mich. Seine Lippen drückten sich auf meine. Für einen Moment hielten wir still, ehe ich meinen Mund öffnete. Zärtlich biss ich in seine Unterlippe, und er neckte anschließend meine Zunge mit seiner. Seufzend lehnte ich mich an ihn, krallte mich in sein Hemd.

Ich wollte mehr. Doch er entzog sich mir. Zärtlich strich er mir übers Kinn.

»Ich will dich so sehr, Shi«, sagte er. Seine Stimme rau vom

Alkohol und dem langen Abend. »Für den Fall, dass du immer noch an meinen Gefühlen zweifelst. Jetzt zu wissen, dass es dir ähnlich geht, macht mich fast verrückt. Seit dem Moment unseres Aufeinandertreffens hat es keine Sekunde gegeben, in der ich dich nicht haben wollte.« Schwer atmend lehnte er seine Stirn an meine. »Ich hätte nicht um Melissas Hand anhalten sollen, aber irgendwie ging alles so schnell. Hab noch nicht anerkennen wollen, dass ein Stirnrunzeln von dir genug war, um mich zu verändern. Ich werde immer für dich da sein, wenn du bereit bist.« *Ich bin jetzt bereit*, wollte ich schreien, doch kein Wort kam über meine Lippen. »Selbst wenn das nie passiert, bin ich da. Als dein *guter* Freund.«

»Ich … Willst du nicht …« Fast hatte ich es geschafft, als die Uber-App ihn ein weiteres Mal darauf aufmerksam machte, dass jemand auf ihn wartete.

»Wir rennen einander nicht davon«, sagte er, weil er mich verstanden hatte. »Keine Eile. Wenn wir wieder miteinander schlafen, werde ich mir alle Zeit der Welt nehmen. Sweet Dreams.«

Bevor ich meine Gedanken ordnen konnte, war er auch schon aus der Tür hinaus. Er ließ mich verwirrt und … glücklich zurück.

## • KAPITEL 21 •

*if it's not right*

Am nächsten Tag waren Miles und ich in der Detektei überraschend ruhig. Ich schrieb dies unserer Müdigkeit zu. Seit zwei Tagen hatten wir kaum geschlafen. Jetzt bekamen wir die Quittung in Form von Dauergähnen und dunklen Schatten unter den Augen.

Auch wenn Miles heute nicht aufnahmefähig war, war er immerhin als ständiger Kaffeelieferant zu gebrauchen.

Ich hatte gedacht, dass es komisch werden würde, nach seinem Geständnis letzte Nacht mit ihm zusammenzuarbeiten. Dabei war das Gegenteil der Fall.

Klar, die Schmetterlinge in meinem Bauch blieben, wann immer er mich ansah. Ich stand kurz davor zu hyperventilieren, wenn er mich scheinbar versehentlich berührte. Und wenn meine Augen nicht auf den Bildschirm geheftet waren, suchten sie den Anblick seiner Lippen.

Doch abgesehen davon herrschte keine Verlegenheit zwischen uns. Er hatte mir seine Gefühle mitgeteilt und stand dazu. Er forderte nichts und hatte mir versichert, auf mich zu warten. Dabei wollte ich nicht mal warten. Herrje.

Ich wusste bereits, dass ich mehr für ihn empfand als für irgendjemand sonst in meinem Leben. Ich wollte ihn näher kennenlernen und brauchte ihn an meiner Seite.

Natürlich wollte ich Miles nicht unnötig zappeln lassen, nachdem ich ihm bereits gesagt hatte, was ich wollte. Aber ich konnte nicht so einfach zu ihm gehen und sagen, dass ich genau jetzt Sex mit ihm wollte. Gosh, wie peinlich wäre das? Wie machten andere Leute das?

Nach unserer Schicht in der Detektei setzten wir uns in den überfüllten Bus, um uns zur Adresse zu begeben, die wir von Bronwyn erhalten hatten. Glücklicherweise mussten wir bei der Hitze nicht so weit fahren.

Wir konnten vorne zwei Plätze an einem geöffneten Fenster ergattern. Dadurch trocknete mein Schweiß zumindest im Fahrtwind. Seltsamerweise hatte ich ein Prickeln im Nacken, und eine Gänsehaut bildete sich auf meiner Haut.

»Schau mal.« Ich hielt Miles meinen Arm hin.

»Ist dir kalt?«, scherzte er und nahm meinen Arm. Langsam strich er mit einer Hand darüber.

»Nein, eigentlich nicht. Weiß auch nicht, was los ist.«

»Besser?« Lächelnd sah er mich an. Mein Herz zog sich bei seinem offenen Blick zusammen. Aus einem Impuls heraus platzierte ich einen einzigen Kuss auf seinen Mundwinkel.

Zumindest war das der Plan gewesen.

Als ich ihn jedoch berührte, war es vorbei mit meiner Selbstkontrolle. Ich küsste ihn fester, nahm seine Unterlippe zwischen meine Zähne und saugte leicht daran. Sein leises Stöhnen ging in meines über. Seine Hand lag plötzlich auf meinem nackten Oberschenkel, fuhr ein Stück weit unter den Saum meines dunkelgrünen Strickkleides.

Wie von selbst glitt eine meiner Hände in sein Haar. Es fühlte sich so weich an wie in meiner Erinnerung.

Ein verurteilendes Schnauben riss uns wieder in die Realität.

Mit geröteten Lippen zog ich mich unwillig von ihm zurück. Miles lächelte verschmitzt. Seine Hand ließ er liegen, und ich beschwerte mich nicht. Stattdessen legte ich meine darauf.

Verschwörerisch sahen wir einander an. Glücklich.

Ich ließ meinen Kopf auf seine Schulter sinken und genoss das Gefühl des Sommers meiner Träume, der endlich wahr geworden war.

Tatsächlich hatten wir darüber diskutiert, ob wir Eddy die Adresse bereits mitteilen sollten oder nicht. Ich war dagegen gewesen und hatte mich schließlich durchsetzen können. Es war nicht so, dass mir Miles gefallen wollte und mir deshalb meinen Willen gelassen hatte. Ich hatte mir eine halbe Stunde lang den Mund fusselig reden müssen, um ihn davon zu überzeugen. Es wäre besser, wenn wir uns erst mal selbst ein Bild von der Situation machten.

Das Einzige, das ich ihm hatte zugestehen müssen, war, Eddy anzurufen. Er hatte ihm gesagt, dass wir Fortschritte bei unserer Suche gemacht hatten. Miles hatte ihm gegenüber betont, dass er mit ein bisschen Geduld bald mit seiner Schwester wiedervereint wäre.

Das unangenehme Gefühl, das mich jedes Mal in seiner Nähe ergriffen hatte, konnte ich immer noch nicht ganz abschütteln. Deshalb war ich froh, dass wir ein weiteres Treffen mit Eddy hinauszögern konnten.

Die Adresse, die uns Bronwyn gegeben hatte, führte uns nach New Lots. Ein kleines Viertel gar nicht weit vom AquaDuck-Flohmarkt in East New York entfernt. Dort war ich bereits ein paar Mal gewesen, um mir das vielfältige Angebot anzusehen. Ich hatte meine beiden Nachttischlampen dort erstanden. Abgesehen von Mobiliar gab es dort Kleidung, alte Sammlerstücke wie Briefmarken oder Münzen und Schmuck sowie Getränke und Speisen.

Ich nahm mir vor, einmal mit Miles hinzugehen. Etwas sagte mir, dass er seinen Spaß haben würde, zu feilschen. Und vielleicht würde er auch etwas finden, das seinem Apartment mehr Leben einhauchte.

Um kurz nach halb zwei waren wir endlich bei der Adresse angekommen. Wir standen vor einer gut gepflegten Doppelhaushälfte mit Rosengarten und einem hölzernen Türschild. Auf ihm stand ein Name, bei dem es sich hoffentlich um Susans Alias handelte: *Sadie Madsen.*

Die weißen Vorhänge verhinderten, dass man einen Blick durch das Erkerfenster hineinwerfen konnte. Die andere Haushälfte war fensterlos. Ich betätigte die Klingel, nachdem wir die drei steinernen Stufen erklommen hatten. Miles klopfte an den Türrahmen, als sich nach mehreren Minuten nichts tat.

Ratlos sahen wir uns an. Ich ging die Treppe runter und musterte das rote Backsteinhaus von oben bis unten. Anders als bei der letzten Adresse in der Bronx wohnte hier eindeutig jemand. Sogar die Fensterscheiben im ersten Stock waren geputzt. Es wurde viel Zeit und Mühe darauf verwendet, das Haus instand zu halten.

»Vielleicht ist sie arbeiten«, dachte ich laut. »Es ist mitten am Tag.«

»Könnte sein.« Miles kratzte sich unter seiner Uhr. Er schwitzte vermutlich genauso wie ich. Solche Stellen juckten immer sofort. »Sollen wir was essen gehen und später wiederkommen?«

»Klingt nach einem Plan. Aber denk dran, ich habe heute nicht so viel Zeit. College und so«, erinnerte ich ihn.

Er streckte trotz der brütenden New Yorker Hitze seine Hand aus, und ich verschränkte meine Finger mit seinen.

»Ich hab die Zeit im Blick. Wir können ja, kurz bevor du losmusst, zurückkehren.«

Wieder reagierte er so, wie ich es mir erhofft hatte, ohne es zu ahnen. Er versuchte nicht, mich dazu zu bringen, zu schwänzen. Er machte mir kein schlechtes Gewissen. Stattdessen akzeptierte er meine Entscheidung, und das war's.

Wir fanden ein Taco Diner ganz in der Nähe des Linden Parks. Es hatte gute Rezensionen, und der erste Eindruck war vielversprechend.

Innerlich lachte ich ein wenig über mich selbst. Seit ich mit Miles abhing, hatte ich so viel auswärts gegessen wie im letzten halben Jahr nicht. Es würde schnell zu einer Gewohnheit werden. Wenn er nicht für mich bezahlen würde, könnte ich es mir jedoch nicht leisten.

Ich nahm mir vor, öfter Nein zu sagen. Da er kochen konnte, wäre es preiswerter, bei ihm oder bei mir zu essen. So wie gestern.

Für heute ließ ich es allerdings gut sein.

Weil das Lokal gut besucht war, blieben uns nur noch Plätze an einer Theke übrig, die an eine mit Street-Art bemalte Wand grenzte.

»Freust du dich?«, fragte ich, nachdem ich den nagenden Hunger mit der Hälfte des Gerichts gestillt hatte. Ich konnte Miles' Gefühle bezüglich der Wrenxton-Geschichte immer noch nicht einordnen. Wie er sich so auf eine Sache fixieren konnte, die ihn eigentlich gar nichts anging.

Nicht mal Mr Goldbloom, der ja schließlich sein Geld damit machte, war so emotional, wenn es um seine Klientel ging. Vielleicht durfte er das auch nicht sein.

»Es wäre einfach toll, wenn wir eine Familie glücklich machen können, oder nicht?«

Wir saßen so nah beieinander, dass sich unsere Schultern berührten und ich über den schweren Fettgeruch des Lokals noch Miles' Duschgel riechen konnte. Der Meeresbrise-Duft war wie ein frischer Wind.

»Nur darum geht es dir?«

Verwirrt sah er mich an. »Worum sonst?«

Ich zögerte. Jetzt, da ich es aussprechen sollte, fand ich den Gedanken doch zu gemein. »Vergiss es.«

»Du kannst es mir sagen. Ich bin nicht sauer.«

»*Jetzt* nicht«, sagte ich betont.

»Danach auch nicht.« Sein Schmunzeln überzeugte mich mehr als seine Worte.

»Du willst nicht den Helden spielen? Derjenige sein, dem sie dankbar sein müssen? Das ist nicht der wahre Grund, warum du dich so reinhängst?«

»Autsch.« Er fasste sich ans Herz. »Komme ich so rüber?«

»Ich weiß es nicht«, antwortete ich ehrlich. Dadurch ermutigt, dass er wirklich nicht verärgert war. »Ich kann dich nicht immer einschätzen. Deswegen frage ich dich.«

»Ist es so schwer zu glauben, dass ich einfach nur helfen möchte?« Er stützte sich mit einer Hand ab und drehte sich seitwärts, sodass er mich weiter ansehen konnte. Ich liebte es, wenn ich seine Aufmerksamkeit derart allumfassend einfangen konnte.

»Nein. Ich schätze, das kann ich verstehen«, sagte ich langsam. »Ich habe bisher nur nie jemanden kennengelernt, der so wie du uneigennützig helfen möchte.«

»Bronwyn scheint mir auch so zu sein«, entgegnete er.

»Stimmt. Du hast recht. Sie ist sehr empathisch.« Ich lächelte. »Das Problem liegt also an mir, hm?«

»So habe ich das nicht gemeint.« Lachend löste er sich von der Theke und legte einen Arm um meine Schultern, bevor er einen festen Kuss auf meiner Schläfe platzierte. »Du bist perfekt so, wie

282

du bist. Und es ist doch schön, wenn du dir erlaubst, den guten Seiten von anderen zu vertrauen.«

»Danke.« Ich drückte leicht sein Knie, weil mir für mehr die Worte fehlten.

Er küsste mich erneut.

Nachdem wir alles verputzt hatten, holten wir uns ein Eis und spazierten damit durch den sich anschließenden Park, der allerdings kein richtiger Park war. Man konnte zwar hindurchgehen, aber er bestand hauptsächlich aus zwei Tennisfeldern. Miles und ich setzen uns in den Schatten und beobachteten die Spielerinnen und Spieler, denen selbst die unbarmherzige Sonne nichts auszumachen schien. Ich bekam Mitleid, obwohl sie nicht dazu gezwungen wurden, zu trainieren.

»Hast du auch mal gespielt?«, fragte Miles. Wenig verwunderlich, schließlich hatte ich unwillkürlich sämtliche Fehler korrigiert, die die Spielenden meiner Meinung nach gemacht hatten.

»Entschuldige, ich wollte nicht …«

»Alles okay, ich finde Tennis interessant. Hast du?« Wir saßen auf dem Gras an einen Baum gelehnt. Unsere Beine waren ausgestreckt und berührten sich.

»Ein paar Jahre«, gab ich zu.

»Warum hast du aufgehört?« Meinen Eltern hatte ich gesagt, dass ich die Zeit, die ich aufs Spielen verwendete, besser ins Lernen investieren sollte. Von Anfang lag ihr vorgegebener Schwerpunkt auf meiner akademischen Bildung. Die Hobbys waren nur dazu da, um mein Spektrum auszuweiten und auf meiner späteren Collegebewerbung gut auszusehen. Troye hatte seine Hobbys außerdem dafür genutzt, Kontakte zu knüpfen, deren Mangel meine Eltern an mir stets kritisiert hatten.

Der wahre Grund dafür, Tennis aufgegeben zu haben, waren jedoch die hohen Kosten gewesen. Ich hatte einen Blick auf die Rechnungen erhascht, und mir war übel von so vielen Zahlen geworden. Nur damit ich ein bisschen Spaß hatte.

»Ich war nicht talentiert genug.«

»Hat es dir keinen Spaß gemacht?«

»Doch.« Abwartend sah er mich an. »Es war einfach zu teuer.«

»Shi, willst du darüber reden? Über deine Eltern?«

»Da gibt es nicht viel zu sagen.« Ich beobachtete die Spielerinnen und Spieler, um Miles' mitleidigem Blick zu entgehen. »Ich bin nach meinem Highschoolabschluss ausgezogen. Anstatt nach Princeton zu gehen, wie es von mir erwartet worden ist, bin ich nach New York abgehauen.«

»Warum?«

»Warum«, wiederholte ich und lachte leise. »Von außen wirkt es bestimmt, als wäre ich undankbar und zickig. Vielleicht bin ich das auch. Ich wollte einfach frei sein. Sie haben mein ganzes Leben bestimmt, Miles. Ich konnte meine mentale und körperliche Gesundheit nicht länger dafür opfern, sie zufriedenzustellen. Eigentlich hatte ich angenommen, dass Troye es genauso sehen würde, aber ich habe mich getäuscht. Ihm scheint es gut zu gehen. Offenbar war nur mein Leben so miserabel.«

Er nahm meine Hand in seine. »Es tut mir leid, dass du das mitmachen musstest. Dass du allein die Kraft aufbringen musstest, dich zu befreien, Shi.«

»Ich arbeite noch dran«, murmelte ich.

»Woran?«

»Daran, mich zu befreien.«

»Tun wir das nicht alle?«

»Sag bloß, es ist ein ewig andauernder Prozess, und ich werde mich erst auf meinem Sterbebett wirklich frei fühlen?«, erwiderte ich gespielt schockiert.

Sein Gelächter war Belohnung genug. Für meine Müdigkeit, für meine Ängste, für alles …

»Lass uns zusammen daran arbeiten, ja?«, schlug er schließlich vor, als das Gespräch längst geendet hatte.

»Okay.« Wir besiegelten das Versprechen mit einem Kuss, der erst der Anfang sein würde.

Ich musste um fünf Uhr von hier aufbrechen, um es pünktlich ins College zu schaffen. Deshalb machten wir uns um halb auf den Weg zu Sadie Madsen aka Susan Wrenxton. Miles und ich alberten herum. Während er andauernd versuchte, mir einen Knutschfleck zu verpassen, weil er Spaß daran hatte, mich zu necken, lief ich vor ihm davon. Knutschflecke waren meiner Meinung nach furchtbar kindisch.

Immer wieder fing er mich jedoch ein und immer wieder befreite ich mich, indem ich ihn mit einem tiefen Kuss ablenkte oder kurzzeitig meine Hände unter seinem T-Shirt verschwinden ließ. Um mich vor dem Schicksal zu bewahren, mit Knutschfleck rumzulaufen, war ich mir nicht zu schade, ihn zu kitzeln. Ich hielt ihn am Hemd fest, bevor er vor Lachen vom Bordstein torkeln konnte.

Er fasste meine Ellbogen. Ich blickte ihm ins Gesicht.

Wenn so mein Für-Immer aussähe, wäre ich mehr als zufrieden. Ich klammerte mich an diesen Gedanken, als der Moment vergangen war und wir vor der linken Doppelhaushälfte zum Stehen kamen.

Sofort bemerkte ich die angelehnte Tür. Dann hörte ich einen Schrei.

Ich wartete nicht auf Miles. Meine Instinkte setzten ein. Ich rannte die Stufen nach oben, stieß die Tür auf und betrat den kühlen Flur. Mein Fokus lag einzig auf der Person, die geschrien hatte. Das Geräusch war mir durch Mark und Bein gegangen. Etwas war nicht in Ordnung.

Ich achtete nur grob auf meine Umgebung. Sah nicht die Einrichtung oder die Möbel, würde aber jede ruckartige Bewegung wahrnehmen, die von einem möglichen Eindringling ausging.

Glücklicherweise fand ich Sadie aka Susan in der Küche. Sie stand hinter der mittig angelegten Kücheninsel. Die Küchenzeile ging übers Eck, rechts von ihr führte eine geschlossene Tür in einen anderen Raum. Ein offenes Esszimmer mit rundem Tisch und Stühlen schloss sich an. Ich positionierte mich zwischen Esszimmer und Küche. Susan hatte ihre Augen weit aufgerissen, aber sie schien unversehrt. Allerdings war sie nicht allein.

Mir den Rücken zugewandt bewegte sich ein Mann vor der Kücheninsel und den zwei Hockern. Ich erkannte ihn sofort. Die Größe, das zurückgegelte Haar und vor allem die gefälschte Uhr waren genug Hinweise. Es war Eddy Wrenxton, der wie ein Panther auf der Lauer auf sie zukam. Er war so auf Susan fixiert, dass er mein Eintreten nicht mal bemerkt hatte. Auch Susan schien nur ihn wahrzunehmen.

Wie auch immer er die Beziehung der beiden beschrieben hatte, sie war nicht friedvoll. Immerhin waren die beiden nicht bewaffnet, jedenfalls bisher noch nicht. Der Messerblock links von Susan behagte mir ganz und gar nicht.

Plötzlich nahm ich einen vertrauten Geruch wahr und wusste, dass es sich um Miles handeln musste. Endlich war er an meiner Seite und drückte mir unauffällig sein Handy in die Hand. Auf dem Display konnte ich sehen, dass die Polizei schon in der Leitung war und mithörte.

*Gott sei Dank.* Erleichterung durchflutete mich. Ich blieb zwar angespannt, aber wusste nun, dass schon bald Hilfe kommen würde.

»Eddy«, hörte ich Miles sagen wie durch Watte. War es der Schock? Dabei war nichts Schlimmes passiert.

Noch nicht.

»Eddy«, wiederholte er lauter. Dieses Mal reagierte dieser und blickte uns über seine Schulter hinweg an.

Jetzt konnte ich erkennen, dass Eddy in seiner rechten Hand ein Klappmesser hielt. Unwillkürlich tat ich einen Schritt zurück. Miles reagierte sofort und schob sich vor mich, sodass er mich fast komplett abschirmte. Das hatte ich damit nicht beabsichtigt, aber ich konnte mich nicht wieder vordrängen, nur um weniger feige zu wirken.

Stattdessen hielt ich im Schutz von Miles' Rücken das Handy an meinen Mund und flüsterte so leise wie möglich: »Er hat ein Messer. Eddy Wrenxton. Er ist bewaffnet.«

Langsam ließ ich das Handy wieder sinken, um Eddy nicht durch eine plötzliche Bewegung zu provozieren.

»Ihr dürft jetzt gehen«, sagte er vollkommen ruhig. Mit den Worten wandte er sich abrupt wieder Susan zu, die schreckhaft zusammenzuckte. Sie hatte sich in Richtung der Tür bewegt, die vermutlich in eine Abstellkammer führte. »Bleib, wo du bist.«

Susan gab keinen Ton von sich. Weder wimmerte noch fluchte sie. Aber die Angst stand ihr ins Gesicht geschrieben. Sie wusste, wer Eddy war, und sie hatte ihn mehr als einmal in einer Situation wie dieser erlebt.

»Eddy, lass uns in Ruhe darüber reden. Niemand muss verletzt werden. Leg das Messer weg«, bat Miles. Nur weil ich so viel Zeit mit ihm verbracht hatte, konnte ich das leichte Zittern in seiner Stimme ausmachen. Auch für ihn war es nicht einfach, sich einem bewaffneten Mann zu stellen.

Als er einen Schritt auf Eddy zu machte, spürte ich Panik in mir aufsteigen. Dieser drehte sich jäh um und machte zwei Schritte zurück an der Kurzseite der Kücheninsel entlang. Dadurch war er näher an der Tür zur Abstellkammer und zwang Susan, in die andere Ecke auszuweichen. Die Kücheninsel blieb zwischen ihnen. Doch der Pfad von Susan zu mir war offen. Trotzdem bewegte sie sich nicht.

Während Miles mich vor Eddy abschirmte, versuchte ich mich Susan zu nähern.

Sie fing meinen Blick auf. Ich winkte langsam in meine Richtung. Sie nickte verstehend.

Eddy war wie ein angespanntes Tier, ganz so, als würde er einem Jagdinstinkt folgen. Wir mussten uns langsam bewegen und durften ihn keinesfalls aufschrecken, bis die Polizei eintreffen würde. Aber ich musste Susan trotzdem irgendwie vor ihm schützen.

»Lasst uns allein«, sagte Eddy harscher. Er atmete mittlerweile ganz hektisch. Die gespielte Ruhe war von ihm abgefallen. »Wir waren so lange getrennt. Susan und ich … Sie ist meine Frau. Wir gehören zusammen.«

*Seine Frau?*

»Das verstehe ich«, versicherte ihm Miles, auch wenn er das sicherlich nur sagte, um ihn zu beschwichtigen. »Aber du musst auch verstehen, dass wir dich mit dem Messer nicht allein lassen können, oder? Wenn du …«

Dann passierte zu viel gleichzeitig. Ich realisierte erst nach und nach, was geschah. Polizeisirenen ertönten, Susan rannte auf mich zu, Eddy preschte panisch nach vorn – direkt auf Miles zu. Susan fiel in meine Arme, während sich die beiden Männer auf dem Boden wälzten. Das Messer fiel klirrend auf den Boden. Geistesgegenwärtig kickte ich es mit der Schuhspitze unter den Esszimmertisch. Eddy schlug Miles mit der Faust ins Gesicht, bevor dieser sich drehen und Eddy unter sich festpinnen konnte. Das war der Augenblick, in dem drei Uniformierte in die Küche stürzten.

Allesamt schrien durcheinander, wie um uns einzuschüchtern.

Susan und ich hielten einander fest, während ich versuchte, den Polizisten schnell klarzumachen, dass Eddy der Bösewicht in dem Spektakel war und nicht Miles, den sie gerade unsanft hochgerissen hatten. Nachdem das geklärt und Eddy ins Polizeiauto geschafft worden war, beruhigte sich die Lage.

Susan wurde von Sanitätern versorgt. Äußerlich war sie nicht verletzt, aber sie hatte einen Schock erlitten. Sie bedankte sich bei Miles, der eine kleine Platzwunde an seinem Wangenknochen davongetragen hatte, und mir. Der Boden hätte sich vor mir auftun mögen, sosehr schämte ich mich.

Eigentlich hätte Susan uns lieber beschimpfen sollen. Denn, wie wir von einer Polizistin erfuhren, war Eddy uns gefolgt. Von der Detektei bis hierher hatte er sich an unsere Fersen geheftet und dann auf der Lauer gelegen, bis Susan auftauchte.

Vor Jahren hatten sie sich scheiden lassen, nachdem er sie während ihrer kurzen Ehe misshandelt hatte. Susan hatte keine Beweise gehabt und immer wieder ein neues Leben beginnen müssen, weil er sie überall zu finden schien. Vor allem mit der Hilfe von Detektiven, die er engagierte.

Aber dieses Mal ... Dieses Mal hatten Miles und ich ihm geholfen, nachdem Mr Goldbloom den Fall niedergelegt hatte. Für mich bestand nicht der geringste Zweifel, dass Mr Goldbloom herausgefunden hatte, wo Susan wohnte und was für ein Typ Eddy war. Deshalb hatte er *aufgegeben* und den Fall zu den Akten gelegt.

Wie hatten wir so bescheuert sein können? So verantwortungslos?

Die Polizei verließ den Tatort, nachdem sie unsere Aussagen und unsere persönlichen Informationen aufgenommen hatte. Miles, der auffallend schweigsam war, blieb mit mir zurück. Susan würde im nächstgelegenen Krankenhaus behandelt werden, wohingegen Miles sich geweigert hatte, mitzufahren.

Ich ballte die Fäuste.

»Wir hätten es gut sein lassen sollen«, rief ich frustriert aus. Tränen brannten in meinen Augen bei dem Gedanken, womit all dies hätte enden können. »Es hätte noch viel Schlimmeres passieren können. Warum habe ich mich nur von dir dazu überreden lassen? Ich hätte auf meine Instinkte hören sollen.«

Das war nicht fair. Das wusste ich. Insbesondere, nachdem Miles lediglich die Schultern sinken ließ und eine Entschuldigung murmelte. Er sah mich nicht mal an. All der Mut, den er aufgebracht hatte, um Eddy aufzuhalten, war verflogen.

Er setzte sich auf die Bordsteinkante, krümmte sich vornüber und ließ den Kopf zwischen den Knien hängen.

Seine Nicht-Reaktion weckte mich auf. Wir hatten beide eine dramatische Situation erlebt, die ins Auge hätten gehen können. Deshalb war ich so außer mir. Doch Miles … Er schien vollkommen neben sich zu stehen. Die Wut, an die ich mich eben noch geklammert hatte, um nicht auseinanderzufallen, verpuffte. Um Miles willen. Ganz gleich, wie ängstlich und verärgert ich war, in diesem Moment schien er jemanden zu brauchen.

Nein. *Er* brauchte *mich*.

Ich stellte mich vor ihn und nahm sein Gesicht in meine Hände. Vollkommene Leere blickte mir daraus entgegen.

»Miles? Sprich mit mir«, bat ich leise, um ihn nicht zu erschrecken.

Ich konnte nicht mal sagen, ob er sich gedanklich in der Gegenwart befand. Was hatte die Konfrontation mit Eddy in ihm ausgelöst?

Ja, auch ich war erschüttert und müsste mich erst mal sammeln. Das Was-wäre-Wenn aus meinen Gedanken vertreiben. Doch Miles schien auf andere Weise mitgenommen. Mehr als es das Erlebnis meiner Meinung nach gerechtfertigt hätte. Aber was wusste ich schon?

»Ich wollte nur helfen«, sagte er schließlich. Das Hellgrau seiner Augen wirbelte im Widerschein der untergehenden Sonne umher. »Warum endet es immer in einer Katastrophe?«

»Was meinst du damit?« Offenbar hatte er schon einmal etwas Ähnliches erlebt. Ich wollte, dass er sich sicher genug mit mir fühlte, um sich mir zu öffnen.

Er legte seine Hand auf meine, die noch immer auf seiner Wange ruhte, und erhob sich dann.

»Dafür brauche ich einen Drink.«

*Dafür.* Würde ich jetzt endlich erfahren, welches Geheimnis Miles mit sich rumschleppte?

Ohne dass ich protestieren konnte, winkte er ein Taxi heran. Vermutlich war es ihm gerade zu viel, in einer U-Bahn mit Hunderten von Menschen zu fahren. Nachdem wir ins Taxi eingestiegen waren, nannte er dem Fahrer die Adresse seines Apartments in Tribeca.

Ich hielt Miles' Hand fest in meiner.

Seltsam.

Vor zehn Minuten war ich noch außer mir gewesen, und jetzt konnte ich kaum etwas anderes spüren als die Sorge um Miles. Dass er einen so großen Einfluss auf meine Gefühle hatte, überraschte mich inzwischen nicht mehr.

Miles war etwas Besonderes.

So wie er noch nie jemanden wie mich getroffen hatte, so hatte ich noch nie jemanden wie ihn getroffen. Doch damit endete unsere gegenseitige Faszination nicht. Zumindest nicht meine.

Ich liebte seine Unverfrorenheit. Seinen Humor und seine Lässigkeit. Seinen Wunsch nach Leben und Glück und Freiheit. Gleichzeitig war er mir gegenüber beständig. Er blieb bei mir. Er sah mich. Er nahm Rücksicht. Er neckte mich, und er bewunderte mich auf eine Art, die ich nicht verstehen konnte, die mich aber glücklich machte.

Miles blickte die ganze Fahrt über aus dem Seitenfenster und massierte seine Hände. Weil es mich nervös machte, legte ich meine darauf. Er warf mir ein angespanntes Lächeln zu und verschränkte seine Finger mit meinen.

Nach fast einer Stunde erreichten wir Tribeca. Das Schweigen wurde zunehmend angespannter, und nicht mal die aufgeregte Stimme aus dem Radio, die von irgendeinem europäischen Fußballspiel berichtete, konnte etwas daran ändern.

Miles bezahlte mit seiner Kreditkarte, ehe wir nacheinander ausstiegen. Ich wünschte dem Taxifahrer einen schönen Abend und folgte Miles dann in sein Wohnhaus. Im Fahrstuhl blieb ich dicht neben ihm stehen, machte aber keinerlei Anstalten mehr, seine Hand zu halten. Er hatte seine Arme verschränkt, was ein deutliches Zeichen dafür war, dass er gerade Abstand brauchte.

Sein Apartment faszinierte mich wie beim ersten Mal. Leider wurden meine Gefühle ein klein wenig getrübt, weil ich an das unglückselige Ende meines letzten Aufenthalts denken musste. Melissa, die hereingeplatzt war, als wäre sie wie selbstverständlich noch ein Teil von Miles' Leben.

Seine Versicherung, dass er sie nicht zurückwollte, gab mir aber die nötige Kraft, sie schnell wieder aus meinen Gedanken zu verbannen.

Ich zog im Flur meine Sneaker aus und folgte Miles ins cremefarbene Wohnzimmer. Die Skyline wurde von dem orangen Licht der Sonne angestrahlt. Nur mit Anstrengung konnte ich mich von der Fensterfront lösen, um mich Miles gegenüber auf die Couch zu setzen. Er hatte sich von der schmalen Bar neben dem stuckverzierten Kamin eine Flasche Whiskey und zwei Gläser genommen.

Obwohl ich eigentlich einen klaren Verstand behalten wollte, ließ ich mir von ihm etwas einschenken. Ich wollte nicht, dass er allein trinken musste.

Wir stießen die dicken Glasböden gegeneinander. Während ich lediglich an dem Whiskey nippte, kippte Miles alles runter und schüttete sich ein weiteres Glas ein.

»Miles«, sagte ich zaghaft. »Was ist los?«

»In den vergangenen sechs Wochen bin ich in einem Militärcamp gewesen«, murmelte er, bevor er nochmals sein Glas in einem Zug leerte. »Bootcamp. Oder wie man es auch immer nennen will. Nachdem … Nach unserer gemeinsamen Nacht im Hotel habe ich noch ein paar Stunden weiter getrunken, wie ich dir schon erzählt habe. Nach der peinlichen Aktion beim Meeting meines Dads …« Er schüttelte den Kopf. »Normalerweise lässt er mir alle Eskapaden durchgehen, aber irgendwann ist es genug. Ich hätte mir auch keinen schlechteren Zeitpunkt aussuchen können. Vor seinen Mitarbeitern alles vollzukotzen, war wohl nicht mein klügster Schachzug.«

Er klang gleichzeitig amüsiert und angeschlagen. Es musste noch mehr hinter der Geschichte stecken. Wäre es nur ums Kotzen gegangen, hätte er sich nicht lange daran aufgehalten. Dafür war Miles eine zu große Frohnatur. Er hätte sich bei seinem Dad entschuldigt und dann einfach weitergemacht.

»Was ist dann passiert?«, fragte ich, nachdem er sich ein drittes Glas eingeschüttet hatte. Er klammerte sich daran fest wie an einen Rettungsring.

»Es war das erste Mal, dass ich Dad richtig wütend gesehen habe. Nicht mal, als ich mit Alkohol am Steuer erwischt wurde, ist er so ausgeflippt. Obwohl das echt das Dümmste ist, was man machen kann.« Er rieb sich mit einer Hand übers Kinn. »Er hat mich vor die Wahl gestellt: Entweder er dreht den Geldhahn ab, oder ich erkläre mich bereit, mein Leben zu ändern.«

»Wie das?«

»Sechs Wochen Bootcamp und anschließend für Goldbloom arbeiten, bis ich weiß, was ich mit meinem Leben anfangen will.«

Kurz presste er die Lippen zusammen, als versuchte er, etwas zurückzuhalten. »Es ist nicht so, als hätte ich mich je dagegen gewehrt, etwas Produktives zu tun, aber … Niemand hat irgendwas von mir erwartet. Sicher, mein Highschoolabschluss war ziemlich gut, danach habe ich aber komplett den Fokus verloren. Als ich erwähnt hab, dass ich auf die NYU gehen möchte, hat mich niemand ernst genommen. Ich liebe meine Familie, und sie haben es nicht böse gemeint. Wirklich nicht, aber sie … Sie haben immer wiederholt, wie gut ich es als viertes Kind habe. Dass ich nichts zu machen brauche. Dass ich einfach die Früchte ihrer Erfolge genießen kann. Also habe ich es irgendwann geglaubt.«

Ich hing an jedem seiner Worte. Es war das erste Mal, dass er mir seine wahren Gefühle und Gedanken mitteilte. Die ihn tief bewegten. Die seine Vergangenheit, Gegenwart und Zukunft bestimmten. Ich wollte nicht, dass er aufhörte.

»Du hast ihnen geglaubt, aber plötzlich verlangt dein Vater, dass du dich von einem Tag auf den anderen änderst«, stellte ich fest. »Das ist harsch.«

»Ich kann ihn verstehen. Er hat mir immer meinen Freiraum gelassen, aber in diesem Moment hat er mich nicht mehr verteidigen können. Ich war ihm peinlich. Das erste Mal. Ich habe mich so geschämt, Shi.« Niedergeschlagen leerte er sein drittes Glas und ließ den Kopf hängen. »Das Schlimme ist: Nicht mal diese Strafe hat mich erreichen können. Ich dachte, wenn ich ins Camp gehe und danach arbeite, könnte alles wieder wie vorher sein. Aber das Camp … Es war eine Katastrophe. Die Hölle.«

»Hast du das deinem Vater nicht gesagt? Er hätte dich bestimmt nicht …«

Miles schüttelte den Kopf. Ich saß ihm gegenüber, was ich jetzt nicht mehr so gut fand. Am liebsten hätte ich mich neben ihn gesetzt, doch Miles nahm den Faden seiner Erzählung wieder auf, und ich wollte ihn nicht unterbrechen. Ihm bedeutete es wahrscheinlich noch mehr als mir, dass er sich das Erlebte von der Seele reden konnte.

»Ich wollte ihm beweisen, dass ich es durchziehen kann. Und irgendwie hat es auch funktioniert. Die Arschlöcher haben mich in Ruhe gelassen, nachdem sie gemerkt haben, dass ich nicht vor ihnen kusche. Ich habe gedacht, damit wäre die Sache gegessen. War sie aber nicht. Stattdessen haben sie sich auf Corey gestürzt.«

Wieder wollte er sich Whiskey nachschenken, doch ich legte eine Hand auf seine und sah ihn bittend an.

»Was ist mit Corey? Ihr habt euch angefreundet, oder?«

Ich hatte einige Emotionen sofort aus seiner Stimme herausgehört. Er mochte Corey, aber fühlte sich auch schuldig. Warum, war mir noch nicht klar.

»Corey hat dort nicht hingehört. Er wurde fälschlicherweise ins Camp geschickt. An seiner Schule wurde er gemobbt und hat aus Angst vor seinen Bullys so getan, als würden die Drogen ihm gehören. Er ist echt nicht der Typ für Kriminelles.« Miles ließ die Karaffe mit dem Alkohol endlich los und lehnte sich zurück. War nun noch weiter von mir entfernt. »Ja, wir haben uns angefreundet. Trotzdem konnte ich ihn nicht beschützen. In meiner Anwesenheit haben die Arschgeigen ihn zwar in Ruhe gelassen. Aber sobald ich mal nicht da war, haben sie Dinge mit ihm angestellt … Und die Offiziere haben nur zugesehen.« Er ballte eine Faust und schlug sich damit gegen seine Stirn. Nicht brutal, aber fest genug, dass ein roter Fleck zurückblieb. Zum Glück hatte er seine Platzwunde verfehlt.

»Das reicht«, sagte ich leise. Nun setzte ich mich doch neben ihn, ein Bein angewinkelt, um ihn ansehen zu können, und löste vorsichtig seine Faust mit meinen Händen. »Es ist nicht deine Schuld.«

»Doch, das ist es. Ich habe es nur schlimmer gemacht. Er musste dafür bezahlen, dass ich mich eingemischt habe.«

»Miles …«

»Das ist noch nicht alles, Shi. Ich … Corey hat versucht, allem ein Ende zu setzen. Gott sei Dank konnte ich ihn finden, bevor … Soweit ich weiß, wurde er in eine Klinik überwiesen. Erst nachdem er weg war, habe ich seinen Abschiedsbrief gefunden. Er hat mir darin die Schuld gegeben. Ich hätte einfach nichts sagen sollen. Wie jetzt auch … Ich wollte nur helfen und habe alles zerstört.«

*Das* war der Grund, warum er neben der Spur war. Er glaubte, dass die Schuld bei ihm lag.

»Miles«, sagte ich. Er sah mich an. Vor Erleichterung und Dankbarkeit hätte ich beinahe vergessen, was ich sagen wollte. Er war noch bei mir und nicht gänzlich in den Strudel seines Gewissens gesunken. Meine Meinung war ihm wichtig. »Du bist manchmal übermütig und impulsiv, aber du bist auch gutmütig, hilfsbereit und empathisch. Das macht dich zu einem guten Menschen. Dich trifft keine Schuld. Die liegt bei den Mistkerlen, die Corey verletzt haben. Und bei Eddy, der früher oder später einen Weg gefunden hätte, um Susan ausfindig zu machen. Meine Hoffnung ist, dass wir Schlimmeres verhindern konnten und er eingesperrt wird. Es ist alles noch mal gut gegangen.«

»Du warst eben ziemlich sauer.«

Das konnte ich nicht abstreiten. »Das war der Schock. Wenn du schuldig bist, bin ich auch schuldig.«

»Das ist absurd.«

Ich lächelte. Sein Mundwinkel zuckte. Voller Zuversicht, dass er meine Wärme reflektieren konnte, drückte ich seine Hände, die zwischen uns lagen. Vielleicht waren wir noch weit von einem sorglosen Lachen entfernt, aber es war der erste Schritt.

»Hast du seitdem versucht, mit Corey Kontakt aufzunehmen?«

»Ich glaube nicht, dass er das will. In seinem Brief war er ziemlich deutlich.«

»Er war verletzt und traurig. Denkst du nicht, dass er sich zumindest erklären möchte? Oder sich eine Reaktion von dir wünscht?«

Seufzend lehnte er seinen Kopf in den Nacken.

»Du bist zu rational für meinen Geschmack.«

»Sorry.«

»Nein. Das ist gut so. Das brauche ich.« Er lehnte seinen Kopf in meine Richtung. Sah mich unter halb geschlossenen Lidern an.

Jäh hatte sich die Stimmung zwischen uns geändert. Die Verletzlichkeit haftete Miles weiterhin an, doch dazu kam die körperliche Anziehung, die ich bis eben noch einigermaßen hatte ignorieren können.

Ich schluckte. Allein sein Blick, und schon spürte ich, wie meine Brustwarzen sich aufrichteten. Wie mir warm wurde. Wie ich kaum atmen konnte.

Er nahm meine Reaktion wahr, aber rührte sich erst, als ich fast unmerklich nickte.

Unsere Hände lösten sich. Seine umfassten meine Taille, meine schlossen sich um seine Schultern. Als hätten wir den gleichen Gedanken, hob er mich auf seinen Schoß. Ich spreizte meine Beine, damit ich rittlings auf ihm sitzen konnte.

Sobald ich seine beginnende Erektion unter mir spürte, war jegliche Zurückhaltung vergessen.

## • KAPITEL 22 •

*a lovely scenario*

Er öffnete mit fiebrigen Bewegungen die kleinen Knöpfe an meinem blauen Kleid, bevor er sich vorbeugte und durch den transparenten Stoff meines Bustiers an meinen Brustwarzen saugte. Ich konnte nicht mal stöhnen, sosehr verschlug mir die Empfindung den Atem. Mit seiner Hilfe zog ich die Träger meines Kleids von den Schultern, damit ich mir das Bustier über den Kopf streifen konnte. Währenddessen bewegte ich meine Hüften rhythmisch auf und ab. Ich spürte ihn unter mir anschwellen, genoss das Gefühl von Macht, das es mir gab.

Miles' Atmung beschleunigte sich, während er sich mit den Händen an meinem Hintern festhielt.

»Geht es dir zu schnell?«, neckte ich ihn, rieb meine Nase an seiner Wange, kratzte mit den Zähnen leicht über die hervorstehende Vene an seinem Hals.

»Du kennst keine Gnade, hm?« In einer schwungvollen Bewegung hatte er mich unter sich auf der Couch platziert. »Dann spielen wir es so, wie du willst«, warnte er mich. Der Kuss, der seinen Worten folgte, löste ein Feuer in mir aus, das sich von meinen Lippen bis in meine Zehenspitzen ausbreitete.

Wir küssten uns überall. Berührten uns überall. Er zog sich das T-Shirt über den Kopf, und ich warf es irgendwo hinter mich.

Als ich meine Hände wieder auf seine muskulöse Brust legen konnte, fühlte ich mich innerlich davonschweben. Ich hatte mich Nacht für Nacht danach gesehnt, seine Haut wieder auf meiner zu spüren. Selbst das kurze Zwischenspiel in meinem Bett war nicht genug gewesen, um dieses Bedürfnis zu lindern.

Im Hotel hatte es sich bereits unglaublich angefühlt, mit ihm zu schlafen. Doch jetzt, da diese tiefen Gefühle im Spiel waren, befanden wir uns auf einer ganz neuen Ebene. Es war, als würde ich Miles neu kennenlernen. Sein leises Stöhnen, als ich in sein Ohrläppchen biss, die empfindliche Stelle zwischen Hüftknochen und Bauchnabel und seine geschlossenen Augen, wenn ich meine Fingerspitzen über seinen Bauch tanzen ließ.

Nachdem wir uns eine Ewigkeit geküsst hatten, trug er mich ins Schlafzimmer. Das Licht der Skyline reichte uns, während wir auch die restliche Kleidung auszogen. Ich lag nackt vor ihm, nur noch mit einem Höschen bekleidet, als er sich zwischen meine Beine kniete, die ich bereitwillig, wenn auch aufgeregt, für ihn öffnete. Er beugte sich vor und umspannte mit seinen offenen Händen meinen Brustkorb. Die Handflächen seitlich auf meinen Rippenbögen ruhend und den Blick nicht von meinem Gesicht nehmend rührte er sich für wenige Atemzüge nicht.

Ich konnte seine Erektion zwischen meinen Beinen spüren. Sein Penis drängte bereits gegen seine Boxershorts, doch Miles wollte die Kontrolle noch nicht aufgeben.

Nein. Er wollte sich noch nicht gänzlich der Leidenschaft hingeben, weil er so wie ich nicht aufhören konnte, den Augenblick zu genießen.

Dann unterbrach er den vorübergehenden Stillstand, in dem er wie versehentlich mit den Daumen über die Unterseite meiner Brüste fuhr.

Ich keuchte, weil es mich unvorbereitet traf. Seine Berührungen so zärtlich, dass sie ein Beben in mir auslösten. Als er begann, meine Brüste zu massieren, und die linke Brustwarze in seinen heißen Mund nahm, verlor ich mich gänzlich in den überquellenden Empfindungen.

Fast ohne mein Zutun glitten meine Hände an seinem Rücken nach unten, bis ich seine Boxershorts zu fassen bekam. Mit den Fingern spielte ich an dem Gummizug und erntete ein tiefes Stöhnen.

Er löste sich von meiner Brust und eroberte stattdessen ein weiteres Mal meinen Mund, den ich ihm zu gerne überließ. Ich war bereit, ihm alles zu geben.

Seine Hand wanderte über meinen flachen Bauch nach unten in mein Höschen, bis die ersten Fingerkuppen sich sacht in meine Feuchtigkeit gruben.

»O Shit«, stöhnte ich, als sich meine Bauchmuskeln anspannten.

»Du hast einen zu schönen Mund für solch schmutzige Wörter«, zog er mich auf und rieb dann mit seinen Zähnen an meinem Kiefer entlang. Als er mein Ohrläppchen erreichte, biss er zaghaft hinein.

»Daran bist du schuld«, erwiderte ich atemlos, bevor ich den Faden verlor. Er drang mit seinen Fingern in mich ein, und ich konnte mich ihm nur noch entgegenwölben. »Miles …«

»Wir sind erst am Anfang«, raunte er an meinem Ohr. »Ich habe dir gesagt, ich lasse mir Zeit.«

Und das tat er wirklich.

Reine Hitze schoss durch mich hindurch. Ich hatte vergessen, wie geschickt er mit seiner Zunge war, und er war sich nicht zu schade, mich daran zu erinnern. Nachdem er mir auch das letzte Kleidungsstück ausgezogen hatte, saugte er an meiner Klitoris, während er weiter in mich eindrang.

Meine Fingernägel bohrten sich tief in seine Schultern, weil ich außerstande war, etwas anderes zu tun. Das Verlangen war wie ein Feuer, das durch meinen Körper raste, wie ich es nie zuvor gespürt hatte.

Schließlich brachte er mich mit dem Einsatz seiner Zunge zum Höhepunkt. Ich streckte die Beine durch und verlor einen leisen Schrei. Bereit, für immer in diesem Gefühlssturm zu verbringen.

»Verdammt«, wisperte ich, um Atem ringend.

Miles war jedoch noch nicht fertig. Er platzierte mehrere Küsse auf meinen Hüftknochen, arbeitete sich hoch bis zu meinem Bauchnabel. Träge. Genüsslich.

»Du bist fantastisch, Shiloh«, sagte er und wirkte … gerührt. Er sah mich durch seine dichten Wimpern hindurch an. »Ich kann mir nichts Schöneres vorstellen, als dir Tag für Tag Freude zu bereiten.«

Mein Herz flatterte. Nicht, weil ich gerade einen unglaublichen Orgasmus erlebt hatte, sondern weil mich seine Worte an seine Sanftheit erinnerten.

»Ich will dich jetzt in mir haben, Miles«, erwiderte ich. »Wir haben lange genug gewartet.«

»Alles, was du willst.« Er beugte sich an mir vorbei zum Nachtschränkchen, um ein Kondom hervorzuholen.

Ich wusste nicht, ob ich ihm half oder hinderlich dabei war, als wir gemeinsam seine Boxershorts auszogen und ihm lachend das Kondom überstreiften. In meinem Bauch kribbelte es aufgeregt. Wie lange ich mich danach gesehnt hatte, ihn wieder in mir zu spüren.

Mir fiel nicht mehr ein, warum es so lange gedauert hatte.

Ich grub meine Hände in seine Rückenmuskeln und winkelte meine Beine an, als er auch schon in mich eindrang. Er zog mit seiner Zunge Kreise um meine Brustwarzen und stieß in einem langsam schneller werdenden Rhythmus in mich hinein.

Seine Stirn war gerunzelt, konzentriert beinahe, als er sein Gesicht hob.

Mit seinen unglaublich flinken Fingern trieb er mich in den Wahnsinn und brachte mich viel zu schnell zum zweiten Höhepunkt. Für wenige Sekunden sah ich Punkte vor meinen Augen tanzen und konnte mich nicht bewegen. Er behielt den Rhythmus bei, bis ich wieder bereit war, um mich ihm anzuschließen. Ein lautes Stöhnen löste sich tief aus seiner Kehle, und ich fing es mit meinem Mund auf.

Ich fing ihn auf, als er fiel und fiel und fiel …

Wir kamen in der Nacht nicht voneinander los und verließen das Bett nur einmal, um zu duschen und was zu essen. Die Barriere, die bis dahin noch zwischen uns existiert hatte, war aufgelöst. Miles hatte mich in sein Innerstes eingelassen, und ich war nicht bereit, wieder zu gehen.

Am nächsten Morgen lag er schlafend auf dem Rücken. Die Sonne war von diesem Zimmer aus nicht zu sehen, doch sie musste mittlerweile aufgegangen sein. Der Himmel erstrahlte in blassgelben Tönen.

Da Samstag war, machte ich keinerlei Anstalten, aufzustehen. Auch als mir bewusst wurde, dass ich gestern durch den Trubel meine Vorlesungen verpasst hatte.

Ich würde mir die Notizen bei Kommilitoninnen oder Kommilitonen besorgen müssen. Aber darüber würde ich mir erst am Montag Gedanken machen. An diesem Wochenende wäre ich einfach nur glücklich.

Gähnend streckte ich mich, bevor ich halb auf Miles rollte und mit dem Kopf auf seiner Brust wieder die Augen schloss. Es könnte nicht schaden, ein bisschen Schlaf nachzuholen.

Nachdem wir uns ein paar Stunden später endlich lange genug voneinander lösen konnten, um zu duschen und was zu essen, sah er mich ernst an. Wir saßen uns auf dem Teppich in seinem Schlafzimmer neben dem Regal gegenüber. Ich hatte mir seine Buchsammlung genauer ansehen wollen.

Da er meine Klamotten vom letzten Mal gewaschen hatte, konnte ich sogar etwas anderes anziehen. Und Zahnbürsten besaß er im Vorrat, sodass ich mich auch um meinen morgendlichen Mundgeruch hatte kümmern können.

»Was?«, fragte ich, nachdem er nach Minuten des Mich-Anstarrens nichts gesagt hatte.

»Willst du das ganze Wochenende mit mir verbringen, Shi?« Er zwirbelte eine Strähne meiner Haare um seinen Finger.

»Das klingt altmodisch«, murmelte ich und wurde trotzdem rot.

»Mir egal. Ich weiß, du hast viel zu tun, aber ich würde gern bei dir sein. Von morgens bis abends. Den ganzen Tag und die ganze Nacht.« Er ließ mein Haar los und küsste mich. »Ist das in Ordnung?«

Lächelnd erwiderte ich seinen Kuss. »Mehr als in Ordnung. Lustigerweise ist es nämlich genau das, was ich auch will.«

Da ich ihm nun so nahegekommen war und er seine Verteidigung hatte fallen lassen, musste ich mir keine Gedanken mehr über jeden meiner Schritte machen und konnte in seiner Gegenwart endlich tun und lassen, was ich wollte. Also startete ich meinen Angriff und kitzelte ihn am Bauch. Sofort zuckte er lachend zurück und strampelte, wie wild geworden.

Er schaffte es, seine Arme um meine zu legen und mich festzuhalten, damit ich ihn nicht weiter kitzeln konnte. Es war genau das, worauf ich abgezielt hatte. Ich wollte immer so von ihm gehalten werden.

»Komm«, sagte er atemlos, nachdem ich aufgegeben hatte. »Ich zeig dir meinen Lieblingsbuchladen.«

»Das Wetter ist schön«, sagte ich. Vorhin hatte ich auf die Wetter-App geschaut und gesehen, dass es kühler geworden war. »Wir könnten danach picknicken gehen.«

»Guter Plan. Los geht's.« Doch keiner von uns beiden rührte sich.

»Ich glaube, so funktioniert es nicht.« Nicht, dass es mir was ausmachte, ihm einfach weiter gegenüberzusitzen.

»Hmm.« Er strich mit seinen Lippen meinen Hals entlang. Ich fiel drauf rein und vernachlässigte meine Abwehr. In der nächsten Sekunde hatte er seine Kitzel-Aktion gestartet, und ich war aufgesprungen. »So geht's!«

»Du Arsch«, scherzte ich außer Atem.

»Wie war das noch mal? Gleiches mit Gleichem, Shi.«

Wir streckten uns gegenseitig die Zunge raus.

Nachdem wir endlich die Wohnung verlassen hatten, schlenderten wir zu Fuß durch die Nachbarschaft. Tribeca war ein schönes Viertel in Manhattan und kleiner, als ich geglaubt hatte. Kopfsteingepflasterte Straßen führten entlang alter Industriegebäude, die neu aufgemotzt worden waren, und rotbrauner Backsteinbauten.

Bei meinem ersten Besuch, bevor ich Miles gekannt hatte, hatte ich nicht so recht auf meine Umgebung geachtet. Ich hatte mir das Ghostbusters-Hauptquartier angesehen und war danach recht schnell wieder gegangen.

Heute nahmen wir uns mehr Zeit für eine Erkundungstour. Miles hatte zu fast jedem Geschäft etwas zu sagen und wurde von den Mitarbeiterinnen und Mitarbeitern wie ein guter Freund begrüßt, sobald wir die Läden betraten. Schon wieder beeindruckte er mich.

Er war mir zwar nie arrogant vorgekommen, aber dass er als

Teil der oberen Zehntausend so sehr auf die normalen Menschen achtete, hatte ich nicht geglaubt.

Der Buchladen, in dem sich Miles mit Secondhand-Errungenschaften eindeckte, befand sich in der Warren Street. Der unauffällige Laden hatte ein grün umrahmtes Schaufenster und eine goldene Türklingel. Ich verliebte mich sofort in den vollgepackten Verkaufsraum, in dem es nach altem Leder und frisch bedrucktem Papier roch.

»Kein Wunder, dass du dir deine Bücher hier holst. Es ist wie in einer anderen Welt.«

Er drückte einmal meine Hand, dann ließ er sie los, damit ich mich umsehen konnte. Ich hätte Stunden hier verbringen können, und Miles hätte sich vermutlich nicht mal beschwert. Aber ich wollte unsere kostbare Zeit nicht gänzlich damit verschwenden, in den vollgestopften Regalen zu schmökern. Es schien einfach alles zu geben. Von verloren geglaubten Erstausgaben bis zu moderner Literatur, in der ich mich am liebsten verlor.

Letztlich entschied ich mich für einen Gedichtband von Rupi Kaur, und Miles nahm einen Science-Fiction-Schinken mit. Ich bezahlte für beides, was er unkommentiert ließ.

Um kurz nach zwei hatten wir uns in einem Feinkostladen einen Korb gekauft und diesen mit sämtlichen Lebensmitteln befüllt, die uns zusagten: Obst, Fingerfood und Wein. Anschließend nahmen wir einen Bus, um bis zum Liberty Lawn am Pier Six zu fahren. Der Park lag direkt am Wasser, sodass uns eine kühle Brise umwehte, während wir auf der ebenfalls neu erstandenen Decke knieten.

Es war ziemlich viel los, was nicht weiter verwunderte. Schließlich war heute Samstag. Doch es gelang mir, den Lärm auszublenden. Miles und ich redeten entspannt miteinander, verglichen Textstellen aus unseren Büchern, aßen Weintrauben und stahlen Küsse. Es hätte nicht viel besser sein können.

Obwohl mir Miles von Corey erzählt hatte, war mir klar, dass damit seine verstrickten Gefühle nicht gelöst waren. Gleichzeitig hoffte ich, dass er dadurch einen Schritt in die richtige Richtung unternommen hatte. Da er um dieses gemeinsame Wochenende gebeten hatte, verschob ich ein weiteres Gespräch über seine traumatische Zeit im Camp auf nächste Woche. Ich wollte ihm bis dahin einfach zeigen, dass er nicht allein war. Dass er in meiner Anwesenheit auch schwach sein konnte.

»Gibt es sonst noch etwas, das du machen möchtest?«, fragte ich ihn. Ich lag mit dem Kopf auf seinem Oberschenkel. Er hatte sich ausgestreckt und die Augen geschlossen.

Ein paar Wolken schoben sich vor die Sonne und spendeten angenehmen Schatten. Ich legte den Gedichtband auf meinen Bauch.

»Hmm, eigentlich nicht. Hauptsache, wir sind zusammen.« Er sagte dies so rundheraus und ohne rot zu werden. Zumindest konnte ich ihm keine Farbe ansehen, als ich mein Gesicht in seine Richtung wandte.

»Wir könnten später zu mir gehen. Ich habe noch einen Haufen Wäsche zu waschen«, schlug ich vor.

Abrupt setzte er sich auf und hätte mich dabei beinahe von seinem Bein geschubst. Bevor er mir seinen Oberschenkel endgültig entziehen konnte, richtete ich mich ebenfalls auf.

»Ich will Zeit mit dir verbringen, und *du* denkst an Haushalt?« Schmollend sah er mich an und brachte mich damit unwillkürlich zum Lachen.

»Dann muss ich es nicht allein machen. Wie cool ist das? Zwei Fliegen mit einer …« Er ließ mich nicht ausreden. Als ich seine Lippen auf meinen spürte, vergaß ich sowieso sofort, was ich hatte sagen wollen.

Als er sich zurücklehnte, zog er mich mit sich, sodass ich halb auf ihm lag. Unseren Kuss unterbrachen wir dabei nicht. Ich war mir der Familien um uns herum sehr wohl bewusst, aber ich fand es auch okay, unser Glück ein paar Sekunden in der Öffentlichkeit zu genießen.

Zumindest so lange, bis wir von einem lauten Summen unterbrochen wurden. Während ich die Wespe gelassen beobachtete, riss Miles die Augen auf. Er verlor jegliche Beherrschung, sprang auf und rannte über den Rasen davon.

»Miles?« Irritiert sah ich ihm nach. An einem Brunnen mit ausladendem Becken kam er zum Stehen. Selbst aus der Ferne konnte ich die Panik sehen, die in seinem Gesicht geschrieben stand.

Ich musste mir ein Lachen verkneifen. In aller Ruhe sammelte ich unsere Sachen ein, nahm seine und meine Schuhe in eine Hand und den Korb samt Decke in die andere.

»Alles in Ordnung?« Gott, es war so schwer, nicht loszulachen. Doch offensichtlich hatte er sich erschrocken, und ich wollte ihn nicht bloßstellen, in dem ich seine Angst nicht ernst nahm.

»Sie ist weg, oder?« Er schluckte schwer. Sein Adamsapfel hüpfte vor Aufregung.

Ich näherte mich ihm. Niemand schenkte uns größere Beachtung. Kinder spielten mit dem Wasser, das aus dem modern gestalteten Brunnen sprudelte. Der Wind trieb ein paar kühlende Tropfen in meine Richtung.

»Sie ist weg«, bestätigte ich nach einem kurzen Moment. »Brauchst du deine Schuhe?«

Er blinzelte, wirkte für eine kurze Sekunde verloren. »Ich glaube, ich brauch eine kurze Abkühlung.«

Ich beobachtete interessiert, wie er seine Jeans hochkrempelte und dann ins Becken stieg. Nach kurzer Überlegung folgte ich ihm. Unsere Sachen legte ich neben dem Becken ab.

Als ich meine Zehen eintauchte, hätte ich fast wieder einen Rückzieher gemacht.

»Es ist kälter, als ich gedacht habe«, brachte ich hervor.

»Schon okay, lass dir Zeit.«

»Gibst du mir deine Hände?«

»Damit du mich an dich ziehen und wieder kitzeln kannst?«

»Blödmann«, nuschelte ich. »Wir sind quitt, was das angeht.«

»Hab ich gehört.« Er reichte mir trotzdem seine Hände. Erst als ich ihn und seine Stärke fühlte, konnte ich mich dazu überwinden, beide Füße ins Wasser zu tauchen.

Ich trippelte ein bisschen hin und her und atmete zischend Luft ein, aber nach ein paar Sekunden hatte ich mich an die Kälte gewöhnt. Es tat sogar ziemlich gut.

Miles nahm mich in seine Arme und wirbelte mich leicht herum, als befänden wir uns in einem Tanzsaal. Lachend wichen wir Kindern und Eltern aus, drehten uns einmal um den Wasserspeier und kamen wieder dort an, wo wir begonnen hatten.

Einerseits fühlte ich mich abgekühlt, andererseits spürte ich die mir bekannte Erregung erneut aufsteigen, die nur Miles auslösen konnte. Ich fing seinen Blick auf. Hitze schlug mir entgegen.

»Lass uns gehen«, flüsterte ich und trat aus seiner Umarmung. Bevor ich mein Verlangen nicht mehr im Griff hatte und alles um mich herum vergaß.

Ich war froh, dass sich der Himmel weiter zugezogen hatte und uns eine Pause von der Sonne gewährte. Vielleicht käme später sogar etwas Regen runter. Das würde den vertrockneten Pflanzen im Park auf jeden Fall guttun.

Bronwyn und Nick waren überraschenderweise nicht zu Hause, als wir die Wohnung betraten. Es war bereits früher Abend. Sie mussten wahrscheinlich ausgegangen sein. Ich kramte meinen Wäschesack zusammen und drängte Miles direkt wieder aus der Wohnung hinaus.

»Bevor es regnet«, erklärte ich. Es hatte bereits gedonnert.

Zum Wäschesalon war es zwar nicht weit, jedoch wollte ich nicht riskieren, auf dem Weg dorthin klitschnass zu werden.

»Komme ja schon.« Er nahm mir den Baumwollsack ab und kam mir dabei so nahe, dass ich bereits einen Kuss erwartete. Doch er lächelte bloß samt Grübchen und zog sich zurück. Dieser Mistkerl wusste genau, was er mit mir anstellte.

Ich eilte ihm absichtlich voraus. Anstatt zu mir aufzuschließen, neckte er mich, indem er meinen Namen immer und immer wieder rief. Als ich den Waschsalon mit dem weißgelben Linoleumboden und den mintgrünen und roten Waschmaschinen erreicht hatte, konnte ich meinen eigenen Namen nicht mehr hören.

Abgesehen von uns waren noch ein junger Mann und eine ältere Frau im Salon. Die Frau war bereits am Hinausgehen. Miles sammelte Punkte, indem er ihr die Tür aufhielt. Sie bedankte sich, ehe sie abbog.

Der Mann trug einen viel zu großen Anzug und las etwas auf seinem Tablet. Hinter ihm ratterte der Trockner.

Ich nahm Miles die Wäsche ab und stopfte sie in eine freie Waschmaschine. Während sie ihren Job tat, setzten wir uns auf die freie weiße Bank. Ich legte meinen Kopf in seinen Schoß. Musik aus den Lautsprechern mischte sich mit dem rhythmischen Rauschen der Maschinen.

»Nicht einschlafen«, ermahnte mich Miles.

»Warum nicht? Du kannst ja Wache halten.«

»Wache halten? In welchem Jahrhundert lebst du?« Er spielte mit meinen Haaren, bevor er meinen Kopf massierte. Meine Lider wurden schwer.

Wenn er nicht wollte, dass ich einschlief, sollte er mich nicht derart verwöhnen.

»Sei nicht so genau«, gab ich zurück. Ich nuschelte bereits, weil mich die Müdigkeit mit harter Keule niedergestreckt hatte.

Ich schreckte auf, als ich das Zuknallen einer Tür hörte.

»Alles gut«, beschwichtigte mich Miles, der mich immer noch ansah. Ich fing seinen Blick auf, und sofort kribbelte es in meinem Bauch. »War nur der Typ.«

Das kurze Nickerchen hatte gutgetan. Ich erhob mich und blickte mich um. Tatsächlich waren wir allein. Regen trommelte an die Fensterscheibe.

Grinsend wandte ich mich Miles zu.

»Was geht in deinem wunderschönen Kopf vor?«

»Wir sind allein«, sagte ich mit einem vieldeutigen Unterton. Er hob eine dunkle Braue, als ich seine Beine berührte, während ich vor ihm auf die Knie ging.

»Shi«, ermahnte er mich, aber seine Stimme zitterte.

Ich hielt dabei inne, seinen Reißverschluss zu öffnen. Schob die Unterlippe vor und sah ihn mit großen, unschuldigen Augen an.

»Soll ich aufhören?« Rechts von mir befand sich eine lange Theke, auf der man Kleidung falten konnte, sodass ich von neugierigen Blicken von draußen geschützt wäre.

»Ich sollte Ja sagen«, murmelte er, dann stützte er sich mit den Händen rechts und links ab. Unter meiner Hand wölbte sich bereits seine Erregung.

»Du wirst es nicht bereuen«, versicherte ich ihm und holte seine Erektion hervor, bearbeitete sie sanft mit meinen Händen. Nicht für eine Sekunde nahm er den Blick von mir, was mich fast genauso anturnte, wie ihn derart erhitzt zu sehen.

Als ich ihn mit der Zunge berührte, musste er seine Augen schließen. Mit einer Hand hielt er meinen Hinterkopf umfasst. Nicht sicher, ob er mich ermutigen oder aufhalten sollte.

Ich stülpte meinen Mund über seine Eichel und verhinderte dadurch, dass er noch zu irgendeinem klaren Gedanken imstande wäre. Das Schleudern der Waschmaschine übertönte teilweise sein Stöhnen, aber ich war nahe genug bei ihm, um jede Reaktion wahrzunehmen. Immer wieder sagte er meinen Namen, flehte mich an, aufzuhören, und warnte mich dann davor, es zu tun.

»Fuck, ich kann nicht …«, stieß er schließlich hervor. Er überließ mir die Entscheidung, ob ich mich vor seinem Höhepunkt zurückziehen wollte. Doch ich behielt seine Erektion in meinem Mund, bis er seinen Höhepunkt überschritten hatte.

Schwer atmend sahen wir uns an, nachdem ich mich von ihm gelöst hatte. Ich hatte noch nie etwas Derartiges gemacht. War in meinen vergangenen Beziehungen nie so waghalsig gewesen. Das war meine Art von Freiheit.

Das Klingeln der Waschmaschine weckte uns aus unserer Trance. Mit Miles' Hilfe verfrachteten wir die Wäsche in den Trockner. Immer wieder küssten wir uns, kamen kaum voran und brauchten zehn Minuten für eine Aufgabe, die in einer Minute hätte erledigt werden können. In der hinteren Ecke des Salons drängte er mich gegen die Maschinen. Ich musste mich an den offen stehenden Türen zweier Trockner festklammern, als er den Gefallen von vorhin auf gleiche Weise zurückzahlte. Meine Knie wackelten, und ich musste mich darauf konzentrieren, nicht zu Boden zu sinken.

Miles streifte mir langsam den Slip herunter und legt dann mein linkes Bein auf seine Schulter. Er arbeite sich mit seinen Küssen meine empfindlichen Oberschenkelinnenseite hoch und berührte schließlich mit seiner Zunge meine Klitoris.

Gott, er war ein Meister seines Gebiets.

Ich löste eine Hand vom Trockner und fuhr damit durch sein Haar, während er weiter meinen Unterschenkel massierte und dann nach oben wanderte. Als er an meiner empfindlichsten Stelle zu saugen begann, glaubte ich, in höhere Sphären aufgestiegen zu sein. Nicht mal ansatzweise dachte ich über die Wahrscheinlichkeit nach, entdeckt zu werden.

Die Hitze drohte, mich vollkommen zu verbrennen, noch bevor seine Finger zum Einsatz kamen. Miles ersetzte mit ihnen seinen Mund, um mich zu beobachten, während er sie in meine Feuchtigkeit gleiten ließ.

Er sah mich an, als wäre ich das schönste Wesen auf Erden, und letztlich war es das zusammen mit den rhythmischen Bewegungen seiner Finger, die mich zum Höhepunkt brachten. Als würde er mich währenddessen kosten wollen, unterbrach er unseren Blickkontakt und tauchte erneut mit seiner Zunge zwischen meinen Beinen ein.

Ich konnte nicht leise sein. Mein Stöhnen übertönte das Rattern des Trockners und die Gesangseinlage aus den Lautsprechern.

Miles machte mich wahnsinnig.

Als ich wieder bei Sinnen war, fühlte ich mich gleichzeitig energiegeladen und erschöpft. Miles schien es ähnlich zu gehen. Wir harmonierten perfekt miteinander, und es schien unvorstellbar, mich jemals wieder von ihm zu lösen.

Auf dem Weg in die WG rannten wir von Überdachung zu Überdachung mit dem Wäschesack durch die Straßen, lachten, hielten einander fest, küssten uns im Regen und liefen weiter.

Ihn so glücklich zu sehen, machte mich glücklich. Während ich sein nasses Gesicht betrachtete, die Lachfalten um seine Augen und sein feuchtes Haar, wurde mir eines klar. Dieser Sommer in New York hatte mir meine erste große Liebe geschenkt.

## • KAPITEL 23 •

*falling flower*

Jeder Traum ging irgendwann zu Ende. Meiner platzte abrupt am nächsten Morgen, als ich von Troye angerufen wurde. Ich lag nichts ahnend neben Miles im Bett. Wir sahen uns auf Netflix ein koreanisches Drama an, das uns vorgeschlagen worden war.

Als das Klingeln meines Handys unseren morgendlichen Frieden unterbrach, war ich immer noch völlig in unserem Glück versunken. Das war der einzige Grund dafür, dass ich mich aufsetzte und den Anruf annahm.

»Komm nach Hause«, sagte Troye prompt. Miles stoppte im Hintergrund die Serie. »Nach Livingston.«

»Troye ...«

»Du solltest dich zumindest für dein Verhalten entschuldigen. Mom und Dad haben den langen Weg deinetwegen auf sich genommen. Kannst du nicht das Gleiche für sie tun? Zumindest ein einziges Mal in diesem Jahr?« Er machte eine Pause. Ich hörte, wie er Luft holte. »Sie sind keine Dämonen, Shiloh.«

»Das weiß ich«, murmelte ich. Gott, ich bekam schon Kopfschmerzen, wenn ich nur daran dachte, nach Hause zu fahren.

»Dann versuch, über deinen Schatten zu springen. Wir sind zu dir gefahren. Jetzt solltest du zu uns kommen.«

»Aber was soll das bringen? Was kann ich ihnen sagen, damit sie mich verstehen?«

»Eine Entschuldigung wäre angebracht, meinst du nicht auch? Dafür, dass du einfach abgehauen bist, damals. Du hast dich nicht mal verabschiedet. Was glaubst du, wie es uns ergangen ist?« Noch nie hatte Troye derart direkt über meine Flucht geredet. »Du hast erst nach einer Woche meine Anrufe entgegengenommen. Glaubst du, das war fair?«

»Nein«, stimmte ich leise zu. Er hatte recht.

»Also?«

»Okay. Ich werde mich entschuldigen.«

»Sehr gut. Schreib mir, wenn du dich auf den Weg machst.« Er legte auf.

Wie bedröppelt starrte ich das Handydisplay an, bis es dunkel wurde. Miles rückte neben mich, eine Hand auf meinem Knie.

»Hey, alles okay?« Seine Stimme war wie Balsam auf meiner Seele. Ich tauchte in das Hellgrau seiner Augen ein und wünschte, dass dies der Ort wäre, an dem ich für immer bleiben könnte.

»Das war Troye«, erklärte ich. »Er will, dass ich nach Hause komme. Für ein Gespräch.«

»Und wie denkst du darüber?« Er musste es nicht aussprechen, ich sah ihm auch so an, dass er das für keine gute Idee hielt. Nicht, nachdem er meinen Zusammenbruch vor wenigen Tagen miterlebt hatte.

»Sie sind meine Eltern«, murmelte ich.

»Du bist ihnen nichts schuldig.«

»Ich weiß.« Obwohl ich das sagte, fühlte ich es nicht. Troye hatte mit seinen Worten mein schlechtes Gewissen angefacht. Ich hatte eigentlich gedacht, dass ich damit abgeschlossen hätte, mich wegen meiner Familie schlecht zu fühlen. Die Begegnung

314

mit meinen Eltern hatte mir jedoch vor Augen geführt, dass ich längst nicht so weit war. »Ich denke drüber nach. Ist ja nicht so, als müsste ich jetzt sofort aufbrechen.«

Er wirkte für einen kurzen Moment so, als würde er das Gespräch weiterverfolgen wollen, doch dann führte er stattdessen meine Fingerknöchel an seinen Mund und küsste sie der Reihe nach. Die Serie war endgültig vergessen.

»Ich dachte, du könntest mich heute vielleicht begleiten?« Er blickte mich über meine Hände hinweg fragend an.

»Wohin?« Eigentlich hatte ich einen Haufen Arbeit für meine kommenden Prüfungen zu erledigen, aber mir fehlte ohnehin jede Motivation. Ich war mir überhaupt nicht mehr sicher, ob Mathematik wirklich das war, was ich mit meinem Leben anstellen wollte. Oder ob es lediglich eine Notlösung war. Damit ich *irgendetwas* zu tun hatte.

»Ich will Corey besuchen.« Er ließ meine Hand sinken. »Aber allein pack ich das nicht. Zumindest bis zur Klinik …«

»Du weißt, in welchem Krankenhaus er liegt?«

Er nickte. »Hab es schon vor einiger Zeit herausgefunden. Nur hatte ich nicht den Mut aufbringen können.«

»Natürlich begleite ich dich«, versprach ich ihm. »Wann sind die Besuchszeiten?«

Miles blickte auf sein Handy, das bis dahin auf dem Nachttisch gelegen hatte. »Ab jetzt bis um fünf.«

»Okay, wir sollten uns dann besser fertig machen.«

»Wir haben noch fünf Stunden …«

Ich warf ihm einen strengen Blick zu, nachdem ich vom Bett gesprungen war. »Hast du gecheckt, wie lange wir dorthin brauchen? Und ich muss noch duschen und mich anziehen und …«

»Immerhin das Schminken fällt weg.« Er grinste schief.

Gespielt beleidigt bewarf ich ihn mit einem Kissen, das er problemlos auffing.

»Du kannst die Aufgabe ja für mich übernehmen und dich schminken.«

»Ich würde Corey auf jeden Fall den Kopf verdrehen.«

»Deine Schönheit wäre unangefochten«, stimmte ich ernst zu, bevor ich lachend im Flur verschwand. Sobald ich mich jedoch im Bad befand, fiel die Leichtigkeit von mir ab. Troyes Worte verfolgten mich.

Ob ich wollte oder nicht, ich würde mich ihm und meinen Eltern ein weiteres Mal stellen müssen. Die Frage war nur, wie schnell ich sie wiedersehen müsste, nachdem ich bei unserem letzten Treffen unter einer Panikattacke gelitten hatte.

Das Rehabilitationszentrum, in dem Corey sich auf seine Genesung konzentrieren konnte, befand sich in Queens in der Nähe des NewYork-Presbyterian-Krankenhauses. Mir kam der Gedanke, dass Coreys Eltern ähnlich wie die von Miles ganz schön viel Kohle auf dem Konto haben mussten, um ihrem Sohn dort einen Platz zu sichern. Das weiße Gebäude mit den steinernen Säulen auf der Vorderveranda strahlte nicht nur Sauberkeit aus, sondern auch Protz und Reichtum.

Miles blinzelte nicht mal, als wir uns dem Eingang näherten. Für ihn war ein solcher Anblick Normalität.

Die erste Hürde erwartete uns am Empfang. Es war nämlich nicht so, als dürften wir Corey einfach besuchen. Erst mussten wir ellenlange Anmeldeformulare ausfüllen und dann auf den kalten Plastikstühlen warten, bis Corey sein Okay gab, dass er uns sehen wollte.

Abgesehen von uns drängten an diesem Sonntag noch viele andere Besucherinnen und Besucher in die Klinik. Die meisten wirkten selbstsicher und gut betucht.

Da wir offenbar länger warten mussten, nahm ich mir eine der ausgelegten Broschüren zur Hand und schlug die Beine übereinander. Ich konnte mich wirklich nicht an den übermäßigen Gebrauch von Klimaanlagen in New York gewöhnen. In Livingston waren die Gebäude nie derart runtergekühlt worden. Ich zitterte leicht, weil ich mich nach dem Duschen für ein knielanges Jeanskleid mit gelber Schleife entschieden hatte. Für eine Hose wäre es draußen zu heiß gewesen.

Wir waren vor dem Klinikbesuch noch bei Miles vorbeigefahren, damit auch er sich umziehen konnte. Es war zwar ein Umweg gewesen, aber ich konnte verstehen, dass er einen guten Eindruck hinterlassen wollte. Nun trug er eine dünne schwarze Leinenhose sowie ein auberginefarbenes Hemd mit weißen Knöpfen und schwarze Sneaker. Seine Baseballcap hatte er mir gegeben, nachdem die Sonne draußen so geblendet hatte.

Die Broschüre verriet nicht allzu viel über das Zentrum. Nur dass verschiedene Behandlungen mit begleitenden Spezialisten und Spezialistinnen aus verschiedenen Fachbereichen der Medizin angeboten wurden, um *den Weg in ein beständiges Leben zu sichern.*

»Mr Allerton und Ms Tenley? Mr Fisher ist nun bereit, sie zu sehen«, rief die Empfangsdame in unsere Richtung. Als wir wieder vor ihr standen, sah sie von ihrem Computerdisplay auf. »Carmen bringt Sie in den Garten. Dort können Sie sich setzen und auf Mr Fisher warten.«

Carmen, eine untersetzte Pflegerin mit breitem Lächeln, winkte uns heran und kam mit strammen Schritten auf die verglaste Flügeltür am Ende des Foyers zu. Dahinter eröffnete sich eine riesige Grünanlage, die geordnet in verschiedene Sektionen aufgeteilt worden war. Blumenbeete, Laubbäume, Springbrunnen und Gartenfiguren aus Buchsbäumen. Es gab von allem etwas.

Eine Biene summte an uns vorbei. Miles war glücklicherweise

zu sehr damit beschäftigt, Carmen zu folgen, als dass er sie bemerkt hätte. Er wirkte total nervös. Strich mit der Hand, die ich nicht festhielt, immer wieder über seine Hose – obwohl weder eine einzige Falte zu sehen war, noch seine Hand schwitzig gewesen wäre.

Er setzte sich die Sonnenbrille auf, die er beim Reingehen abgenommen hatte. Nach dem Regen gestern Nacht war nun keine einzige Wolke mehr am Himmel.

Carmen führte uns an ein paar Leuten vorbei zu einem schattigen Plätzchen zwischen Rosenspalieren. Wir setzte uns auf zwei der drei Stühle, die um einen Tisch mit Mosaikplatte platziert worden waren.

»Wollen Sie etwas trinken?«, erkundigte sich Carmen freundlich. »Limonade? Wasser?«

»Limonade, bitte«, sagte ich, und als Miles nur in die Gegend starrte, fügte ich hinzu: »Für ihn auch bitte. Danke Ihnen.«

»Kommt sofort.«

Ich berührte Miles am Knie. »Hey, es wird alles gut. Er ist bereit, dich zu sehen. Das ist schon mal ein großer Schritt.«

»Und was, wenn er mir bloß sagen will, wie sehr ich sein Leben zerstört habe?« Er schüttelte den Kopf.

»Du kennst ihn. Hast dich mit ihm angefreundet. Denkst du, dass er das wirklich glaubt?«

Er zuckte mit den Schultern, aber ich bildete mir ein, dass ein Teil seiner Anspannung von ihm abfiel.

Corey tauchte rund zwei Minuten später auf, nachdem uns Carmen die kühlen Getränke gebracht hatte.

Corey war genauso, wie ich ihn mir vorgestellt hatte, und trotzdem anders. Seine Gestalt war schlaksig und der weiß-grüne Pyjama zu breit für seine schmalen Schultern. Dagegen wirkten seine Füße viel zu groß. Er war nur wenige Zentimeter kleiner als Miles. Auf seiner zierlichen Nase saß eine noch zierlichere

Brille mit dünnem Rahmen. So in etwa hatte er in meiner Vorstellung ausgesehen. Doch anstatt unsicher zu wirken, strahlte er ein überraschendes Selbstbewusstsein aus. Er erschien nicht wie jemand, der leicht aus der Ruhe zu bringen wäre.

Als Miles sein Herannahen bemerkte, sprang er so plötzlich von seinem Stuhl auf, dass er gegen den Tisch stieß.

Meinen guten Reflexen sei Dank konnte ich Schlimmeres verhindern. Ich hatte die Plastikbecher festgehalten, bevor sich die Limonade über den schönen Tisch verteilen konnte.

Miles schien von der abgewendeten Katastrophe nichts mitbekommen zu haben. Sein Blick war einzig auf Corey gerichtet, der rund einen Meter vor uns stehen geblieben war.

Nur kurz musterte er mich, ehe er Miles ansah. Mein Herz pochte so laut gegen meinen Brustkorb, dass es das Zwitschern der Vögel übertönte.

Dann endlich erlöste uns Corey aus diesem elenden Zustand und lächelte.

»Wurde aber auch mal Zeit, dass du mich besuchst«, sagte er so herzlich und freundlich, dass ich vor Erleichterung das Gleichgewicht verlor. Glücklicherweise musste ich mich nur nach hinten fallen lassen. Der Stuhl fing mich auf.

Miles und Corey fielen sich in die Arme, hielten einander fest und klopften sich brüderlich auf den Rücken. Kurioserweise kamen mir die Tränen, und ich musste mich kurzzeitig abwenden.

»Sorry, ich war … Ich habe gedacht, du willst mich nicht sehen. Nach allem …« Miles wischte sich über die Augen. »Setz dich.«

»Ich kann mir vorstellen, warum«, sagte Corey düster, aber ohne einen Vorwurf in der Stimme. Dann blickte er in meine Richtung. »Sorry, ich wollte nicht unhöflich sein. Ich bin Corey Fisher.«

Er hatte sich zwischen Miles und mich gesetzt, sodass ich problemlos seine ausgestreckte Hand ergreifen konnte.

»Hey, ich bin Shiloh Tenley. Miles' emotionale Unterstützung.«

Corey hob eine hellblonde Braue.

»Ist sie wirklich«, sagte Miles.

»Dann habe ich ihr den Besuch zu verdanken?«

»Das nicht«, beeilte ich mich zu sagen, doch Miles stimmte ihm gleichzeitig zu.

»Ohne sie hätte ich noch eine Weile gebraucht, um genug Mut zusammenzukratzen.«

Corey wandte sich Miles wieder gänzlich zu. »Ich hätte dich anrufen sollen.«

»Du musstest dich auf dich selbst konzentrieren, Mann.«

»Mein Brief … Was da drin stand, Miles, das habe ich nicht so gemeint. Ich war verzweifelt.« Seine Wangen färbten sich rot, und er sah auf die Hände in seinem Schoß.

Das war für mich das Stichwort, zu gehen. Miles würde von jetzt an allein zurechtkommen. Lautlos erhob ich mich und verließ den Tisch, um durch den Garten zu wandern. Ich war froh um Miles' Baseballcap, da große Teile des Gartens nicht sonnengeschützt waren.

Ich bereute es, meine Limonade nicht mitgenommen zu haben, aber ich würde das Gespräch der beiden jetzt nicht dafür unterbrechen. Sie sollten ehrlich und ohne Hemmungen miteinander reden können. Ich wollte, dass Miles einen Freund wie Corey nicht verlor. Anders als die Menschen, die er zu seiner Verlobungsfeier eingeladen hatte, wirkte Corey, als wäre er wirklich an Miles' Persönlichkeit und Meinung interessiert. An seinen Gefühlen.

Ich schritt durch einen Gang, der aus mehreren gut gepflegten Heckenbögen bestand und minimal Schatten spendete. Das Zentrum musste ein Vermögen allein für Wasser und Gartenarbeiten ausgeben. Anders konnte ich mir das saftige Grün und die strahlenden Blüten bei der Hitze nicht erklären. Meine Pflanzen ließen bei diesem Wetter schließlich schon nach einem Tag die Blätter hängen.

Troye hatte mir auf dem Weg hierher eine Nachricht geschrieben, die ich noch nicht beantwortet hatte. Darin hatte er verschiedene Bahn- und Busabfahrtszeiten aufgelistet.

Als wäre ich selbst außerstande, Fahrpläne zu lesen. Ich wünschte, er würde mir sagen, dass er mich vermisste, anstatt mich ständig unter Druck zu setzen. Trotzdem wusste ich, dass ich nach Livingston fahren würde.

Warum konnte ich mich nicht vollständig von meiner Familie lossagen? Wieso fiel es mir so schwer? Meine rationale Seite schüttelte ständig meine emotionale Seite, um sie zur Vernunft zu bringen.

Emotional war ich immer noch mit Livingston, meinen Eltern und Troye verknüpft. Scheinbar war ich noch nicht genug enttäuscht worden. Scheinbar war die Hoffnung, sie würden mich eines Tages akzeptieren, nicht so leicht kleinzukriegen.

> **Shiloh:** Ich fahr morgen früh los. Du brauchst mich nicht abzuholen. Wir sehen uns zu Hause. -S

Da. Ich hatte es getan. Ein letztes Mal würde ich mich dort blicken lassen. Ein letztes Mal würde ich versuchen, ihnen zu erklären, was mich so an ihrem Verhalten gestört hatte.

Nur weil ich mein eigenes Leben leben wollte, hieß das ja nicht, dass ich sie auf ihren Schulden sitzen lassen würde. Vielleicht würde ich sie nicht in dem Maße bezahlen können, wie sie es in ihren Plänen vorgesehen hatten, doch ich könnte meinen Beitrag leisten. Ich wollte kein undankbares Blag sein.

Eigentlich wollte ich nur in Frieden leben und glücklich sein. Wie so ziemlich alle auf dieser Welt. Überraschung.

Nachdem ich zwei Runden durch den Garten spaziert und drinnen auf Toilette gegangen war, entschied ich, bei den Jungs vorbeizusehen.

Miles saß allein an dem Tisch. Die Becher waren weggeräumt worden.

»Hey«, begrüßte ich ihn vorsichtig und blieb vor ihm stehen. »Wo ist Corey?«

Miles lächelte warm, als er mich zwischen seine Knie zog. Seine Hände an meinem Rücken. »Seine Eltern besuchen ihn. Ich wollte gerade nach dir sehen.«

»Also ist alles gut gegangen?«

»Besser als gut. Coreys Eltern bereiten eine Anklage gegen das Bootcamp vor. Ich werde für Corey aussagen. Damit sich vielleicht was ändert.«

Lächelnd umfasste ich sein Gesicht und küsste ihn sanft. »Ich bin stolz auf dich.«

»Danke, Shi.« Er grinste an meinen Lippen.

»Was?«

»Vor einer Woche wolltest du mich noch einen Kopf kürzer machen, und jetzt bist du meine größte Unterstützerin.«

Er hatte recht. Vor einer Woche, als ich mich seinetwegen mit Kaffee überschüttet hatte, hatte ich ihn aus der Detektei werfen wollen.

Kaum zu glauben, dass seitdem erst so wenig Zeit vergangen war. Andererseits hatte ich sechs Wochen durchgehend an ihn denken müssen.

»Nach allem, was du in dem Camp erlebt hast, wirkt die Frage unsensibel, aber hast du …«

»Jeden Tag«, unterbrach er mich prompt und presste seine Wange an meinen Bauch. »Ich habe jeden Tag an dich gedacht, Shiloh. Und jeden Tag habe ich mich dafür verflucht, dass ich dich nicht angerufen habe.«

»Du hattest meine Nummer nicht«, sagte ich versöhnlich. Warmes Glück durchfuhr mich, während ich seinen Kopf streichelte. »Ich hätte sie irgendwie herausfinden können. Es tut mir leid.«

»Vergeben und vergessen.« Er sah wie ein Welpe mit großen Augen zu mir auf. »Apropos vergeben: Ich habe mich entschieden, morgen nach Livingston zu fahren.«

»Shiloh …« Seine Stimme hatte einen besorgten Unterton.

»Ich muss das tun.« Als er aufstand, um Abstand zwischen uns zu schaffen, wich ich ein paar Schritte zurück. Der Verlust seines Körpers an meinem schmerzte sehr.

»Hast du vergessen, was bei eurer letzten Konfrontation passiert ist? Deine Mutter hat versucht, dich zu schlagen. Und jetzt willst du dich freiwillig in diese Situation begeben?«

»Ich weiß, dass du dir Sorgen um mich machst. Aber im Gegensatz zum letzten Mal bin ich jetzt mental vorbereitet.« Ich versuchte, ruhig zu bleiben. Miles sprach lediglich das aus, was auch ich befürchtete. Trotzdem fühlte ich mich aus unerfindlichen Gründen gereizt, es aus seinem Mund zu hören. Als würde er nicht nur meine Familie, sondern auch mich verurteilen.

»Ich habe bisher nichts dazu gesagt, was sich im Bridge Park zwischen dir und deiner Familie abgespielt hat. Aber ganz ehrlich, Shiloh. Deine Eltern sind es nicht wert, dass du ihnen noch eine Chance gibst.«

»Miles …«

»Du solltest dir noch einmal ganz genau überlegen, ob dass der richtige Weg ist.«

Ich hatte ihn noch nie so ernst reden hören. Mir war nach Heulen zumute. Einzig seine Hand, die wie selbstverständlich meine umschloss, verhinderte eine Heulkatastrophe.

Ich wusste, dass er mich nur schützen wollte. Trotzdem fand ich es unangemessen, wie er sich einmischte.

Das drückende Schweigen, das sich seit unserer Unterhaltung

zwischen uns ausgebreitet hatte, blieb die gesamte Rückfahrt zur WG zwischen uns bestehen. Der einzige Weg, es zu überbrücken, wäre, die Fahrt abzublasen. Aber dazu war ich nicht imstande. Wenn ich jetzt einen Rückzieher machte, würde mich Livingston weiterhin wie ein dunkler Schatten verfolgen.

Montagmorgens machte ich mich früh auf den Weg und ließ Miles schlafen. Möglicherweise machte mich das zum Feigling. Möglicherweise war mir das egal.

Ich konnte seine Enttäuschung nicht ertragen. Nicht, wenn ich meine Kraft brauchte, um mich meiner Familie in Livingston zu stellen.

Klar, in Livingston gab es keine so traumatischen Momente wie neulich im Bridge Park. Aber es existierten auch keine glücklichen. Livingston war mein Purgatorium, und manchmal wusste ich nicht, ob ich dem Feuer jemals entsteigen könnte.

Als ich den Grand Central erreicht hatte und nur noch darauf warten musste, in den Fernbus steigen zu können, rief ich Mr Goldbloom an, um ihm zu sagen, dass ich heute und morgen Urlaub nähme. Wie immer akzeptierte er alles, worum ich bat, in seiner leicht abwesenden Art. Ich konnte nie genau sagen, ob er mich lediglich abwimmeln wollte oder mir tatsächlich zugehört hatte.

Immerhin hatte ich diesen Punkt von meiner Agenda abhaken können. Der andere folgte auf dem Fuße. Miles rief mich an, als ich gerade meinen Sitzplatz gefunden hatte.

Ich lehnte den Anruf ab und tippte stattdessen eine Nachricht.

> Shiloh: Mir geht es gut. Mach dir keine Sorgen.

> **Miles:** Natürlich mach ich mir Sorgen. Fuck, Shi, warum redest du nicht mit mir?

> **Shiloh:** Das habe ich versucht.

> **Miles:** Das Gespräch gestern? Das war nicht mal beendet! 🤐

Seine Enttäuschung war gerechtfertigt. Sowie sein Ärger. Beides schnitt mir ins Herz.

> **Shiloh:** Es tut mir leid. 😞 😞

> **Miles:** Das macht es nicht besser. Nimm meinen Anruf an.

Ich wollte schon verneinen, als eine zweite Nachricht durchkam.

> **Miles:** Bitte, Shi. Sperr mich nicht aus.

Dieses Mal zog ich den grünen Knopf in die Mitte. Ich hörte als Erstes sein erleichtertes Seufzen.

»Wo bist du jetzt?«

»Schon auf dem Weg«, log ich. In Wahrheit hatten wir den Parkplatz noch nicht verlassen.

»Okay. Okay. Ich nehme den nächsten Bus, und dann treffen wir uns dort, ja?«

Mit geschlossenen Augen lehnte ich mich mit der Schläfe an die kühle Scheibe.

»Shiloh?«

»Ich muss das allein tun, Miles. So wie du mit Corey allein reden musstest. Sonst schaffe ich es nie, mich zu lösen.«

»Ich verstehe.« Er klang distanziert. Als würde er das Handy sinken lassen, um sich übers Gesicht zu streichen. Ich frustrierte ihn.

Shit, ich frustrierte mich ja selbst.

»Miles, das hat nichts mit uns zu tun. Mit …« *Meinen Gefühlen für dich.* Das war der falsche Zeitpunkt. Ich wollte ihm persönlich sagen, wie ich empfand.

»Alles, was mit dir und mir zu tun hat, hat auch mit uns zu tun«, widersprach er. »Meld dich bitte, sobald du angekommen bist.«

»Mach ich.« Immerhin das konnte ich ihm versprechen.

»Shi?« Der Motor startete und es wurde furchtbar laut, weil die Klimaanlage angeschaltet wurde. Ich musste das Handy fest an mein Ohr drücken, um Miles verstehen zu können. »Du bist was Besonderes und deine Meinung ist die einzige, die zählt. Lass dir nichts anderes einreden.«

»Okay.«

Er legte auf. Ich fühlte mich so verdammt schlecht. Am liebsten hätte ich mich in die dafür vorgesehene Tüte übergeben, aber da ich nichts gegessen hatte, war mein Magen leer.

Ich steckte meine Kopfhörer ein, sodass Harry Styles meine Sorgen mit seiner Stimme zerstreuen konnte. Ich redete mir ein, dass ich nur das Treffen mit meinen Eltern hinter mich bringen müsste, damit einer Zukunft mit Miles und mir nichts mehr im Weg stehen würde.

## • KAPITEL 24 •

*the scariest thing is giving up*

Die Fahrt bis nach Livingston dauerte aufgrund eines Staus fast drei Stunden. Meine Nervosität nahm von Meile zu Meile zu. Lesen half auch nicht, um mich abzulenken, und nach zehn Minuten befand ich mich immer noch auf der gleichen Seite.

Ich überlegte, Miles erneut anzurufen, verwarf den Gedanken aber sogleich wieder. Es gab nichts weiter, dass ich zu sagen hätte. Ich könnte mich nicht entschuldigen, doch genau das wollte er von mir hören. So blieb mir nichts anderes übrig, als einfach weiter aus dem Fenster zu starren und meinem Schicksal entgegenzufahren.

Livingston war eine Zwanzigtausend-Seelen-Stadt im Herzen von New Jersey. Doch Kleinstadtcharme suchte man hier vergeblich. Ohne Zweifel gab es schlimmere Orte, um aufzuwachsen. Die Menschen waren spießig und kleingeistig, aber die meiste Zeit ließen sie einen in Ruhe. Jeder und jede war mit sich selbst beschäftigt. Im Ostviertel hatten sich die gut betuchten Bürgerinnen und Bürger ausgebreitet. Mein Familienhaus grenzte im Süden an dieses Viertel an.

Ich nahm ein Taxi vom Busbahnhof bis zu meinem Elternhaus, das aus Holz war, mit der blau gestrichenen Veranda und den Stühlen, die nie jemand nutzte. Hier gab es keine Zeit zum Faulenzen.

Während ich versuchte, mich in mein Schicksal zu ergeben, bezahlte ich die Taxifahrerin und stieg aus. Ich hatte einen Rucksack gepackt, falls ich mich dazu entschied, die Nacht zu bleiben. Eigentlich wollte ich so schnell wie möglich wieder weg, doch Troye hatte recht. Ich musste mich meiner Familie stellen und damit endlich einen Schlussstrich ziehen.

Das hölzerne Mobile klimperte im aufziehenden Wind. Anders als in New York war es hier stark bewölkt. Die Luft war drückend heiß. Ein paar Tropfen landeten bereits auf dem Asphalt. Sie trieben mich zur Eile an.

Ich wünschte nun doch, Miles wäre bei mir. Auch wenn ich allein mit meinen Eltern sprechen wollte, wäre es schön, wenn er hier draußen auf mich wartete.

»Du kannst das«, sprach ich mir selbst Mut zu. Trotzdem fühlte sich jeder Schritt an, als würde ich durch einen Sumpf waten.

An der Tür klopfte ich drei Mal an. Licht drang links aus dem Küchenfenster. Obwohl es Montag und mitten am Tag war, war jemand zu Hause. Meine Eltern müssten eigentlich arbeiten. Troye wäre der Einzige, der freihatte, da Ferienzeit war. Allerdings würde er seine vermeintliche Freizeit mit Hobbys und Praktika füllen.

»Da bist du ja«, sagte Troye, sobald er die Tür geöffnet hatte. Er lächelte. Ich konnte diese Art von Lächeln nicht mehr einordnen.

Hatte ich ihn noch vor einem Jahr in- und auswendig gekannt oder es mir zumindest eingebildet, traute ich nun keinem seiner Gesichtszüge mehr. Sie spiegelten nicht das wider, was er im Inneren empfand.

Eine dunkle Vorahnung überkam mich. Ich hätte ein lautes

Donnergrollen als passend empfunden, stattdessen brach lediglich Regen über uns herein.

Überraschenderweise warteten auch Mom und Dad im Wohnzimmer auf mich.

Es sah alles noch genauso aus wie in der Nacht, in der ich geflohen war. Ein Familienporträt an der Wand über dem Kamin, Urkunden und Auszeichnungen von Troye und mir auf dem Sims und ansonsten nichts, das auch nur annähernd als Dekoration hätte bezeichnet werden können. Die Möbel, ein Sekretär aus Eichenholz, Tisch und Stühle, ein Bücherregal – sie alle dienten einem Zweck. Es gab keine Blumen. Keine Spiegel. Keine Vasen oder Kunstwerke.

Mom und Dad saßen an dem ovalen Holztisch. Dad am Kopfende, Mom wie immer rechts von ihm.

Auf dem Tisch standen eine Karaffe mit Zitronenwasser und vier Gläser. Sie hatten auf mich gewartet.

»Hey«, sagte ich unsicher. Jeez, mir war sofort wieder schweißtreibend heiß. Trotzdem zwang ich mich, meinen Rucksack abzulegen und mich Mom gegenüberzusetzen. Wie immer. Mein angestammter Platz.

Einerseits fühlte es sich an, als wäre lediglich ein Tag vergangen. Andererseits konnte ich mich nicht mehr erinnern, wie es gewesen war, in dieser kleinen Welt zu leben.

Troye setzte sich neben Mom und goss Wasser in die Gläser.

»Wie war die Fahrt?«, fragte Dad und räusperte sich.

»Es gab viel Verkehr«, antwortete ich leise. Obwohl ich durstig war, konnte ich mich nicht dazu überwinden, etwas zu trinken. Mom machte keinen Hehl daraus, dass sie unzufrieden war. Ihre Brauen glichen Gewitterwolken. Ich fürchtete, sie würde jeden Moment einen zerstörerischen Sturm entfesseln.

»Hast du's nicht vermisst?« Troye schien die Stimmung entweder nicht wahrzunehmen oder zu ignorieren. Wieder lächelte er.

Wieder kaufte ich es ihm nicht ab.

»Was?«

»Unser Haus? Livingston?«

»Hast *du* es vermisst?«, gab ich zurück.

»Klar.« Er verzog den Mund. »Ich bin an jedem freien Tag nach Hause gekommen.« *So, wie es ein guter Sohn tut.* Er ließ die Worte zwar ungesagt, aber ich konnte sie trotzdem hören.

»Schön für dich«, sagte ich. Nicht bissig. Dafür war ich zu aufgewühlt.

»Wir haben dich für ein paar Juravorbereitungskurse angemeldet«, sagte Mom aus dem Nichts heraus. Ihre dunklen Augen schienen mich herausfordern zu wollen. »Wirtschaftsrecht, Verkaufsrecht, Rechtssoziologie und Methodenlehre sollten für den Anfang reichen. Du kannst am Mittwoch beginnen. Bis dahin werden wir hoffentlich deine Bewerbung aufpeppen können. Princeton steht nicht mehr auf der Liste. Sie werden dich nicht nochmals aufnehmen, nachdem du einfach verschwunden bist. Die Montclair ist immer noch eine Option. Troye wird ein Auge auf dich haben.«

»Ihr habt was?« Zu mehr war ich nicht fähig. Ich musste mich kurz sammeln. »Ich bin nicht hergekommen, um da anzufangen, wo ich aufgehört habe.«

»Wie ich dir gerade gesagt habe, ist das ohnehin nicht möglich. Du hast deine Chance bei Princeton vertan«, erwiderte Mom. Sie presste ihre Lippen missmutig zusammen. Die Falten auf ihrer Stirn glätteten sich nicht für einen Moment.

»Shiloh«, mischte sich Dad ein. Er erhob sich und holte aus einer Schublade des Sekretärs einen Umschlag, den er vor mich legte. »Das sind die Kurse. Sieh sie dir in Ruhe an. Es passt alles zu dir. So wie wir es immer besprochen haben. Wir akzeptieren, dass du einmal ausbrechen musstest. Jetzt wird es Zeit, wieder Verantwortung zu übernehmen.«

Er drückte meine Schultern, bevor er sich setzte.

»Nutze den Tag, um richtig anzukommen, Shiloh. Ich bereite das Essen zu.« Es kostete Mom ersichtlich Mühe, nicht weiter auf mich einzureden. Dad und Troye mussten im Vorhinein mit ihr gesprochen haben.

»Da sind echt gute Kurse dabei, Sis«, versuchte mich Troye zu überzeugen, nachdem Mom und Dad in der Küche verschwunden waren.

Wie vom Donner gerührt saß ich da und starrte auf den braunen Umschlag. Troye sprach weiter, doch ich konnte mich beim besten Willen nicht auf ihn konzentrieren. Was war hier passiert?

Als ich wieder zu mir kam, war Troye verschwunden. Ich hörte gedämpfte Stimmen aus der Küche.

Da ich nicht noch einmal so von meinen Eltern überfahren werden wollte, nahm ich den Umschlag und meinen Rucksack und stieg die Treppen hoch. Mein Zimmer befand sich direkt auf der rechten Seite neben dem Bad. Auch hier oben war alles wie immer.

Es kam mir so vor, als hätte ein Jahr lang niemand diesen Raum betreten. Die Luft war stickig. Staub fand ich jedoch keinen. Irgendjemand musste geputzt haben.

Ich schmiss den Rucksack aufs Einzelbett und platzierte den Umschlag auf den geordneten Schreibtisch. Tatsächlich hatte ich ihn in genau diesem Zustand zurückgelassen. Damals hatte ich gedacht, dass dies das Mindeste war, das ich tun konnte: mein Zimmer geordnet zu hinterlassen, um meinen Eltern nicht noch mehr zur Last zu fallen.

Nachdem ich das Fenster aufgeschoben hatte, ließ ich mich auf dem gepolsterten Stuhl vor dem Schreibtisch nieder.

Hier zu sein, brachte mich noch mehr aus dem Gleichgewicht als der Moment, in dem ich das Haus betreten hatte. In meinem Zimmer hatte ich Stunden um Stunden um Stunden verbracht. Gelesen, gelernt und mir vorgestellt, wie es wäre, auszubrechen.

Mit dem Finger fuhr ich über die abgenutzte Tischplatte. Das Geräusch des prasselnden Regens lullte mich ein. Müdigkeit saß mir in den Knochen.

Mit dem gleichen Finger stieß ich gegen den Umschlag, doch ich konnte ihn nicht öffnen. Gähnend schloss ich die Tür und legte mich aufs Bett. Den Rucksack beförderte ich mit einem gezielten Tritt zu Boden. Fünf Minuten später war ich eingedöst.

Dass ich so tief geschlafen hatte, konnte ich nur darauf zurückführen, dass mich die Aufregung in die Knie gezwungen hatte. Es war ganz sicher nicht, weil ich mich hier wohlfühlte. Ganz und gar nicht. Sobald ich mir wieder meiner Umgebung bewusst wurde, stieg die Angst in mir auf und verursachte mir Magenschmerzen.

Nachdem ich mich im Bad frisch gemacht hatte, setzte ich mich an den Schreibtisch. Es würde mich nicht weiterbringen, den Umschlag zu ignorieren. Deshalb holte ich die Unterlagen hervor, ging Seite um Seite durch und las mir die Informationen zu den einzelnen Kursen durch.

Schnell gewann meine analytische Seite Oberhand, und am Ende meiner Untersuchung musste ich feststellen, dass meine Eltern ein wirklich gutes Angebot herausgesucht hatten. Die Kurse würden mich auf ein kräftezehrendes Jurastudium vorbereiten.

Letztes Jahr hätte ich ähnliche Kurse in Princeton zum Einstieg ins neue Semester besuchen sollen. Deshalb hatte ich mich für keine anderen Vorbereitungskurse angemeldet. Jetzt eröffnete sich mir wieder der Pfad, von dem ich mich eigentlich abgewandt hatte.

Doch was hatte mir meine Zeit in New York gebracht? Abgesehen von Miles war ich dort ziemlich verloren. Ich arbeitete in der Detektei und taumelte dort von Katastrophe zu Katastrophe. Studierte Mathematik, weil ich es konnte, nicht weil ich es mochte. Gerade erst hatte ich mich meiner Mitbewohnerin und meinem Mitbewohner geöffnet, aber ehrlich gesagt waren sich Bronwyn und Nick selbst genug. Sie brauchten mich nicht.

War es so viel schlimmer, den Weg zu gehen, den meine Eltern für mich vorgesehen hatten, seit ich laufen gelernt hatte?

Troye schien immer noch gut damit zu fahren …

*Aber du bist nicht Troye.*

Mein Handy klingelte. Als ich Miles' Namen auf dem Display sah, schaltete ich es auf stumm. Ich hatte vergessen, mich bei ihm zu melden, als ich Livingston erreicht hatte. Doch jetzt wollte ich nicht mit ihm reden. Und eine Nachricht könnte ich auch nicht schreiben, weil er dann wissen würde, dass ich ihn ignorierte.

Bei der Vorstellung, mit ihm sprechen zu müssen, brach mir wieder der Schweiß aus. Was sollte ich ihm sagen? Wenn ich ihm von den Plänen meiner Eltern erzählen würde, würde er mir bloß raten, das Weite zu suchen. Und damit er hatte ja auch recht …

Ich war nicht hergekommen, um zu bleiben. Ich hatte mich erklären wollen. Das war's.

Doch selbst beim Essen bekam ich den Mund nicht auf. Wir redeten über die Vor- und Nachteile der angebotenen Kurse, und ich konnte plötzlich nicht mehr widersprechen. Als lastete seit dem Betreten des Hauses ein Fluch auf mir. Ich war unbewusst und erstaunlich problemlos wieder in mein altes Ich geschlüpft. Hatten sie das geahnt? Hatte Troye deshalb darauf bestanden, dass ich nach Hause zurückkehrte? Weil ich zu schwach war und mich letztlich fügen würde?

In meinem Kopf wurde der Widerstand von Stunde zu Stunde kleiner. Ich redete mir ein, dass ich lediglich den besten Moment abpasste, um mit ihnen zu reden. Aber sie machten es mir schwer. Selbst Mom. Sie reichte mir das Essen sogar mit einem Lächeln, und Dad sprach von seiner Arbeit bei der Bank. Er erzählte mir davon, wie gut er mit der neuen Software zurechtkäme und dass er vor einer Beförderung stünde. Seine Begeisterung war ansteckend. Troye erkundigte sich zwar nicht nach meinem Studium, dafür erzählte er von seinen unzähligen Kursen und wie gut es ihm am College ging.

Ich freute mich für ihn. Die Stimmung war friedvoll, so wie früher.

Doch so wie früher fühlte ich mich wieder klein und unbedeutend und ohne eigenen Willen.

Am nächsten Tag begleitete ich meine Mom eher unfreiwillig in die kleine Innenstadt von Livingston, um mich mit neuen Lernutensilien auszustatten. Sie kaufte alles ein, was sie ihrer Meinung nach brauchte. Ich folgte ihr scheinbar willenlos. Sie führte mich den anderen Bewohnern und Bewohnerinnen vor wie eine Puppe. Die Tochter, die in den Schoß ihrer Familie zurückgekehrt war.

Ich hasste es.

Ich schwieg.

Ich antwortete Miles nicht. Sosehr schämte ich mich für meine Starre. Er würde mich auch hassen.

Wenn er mich so sehen würde, würde er sich von mir abwenden. Oder schlimmer noch: Er würde aus Mitleid bei mir bleiben.

Es gab nichts, dass ich mehr wollte, als mit ihm zu reden. Gleichzeitig war es das Schwerste, was ich mir vorstellen konnte, zu tun. Wieso fühlte ich mich so neben der Spur?

Ein Tag ging in den nächsten über. Bronwyn rief an, und ich redete mit ihr. Sie machte sich Sorgen. Miles saß neben ihr.

Als ich seine Stimme hörte, legte ich auf.

Gott, ich war so feige.

Das war jedoch nicht das Hauptproblem. Das Hauptproblem war, dass ich mich fallen lassen konnte.

Zum ersten Mal seit einem Jahr konnte ich all meine Sorgen vergessen und einfach existieren. Ich musste nicht an meinen Job denken, nicht ans Geld und nicht an meine Zukunft. Meine Eltern hatten alles im Blick. Wenn ich nur ihrem Plan folgte, würde sich alles fügen. Am Ende wäre ich vielleicht nicht glücklich, aber ich wäre auch nicht verloren.

Nachts wälzte ich mich in meinem Bett umher. Unruhig. Tagsüber tat ich das, was Mom und Dad für mich vorgesehen hatten. Dabei mussten sie mich nicht kontrollieren. Ich folgte ihren Anweisungen freiwillig.

Am Ende des vierten Tages saß ich an meinem Schreibtisch und brütete über Gesetzestexten, als mir der Gedanke kam, dass doch nicht alles war wie früher. Im Gegensatz zu damals sprang ich diesmal nicht höher, als ich musste.

Und ein wenig rebellierte ich sogar: Sie hatten von mir erwartet, dass ich meinen Job in der Detektei kündigte und meiner WG mitteilte, dass ich bald meine Sachen packte.

Doch ich hatte nichts davon getan. Vielleicht sollte mich das nicht wundern. Schließlich bedurfte es Mut, mich Mr Goldbloom und Bronwyn zu stellen. Und wenn ich eines offenbar nicht mehr hatte, war es das.

Seufzend versuchte ich, mich auf die Aufgabe zu konzentrieren, die uns angehenden Studierenden heute in einem der Jurakurse gestellt worden war. Doch die Worte verschwammen vor meinen Augen.

Wovor hatte ich so große Angst?

Wie würde es mir gehen, wenn Miles mich verlassen würde? Oder war das bereits geschehen, und ich hatte es lediglich verdrängt?

Nein, so stark meine Gefühle für Miles auch waren: Damals wie heute war meine größte Angst, dass es zum endgültigen Bruch zwischen meiner Familie und mir kommen würde. Deshalb hatte ich mich ihnen nie gestellt. Weil ich sie immer noch liebte. Ich fürchtete mich davor, ihnen deutlich zu sagen, was ich wollte. Denn damit würde ich sie vor die Wahl stellen. Entweder würden sie mich akzeptieren oder den Kontakt zu mir aufgeben.

Trotz allem konnte ich mir ein ganzes langes Leben ohne sie nicht vorstellen. Und in meinen Augen machte mich das zum erbärmlichsten Wesen, das existierte.

Es war Miles, der diesem lähmenden Zustand am sechsten Tag ein Ende bereitete. Ich wusste, dass er am Abend zuvor an die Tür geklopft hatte. Mom hatte ihn abgewiesen, ohne mich zu fragen. Ich hatte an meinem Fenster gestanden und einfach nach unten gesehen.

Miles hatte nicht mit ihr diskutiert. Das war nicht seine Art. Er würde sich den Weg ins Haus nicht erkämpfen.

Deshalb hatte ich bereits damit gerechnet, dass er mich finden würde, wenn ich draußen unterwegs wäre. Immerhin konfrontierte er mich erst, als ich allein war. Troye war gerade davongegangen, um einen Freund zu treffen, während ich mir bloß die Füße vertreten wollte.

Plötzlich tauchte Miles vor mir auf und erschreckte mich fast zu Tode. Ich wollte gerade eine Kreuzung überqueren, als er neben mir aus der Straße an mich herantrat.

Mein Herz klopfte heftig in meiner Brust, als ich seinen Anblick in mich aufsog. Er trug eine Jeans und das dunkelblaue Led-Zeppelin-Shirt mit einer offenen schwarzen Sweatshirtjacke drüber. Sein Blick glitt suchend über mein Gesicht, ehe ich mich von ihm abwandte, um die Straße zu kreuzen. Ich konnte hier nicht stehen blieben und mit ihm reden.

Was sollte ich sagen?

Was wollte er von mir hören?

Er ging schweigend neben mir, bis wir den Bordstein auf der anderen Seite erreicht hatten. Es wäre feige, davonzulaufen, ohne ihn anzuhören. Wahrscheinlich würde er mir ohnehin folgen und eigentlich ... eigentlich wollte ich bei ihm bleiben. Die Sehnsucht, die ich in den letzten Tagen unterdrückt hatte, erkämpfte sich mit aller Macht ihren Weg an die Oberfläche. Ich blieb stehen, und er drehte sich zu mir. Sein Blick voller Sorge, Traurigkeit, Verständnis. Nur Mitleid suchte ich vergeblich. Das verwirrte mich. Ich hatte vorrangig damit und mit Ungeduld gerechnet.

»Shi.«

Ich sagte nichts. Sah in seine hellgrauen Augen und fühlte mich schlecht.

»Geht es dir gut?«

Wenn ich bejahte, würde ich lügen. Wenn ich verneinte, würde er meine Hand nehmen und mit mir davonlaufen.

Was wäre daran so falsch?

Dann würde ich mich wieder hinter etwas ... jemandem verstecken.

Es war besser, nichts zu sagen.

»Können wir reden?«

»Von mir aus.« Unwillkürlich verzog ich das Gesicht. Es hatte schneidender geklungen als beabsichtigt.

»Das bist nicht du, Shi.« Er machte Anstalten, meine Hand zu ergreifen. Ich wich zurück.

»Wenn nicht das, was dann?«, versuchte ich einen schwachen Konter.

»Du bist mehr als diese Marionette. Du kannst für dich selbst bestimmen. Du hast ein Leben in New York. Nicht hier. Das *hier* ist vorbei.« Die Verzweiflung in seiner Stimme berührte mich. Sie hielt mir vor Augen, dass ich mich nicht in ihm getäuscht hatte. Von Anfang an war er ehrlich zu mir gewesen. Seine Gefühle für mich existierten wirklich. Anders als meine Familie spielte er mir nichts vor.

»Es fühlt sich nicht an, als wäre es vorbei«, widersprach ich, weil auch ich ehrlich sein wollte. »Es fühlt sich an, als wäre ich mittendrin.«

»Wir können zusammen aus dieser Situation herausfinden. Eine Lösung suchen.«

Er berührte meine Wange. Dieses Mal zuckte ich nicht zurück, aber ich legte meine Hand auf seine und zog sie runter.

»Du hast keine Ahnung, Miles. Du trägst keine Verantwortung. Du kannst dich voll und ganz auf deinen Treuhandfonds verlassen, und dir macht es nichts aus, ohne tiefergehende Beziehungen in den Tag hineinzuleben. Das bin ich nicht. Ich brauche Sicherheit. Ich habe ein Jahr lang im Limbo verbracht. Meine Angst, zu versagen, als ständige Begleiterin. Ich brauche …« Meine Augen brannten. Ich wollte nicht weinen, aber ich war machtlos dagegen. »Ich brauche einen sicheren Hafen, zu dem ich zurückkehren kann, wenn ich versage.«

Seine Miene wurde weicher, trotz der harschen Worte, mit denen ich ihn hatte treffen wollen.

»Ich bin dein Hafen, Shiloh. Ich werde dich immer beschützen.«

»Ich glaube dir nicht«, sagte ich, obwohl ich es nicht meinte. Ich glaubte ihm, dass er es in dieser Sekunde so sah. Er wollte für mich da sein. Aber wer konnte mir versprechen, dass er nächsten Monat, nächstes Jahr oder danach genauso empfinden würde?

Ich ließ seine Hand endlich los. »Lass mich gehen. Hier gehöre ich hin.« Lüge. Lüge. Lüge.

»Du gehörst zu mir, Shi. So wie ich zu dir gehöre.« Er wirkte nicht niedergeschmettert. Dieses Mal war ich mir allerdings nicht sicher, ob er mir seine ehrlichen Emotionen zeigte. »Sei vorsichtig, Shi.«

Damit versenkte er die Hände in seiner Jeans und joggte davon. Nicht einmal sah er sich zu mir um. Ich blickte seiner kleiner werdenden Gestalt noch lange nach. Dem dunkelblauen Led-Zeppelin-Shirt, das ich bereits kannte. Dem schwarzen Schopf und dem breiten Kreuz.

Ich weinte so lange, bis der Regen einsetzte und meine Tränen von meinen Wangen wusch.

## • KAPITEL 25 •

*is it ever?*

Ich konnte Miles' Worte nicht abschütteln. Auf dem Weg nach Hause und dann im Haus selbst konnte ich an nichts anderes denken. Wieder war ich zu feige gewesen, ihm meine Gefühle zu gestehen. Ihn um Hilfe zu bitten. Vielleicht auch bloß um Rat.

»Fuck«, fluchte ich, als ich mit dem Fuß gegen die Kommode im Flur stieß. Ich hatte es wohl nicht anders verdient. »Fuck«, wiederholte ich. Warum auch nicht.

In der Küche kümmerten sich meine Eltern gemeinsam ums Abendessen. Ich konnte ihnen gerade nicht unter die Augen treten. Ich konnte nicht abschätzen, was ich ihnen sagen würde.

Fluchtartig rannte ich mit schmerzendem Zeh die Treppen nach oben, schlug meine Zimmertür zu und rief die einzige Person an, die mir zuhören würde und die nicht Miles war.

»Bronwyn spricht«, zwitscherte sie mit ihrem Südstaatenakzent ins Telefon.

»Hier ist Shiloh. Hey.«

»Endlich rufst du mich an! Wir haben uns solche Sorgen gemacht. Was ist los? Wie geht es dir? Ist Miles schon angekommen?«

Erneut brach ich in Tränen aus. Ich war so neben der Spur, dass es mir nicht mal was ausmachte, mich mit meinen nassen Klamotten aufs Bett zu setzen.

»Ja, er ist hier gewesen.« Ich erzählte ihr all das, was ich ihm nicht hatte sagen können. Weil ich vor ihm nicht schwach sein wollte. Vorhin ... Da hatte ich kurz gezögert, aber wieder hatte mich die Feigheit im Griff gehabt.

Nun war das Fass übergelaufen. Ich konnte nichts mehr zurückhalten. »Aber wir konnten nicht wirklich miteinander reden.«

»Warum nicht?« Sie klang vorurteilsfrei, wollte bloß wissen, was mir auf der Seele lag.

»Ich habe Angst, dass er sich von mir abwendet, wenn er sieht ...« Ich holte zittrig Luft. »Wenn er sieht, wie leicht ich mich wieder habe manipulieren lassen. Ich weiß, dass es so ist. Bis eben wusste ich nur nicht, wie ich aus diesem Teufelskreis rauskommen soll.«

»Ich kenne Miles nicht so gut wie du, aber ich bin sicher, er würde dir helfen wollen und sich nicht von dir abwenden. Er ist doch extra nach Livingston gefahren. Zu dir«, betonte sie.

Ich erwähnte Miles' Versprechen, für mich da zu sein. Dass ich ihm glauben wollte, aber dass ich Angst hatte. So schreckliche Angst.

»Shiloh, du weißt, dass ich zusammen mit Nick und Claire meine Heimat verlassen habe, oder? Nick und Claire sind von dort aber nicht geflohen. Nicht so wie ich. Seit ich gegangen bin, habe ich ständig Schweißausbrüche, wenn ich nur den Namen meiner Mom auf dem Display sehe.«

Ich hatte keine Ahnung gehabt. Während ich noch versuchte, mir einen Reim auf Bronwyns Geständnis zu machen, nahm sie ihren Bericht schon wieder auf.

»Ich kann also bis zu einem gewissen Grad nachempfinden,

wie du dich fühlst. Es war gleichzeitig das Einfachste und das Schwerste, nach New York zu gehen. Auch weil meine Eltern es nicht verstehen. So wie du habe ich ihnen jedoch nicht mal die Chance gegeben. Ich habe mich ihnen nicht erklärt und … Manchmal wünschte ich, dass ich es getan hätte. Selbst wenn das Ergebnis dasselbe wäre. Aber dann würde ich nicht ständig diese Last mit mir tragen. Diese Hoffnung.«

»Wäre es keine Option für dich, zurückzukehren?«, fragte ich zaghaft. Irgendwie hatte Bronwyn es geschafft, mich mit ihren Worten aus meiner Starre zu erlösen. Indem sie mir von sich erzählt hatte, konnte ich mich und meine eigene Situation besser verstehen.

Schweigen spannte sich zwischen Livingston und New York.

»Bronwyn?«

Sie lachte leise. Ein zartes, wohlklingendes Geräusch. »Die Frage hat mich unerwartet getroffen, Shiloh. Hier versuche ich, dich dazu zu bringen, wieder nach New York zu kommen, ohne mich selbst zu fragen, ob ich nicht lieber wieder zu Hause wohnen will.«

»Ich wollte nicht …«

»Schon okay. Es ist bloß, ich … kann es dir nicht sagen.« Sie machte eine kurze Pause. »Ich glaube, ich müsste erst einmal zurückkehren, um zu wissen, ob ich die richtige Entscheidung getroffen habe. Aber … Wir dürfen uns von unseren Eltern nicht einlullen lassen, Shi. Nur weil unsere Vergangenheit uns bekannt vorkommt und der Weg zurück einfach erscheint, heißt es nicht, dass er der richtige ist.«

Sie sagte genau das, was mir selbst im Kopf herumgeschwirrt war, seit ich Livingston betreten hatte. Trotzdem hörte ich ihr besser zu als mir selbst.

»Danke, Bronwyn. Ich glaube, ich verstehe all das hier jetzt ein bisschen besser«, antwortete ich langsam. »Meine Gedanken aus deinem Mund zu hören und zu wissen, dass du und Miles hinter mir steht ... Das bedeutet mir sehr viel.« *Wenn nicht sogar alles.*

»Ich tu mal so, als wäre ich überhaupt nicht aufgeregt und wünsche dir Glück. Bitte ruf mich an, wenn du ... mehr weißt.«

»Mach ich. Bis bald.«

»Ach, Shiloh! Miles geht es wirklich nicht gut. Ich hoffe, ihr könnt noch mal miteinander reden.«

»Okay. Ich versuche es.«

Nachdem wir das Gespräch beendet hatten, starrte ich eine Weile im dunkler werdenden Zimmer vor mich hin. Ich ordnete die restlichen wirren Gedanken, atmete tief ein, und dann war es endlich an der Zeit, stark zu sein.

Ich packte die wenige Kleidung ein, die ich mitgenommen hatte. Die Sachen, die ich damals zurückgelassen hatte, würde ich auch jetzt nicht mitnehmen. Ich hoffte sehr, dass es kein Abschied für immer wäre, doch die Entscheidung lag nicht bei mir.

Im Badezimmer sortierte ich ein letztes Mal mein Erscheinungsbild, kämmte meinen Pony und zupfte mein schwarzes T-Shirt gerade. Anstatt einer langweiligen Hose hatte ich mich für mein einziges auffälliges Kleidungsstück entschieden, das ich aus einem Impuls heraus mitgenommen hatte. Vielleicht hatte mein Vergangenheits-Ich unterbewusst gehofft, dass ich mich hier nicht gänzlich verlieren würde.

Der grüne, asymmetrisch geschnittene Hosenrock hatte schwarze Säume, ein kariertes Muster und reichte mir gerade so bis zur Mitte der Oberschenkel. Damit würde ich den Ton der Unterhaltung setzen. Vor allem würde mein Erscheinungsbild mir den Vorteil verschaffen, dass ich nicht wieder vor einer Konfrontation zurückscheuen könnte.

Unten im Flur lehnte ich meinen Rucksack gegen die Wand und ging ins Wohnzimmer. Dad deckte gerade den Tisch. Das

Klappern in der Küche ließ vermuten, dass Mom noch mit dem Essen beschäftigt war.

Troye war glücklicherweise noch nicht zurück. Immerhin nur noch zwei gegen eine. Die Chancen darauf, lebend das Haus zu verlassen, waren gestiegen.

»Dad?«

Er blickte auf. Sein Gesicht wechselte von Zufriedenheit zu Unglaube, als er mein Outfit bemerkte. Vielleicht hatte ich etwas zu viel Schminke aufgetragen.

»Was hat das zu bedeuten?« Nicht er stellte die Frage, sondern Mom, die hinter mir aufgetaucht war.

Ich trat zur Seite, um sie beide ansehen zu können. Mein Herz klopfte so heftig in meinem Hals, dass ich kaum schlucken konnte.

»Können wir reden?«

»Zieh dir erst etwas Vernünftiges an.« Mom stolzierte mit der Keramikschüssel an mir vorbei und platzierte diese in die Mitte des Tisches.

»Ich werde gleich ohnehin gehen.« Da, ich hatte es gesagt.

»Shiloh?« Dad umfasste die Rückenlehne des Stuhls vor ihm.

Da weder er noch Mom Anstalten machten, sich zu setzen, sprach ich drauflos.

Es war das erste Mal, dass ich wirklich versuchte, ihnen meinen Standpunkt zu erläutern. Ich sagte ihnen, wie gefangen ich mich in der Vergangenheit gefühlt hatte. Dass ihr Weg nicht der meine war, aber dass ich zu schätzen wusste, was sie für mich getan hatten. Welche Chancen sie mir ermöglicht hatten.

Ich betonte, dass ich sie weiterhin in meinem Leben haben wollte. Sie nicht aussperren wollte, wie im vergangenen Jahr. Ich entschuldigte mich für meine Flucht und dafür, dass ich nicht mit ihnen geredet hatte.

»Aber ich muss meinen eigenen Weg finden«, schloss ich. Mein

Mund war trocken vom vielen Reden, doch ich wagte es nicht, mir etwas zu trinken zu holen. Aus Angst, den Moment zu zerstören und damit ihre Reaktion zu verpassen. »Natürlich will ich euch finanziell unterstützen, sobald es mir möglich ist. Auf meine Weise. Mit einem Job, den *ich* mir ausgesucht habe.«

»Wir wollten nie, dass du unglücklich bist«, sagte Dad. Seine Stimme zitterte. Überraschenderweise sah ich Tränen in seinen Augen, als ich seinen Blick auffing. »Wir wollten nur das Beste für dich. Und für Troye.«

Mom machte ein abfälliges Geräusch. »Wenn wir so schreckliche Eltern gewesen sind, hättest du nicht zurückkommen sollen.«

»Das war nicht …«, begann ich, bevor sie mit erhobenem Kinn an mir vorbeimarschierte. Ich hörte, wie sie die Treppen nach oben stieg und die Tür hinter sich zuschlug.

Dad näherte sich mir vorsichtig, drückte meine Schulter. »Sie wird sich beruhigen. Shiloh …« Seine Unterlippe zitterte. »Es tut mir leid.«

In all meinen Albträumen, in denen ich meinen Eltern von meinen wahren Gefühlen erzählt hatte, hatte ich mir nie vorgestellt, dass Dad mich verstehen würde. Niemals.

Ich erlaubte ihm, mich zu umarmen. Das war das erste Mal seit über einem Jahr, dass ich seine Liebe zu mir spürte. Eine zentnerschwere Last schien von mir abzufallen.

»Bye, Dad«, sagte ich. Er wischte mir behutsam die Tränen von den Wangen. »Ich ruf dich an, wenn ich wieder in New York bin.«

»Wir lieben dich, Shiloh. Vergiss das nicht, ja?«

Ich nickte. Der Kloß in meinem Hals war mittlerweile so groß geworden, dass ich nichts mehr sagen konnte. Ich nahm meine Tasche aus dem Flur und ging nach draußen in den aufgefrischten Abend. Es hatte immerhin aufgehört, zu regnen.

Troye kam mir entgegen, als ich mich bereits einige Straße von unserem Zuhause entfernt hatte.

Mein Herz schlug immer noch heftig, aber eine riesige Last war mir von den Schultern gefallen.

»Wohin gehst du?«, fragte er stirnrunzelnd.

»Nach New York.« Ich ging einfach weiter. »Melde dich nur, wenn du wirklich mit mir sprechen willst. Ich bin fertig mit Livingston.«

»Sis! Shiloh!«, rief er mir nach, allerdings folgte er mir nicht. Er würde mir nie folgen. Das hier war mein Weg. Nicht seiner.

Es war okay, dass wir nach all den Jahren getrennt voneinander unser Glück suchten. So musste es eben sein. Schließlich waren wir zwei verschiedene Personen.

Im Eingangsbereich des Busbahnhofs bewegte ich mich mit gemischten Gefühlen auf den Ticketschalter zu. Anders als vor einem Jahr war es mir nun leichter ums Herz. Ich hatte ein direktes Ziel vor Augen. Ein Zuhause und einen Job. Gleichzeitig hatte ich den Weg in meine Vergangenheit gekappt.

Ich hatte es vielleicht nicht zugeben wollen, aber bis vorhin hatte ich mir die Option stets offengelassen, mein Leben wieder von meinen Eltern kontrollieren zu lassen. Es war mir nicht möglich gewesen, alles auf einmal zu tun: davonzulaufen, mein ganzes Leben sofort neu zu beginnen und mich gänzlich unabhängig zu machen. Tag um Tag hatte ich mich an diesen Sicherheitsgurt geklammert: Da ich nicht das Gespräch mit meinen Eltern gesucht hatte, gab es noch einen Weg zurück.

Jetzt konnte ich endlich die Freiheit spüren, die auf mich wartete. Es schmerzte zwar, dass mir Mom den Rücken zugewandt hatte, aber ich würde sie noch nicht aufgeben. Ich wollte ihr Zeit lassen.

Und womöglich war es jetzt an mir, meinen Eltern Briefe zu

schreiben. Um sie wissen zu lassen, dass ich nicht einfach wieder verschwand und sie schätzte.

»Shi?« Die vertraute Stimme zwang mich beinahe in die Knie.

Miles stand direkt hinter mir. Ich traute mich nicht, mich umzudrehen. Instinktiv lehnte ich mich an ihn, während ich gleichzeitig versuchte, mich darauf zu konzentrieren, ein Ticket zu ziehen.

»Ich habe schon eins für dich«, sagte er an meinem Ohr, wobei seine Nähe mir einen warmen Schauer bescherte. Was er gesagt hatte, brachte mich allerdings dazu, mich abrupt zu ihm umzudrehen. Er grinste mich an.

Und dieses Grinsen … Es war mir so wertvoll, dass ich aus dem Nichts anfing, zu weinen.

Er war nicht wütend auf mich. Er machte mir keine Vorwürfe. Er hatte versprochen, er wäre an meiner Seite, und das war die Wahrheit.

Ich konnte nicht glauben, dass ich jemanden wie ihn gefunden hatte. Für den ich da sein durfte und der für mich da war, obwohl ich – glücklicherweise erfolglos – versucht hatte, ihn von mir zu stoßen. Weil ich von meiner Angst beherrscht worden war.

Doch er und Bronwyn hatten mir den letzten Stoß in die richtige Richtung gegeben. Durch ihre Hilfe hatte ich Klarheit erhalten und mich von meiner Angst befreit.

Ohne zu zögern, legte ich die Hände in seinen Nacken und presste meinen Mund auf seinen. Als er mich umarmte, mich so festhielt, als hätte er sich im gleichen Maß nach mir gesehnt, wurde mir sofort warm. Es war nicht nur die leidenschaftliche Hitze, die ich immer in seiner Nähe spürte, sondern eine emotionale Wärme, die mir einzig unsere Verbindung schenkte.

Ich liebte diesen Kerl.

Unwillkürlich vertiefte ich unseren Kuss. Öffnete meine Lippen für ihn und berührte mit meiner Zunge seine. Es war mir

347

egal, dass wir für alle Passanten sichtbar waren. Ich hätte mich in dieser Sekunde nicht von ihm lösen können.

Schließlich war er es jedoch, der sich mit einem leisen Seufzen von mir zurückzog. Er strahlte vor Freude, als er mir eine Strähne meines Haares aus dem Gesicht strich.

Tränen brannten in meinen Augen, weil sein Lächeln derart verständnisvoll war. Ich spürte, wie ich meine Freude nicht mehr zurückhalten konnte.

»Woher wusstest du, dass ich zurückfahren würde?«, schluchzte ich und presste die Handballen auf meine geschlossenen Lider.

Shit. Warum hatte ich mich ausgerechnet heute geschminkt?

Er schwieg. Um uns herum herrschte reger Betrieb, doch sämtliche Geräusche und Stimmen wurden in den Hintergrund gedrängt. So wenig, wie sie mich während unseres Kusses beeindruckt hatten, so wenig interessierten sie mich auch jetzt. Als befänden Miles und ich uns in einer Blase, die durch niemanden durchbrochen werden konnte.

Seine Hand legte sich an meinen Hals. Warm und schwielig. Ich ließ meine Arme sinken. Mittlerweile wusste ich, was er in den sechs Wochen unserer Trennung getrieben hatte. Tagtäglich hatte er in dem dubiosen Bootcamp körperliche Trainingseinheiten absolviert und sich angestrengt. Gleichzeitig hatte er sich für Corey eingesetzt und ihn trotzdem beinahe verloren.

So gern wäre ich in dieser Zeit für ihn als unterstützende Kraft da gewesen. Wünschte mir, dass er mich hätte anrufen können. Aber ich wollte nicht länger in der Vergangenheit schwelgen. Im Hier und Jetzt waren wir zusammen.

»Ich wusste es nicht.« Sein Grübchen wurde deutlicher. »Ich habe es eher gehofft.«

»Obwohl ich so gemein zu dir war?« Ich schniefte unelegant. Meine Wimperntusche klebte mir wahrscheinlich im halben Gesicht. »Es tut mir total leid, Miles. Ich war einfach verwirrt. Ich wollte bei ihnen bleiben, aber irgendwie auch nicht. Und … keine Ahnung. Es war, als wäre ich außerstande, mich zu bewegen.«

»Ist schon okay. Und jetzt will ich keine Entschuldigung mehr hören. Weißt du, wie mutig und selbstbewusst deine Entscheidung war?«

»Ich bin nicht sicher, ob Mom das genauso sieht«, murmelte ich und dachte an ihre Enttäuschung zurück.

»Und dein Dad? Troye?«

»Dad ist … überraschend ruhig geblieben«, gab ich zu. »Troye wird sich hoffentlich einkriegen. Fuck, ich bin vollkommen zerstört. Ich brauche Wasser und ein Taschentuch. Wann geht unser Bus?«

»In einer halben Stunde, in zwei Stunden und in viereinhalb Stunden«, verkündete er.

»Sag jetzt nicht, du hast für alle Tickets gekauft?«

Er zuckte mit den Schultern. »Ich wollte vorbereitet sein. Komm, da vorn sind die Toiletten.«

Nachdem ich mein Gesicht von den Tränenspuren und dem Make-up befreit hatte, schlenderten Miles und ich Hand in Hand zum wartenden Bus.

Etwas Traurigkeit blieb in meinem Inneren zurück. Aber nicht die Art von niederdrückender Traurigkeit, die in den letzten Monaten schwerer und schwerer geworden war, sondern die Art, die mit der Zeit blasser und leichter werden würde. Sich zu einer melancholischen Erinnerung wandeln würde an eine Zeit, die schwer gewesen war, die mich jedoch stärker gemacht hatte.

Miles wollte am Fenster sitzen. Da ich nicht das Bedürfnis hatte, mich erneut von Livingston zu verabschieden, gewährte ich ihm sehr gern seinen Wunsch.

Nachdem wir unsere Rucksäcke auf der Ablage verstaut hatten, fuhr der Bus auch schon los. Ich legte meinen Kopf auf Miles' Schulter und steckte meine Kopfhörer ein. Seine Hand hielt meine umfasst.

Das erste Mal seit Tagen schlief ich den Schlaf der Gerechten. Ich hatte die richtige Entscheidung getroffen.

Als die Sonne fast vollständig am Horizont verschwunden war, erreichten wir New York. Mein Zuhause. Meine Zukunft. Zumindest für den Moment. Ich würde meine Träume nicht mehr kappen. Ich würde mich nicht mehr von meiner Angst beherrschen lassen.

Es gab vieles, was ich nun tun wollte. Sobald ich meinen ersten freien Moment haben würde, würde ich mich definitiv exmatrikulieren. Ich wollte wirklich keine Mathematikerin werden. Endlich war ich mutig genug, die Wahrheit anzuerkennen. Ich wollte mir Zeit nehmen und herausfinden, was ich tun wollte.

Miles begleitete mich wie selbstverständlich in meine WG. Es stand nicht mal zur Debatte, dass er sich für den Abend von mir verabschiedete. Er zögerte keine Sekunde. Wo ich hinging, dort ging auch er hin.

Diese Nähe war aufregend. Und beängstigend.

Ich hatte gerade erst die Tür geöffnet, als sich auch schon Bronwyn auf mich stürzte. Durch den Aufprall wurde ich gegen Miles gestoßen, der uns festhalten musste, sodass wir in einer merkwürdigen Dreierumarmung landeten.

Als auch Nick im Flur auftauchte, lachte er uns aus. Er stand mit der Schulter an der Wand gelehnt, die Arme verschränkt. Seine Gesichtsverletzungen waren gut verheilt und im dämmrigen Flurlicht kaum noch erkennbar.

»Schön, dass du wieder da bist, Sweetheart«, sagte Nick und zog dabei jede Silbe in die Länge. Ich hatte nie jemanden kennengelernt, der einen derart starken Südstaatenakzent hatte. Ich wurde das Gefühl nicht los, dass er sich manchmal regelrecht einen Spaß daraus machte, andere damit herauszufordern.

»Schön, wieder da zu sein«, sagte ich über Bronwyns Schulter hinweg.

Nachdem wir uns voneinander gelöst hatten, seufzte sie tief.

»Sweet Baby Jesus, du wirst es nicht glauben, aber Miles war absolut am Boden zerstört. Wir konnten ihn mit nichts aufheitern«, beschwerte sie sich.

»Nicht mal die Zebra-Piñata hat geholfen«, stimmte Nick zu.

»Also Leute, so schlimm …«, versuchte sich Miles zu wehren.

»Und keine Schokotorte«, unterbrach ihn Bronwyn.

»Mit Gemeinschaftsspielen brauchten wir ihm erst gar nicht kommen«, sagte Nick eilig, bevor wir in Gelächter ausbrachen. Nur Miles grummelte gespielt beleidigt vor sich hin.

»Ich dachte nicht, dass er sich bei euch breitmachen würde. Sorry.« Trotz meiner Entschuldigung lächelte ich, weil ich glücklich war.

Wir setzten uns ins Wohnzimmer. Bronwyn verteilte reihum Chips und Schokolade. Ich hatte tatsächlich ziemlichen Kohldampf.

»Was heißt hier breitmachen? Er hat sich einquartiert.« Bronwyns Lachen nahm ihren Worten die Ernsthaftigkeit. »Aber keine Sorge, ich habe ihm nicht erlaubt, in dein Zimmer zu gehen.«

»Das heißt, niemand hat sich um meine Pflanzen gekümmert?«

»Äh …« Nick und Bronwyn warfen sich einen alarmierten Blick zu.

»War doch nur Spaß. Ich werde sie schon wieder aufpäppeln.«

»Ehrlich gesagt wusste ich nicht mal, dass du Pflanzen hast«, beichtete Bronwyn. »Gosh, ich bin eine schlechte Freundin.«

»Bist du nicht«, widersprach ich eilig. »Die Begrüßung, unser

Telefonat, alles … Das ist mehr, als ich verdient habe. Nach dem vergangenen Jahr. Danke.«

Bronwyn, die sich neben mich gesetzt hatte, drückte fest meine Hand.

»Nick und ich sind einfach wirklich froh, dass du wieder da bist, Sugar.«

*Sugar?* Bronwyn musste mich schon sehr vermisst haben, um derart in ihren Südstaatenslang zurückzufallen.

»Hauptsächlich deswegen, damit du dich wieder mit diesen anhänglichen Welpen beschäftigen kannst«, scherzte Nick und erntete erneut Gelächter. Mein Herz, das vor einigen Stunden noch so geschmerzt hatte, wurde mit Licht und Wärme gefüllt.

Da ich zu kaputt war, um Pantomime zu spielen, einigten wir uns auf einen Film auf Netflix. Wobei *einigen* nicht das richtige Wort war. Streiten und schließlich auslosen traf es da schon eher.

Bronwyn und ich waren mit der Auswahl ziemlich zufrieden. Das Liebesdrama hatten wir von Anfang an gucken wollen. Nick schmollte allein am äußersten Ende der breiten L-förmigen Couch. Miles hielt mich von hinten fest, und ich konnte mich an ihn lehnen. Tatsächlich war er derjenige, der am lautesten schniefte.

Obwohl ich den ruhigen Abend genoss, konnte ich mich nicht gänzlich entspannen. Es war, als würde ich immer noch unter Strom stehen.

Miles schien meine innere Unruhe zu spüren. Als ich aufstand, um mir in der Küche etwas zu trinken zu holen, folgte er mir. Seine Miene war ernst. Ich leckte mir über die trockenen Lippen, als ich mich zu ihm umdrehte.

»Es ist noch nicht vorbei, oder?«, fragte er mit dunkler Stimme.

# • KAPITEL 26 •

*after hours*

»Das klingt jetzt dramatischer, als es eigentlich ist«, nuschelte ich. Unsicher strich ich mir die Haare hinters Ohr. Ich hatte keinen Plan davon, wie man solche Beziehungsgespräche führte. In meinen früheren Beziehungen war ich grundsätzlich allen Konfrontationen aus dem Weg gegangen und hatte stets die Flucht ergriffen, wenn es zu schwierig wurde.

Doch dieses Mal wollte ich es anders machen.

»Für mich ist es das. Dramatisch, meine ich.« Er wirkte am Boden zerstört, dabei wusste er nicht mal, was ich sagen wollte.

»Miles«, sagte ich sanft und überbrückte den Abstand zwischen uns. Ich hielt seine Hände fest in meinen. Drückte sie. »Hör mir zu.«

»Okay.« Dieses eine Wort schien ihn bereits so viel zu kosten. Ich sollte schneller reden, um ihm unnötige Schmerzen zu ersparen.

»Ich bin dir so dankbar für das Vertrauen, das du mir entgegengebracht hast. Dafür, dass du, wie versprochen, an meiner Seite bist. Auch wenn ich mich immer noch mit der Unsicherheit abfinden muss, was morgen oder übermorgen oder in einem Jahr ist. Aber damit komme ich klar. Mein neues Ich ist viel mutiger als mein altes.« Ich lächelte, als ich daran dachte, wie erfolgreich ich mich nach fast einer Woche des Bangens meinen Eltern gestellt hatte. »Allerdings muss ich mich erst noch finden.«

»Das bedeutet?« Die Unsicherheit in seiner Stimme brachte mich beinahe um.

»Es ist nicht so, als würde ich keine Gefühle für dich haben, Miles. Im Gegenteil.« Ich schluckte. Jetzt kam der schwierige Teil. »Es ist bloß … Ich muss mich dieses Mal selbst an die vorderste Stelle setzen. Ich kann mich nicht in diese Beziehung stürzen und gleichzeitig an mich selbst denken. Und ich kann auch nicht von dir verlangen, dass du auf mich wartest, während ich versuche, meine Sachen zu regeln. Ich weiß, du hast es mir versprochen, aber ich halte dich nicht daran fest.« Zu gut erinnerte ich mich an seine Worte, die mich seitdem nicht verlassen hatten. *Ich werde da sein, wenn du bereit bist. Selbst wenn das nie passiert, bin ich da. Als dein* guter *Freund.* »Du hast noch nicht gewusst, wie chaotisch es in meinem Kopf vorgeht. Shit, ich habe es ja selbst nicht gewusst. Und deshalb …«

Er küsste mich. Ich küsste ihn zurück. Es gab kein Zögern, kein Es-fühlt-sich-nicht-richtig-an. Miles würde sich immer richtig anfühlen.

»Du hast Gefühle für mich?« Ich nickte. »Dann verstehe ich das Problem nicht. Wir könnten es einfach langsam angehen lassen.«

Die Versuchung war groß. Ich musste lächeln. Legte eine Hand an seine Wange. »Weißt du, dass ich dich nur ansehen muss und nichts anderes tun will, als dich festzuhalten? Dich zu küssen …« Ich untermalte meine Worte mit einem zärtlichen Kuss nach dem anderen, bis unser beider Atem schwer wurde. »Ich will alles von dir kosten. Dich erkunden. Dich lieben. Selbst wenn wir uns nicht sehen … Ich kann kaum an was anderes denken und fühle mich schon richtig schmutzig.«

»Ich mag deine schmutzige Seite«, erwiderte er grinsend. »Besonders nachdem wir uns fast eine Woche nicht gesehen haben.«

Er legte seine Hände auf meinen Po und drückte mich an seine spürbare Erektion, sodass mir sofort ganz schwindelig wurde. Am liebsten hätte ich ihm hier in der Küche die Kleider vom Leib gerissen, um all die verruchten Dinge zu tun, die wir noch nicht getan hatten. Und die, die wir schon getan hatten, wollte ich wiederholen. Immer wieder.

»Genau mein Punkt«, murmelte ich, als er mit den Zähnen über mein Kinn kratzte. Sanft. Erregend.

»Ich will nicht warten«, sagte er leise, und mein Herz rutschte mir in die Knie, während mir gleichzeitig ein Stöhnen entfloh, weil er mein rechtes Bein anhob, um unsere Hüften enger gegeneinander zu drücken. »Aber das werde ich, Shi. Ich werde alles tun, was du willst.«

»Wirklich?«, keuchte ich.

»Wirklich. Ich bin nicht auf den Kopf gefallen. Ich verstehe das. Du musst dich neu orientieren. In die Zukunft schauen. Aber ich lasse nicht zu, dass du das allein tust.« Wie konnte er so eloquente Sätze formen, während ich unter seinen Berührungen zerschmolz. Eine seiner Hände löste sich von meinem Hintern und fuhr unter mein Shirt meinen Rücken hinauf. »Ich bleibe bei dir. Tag für Tag. Und gemeinsam werden wir herausfinden, was wir machen möchten.«

In meinem Verstand herrschte Chaos. Ich hatte große Schwierigkeiten damit, seine Gedanken zu begreifen. »Gemeinsam? Du auch?«

Er senkte seinen Kopf und platzierte einen Kuss auf meiner Halsschlagader, ehe er mit der Zunge darüberfuhr. Ich erschauerte.

»Ist das so überraschend?« Ein weiterer Kuss. »Ich möchte wie du herausfinden, was das Leben für mich zu bieten hat. Wo ich mich sehe.« Seine Fingerspitzen strichen über meine Wirbelsäule. »Durch dich und durch Corey und die ganze Eskapade mit Eddy ist mir etwas klar geworden … Ich muss endlich Verantwortung übernehmen. Du hast damit nicht falschgelegen.«

»Ich wollte dich damit nicht kränken.«

»Ich weiß. Das ändert aber nichts daran, dass es stimmt. Ich war bisher ziemlich verantwortungslos.« Bedauerlicherweise hob er seinen Kopf wieder, um mich anzusehen. »Und wenn wir uns zusammen was aufbauen wollen, wenn ich mir selbst würdig sein soll, muss ich auch erst mal auf mich hören.«

»Das klingt …«, stotterte ich, als er seine Hand von meinem Bein löste, um damit an dem Verschluss meines Hosenrocks zu hantieren.

»Erwachsen?«, schlug er grinsend vor. »Ich will mit dir zusammen sein, Shi. Am besten jeden Tag. Jede Minute, aber ich verstehe auch dein Argument. Wenn wir zusammen sind, kann ich an nichts anderes denken als daran, wie ich dich ins nächste Bett kriege. Und schon gar nicht an meine Zukunft.«

»Meine Worte klangen vielleicht, als wäre ich total überzeugt von meinem Plan? Aber … Ich kann dich auch nicht *nicht* sehen, Miles. Das war alles doch noch gar nicht ausgeklügelt und ich …« Ich bekam schon Panik bei dem Gedanken, ihn monatelang nicht zu sehen.

»Was machen wir dann?« Noch hatte er den Knopf meines Hosenrocks nicht gelöst, aber ich war kurz davor, es selbst zu tun, obwohl Bronwyn und Nick jeden Moment in die Küche kommen konnten.

»Wir könnten uns immer noch treffen, aber ohne …« Ich errötete.

Seine hellgrauen Augen glänzten amüsiert. »Du meinst, wir sollten eine No-Sex-Rule einführen? Jetzt?« Er blickte von meinem Gesicht zu seinen Fingern, die den Knopf endlich geöffnet hatten.

»Wenn du's so sagst, klingt das irgendwie …«

»Wenn das die einzige Möglichkeit ist, wie wir unsere Zukunft organisieren und uns gleichzeitig sehen können, dann …«

»Sollen wir es versuchen?«

»Für wie lange?«

Er dachte einen Moment darüber nach, ohne sich zu bewegen. Als ich mein Bein jedoch sinken lassen wollte, hatte er mich in einer fließenden Bewegung hochgehoben. Ich legte meine Arme um seinen Hals und drückte mich an ihn. Meine Brüste an seinen Oberkörper, seine Erektion zwischen meinen Beinen. Allein unsere Kleidung störte.

»Bis zum Ende des Sommers«, raunte er, sein Gesicht an meiner Schulter vergrabend.

»Warum bis dahin? Das ist eine ziemlich lange Zeit«, gab ich zu bedenken. Mir war schon jetzt bewusst, dass es eine Folter werden würde, ihn zu sehen, ohne der körperlichen Anziehung zwischen uns nachzugeben. Trotzdem war es keine Alternative, ihn nicht zu treffen.

»Es dient uns beiden vielleicht als Ansporn«, schlug er vor. »Außerdem habe ich bereits eine Ahnung, was ich tun will, und hoffe, dass das bis zum Ende des Sommers geklärt ist. Solltest du dann noch mehr Zeit brauchen …« Ich spürte, wie er schwer schluckte.

»Das wird nicht passieren. Ich bin höchst motiviert«, erwiderte ich lächelnd.

Ich liebte es, dass er den gemeinsamen Plan mit Humor nahm. Nicht nur das, er schien sogar richtig dahinterzustehen. Er und ich brauchten einander, aber wir brauchten auch Zeit, um zu wachsen. Sex mit ihm war wunderschön, heiß und schmutzig, aber lenkte auch ziemlich ab. Es war ein guter Plan, unsere Beziehung emotional zu festigen, während wir uns gleichzeitig den riesigen Baustellen in unseren Leben annahmen. Und wenn wir uns nach den jüngst zurückliegenden Katastrophen neu orientiert hatten, würden wir gestärkt sein, auch die körperliche Ebene zwischen uns neu zu erkunden.

Das hoffte ich zumindest. Ob es wirklich so werden würde, würde sich zeigen.

»Hm.« Er drehte mich mit sich in den Armen Richtung Ausgang. »Einen Vorschlag habe ich noch.«

»Ach ja?« Ich lachte, weil ich bereits den gleichen Gedanken hegte.

»Wir haben uns fast sechs Tage nicht gesehen. Die No-Sex-Rule kann noch einen Tag länger warten, meinst du nicht?«

Ich kicherte. »Das klingt ganz einleuchtend.«

»Da du und ich einer Meinung sind, können wir ja auch …« Er grinste.

»Aber schon so früh eine Ausnahme?«, fragte ich gespielt ernst, um ihn aufzuziehen, während er die Küche verließ. »Nach meiner Rechnung trennen uns bloß acht Wochen vom Herbst. Das kriegen wir doch bestimmt hin. Ich habe schon längere Zeit auf Sex verzichtet.«

Er hob beide Brauen. »Aber hast du auch so lange auf mich verzichtet?«

Aus dem Wohnzimmer hörten wir, wie sich Bronwyn und Nick unterhielten. Sie schienen uns noch nicht zu vermissen.

»Sechs Wochen hast du mir bereits einmal abverlangt. Zwei Wochen mehr machen dann auch keinen großen Unterschied mehr«, gab ich amüsiert zurück und strich mit der Zunge an seinem Ohr entlang. Er erzitterte, wie ich es von ihm erwartet hatte.

»Für mich waren die sechs Wochen schon ziemlich an der Grenze. Nacht für Nacht habe ich an dich gedacht. Ich habe mir vorgestellt, wie es wäre, wieder deinen Bademantel zu öffnen. Ihn von deinen glatten Schultern gleiten zu lassen und …« Er drückte mit der Schulter die bloß angelehnte Tür zu meinem

Zimmer auf und stieß sie dann mit einem Fuß wieder zu. In der nächsten Sekunde hatte er mich sanft aufs Bett gelegt.

»Miles …«

»Das werden qualvolle acht Wochen. Wir sollten heute noch vernünftig sein«, sagte er und zog bereits sein Shirt über den Kopf.

Hitze schoss in einem gewaltigen Inferno durch meinen Körper, als ich seine Muskeln im Halblicht des bewölkten Tages betrachten konnte.

Für mich war er perfekt.

»Seid ihr bald so weit?«, brüllte Bronwyn. »Sonst gucken wir ohne euch weiter!«

Miles lachte leise, bevor er die Tür einen Spaltbreit öffnete. »Wir sind beschäftigt!«, rief er zurück und knallte die Tür wieder ins Schloss. »So, wo waren wir?«

Ich setzte mich auf, um ihm dabei zu helfen, sich zu erinnern. Grinsend befreite ich mich mit wenigen Handgriffen von meinem Shirt und meinem BH. Beides landete auf dem Boden.

Entblößt saß ich vor ihm auf dem Bettrand und genoss das Gefühl von Kontrolle, das ich über Miles hatte, der erstarrt war. Seine Miene nicht lesbar, als er auf meine Brüste starrte, als hätte er sie nie zuvor gesehen. Er schluckte schwer, sodass sein Kehlkopf auffällig zuckte.

»Fuck this«, stöhnte er. »Wir sollten noch mal über diese Regel reden.«

Ich legte den Kopf schief. »Willst du wirklich reden oder willst du … andere Dinge tun?«

Sein Blick huschte zu meinem Grinsen, und er schüttelte den Kopf. »Du machst mich wahnsinnig.«

»Wie genau?«

»Ich zeig's dir.« Er preschte förmlich auf mich zu, und unsere Lippen fanden ganz natürlich zueinander. Ich konnte nicht sagen, wer von uns beiden den Mund des anderen erobern wollte und wer am Ende gewann. Mit einem Gemisch aus Stöhnen, Lecken und Bissen machten wir uns übereinander her.

Ich kostete jede Sekunde aus, als er mich mit Fingern und Mund von meinem Hosenrock befreite. Mein Slip folgte gleich darauf zusammen mit seiner Jeans. Ich war froh, dass er seine Boxershorts noch anbehielt, sonst hätte ich sämtliche Beherrschung verloren.

Ich war schon so erregt, dabei hatte er mich noch nicht mal zwischen meinen Beinen berührt. Er ließ sich viel zu viel Zeit.

»Ich kann nicht warten«, verkündete ich. Er massierte mit einer Hand meine Brust, mit der anderen krallte er sich in meinen Hintern. Scheinbar nicht sicher, ob er mich an sich pressen oder sich von mir wegdrücken wollte.

»Shit, ich wusste nicht, ob …« Er lehnte seine Stirn an mein Schlüsselbein.

»Jetzt gerade brauche ich dich in mir und wenn du nicht sofort …«, sagte ich einfach, weil ich es wollte.

»Bist du denn schon bereit?« Wie um sich selbst eine Antwort zu geben, ließ er seine Hand von meiner Hüfte zwischen meine Beine wandern.

»Seit einer halben Ewigkeit«, keuchte ich, wissend, wie feucht ich bereits war. Weil ich es wirklich nicht mehr aushielt, presste ich meine Hände gegen seinen Brustkorb, um mich mit ihm herumzudrehen. Sodass er unter mir und ich auf ihm lag.

Ich verlor keine Zeit mehr. Die Hitze, das Verlangen, die Sehnsucht … Alles trieb mich an. Mit seiner Hilfe riss ich ihm die schwarze Boxershorts herunter und offenbarte seinen erigierten Penis. Das Kribbeln in meinem Unterleib nahm zu.

»God, o God«, murmelte ich wie ein Mantra. Als würde mir religiöser Beistand jetzt noch helfen. »Ich habe dich so vermisst, Miles.«

Ich holte aus der Schublade meines Nachtschranks ein Kondom hervor und streifte es über seine Erektion. Miles umfasste meine Hüften, als ich mich rittlings auf ihn setzte. Mit einer Hand zwischen uns führte ich ihn in mich ein. Langsam und dann drängender. Ich erinnerte mich an unsere erste gemeinsame Nacht. Wie richtig es sich angefühlt hatte, und wie gut es sich auch jetzt noch anfühlte.

*Ich liebe dich, Miles,* dachte ich, als wir unseren Rhythmus fanden.

Ich beugte mich zu ihm herab, küsste ihn leidenschaftlich, während unsere Hüften sich weiter im Takt bewegten. Er knetete meine Brust, und ich ließ meine Lippen zu der empfindlichen Stelle unter seinem Ohr wandern.

Er stöhnte. Ich keuchte ebenfalls. Seine Finger kreisten um meine Klitoris, und ich war die Erste, die unter dem Druck zerbrach. Doch Miles ließ mich nicht allein. Er folgte mir nur Sekunden später und rief meinen Namen, während er den Höhepunkt erreichte.

Völlig k.o. fiel ich auf seinen breiten Brustkorb herab und versuchte so wie er, Atem zu schöpfen.

Er fand noch irgendwo die Kraft in sich, über meinen Kopf zu streichen. Ich lauschte seinem klopfenden Herzen.

»Acht Wochen?«, raunte er heiser.

»Ab morgen«, murmelte ich schläfrig.

»Wir geben unser Bestes, ja? Damit wir uns voll und ganz aufeinander einlassen können?« Die Motivation in seiner Stimme rührte mich.

Ich stützte mich mit den Unterarmen auf seinem Brustkorb auf und küsste ihn zärtlich. »Versprochen.«

In den folgenden Wochen stellte ich mein Leben komplett auf den Kopf. Nicht nur gab ich mein Mathematikstudium auf, ich kündigte auch meinen Job in der Detektei. Natürlich nicht, ohne dass mir Mr Goldbloom die Standpauke hielt, die sich bereits Miles hatte anhören müssen. Wir hätten uns niemals als Detektive aufspielen sollen. Er wüsste, wie er seinen Job erledigte, und hatte natürlich längst erkannt, was für eine Person Eddy war.

Eddy verfolgte uns auch noch darüber hinaus. Miles und ich wurden zur Anhörung geladen, mussten jedoch nicht aussagen, da sich Eddy schuldig bekannte. Er bekam ein paar Jahre aufgebrummt. Miles regte sich darüber auf, während ich lediglich hoffte, dass es Susan dieses Mal gelingen würde, komplett unterzutauchen. Klar, in einer idealen Welt würde Eddy nie wieder die Möglichkeit haben, auf freien Fuß zu kommen, doch die Welt war eben nicht ideal.

Ich bekam durch eine Freundin von Nick einen Job in einem Studentencafé in der Nähe der New York University. Bisher hatte es für mich kaum eine schlimmere Vorstellung gegeben, als ausschließlich für Kundinnen und Kunden zu arbeiten und freundlich zu sein. Wenn ich mich aber besser kennenlernen wollte, so wie ich es Miles und vor allem mir selbst versprochen hatte, musste ich mich auch herausfordern. In möglichst vielen Bereichen. Und so schlimm war es gar nicht.

Da ich finanziell auf eigenen Beinen stehen musste, konnte ich nicht einfach einen Monat lang blaumachen und die Seele baumeln lassen. Abgesehen davon wollte ich das auch gar nicht. Wenn ich also nicht hinter der Theke stand und Kaffee zubereitete, absolvierte ich entweder Ein-Tages-Praktika oder suchte nach anderen Optionen, um meinen Horizont zu erweitern.

Ich hatte das Gefühl, als hätte ich ein Jahr lang rumgegangen und einfach nur Zeit vergeudet. Als wäre ich nur auf der Stelle getreten. Jetzt wollte ich Neues erleben und mich ausprobieren.

Manchmal ergatterte ich sogar einen der heiß begehrten Plätze in den College-Schnupperkursen. Ich belegte alles: von Astrophysik über Kulturgeschichte bis hin zu Psychologie. Jeden Kurs sog ich förmlich in mich auf. Hin und wieder hatte ich sogar die Chance, mich mit den Dozentinnen oder Dozenten zu unterhalten. Auf diese Weise hatte ich beispielsweise Astrophysik schon von meiner Liste streichen können.

Wenn ich mich auch nach einem Praktikum nicht entscheiden konnte, ob mir eine Richtung generell zusagte oder nicht, sprach ich mit Miles darüber. Spätestens danach kam etwas in die engere Auswahl oder nicht. Und auch sonst half er mir sehr. Ohne seine Verbindungen hätte ich niemals so viele Praktika machen können. Die meisten Firmen und Institutionen hielten nicht viel von Selbstfindungstanten wie mir. Doch ein Anruf von Miles genügte, und schon war ich drin.

Das schlechte Gewissen, Vorteile wie diesen auszunutzen, ignorierte ich. Es ging hier um meine Zukunft.

Während meiner Pausen im Café setzte ich mich meistens mit einem Frappuccino ans Fenster. Wenn ich in der Stimmung war und noch Energie für soziale Interaktion übrig hatte, unterhielt ich mich mit Studierenden. Fragte sie förmlich aus. Gefiel ihnen ihr Fach? Worauf spezialisierten sie sich? Wo sahen sie sich in fünf, zehn oder zwanzig Jahren?

Heute aber war ich nach meiner Fünf-Stunden-Schicht schon ziemlich erledigt. Nach der Pause würde ich noch einmal für drei Stunden weiterarbeiten müssen. Ich steckte meine Kopfhörer ein, um dem Geklimper der Café-Playlist zu entkommen und Taylor Swifts Stimme zu lauschen. Dann öffnete ich mein Journal.

Für ein mit schönen Zeichnungen, ästhetischen Stickern und Washi-Tape gefülltes Exemplar fehlte mir schlichtweg die Zeit, die Lust und das Talent. Deshalb schrieb ich lediglich mit einem schwarzen Kugelschreiber meine Gedanken auf, um sie zu sortieren. Am stärksten konzentrierte ich mich auf neue Erkenntnisse. Wünsche, Träume, aber auch Abneigungen, die mir erst jetzt bewusst wurden. Ähnlich wie in meinem Tagebuch früher, aber mit mehr … Ehrlichkeit gegenüber mir selbst.

Langsam zeichnete sich ein echtes Ziel am Horizont ab.

Es hatte bei meinem dritten Schnupperkurs endlich Klick gemacht. Psychologie. Die Dozentin hatte den Kurs auf eine so interessante Art und Weise gestaltet, dass ich noch Tage danach an die spannenden Inhalte zurückdenken musste.

Der Gedanke, Menschen durch ein Studium besser zu verstehen, faszinierte mich so sehr, dass ich ihr schließlich eine E-Mail geschrieben hatte. Tatsächlich bot die Dozentin an, sich mit mir zu treffen, damit ich ihr all meine Fragen stellen konnte. Anschließend lud sie mich zu sich in die Praxis ein. Natürlich durfte ich nicht während der Sitzungen im Zimmer bleiben, aber ich konnte mir zumindest ihren Arbeitsalltag ansehen. Sie betonte anschließend, dass das Studium nicht leicht sei, man aber dafür belohnt würde, wenn man es mit Herzblut verfolgte. Außerdem gäbe es viele Richtungen, für die ich mich während des Studiums und danach entscheiden könnte.

Die Begegnung mit ihr lag schon zwei Wochen zurück, und jetzt fühlte ich den Impuls, mir meine Journal-Einträge dazu noch einmal durchzulesen. Um herauszufinden, ob ich noch genauso begeistert war, wie ich in meinen Kommentaren geklungen hatte. Die Freude, die ich verspürt hatte, war deutlich aus meinen Worten herauszulesen.

Ein aufregendes Kribbeln durchfuhr mich. Ich hatte endlich eine Ahnung davon, was meine Zukunft für mich bereithalten könnte. Sie würde mich auf einen Weg führen, der nicht bloß Geld einbrachte, sondern der mich auf emotionaler Ebene bereichern würde.

Ich konnte es kaum erwarten, Miles davon zu erzählen. Bisher hatte ich mich noch zurückgehalten, weil ich das Schicksal nicht herausfordern wollte. Nun hatte ich aber eine Entscheidung getroffen.

Oder stand zumindest kurz davor. Ich wollte abwarten, wie Miles' Meinung dazu war.

Wir hatten uns für heute Abend zum Essen verabredet, nachdem wir uns fast eine Woche nicht gesehen hatten, weil wir beide so beschäftigt gewesen waren.

Er hatte sich vor Kurzem für den Law School Admission Test, kurz LSAT, angemeldet. Seitdem hatte er sich oft hier ins Café gesetzt. So konnte er lernen und gleichzeitig mit mir zusammen sein. Nur in der letzten Woche war er mit seinem Praktikum in einer Kanzlei eingespannt gewesen. Sam hatte angeboten, ihn in seiner ehemaligen Kanzlei unterzubringen, doch das hatte er abgelehnt und sich einen eigenen Platz gesucht. Leider hatte er deshalb auch bei Mr Goldbloom kündigen müssen. So wie ich.

Ich hatte ein schlechtes Gewissen bekommen, weshalb ich mich erbarmt und eine Stellenanzeige aufgegeben hatte. Mr Goldbloom war trotz unserer Unterschiede immer sehr nett zu mir gewesen, und ich hatte ihn nicht ohne Hilfskraft hängen lassen wollen.

Glücklicherweise hatte ich schon nach zwei Kandidatinnen eine passende Sekretärin gefunden. Sie war vielleicht nicht die bestgelaunte Person, aber sie war immerhin nicht so tollpatschig wie ich mit dem Kaffee. Mr Goldbloom schien zufrieden.

Immerhin hatte er sich bisher nicht bei mir beschwert.

Ich blickte auf den leeren Platz neben mir. Erinnerte mich an Miles, der vor einer Woche neben mir auf der Fensterbank gesessen und schelmisch gegrinst hatte. Seine Lernbücher hatte er auf der gesamten Theke verteilt, ohne sich einer Schuld bewusst zu sein. Er gab sich ebenso unschuldig, als er seine Hand, die bis dahin auf meinem Knie gelegen hatte, weiter nach oben wandern ließ. Unter meine schwarze Schürze, damit es keinem der Gäste im Vorbeigehen auffiel.

Bevor er heikles Gebiet erreichen konnte und damit unsere No-Sex-Rule brach, zog ich mich ein wenig zurück. Ich traute mir selbst in seiner Nähe kaum noch über den Weg. Wusste nicht, wie wir noch weitere zwei Wochen durchhalten sollten.

Andererseits liebte ich unsere gemeinsame Zeit, die ohne Sex mindestens genauso schön war. Manchmal beobachtete ich ihn einfach und konnte mein Glück kaum fassen. Glück darüber, dass seine und meine Welt miteinander kollidiert waren. Anstatt dass wir Schaden davongetragen hatten, hatten wir uns aus unseren Umständen befreit und einander gewonnen.

> **Shiloh:** Ich vermisse dich. 😭 😭

Seine Antwort ließ nicht lange auf sich warten. Als würde er ständig auf sein Display sehen und hoffen, dass ich mich meldete, damit er nicht zu clingy wirkte. Mir ging es andersherum genauso.

> **Miles:** Same. 😞 🐙

Er schickte ein Selfie hinterher, das ihn gelangweilt an einem Tisch sitzend zeigte.

> **Miles:** Planänderung? 😙 Kommst du mich bei meinen Eltern abholen? Vielleicht lassen sie mich dann früher gehen. 🤪

Ich schluckte schwer. Bisher hatten wir einen Bogen um das Thema Familie gemacht. Er hatte meine Eltern bereits kennengelernt – auf eine ziemlich unangenehme Weise. Ich hingegen hatte bisher nur die Bekanntschaft mit einem seiner beiden älteren Brüder gemacht. Mittlerweile wusste ich, dass Miles' ältere Schwester Caroline hieß und David der Zweitälteste war. Caroline arbeitete als Onkologin und David als Allgemeinchirurg im gleichen Krankenhaus wie ihre Eltern. Nur Sam fiel als Staatsanwalt aus der Reihe ebenso wie Miles, der die gleiche Richtung einschlagen wollte.

> **Shiloh:** Ähm~

> **Miles:** Komm schon, Shi. Lass mich nicht hängen. 😌

Er schickte ein weiteres Selfie, diesmal von ihm schmollend. Die Stirn gerunzelt und die Unterlippe vorgezogen.

Ich musste loskichern, was von außen vermutlich ziemlich schräg wirkte. Erschrocken sah ich mich um. Doch die Musik war zu laut. Niemand hatte auf mich geachtet.

> **Shiloh:** Okay. Ich kann so um vier hier weg. Schick mir die Adresse 😖 ...............

Ich machte extra viele Punkte, um ihm meinen Missmut mitzuteilen. Er schickte eine Reihe von GIFs zurück, die allesamt jemanden zeigten, der die Betrachterin abknutschen wollte.

Kurz zögerte ich mit den Daumen über der Tastatur. Der Impuls, ihm drei Worte zu schreiben, die ich seit einiger Zeit mit mir herumtrug, wurde fast übermächtig. Ich konnte mich jedoch gerade noch davon abhalten.

Das erste Mal würde ich es ihm persönlich sagen wollen. Damit ich mir seinen Gesichtsausdruck einprägen konnte. Als Geschenk an mich selbst.

Er schickte mir die Adresse seiner Eltern und platzierte einen zufriedenen Smiley am Ende des Absatzes. Sie wohnten in einem Penthouse in Turtle Bay, Manhattan. No surprise there.

Schon jetzt war ich eingeschüchtert. Ich hoffte, ich müsste Miles einfach nur abholen und könnte mit ihm dann verschwinden, ehe ich auf irgendwelche Mitglieder seiner Familie träfe.

»Shiloh?«, rief meine Kollegin. »Ich weiß, du hast noch Pause, aber kannst du mir helfen?«

»Bin sofort da«, rief ich über meine Schulter Lisa zu, die den plötzlich Ansturm an Studierenden allein zu meistern versuchte.

Ich räumte mein Journal zusammen, als mein Handy ein weiteres Mal vibrierte. Miles.

> **Miles:** Bekomme ich nichts?

> **Shiloh:** Nichts? 🫣

> **Miles:** Im Gegenzug für meine wunderbaren Selfies. Sie sehen so gut aus, du könntest sie als Poster ausdrucken und an deine Wand hängen. Ahahahaha 😂 😂 😂

> **Shiloh:** Sei froh, dass ich dich abhole.

> **Miles:** 🙄 Ernsthaft?
> Nichts?
> Du lässt mich einfach hängen?
> Shilooooh

Grinsend schoss ich ein Foto von meinem Handgelenk, an dem ich ein buntes, gewebtes Armband trug, das er mir letztens bei einem Straßenhändler gekauft hatte. Seitdem hatte ich es nicht mehr ausgezogen. Wenn ich es mit dem Finger verschob, konnte ich bereits eine Bräunungslinie erkennen.

Mein Lächeln wurde breiter. Ihn zu necken, war zu meinem neuen Hobby geworden.

## • KAPITEL 27 •

### *it's no fun without cheating*

Um Punkt vier konnte ich meinen Dienst beenden. Phillipe löste mich mit einem High Five ab. Eine Geste, die für mich noch vor drei Monaten undenkbar gewesen wäre. Nie hätte ich derart locker mit losen Bekanntschaften umgehen können. Seit ich andere Menschen an mich herangelassen hatte, fiel mir auch der Kontakt mit Fremden leichter. Ich ging bei anderen auch nicht mehr grundsätzlich vom Schlimmsten aus oder erwartete, dass sie schlecht von mir sprachen.

Auf dem Weg zur nächsten Metrostation suchte ich in der App auf meinem Handy nach der Station, an der ich umsteigen musste. Plötzlich begann es zu vibrieren, weil mich Dad anrief, was mich halb zu Tode erschreckte.

»Dad? Alles in Ordnung?« Ich hatte Troye gebeten, ihm meine neue Handynummer zu geben. Seitdem schrieb er mir des Öfteren Nachrichten und verzichtete auf seine üblichen Briefe, worüber ich ganz froh war.

»Ich wollte nur wissen, wie es dir geht«, erklang seine Stimme. Nicht einmal hatte er versucht, mich zur Umkehr zu bewegen. Was ich in Livingston gesagt hatte, war bei ihm angekommen.

Mom hingegen ignorierte mich immer noch. Abgesehen davon war ich auch noch gar nicht bereit, ihr zu verzeihen. Wenn Miles nicht gewesen wäre, hätte sie mich geschlagen. Sie hätte eine Grenze überschritten, die kein Zurück mehr ermöglicht hätte. Ich brauchte Zeit, und irgendwann wäre ich bereit, ihre Entschuldigung zu hören. Wenn das jemals vorkäme.

»Musst du nicht arbeiten?«, wollte ich wissen. Um vier Uhr hatte er eigentlich noch keinen Feierabend. »Und mir geht es gut.«

Es kribbelte in meinem Bauch, als ich daran dachte, dass ich vielleicht endlich meinen Weg gefunden hatte. Würde er sich für mich freuen? Aber bevor ich ihm davon erzählen würde, wollte ich erst noch mit Miles sprechen.

»Ich warte gerade auf den nächsten Termin. Er verspätet sich etwas«, antwortete er. Ich hörte Tastaturgeklapper im Hintergrund.

Eigentlich war es unerhört, dass Dad mich während seiner Arbeit anrief. Ich liebte es.

»Ist es ein guter oder schlechter Termin?« Ich genoss es, mit ihm zu sprechen, weshalb ich vor dem Treppeneingang zur Metro stehen blieb. Miles würde sich ein wenig gedulden müssen, denn ich wollte den Anruf nicht durch schlechten Empfang im Untergrund unterbrechen.

»Was ist der Unterschied?« Er klang ehrlich ahnungslos, was mich schmunzeln ließ.

»Musst du jemanden enttäuschen oder kannst du jemanden glücklich machen?«

Er räusperte sich. »Hmmpf, ich schätze, Ms T. wird sich darüber freuen.«

»Hört sich gut an.«

»Du kennst sie nicht mal …«

»Aber wenn es freudige Nachrichten sind, färbt das bestimmt auf dich ab. Und darüber wiederum freue ich mich.«

Dad lachte brummend. Das war neu. Normalerweise hielt er sich mit geräuschlosem Lachen über Wasser. Es kam mir so vor, als hätte sich unsere Beziehung in dieser kurzen Zeit schon um hundertachtzig Grad gewandelt. Zwischen uns gab es so viel Neues zu entdecken. Das Schönste war, dass auch Dad bereit dazu war, mehr über mich zu erfahren. Seine Tochter so kennenzulernen, wie sie eigentlich war, und nicht, wie er und Mom sie sich vorgestellt hatten.

Ich unterhielt mich noch ein paar Minuten mit ihm, ehe er auflegen musste, weil Ms T. erschienen war. Mit einem Lächeln auf meinen Lippen fühlte ich mich plötzlich gewappnet, in die Höhle des Löwen zu gehen. Dad war auf meiner Seite. Ganz gleich wie schlimm die Allertons auch sein mochten, es würde mich nicht verunsichern. Dads Vertrauen in mich gab mir Selbstbewusstsein.

Dazu kam natürlich noch, dass auch Miles für mich da sein würde.

Ich brauchte fast fünfzig Minuten bis Turtle Bay und musste auf dem Weg am Grand Central umsteigen. Das Café, in dem ich arbeitete, befand sich wie meine Wohnung mitten in Brooklyn. Der Anschluss ins wohlhabende Manhattan kam mir heute gar nicht so lang vor, vor allem weil ich für den Großteil der Strecke einen Sitzplatz ergattern konnte.

Als ich endlich vor dem Wolkenkratzer am East River stand, in dem Miles' Eltern wohnten, war ich so eingeschüchtert von der blitzblanken Fassade, die zielgenau den blassen Himmel durchstach, dass ich einen Moment wie angewurzelt auf dem Bordstein stehen blieb.

Ich hielt mein Handy in der Hand und haderte mit mir, ob ich nicht doch Miles anrufen sollte, um ihn zu bitten, zu mir nach draußen zu kommen.

Doch ich war kein Feigling mehr. Er erwartete mich, und ich

würde ihn nicht enttäuschen. Vor seiner Familie würde ich einen guten Eindruck machen. Den wollte ich nicht dem Zufall überlassen: Nachdem ich mich dem Gebäude genähert hatte, stellte ich mich links neben den Eingang und betrachtete im Fenster mein Spiegelbild. Ich wünschte, ich hätte mich am Morgen für ein eleganteres Outfit entschieden. Die senfgelb karierte Schlaghose, die bis über meinen Bauchnabel reichte, und das weiße, eng anliegende T-Shirt waren zwar in Ordnung, meiner Meinung aber nicht wirklich Eindruck schindend. Immerhin waren sie auf jeden Fall nicht anstößig. Wobei ich keinen blassen Schimmer hatte, was die Allertons als anstößig ansahen und was nicht.

Sam fand wahrscheinlich allein meine Anwesenheit unerträglich. Ich war mir sicher, dass auch ich ihn immer noch nicht besser leiden konnte.

Ich kämmte ein letztes Mal durch meinen Pony und Pferdeschwanz, dann trat ich in die runtergekühlte Lobby. Sie erinnerte mich sehr an die des Williamsburg Hotels. Zumindest war sie genauso elegant, wenn auch weniger industriell.

Da ich nicht wusste, in welchen der vier Fahrstühle ich steigen sollte, steuerte ich den Empfang an. Ein älterer grauhaariger Mann begrüßte mich freundlich.

»Guten Tag. Ich bin bei den Allertons eingeladen«, sagte ich. »Mein Name ist Shiloh Tenley.«

»Einen Moment.« Er tippte etwas in seinen Computer und telefonierte dann per Headset mit jemandem, der hoffentlich Miles war.

Gott, wie peinlich wäre es, wenn die Allertons nicht mal wussten, wer ich war und dass ich … »Sie dürfen nach oben, Ms Tenley. Nehmen Sie dazu einfach den linken Fahrstuhl und drücken sie die Taste mit dem P.«

Okay. Der kurze Anflug von Panik war umsonst gewesen. Danke für nichts.

Ich bedankte mich und folgte den Anweisungen des Empfangsherrn. Im Fahrstuhl stiegen noch zwei andere Gäste oder Bewohner ein, die mich jedoch in den unteren Stockwerken wieder verließen. Danach bewegte sich der Lift, ohne noch einmal zu halten, nach oben. Eine automatisierte Stimme kündigte das Penthouse an, ehe die Türen mit einem lauten Pling auseinanderfuhren.

Mein hämmerndes Herz hätte ich am liebsten zurück im Fahrstuhl gelassen, da es vor Nervosität von Sekunde zu Sekunde lauter zu werden schien.

»Shiloh!«

Ich hatte nicht mal Zeit, mich in dem eleganten schwarzweißen Flur umzusehen, da stand Miles bereits vor mir. Obwohl mein Herz jetzt noch schneller schlug, verschwand meine Nervosität fast vollkommen. Ich war nur noch aufgeregt, weil er bei mir war. Weil sich seine Hand um meine legte und er mich so zärtlich küsste, als wäre ich etwas Besonderes. Der einzige Mensch auf der Welt.

»Hey«, begrüßte ich ihn leise.

»Hey zurück«, sagte er und küsste mich erneut. Ich sehnte mich so sehr nach ihm, dass ich mich an sein schwarzes Hemd klammerte. Vergaß, wo ich mich befand und wer auf uns wartete.

Auch er schien von unserem Moment gefangen zu sein. Seine Zunge drang in meinen Mund ein, als ich ihn öffnete. Ich wollte ihn einatmen. Ihn spüren.

»Fuck«, murmelte er schwer atmend.

»Miles?« Hinter ihm erklang eine weibliche Stimme. Uns blieb gerade genug Zeit, uns voneinander zu lösen, bevor eine junge Frau in T-Shirt und lockerer Jeans in den Flur trat.

»Oh, hallo! Du bist schon da.« Sie grinste breit. Freundlich. Ich erkannte sofort ihre Ähnlichkeit zu Miles und Sam. Sie hatte einen ebenso braunen Hautton und die gleichen sturmgrauen Augen wie Miles. Ihr schwarzes Haar trug sie in einem stylischen Bobschnitt. »Ich bin Caroline. Oder einfach Carry.«

Wir reichten uns die Hände. »Ich bin Shiloh. Freut mich, dich kennenzulernen.«

Ich hatte mir Caroline ganz anders vorgestellt. Eher so verklemmt wie Sam. Doch in nur wenigen Minuten belehrte sie mich eines Besseren.

Und nicht nur sie: Miles' gesamte Familie war total locker drauf. Natürlich bis auf die bereits bekannte Ausnahme von Sam. Sie witzelten miteinander, neckten sich und gaben nichts auf Formalitäten. Anders als gedacht, saßen sie nicht mit strengen Mienen an einer riesigen Tafel, sondern lachend im Wohnzimmer um einen niedrigen Tisch herum. Selbst Sam hatte sich auf den weichen Teppich gesetzt und schien gut gelaunt, wie ich bei meinem Eintreten sofort bemerkte.

Abgesehen von Miles' Eltern und seinen Geschwistern waren auch noch Carolines Mann, Davids Ehefrau und die zwei kleinen Kinder, Zwillinge, der beiden anwesend. Es war ein chaotischer Haufen.

Ich liebte es sofort.

»Hallo, ich bin Shiloh Tenley«, begrüßte ich sie und winkte verlegen.

Alle Blicke richteten sich auf mich. Lächelnd, offen und herzlich. Sofort wurde ich von ihnen begrüßt. Miles' Eltern waren jedoch die Einzigen, die sich erhoben, um mir die Hand zu schütteln, worüber ich ganz froh war. Ich wollte die Atmosphäre nicht mit meinem Auftauchen zerstören.

Mr Allerton trug bequeme, wenn auch offensichtlich teure Kleidung. Einen Kaschmirpullover und eine cremefarbene Stoffhose. »Ist Shiloh okay? Du kannst mich auch Abraham nennen.«

»Natürlich. Shiloh reicht«, beeilte ich mich zu sagen, obwohl ich sicher war, dass ich eine Weile brauchen würde, um mich zu überwinden, ihn mit Vornamen anzusprechen.

»Das ist meine Frau Ellis Allerton.«

Ms Allerton nahm meine Hand in ihre beiden und drückte sie leicht. Ein Lächeln zierte ihre schmalen Lippen.

»Schön, dich kennenzulernen, meine Liebe.«

»Ebenso, Ms Allerton.«

»Ellis, bitte.« Sie führte mich an einer Hand zum Wohnzimmertisch und stellte mich ihrem Sohn David und seiner Frau Tonya, den Zwillingen Maria und Valentino, sowie Carrys Ehemann Joey vor.

Die fünfjährigen Zwillinge, die zu sehr mit ihren Malbüchern beschäftigt waren, beachteten mich kaum, doch alle anderen hießen mich willkommen. Selbst Sam, von dem seine Mutter wohl nicht wusste, dass wir uns bereits begegnet waren, begrüßte mich mit einem knappen Hallo.

»Komm, setz dich zu mir«, bat Miles und zeigte auf den Teppich neben sich. Er hatte sich an den Kopf des niedrigen Holztisches im Schneidersitz gepflanzt.

»Sie möchte doch sicher auf der Couch …«, begann Ellis, doch ihr Mann unterbrach sie lächelnd.

»Den zwei Turteltauben ist es bestimmt egal, wo sie sitzen, solange sie beieinander sind.«

Ellis ließ meine Hand los, um sich wieder neben ihren Mann auf eines der beiden gegenüberliegenden Sofas sinken zu lassen.

»Mein Mann, der Romantiker«, murmelte sie amüsiert.

Ich beschloss, dass es in Ordnung war, mich zu setzen, und nahm mir sogar einen Keks von der Etagere in der Mitte des Tisches.

»Willst du auch Tee oder Kaffee?«, erkundigte sich Carry auf zwei silberne Thermoskannen deutend.

»Schon in Ordnung. Danke.«

David hockte hinter seinen Kindern und stieß bewundernde Laute aus, als sie ihm von den verschiedenen Farben erzählten, die sie benutzt hatten. Seine Frau saß der Couch und lächelte in ihre Kaffeetasse hinein. Der Anblick erwärmte mein Herz.

Miles nahm meine Hand in seine und drückte sie sanft, als würde er genauso empfinden und es mit mir teilen wollen.

Mr und Ms Allerton unterhielten sich mit Sam über seine Arbeit als Staatsanwalt. Ich konnte zum ersten Mal beobachten, wie er aufblühte. Die Falten auf seiner Stirn waren verschwunden, und er berichtete mit leuchteten Augen davon, dass ihm die Recherchearbeit am meisten Spaß machte.

»Weil du dann nicht mit anderen Leuten sprechen musst«, ärgerte ihn Miles grinsend.

»Halt die Klappe«, grummelte Sam ohne Nachdruck.

»Siehst du? Du hast mein Argument sofort bekräftigt.«

»Das war kein Argument.« Sam und Miles lieferten sich zusätzlich zum Wortgefecht auch ein Blickduell. Niemand wollte sich zuerst abwenden.

»War es doch. Du bist eine Niete, wenn es darum geht, anständig mit Fremden zu kommunizieren.«

»Ich zeig dir gleich, wie gut ich *kommunizieren* kann«, erwiderte Sam. »Oder hast du Neujahr vergessen?«

Miles schluckte. »Neujahr zählt nicht«, murmelte er plötzlich kleinlaut.

»Neujahr?«, mischte ich mich ein, weil ich den Faden verloren hatte.

»Ach nichts«, beeilte sich Miles, zu sagen.

Sam hob die Brauen. »Ach nein? Nichts? Ich habe in einem fairen Kampf gewonnen.«

»Kampf?«

Ellis lachte leise. »Um Gottes willen ihr erweckt ja den Eindruck von Barbaren.«

»Es war bloß ein Kräftemessen«, grummelte Miles ergeben. Seine Mundwinkel zuckten jedoch. Sam hatte Spaß, aufgezogen zu werden und Miles gleichzeitig aus der Reserve zu locken. »Ändert aber nichts daran, dass du gut im Recherchieren, aber schlecht im Kommunizieren bist.«

»Lässt du's gut sein jetzt?« Sam bewarf ihn mit einem Kissen. Unwillkürlich zuckte ich zur Seite, doch Miles hatte es bereits vor meinem Gesicht aufgefangen.

»Ey, das ist meine Freundin. Pass auf.«

»Sorry. Ich wollte dich nicht treffen«, sagte Sam in meine Richtung, bevor er sich wieder zu seinen Eltern wandte.

»Schon okay«, antwortete ich leicht abwesend. Ich war so erstaunt darüber, wie anders Sam war. Vielleicht war er wirklich niemand, der seine Gefühle und Wünsche gut mitteilen konnte. Vielleicht hatte ich ihn deshalb falsch eingeschätzt.

Ich war plötzlich sehr froh, Miles' Einladung hierher gefolgt zu sein. Seine Familie kennenzulernen, war ein großer Schritt, und es freute mich, auch Miles dadurch näherzukommen.

»Shiloh, du bist nicht in New York aufgewachsen, oder?«, fragte mich Mr Allerton nach einem Moment des Schweigens.

Carry goss sich einen neuen Kaffee ein, bevor sie Tonya in ein Gespräch verwickelte. Ihr Mann Joey wurde auf seinem Handy angerufen und entschuldigte sich für einen Augenblick.

Ich schüttelte den Kopf. »Ich komme aus New Jersey. Livingston.«

»Was hat dich nach New York gezogen?«, fragte Mr Allerton. Er wirkte ehrlich interessiert, was es mir einfacher machte, mich mit ihm zu unterhalten. Es half auch, dass nicht sämtliche Blicke auf mich gerichtet waren und Sam und Miles die Stimmung gelockert hatten.

»Ich wollte unabhängig sein«, gab ich zu.

»Shiloh hat dafür sogar Princeton eine Absage erteilt«, verkündete Miles, als wäre er stolz auf mich, dass ich eine derartige Chance hatte verstreichen lassen.

»Princeton?«, echote Sam, der sich nun gegenüber von seinem Dad auf die weiße Couch setzte.

»Das war sicher keine leichte Entscheidung«, merkte Mr Allerton an.

»Eigentlich schon«, widersprach ich leise und hoffte, dass ich mich damit nicht unbeliebt machte.

»Gibt es nichts, dass du dort gern studiert hättest?«

»Man muss schon ziemlich realitätsfern sein, um Princeton den Rücken zu kehren«, murmelte Sam.

»Sam!« Sein Dad plusterte die Wangen auf.

Der gerügte Sohn hatte immerhin den Anstand, leicht zu erröten. »Ich hab's nicht böse gemeint. Sorry.«

Ich beschloss, Sams Kommentar zu übergehen. »Ich wusste einfach, dass es zu diesem Zeitpunkt nicht das Richtige für mich war.«

»Und wie sieht dein Plan jetzt aus, wenn ich fragen darf?« Als hätte er seinen Sohn nie zurechtgewiesen, war seine Stimme wieder ruhig.

Ich blickte kurz zu Miles. Eigentlich hatte ich es ihm unter vier Augen sagen wollen, aber er nickte auffordernd. Die Hauptsache war ohnehin, dass er dabei war.

»Jetzt weiß ich, dass ich in die Psychologie-Richtung gehen möchte. Ich habe eine Weile gebraucht, um das zu erkennen. Das stimmt schon. Aber umso sicherer bin ich mir jetzt mit der Entscheidung.«

Mr Allerton goss sich eine weitere Tasse Pfefferminztee ein und machte dabei ein summendes Geräusch. »Ja, ich sehe durchaus den Reiz. Psychologie braucht einen analytischen Verstand, den eine Princeton-Anwärterin sicher mitbringt. Und mindestens genauso viel Empathie. Die braucht man als die Partnerin meines jüngsten Sohnes nicht zu knapp. Du bringst also beides mit. Gute Wahl.« Miles verdrehte die Augen. Seine Mom lachte leise.

»Wenn du ein Praktikum machen musst, lass es mich wissen, Shiloh«, sagte sie zu mir. Ihr Lächeln war so schelmisch wie das von Miles. Auch das Grübchen, das sich bei ihm stets offenbarte, wenn er grinste, fand sich auf ihrer Wange wieder. »In unserer Klinik gibt es einen Bereich für Psychologie und Psychiatrie. Wir können da sicherlich was arrangieren, solltest du dich bewerben wollen.«

»Vielen Dank«, entgegnete ich fast flüsternd.

Kurz darauf löste ich mich aus der Gruppe und suchte die Toilette auf. Carry war so freundlich, sie mir zu zeigen, ehe sie einen Abstecher in die Küche machte, um nach Joey zu sehen.

Auf meinem Rückweg lief ich im Flur beinahe in Miles rein. Er grinste breit, als er mich so unerwartet abfing.

Ohne zu verstehen, wie, hatte er mich in einer fließenden Bewegung mit dem Rücken gegen die Wand gedrückt. Sein Gesicht vergrub er seitlich an meinem Hals.

»Gott, du riechst so gut«, raunte er. »Magnolie ist wirklich mein Lieblingsduft geworden.«

Hitze sammelte sich in meinem Unterleib. Obwohl er stillhielt und mich an keiner anderen Stelle berührte, brachte er mich an den Rand der Verzweiflung. Ich verstand nicht, wie er so etwas mit mir machen konnte. Warum ich derart heftig auf ihn reagierte.

Gleichzeitig wollte ich ihn das Gleiche empfinden lassen. Die Situation ausnutzen.

Ich umfasste seine Schultern und drehte ihn abrupt um, sodass nun er gegen die Wand gedrückt wurde. Bevor er sich fangen konnte, küsste ich die hervorstehende Vene an seinem Hals. Er erstarrte. Mit den Zähnen kratzte ich über seine empfindliche

Haut. Ich nahm den Schauer wahr, der ihn dabei überkam. Unwillkürlich hatte ich meine Hände unter sein Hemd geschoben und seine Bauchmuskeln spannten sich an. Zuckten.

»*Das* ist schummeln«, beschwerte er sich.

»Du hast angefangen.«

Er legte seine Hände auf meine und zog sie sanft weg.

»Ich kann nicht glauben, dass ich das sage, aber wir müssen uns zusammenreißen.« Seine Atmung ging noch schwerer als meine, was ich mit Genugtuung feststellte. Deshalb gehorchte ich auch. »Shi …«

»Hm?«

»Das freut mich. Dass du wieder ein klares Ziel vor Augen hast.« Er ließ meine Hände los, aber nur, um mir gleich darauf über die Wange zu streichen.

»Mich auch.« Lächelnd blickte ich ihn an.

Wir blieben länger, als wir beide beabsichtigt hatten. Erst als es darum ging, Abendessen zu bestellen, entschuldigten wir uns. Carry umarmte mich. Genauso wie ihre Mom und Tonya. Mr Allerton, sein Sohn und Joey reichten mir lächelnd die Hand. Sam nickte mir lediglich von der Couch aus zu. Immerhin ignorierte er mich nicht völlig. Ich wusste nicht, was sein Problem mit mir war, aber ich entschied mich, dass es mir egal war. Man konnte es eben nicht jedem recht machen. Zuletzt winkten mir die Zwillinge zu, weil ihre Eltern darauf bestanden, aber ich konnte sehen, dass es sie viel mehr interessierte, beim Kochen zu helfen und zu naschen.

Da ich nach dem Familientreffen allein Zeit mit Miles verbringen wollte, beschlossen wir, zu seinem Apartment nach Tribeca zu fahren. Bronwyn und Nick würden sich uns zwar nicht aufdrängen, aber ich hätte es unhöflich gefunden, sie nicht zum gemeinsamen Kochen einzuladen.

Außerdem hatte Miles versprochen, dass ich seine Wanne mit Whirlpool-Funktion nutzen durfte. Allein natürlich. Schließlich existierte nach wie vor die No-Sex-Rule, an die wir uns bisher mehr oder weniger penibel gehalten hatten.

Das Problem war lediglich, dass mir die Regel nicht mehr ganz so wichtig vorkam – jetzt da ich wusste, was ich machen wollte. Aber ich wollte auf Miles Rücksicht nehmen. Zufälligerweise fand sein LSAT genau am letzten Tag unserer selbst auferlegten Regel statt. Bis dahin sollte er sich aufs Lernen fokussieren.

Es wäre egoistisch von mir, ihn abzulenken, nur weil ich einen großen Schritt in Sachen Selbstfindung gemacht hatte.

Seit ich aus Livingston zurückgekehrt war, hatte ich mehr Zeit in seinem Apartment verbracht. Die einst sterile Wohnung war erblüht. Gemeinsam mit Miles hatte ich Pflanzen ausgesucht, Tontöpfe bemalt und sie im Apartment verteilt. Er hatte mir nicht nur eine Schublade freigeräumt, sondern die Hälfte des Ankleidezimmers gegeben. Unbewusst hatte ich Farbe mit in die Wohnung gebracht, und Miles schien es in Ordnung zu finden, dass ich mich ausbreitete.

Wir hatten nur einmal darüber gesprochen, dass Zusammenziehen generell eine Option für uns wäre. Aber er wollte mich nicht in New York festhalten, falls ich mich doch dafür entschied, etwas komplett anderes im Leben zu machen. Stattdessen hing alles davon ab, wie ich mir meine Zukunft vorstellte. Ich liebte ihn noch mehr dafür.

Nachdem ich mich ins heiße Wasser hatte gleiten lassen, kam Miles mit zwei Gläsern Wein und einem Buch zu mir ins Badezimmer, das er sich unter den Arm geklemmt hatte. Ich verteilte rasch den Schaum, was Miles mit einem schelmischen Lächeln quittierte.

»Ich will dich ja nicht in Versuchung führen«, erklärte ich neckisch.

»Dann müsstest du komplett untertauchen.« Sein Lächeln wurde zu einem breiten Grinsen.

»Gib den Wein her«, grummelte ich.

Er setzte sich neben die Wanne auf einen Hocker und reichte mir den Wein. Das andere Glas stellte er neben sich auf den Boden.

»Hab was für dich mitgebracht. Mein Lieblingsbuch.« Er hob das schlanke weiße Buch. »*One Happy Tiger.*«

»Ein Zähllernbuch?«, fragte ich erstaunt. »Es sieht süß aus.«

Er hielt das Buch so, dass ich die Seiten sehen konnte, während er umblätterte.

»Das war das erste Buch, an das ich mich wirklich erinnern kann. Mom hat es mir immer vorgelesen, weil ich den Tiger so gern mochte«, erklärte er in Gedanken versunken. Das Buch wirkte tatsächlich so, als wäre es schon ziemlich alt. Hatte ausgefranste Ecken und abgeriebene Kanten. Jemand, wahrscheinlich Miles, hatte mit einem roten Buntmalstift zwei Linien auf die erste Seite gezeichnet. Entweder erkannte ich das Kunstwerk nicht als das, was es war, oder es war versehentlich passiert und hatte keinerlei tiefergehende Bedeutung.

»Ein sehr gefährlich aussehender Tiger«, stimmte ich ernst zu.

»Oder?« Miles lehnte sich mit der Seite gegen die Wanne, und ich hielt mich am Rand fest, damit ich nicht nach unten glitt.

»Ich bin ganz Ohr«, sagte ich.

»Ein trauriger Tiger sitzt allein«, las Miles mit dunkler Stimme vor.

Ich ließ mich von ihr forttragen. Es war kein sonderlich ausführliches Buch. Hatte bloß zwanzig Seiten und wenig Text, doch Miles besaß die magische Fähigkeit, es wie einen ganzen Roman wirken zu lassen. Liebevoll strich er mit den Fingern über die bunten Zeichnungen, so wie er es vermutlich einst als Kind getan hatte.

»Ich liebe es«, sagte ich am Ende. Miles klappte das Buch zu und legte es auf den halbhohen Badezimmerschrank. »Danke, dass du mir vorgelesen hast. Jetzt bin ich viel entspannter.«

Seine Mundwinkel zuckten. »Das Bad hat nicht gereicht?«

»Es war ein guter Anfang«, sagte ich langsam.

»Hmm.« Er reckte sein Kinn und küsste mich. »Ich wüsste ein gutes Ende.«

Er stand auf, beugte sich leicht vor und küsste mich erneut. Tiefer dieses Mal, während seine Hand gleichzeitig unter Wasser tauchte.

»Ich glaube, *das* hier ist definitiv schummeln«, keuchte ich, als er mich zwischen den Beinen berührte.

»Sagen wir es einfach niemandem«, flüsterte er schmunzelnd. Danach war ich ohnehin zu nichts mehr imstande.

Wir konnten uns kaum voneinander lösen, was unsere Abmachung eigentlich hätte verhindern sollen. Erst als ich ihn förmlich aus dem Badezimmer schmiss, um mich anzuziehen, konnten wir Atem schöpfen.

In der Küche hatte Miles bereits mit dem Kochen begonnen, als ich in einem kurzen Satinschlafanzug zu ihm stieß. Mein Haar war noch leicht feucht, und ich hatte es zu einem Knoten im Nacken zusammengenommen.

Die Dunstabzugshaube arbeitete auf Hochtouren. Reis brodelte in einem Reiskocher, und Gemüse brutzelte in einer Pfanne.

Miles hatte mir den Rücken zugewandt, als ich die Hände um ihn schlang und seinen Nacken küsste. Er drehte sich in meiner Umarmung, und wir machten dort weiter, wo wir vorhin begonnen hatten.

Irgendwann fühlten sich meine Beine so zittrig an, dass wir gemeinsam auf den Boden sanken. Er mit ausgestreckten Beinen und mit dem Rücken gegen die Küchenzeile gelehnt und ich vor ihm hockend. Ich küsste und küsste und küsste ihn. Würde niemals genug von ihm bekommen.

»Wir sollten aufhören«, murmelte ich, als ich mich kurzzeitig von seinen Lippen lösen konnte.

»*Kannst* du aufhören?«, erwiderte er mit einer Hand in meinem Nacken.

»Ich will die Regel nicht brechen«, murmelte ich. »Noch zwei Wochen.«

»Was sind schon zwei Wochen?«

»Aber da du vorhin die Regel für mich gebrochen hast, kann ich das Gleiche auch für dich tun …«, überlegte ich laut. Lächelnd.

»Shi …« Ich öffnete zielstrebig seinen Hosenknopf und brachte ihn für eine Weile erst mit meinen Händen und dann mit meinem Mund zum Schweigen.

Schwer atmend lehnte er den Hinterkopf gegen den Schrank, nachdem er gekommen war. Sein Adamsapfel hüpfte aufgeregt auf und ab. Ich setzte mich neben ihn, verschränkte seine Hand mit meiner und spürte die Hitze in meinen Wangen.

»Ich glaube, wir haben jetzt wirklich versagt«, raunte er.

»Noch nicht auf jedem Gebiet«, widersprach ich.

»Fuck, du machst mich fertig, Shi.«

»Nur noch zwei Wochen«, erinnerte ich ihn.

»Du könntest genauso gut ein Jahr sagen, und es würde sich gleich anfühlen.«

Ich hob eine Braue. »Wirklich? Willst du das? Ein ganzes Jahr?«

Er packte mich an den Hüften, zog mich auf seinen Schoß und küsste mich hart. Fordernd. Unsere Zungen schienen gegeneinander zu kämpfen. »Kein weiteres Wort mehr«, brachte er hervor, als sich unsere Münder kurz voneinander lösten.

Ich lachte glücklich.

## • KAPITEL 28 •

### *our world*

Der große Tag war gekommen. Die LSATs würden in weniger als einer halben Stunde stattfinden, und Miles machte einen erstaunlich ruhigen Eindruck.

Ich war definitiv aufgeregter als Miles, der neben mir auf der Bank saß und an seinem Kaffee nippte. Wir hatten noch ein paar Minuten Zeit, bevor er ins Gebäude musste.

»Hast du Stifte?«, fragte ich mit wippendem Bein. Ich konnte nicht still sitzen. Der frische Wind brachte meinen Pony durcheinander. Heute war der letzte astronomische Sommertag, doch es fühlte sich bereits nach Herbst an.

Bunte Blätter wurden herumgewirbelt und säumten den grauen Bordstein.

»Der Test wird auf Tablets geschrieben«, sagte er und sah über seine Schulter zu mir. Er war vorgebeugt, die Ellbogen auf seinen Oberschenkeln aufgestützt. »Keine Panik, Shi, ich krieg das schon hin.«

»Das weiß ich«, erwiderte ich. »Ich will nur nicht, dass etwas schiefgeht.«

»Und wenn schon, dann versuche ich es im November noch

386

mal.« Er lehnte sich zu mir und küsste meinen Mundwinkel. »Zu versagen, ist nicht das Ende der Welt.«

Ich beschloss, dass es in diesem Moment besser war, den Mund zu halten. Es war okay, dass nur ich nervös war. Ich wollte meine Aufregung nicht auf ihn übertragen und ihm damit schaden.

»Du solltest jetzt besser rein. Es fängt gleich an.«

»Dann wollen wir mal.«

Ich begleitete ihn bis an die Tür des grauen Gebäudes, in dem die Kandidatinnen und Kandidaten den Test von Mitarbeitenden des Law School Admission Councils erhielten. Vor der großen schwarzen Tür musste ich mich regelrecht dazu zwingen, Miles' Hand loszulassen.

»Hals- und Beinbruch«, sagte ich, nachdem wir uns voneinander gelöst hatten.

Er salutierte, ehe er durch die Tür verschwand. Ich blieb allein zurück. Wartend. Nervös.

Jemand rempelte mich an. Vermutlich ein Nachzügler.

Ich stand hier wohl nicht gerade ideal. Der Test würde einige Stunden in Anspruch nehmen, und ich hatte noch ein paar Sachen vorzubereiten.

*Treffen wir uns jetzt?*, schrieb ich Bronwyn.

Bronwyn: Bin schon da, Beste. Xoxo

Shiloh: Brauche zehn Minuten.

Bronwyn: Iced Latte?

Shiloh: YES!! Bist wirklich die Beste.

Ich brauchte tatsächlich eine Viertelstunde, bis ich es ins Café Lux & Light geschafft hatte. Bronwyn winkte mir heftig zu. Sie saß an einem kleinen Tisch und hatte unsere beiden Bestellungen bereits vor sich. Heute trug sie einen knöchellangen senfgelben Rock und ein schwarzes T-Shirt. Zu den Farben passend ein kariertes Haarband. Sehr herbstlich.

»Hey, Beste«, begrüßte ich sie, weil ich wusste, dass es ihr viel bedeutete, wenn ich sie so ansprach.

In all der Zeit, in der ich ihre Freundschaft abgelehnt hatte, hatte ich nur an mich gedacht. Ich hatte nicht gesehen, dass sie niemand anderen hatte. Dass sie mich brauchte, so sehr wie ich sie.

»Hey, Beste«, gab sie zurück. Wir umarmten uns, bevor ich mich ihr gegenüber hinsetzte. Sie reichte mir an dem Kaffee vorbei eine weiße Tüte. »Alles drin.«

Ich warf nur einen kurzen Blick hinein, da ich ihr vertraute. Und selbst wenn sie etwas vergessen hatte, war das kein Weltuntergang. Es war mir ohnehin schon peinlich gewesen, sie überhaupt danach zu fragen, aber Miles und ich hatten in den letzten Tagen jede Minute aneinandergeklebt. Ich hatte keine Zeit gehabt, die Besorgungen zu erledigen.

»Danke! Ich bin so aufgeregt«, gestand ich ihr.

Sie zog an ihrem Strohhalm. Erst jetzt sah ich, dass sie gar keinen Kaffee, sondern einen Milkshake mit Sahnehäubchen bestellt hatte. Ich musste mit meinen Gedanken schon ziemlich weit weg sein.

»Wegen dem Sex?«

»Hauptsächlich, ja.«

»Na ja, ihr hattet auch wie lange die No-Sex-Rule?«

»Zwei Monate.« Ich stöhnte auf. »Gott, bin ich froh, wenn das heute vorbei ist.«

»Du hast es schon länger ohne ausgehalten, Sugar«, erinnerte sie mich.

»Das ist das Problem. Jetzt, da ich wieder daran erinnert wurde, was ich verpasst habe …« Ich schüttelte den Kopf. »Außerdem geht es um Sex mit Miles. Ich muss nur im selben Raum sein wie er und geh in Flammen auf.«

»Hast du das aus einem deiner Kitschromane?« Sie lachte so laut, dass sich andere Gäste zu uns umdrehten.

»Witzig«, grummelte ich. Insgeheim genoss ich es jedoch, von ihr aufgezogen zu werden. Ich reichte ihr eine Serviette, weil sie überall an ihrem Mund Sahne kleben hatte.

»Shiloh«, sagte sie nach einem Moment und wirkte wie ausgewechselt. »Nick und ich werden für zwei Wochen nicht in der Stadt sein. Du hast die WG also ganz für dich allein.«

Das schlechte Gewissen nagte an mir, weil ich ihnen noch nicht mitgeteilt hatte, dass Miles und ich darüber gesprochen hatten, vielleicht zusammenzuziehen. Ich nahm mir vor, unsere Überlegungen mit ihnen zu teilen, wenn sie wiederkämen.

»Wohin geht's?«, fragte ich vorsichtig. Ich hatte ihre Niedergeschlagenheit durchaus wahrgenommen.

»Zurück nach St. Mercy, wie es aussieht.«

»Du klingst nicht happy.«

»Sagen wir so: Meine Eltern hatten, so wie deine, ganz bestimmte Vorstellungen, wie mein Leben zu sein hat.« Sie sog so lange an dem Strohhalm, bis er ein röchelndes Geräusch von sich gab. »Aber anstatt einer Karriere für mich wollen sie, dass ich hübsch aussehe und mir einen reichen Typen angle.«

»Ich hatte ja keine Ahnung, Bronwyn. Das tut mir leid.« Ich ergriff ihre Hand und drückte sie leicht. Wie immer trug sie eine Reihe von goldenen Ringen, und ich wollte ihr nicht wehtun. »Warum geht ihr jetzt zurück?«

»Jemand heiratet«, murmelte sie düster und sah aus dem Schaufenster hinaus. Die Sonne warf goldenes Licht auf die vorbeieilenden Passanten.

Mehr sagte sie nicht zu dem Thema, und ich beließ es dabei. Allerdings versprach ich ihr, mich jeden Tag bei ihr zu melden und sie abzuholen, falls sie flüchten müsste. Das taten beste Freundinnen füreinander.

Ein paar Stunden später, nachdem ich mit Carrys Hilfe meinen Plan in die Tat umgesetzt hatte, stand ich vor dem Law Admission's Office und knetete nervös meine Hände. Wie konnte es sein, dass ich immer noch so aufgeregt für Miles war, obwohl das Schiff längst abgelegt hatte? Weder er noch ich würden etwas an seinen Testergebnissen ändern können. Es war vorbei.

Ich sollte nach vorne schauen. Auf heute Abend.

Fuck.

Als würde mich das weniger nervös machen.

Mein Magen hatte sich schon gefühlt drei Mal in sich selbst verknotet, als Miles mit zwei anderen aus dem Gebäude trat. Er unterhielt sich angeregt, nicht unglücklich oder gestresst. Dann fiel sein Blick auf mich am Fuß der Treppe und seine vollen Lippen verzogen sich zu einem breiten Lächeln.

Mit einem Mal wurde ich ruhig. Ein Lächeln von ihm, und schon versiegte all meine nervöse Energie.

»Seriously?«, fragte er und sah die Backsteinfassade hoch.

Ich hielt seine Hand mit meinen beiden fest und blickte ihn an anstatt das Williamsburg Hotel.

»Das letzte Mal wollten wir schwimmen, aber wir waren zu betrunken«, erklärte ich, während ich den Anblick seines Profils in mich aufsog. »Wird Zeit, das nachzuholen. Wir haben den Pool ganz für uns.«

»Wie hast du das geschafft?«

»Carry hat geholfen.« Sam hätte ich im Leben nicht gefragt, und wenn Carry abgelehnt hätte, hätte ich mich an David gewandt. Ich war jedoch froh, dass Miles' Schwester mir mit Freude hatte helfen wollen.

Zusammen gingen wir hinein. Dieses Mal fühlte ich mich nicht mehr so fehl am Platz wie bei meinem ersten Besuch. Das lag nicht daran, dass ich die Eleganz nun gewohnt war, sondern weil ich Miles an meiner Seite hatte und ihn inzwischen kannte und liebte. Wo auch immer ich mich befand – solange er da war, würde ich mich sicher fühlen.

»Ich habe keine Schwimmsachen dabei«, sagte er im Lift nach oben.

»Hat dich das letzte Mal auch nicht aufgehalten«, gab ich süffisant zurück.

Er hob beide Brauen. »Das letzte Mal bin ich nicht freiwillig reingesprungen.«

»Keine Sorge, ich habe für uns beide vorgesorgt.« Er sah an mir herunter, was mich irritierte. »Was machst du?«

»Du hast keine Tasche dabei.«

»Miles …« Ich seufzte theatralisch. »Die Sachen sind bereits oben. Warum bist du plötzlich so ein Kontrollfreak?«

»Ich? Überhaupt nicht.«

Argwöhnisch verengte ich die Augen. »Bist du aufgeregt? Jetzt, *nachdem* der Test vorbei ist?«

»Voll nicht«, grummelte er, bevor er von den sich öffnenden Türen gerettet wurde. Ich ging voran und wandte mich dann zu ihm, um seine Reaktion genau zu beobachten. Wie er reagierte, als er die Lichterketten wahrnahm, die gelben Blütenblätter, die auf dem Boden und den Liegen von der heruntergehenden Sonne angestrahlt wurden, und die Kerzen, die Carry erst vor wenigen Minuten hatte entzünden lassen. Ich hatte ihr schreiben müssen, als Miles und ich aus der Metro stiegen. Ein paar der cremefarbenen Kerzen waren in dem Wind bereits erloschen, aber das tat der Stimmung keinen Abbruch.

»Das hast du alles für mich gemacht?«, fragte er mit großen Augen.

»Ich hatte Hilfe.« Auch für den zweiten Teil des Abends, aber der würde erst noch kommen. »In den Umkleiden können wir uns umziehen.«

Da er keine Anstalten machte, sich in die Richtung zu bewegen, schob ich ihn leicht an, bis er selbstständig ging. Ich hatte bei einem meiner letzten Besuche in seinem Apartment eine Schwimmshorts von ihm mitgenommen, die ihm hoffentlich immer noch gefiel. Ich zog einen einfachen schwarzen Bikini mit Goldapplikationen an.

Obwohl mich Miles schon des Öfteren nackt gesehen hatte, klopfte mein Herz bis zum Hals. Es war irgendwie nicht das Gleiche.

Vor zwei Wochen hatten wir die Regeln mehr oder weniger *gedehnt*, aber seitdem hatte ich darauf geachtet, ihn nicht vom Lernen abzulenken. Nun konnte ich es kaum erwarten, wieder mit ihm auf körperlicher Ebene zusammen zu sein.

Ich brauchte ein bisschen länger als er, um mich umzuziehen. Sein Gesicht hellte sich auf, als er mich erblickte. Der Wind war sehr frisch hier oben, und ohne die Sonne begann ich, zu zittern.

»Auf ins Wasser«, rief ich, lief an ihm vorbei und sprang verbotenerweise vom Rand aus hinein.

Miles krachte neben mir ins Wasser. Fast zeitgleich tauchten wir wieder auf, spritzten uns gegenseitig voll, hielten einander fast und hatten einfach Spaß.

Die Anspannung der letzten Wochen fiel mit einem Mal von uns ab. Wir hatten uns dem Erwachsenenleben verschrieben, aber jetzt brauchten wir Sorglosigkeit und Freiheit. Freude und Liebe.

Wir ließen alles hinter uns. Die Gedanken über die Vergangenheit, Zukunft und das, was schieflaufen könnte.

Nachdem wir uns im Wasser verausgabt hatten, bedienten wir uns an den bereitgestellten alkoholischen Getränken. Ich nahm eine Decke und kuschelte mich neben ihn auf eine Doppelliege, über die ein Windschutz gespannt war. Unsere Gläser stießen klirrend aneinander.

Es war perfekt.

»Weißt du, vor einem Jahr hätte ich nicht geglaubt, dass ich mich wieder so krass aufs Lernen konzentrieren könnte«, sagte er plötzlich. Sein linker Arm lag um meine Schultern, hielt mich fest an sich gedrückt.

»Warum nicht?«

»Ich habe nicht gedacht, dass ich den Mut dazu aufbringen würde. Es ist nicht so, als hätte ich nie lernen wollen, aber ... Ich hatte Angst, zu einer Lachnummer zu werden.«

Mitfühlend hinterließ ich einen Kuss auf seiner Schulter. »Dabei hast du bei unserer ersten Begegnung so sorglos auf mich gewirkt«, murmelte ich.

»Nur der Schein.« Ich sah ihn an. Er lachte. »Okay, nicht ganz. Ich habe bloß geglaubt, dass es wichtiger ist, die Erwartungen meiner Familie an mich zu erfüllen als meine eigenen.«

»Ich bin froh, dass du mutiger geworden bist.«

»Du hast mir gezeigt wie, Shi.« Ich richtete mich auf, damit wir uns in die Augen sehen konnten. Weder mein Herz noch meine Atmung ließen sich unter Kontrolle bringen.

Es wurde Zeit.

»Komm mit«, wisperte ich und nahm seine Hand.

Wir wickelten uns jeweils in die hoteleigenen Bademäntel, stopften unsere Sachen in eine große Strandtasche, mit der jemand die Kerzen oder die Blumen transportiert haben musste, und stiegen in den Fahrstuhl.

Fast durchgehend hielten wir uns an der Hand und sahen uns an. Er vertraute mir vollkommen. Würde mir bis ans Ende der Welt folgen, wenn ich dies nur von ihm verlangte.

Ich zog ihn in den Flur entlang, nachdem wir wieder aus dem Lift gestiegen waren. Lächelte, als sich Erstaunen auf seinem Gesicht abzeichnete.

»*Das* Zimmer?«

»O ja.«

Lachend fuhr ich mit der Keycard über den Sensor, und er zog die Tür auf. Zusammen betraten wir die Suite, in der wir das erste Mal vor über drei Monaten gewesen waren. So viel Zeit war seither vergangen. Gleichzeitig fühlte es sich an, als wäre es erst gestern gewesen.

Anders als damals führte uns eine Spur aus weißen Blütenblättern von der Tür bis in den Schlafbereich. Auf dem Bett waren auch noch einige verteilt. Ein Beistelltisch mit Nachtisch und Früchten stand vor dem Fenster. Weißwein war ebenfalls kaltgestellt und daneben ein kleines Samtkästchen, auf das ich zusteuerte.

Miles legte die Tasche ab, bevor ich mit dem Kästchen auf ihn zutrat. Meine Hände zitterten.

»Shi?«

Eine Träne rann meine Wange hinab. Er fing sie mit seinem Daumen auf.

»Ich wollte dir nur sagen, wie viel du mir bedeutest«, begann ich den Monolog, der mir seit Wochen auf der Zunge lag. »Ich bin so dankbar dafür, dass uns das Schicksal und ein kleiner Radunfall zusammengeführt haben. Mein Leben ist erst durch dich so richtig lebenswert geworden. Du hast mich dazu gebracht, in mich selbst hineinzuhorchen und mich meinen Problemen zu stellen. Ich liebe dein Lachen. Ich liebe deine Sorglosigkeit. Ich liebe dich, Miles. Ich liebe dich so, so sehr.«

Er hob mein Gesicht an und küsste mich zärtlich. So sanft. So ehrerbietig.

»Alles, was du gesagt hast, kann ich nur zurückgeben, Shiloh. Seit du in mein Leben getreten bist, kann ich endlich richtig atmen. Ich habe so noch nie zuvor empfunden und ich … Ich kann nur hoffen, dass du bei mir bleibst. Ich liebe dich auch, Shiloh.«

Obwohl er nicht weinte, glänzten seine Augen feucht. Ich öffnete die Schatulle und offenbarte zwei silberne Schlüsselanhänger, die Bronwyn für mich abgeholt hatte.

»Es ist total kitschig, aber …«

Miles besah sich die Anhänger. Sie zeigten das Symbol des Williamsburg Hotels. Ein geschwungenes W.

Er lachte, bevor er mich fest an sich drückte. Wir küssten uns, lachten noch mehr.

»Ich liebe es«, sagte er schließlich. »Ich werde ihn mit Freuden an meinem Schlüsselbund tragen.«

»Auf dass er uns immer an das Zimmer hier erinnert. Selbst wenn es mal schwer wird.«

»Selbst dann«, stimmte er zu und nahm mir die Schatulle aus den Händen, um sie wegzustellen.

Als wir uns dieses Mal küssten, ignorierten wir die No-Sex-Rule. Wir streiften uns gegenseitig die Bademäntel von den Schultern und schälten uns aus den Schwimmsachen. Nicht ohne den anderen zu kosten und all das nachzuholen, was wir uns verwehrt hatten.

Als Miles vor mir kniete, meine Hand in seinen weichen Haaren und seine Lippen an meinem Bauchnabel, konnte ich nicht anders, als zu lächeln. Ich war erhitzt und erregt und spürte so viel auf einmal, aber am allermeisten war ich fasziniert von meinem eigenen Glück.

Er hauchte einen weiteren Kuss auf meine Haut, bevor er lächelnd meinen Blick erwiderte. Ich hatte Vertrauen in ihn. In uns. Von heute an würde ich mich nicht mehr von ihm lösen.

Ein paar Stunden vor Mitternacht und der somit endenden Deadline hielten wir das Warten nicht länger aus und gaben unserem Verlangen nach.

# • DANKSAGUNG •

Was für ein Abenteuer! Mein erster Liebesroman – ganz ohne Fantasy – ist abgeschlossen, und ich bleibe mit einem lachenden und einem weinenden Auge zurück. Es hat mir unglaublich viel Spaß gemacht, die Geschichte von Shiloh und Miles zu erzählen, die Atmosphäre eines sommerlichen New York einzuweben und mich ganz in der Dynamik der Charaktere zu verlieren. Auch wenn es nun Zeit ist, Abschied zu nehmen. Wie immer gilt mein Dank meinen Leser:innen, die schon seit Jahren an meiner Seite sind. Aber auch all jenen, die neu dazugestoßen sind und mir ihre kostbaren Lesestunden geschenkt haben, drücke ich meinen tiefsten Dank aus.

Danke an das ganze Team von Moon Notes für ihr Vertrauen in meine *Room-for-Love*-Dilogie. Das bedeutet mir sehr viel. Euer Engagement und Liebe fürs Detail ist deutlich spürbar gewesen und hat mich begeistert. Vor allem danke ich meiner wunderbaren Lektorin Jasmin Centner. Vor jeder neuen Zusammenarbeit ist man als Autor:in aufgeregt, aber ich hätte mir niemand Besseren vorstellen können. Gemeinsam konnten wir *Two in a Room* auf ein höheres Level bringen. Der Prozess hat mir zwar manches Mal Kopfzerbrechen, aber meistens große Freude bereitet.

Vielen Dank auch an meinen Agenten Klaus, weil er immer an meine Ideen glaubt und ich mich sehr von ihm und Micha geschätzt fühle.

Obwohl ich zwischendurch von Unsicherheiten geplagt wurde, konnte ich mich immer auf Zuspruch von Julia Schmuck, Ana Woods, Rebecca Siebert, April Dawson und Anja Kestermann verlassen. Ihr wisst gar nicht, wie viel mir eure lieben Worte bedeuten!

Außerdem möchte ich mich bei meinen ONEUS-Mädels bedanken: Alex und Steffi. Lieb euch und den Strudel in unseren gemeinsamen Untergang.

Und wie immer danke ich allen meinen Freunden, Mama, Papa und meiner Familie, ohne deren Unterstützung ich vermutlich nicht schreiben könnte. Ihr seid der Halt meines Lebens. Hab euch lieb!

Schließen wir die Danksagung ab, indem ich noch einmal dir danke, liebe Leserin, lieber Leser. Danke, dass du zu diesem Buch gegriffen hast. Danke, dass du Shiloh und Miles einen Platz gegeben hast. Ich freue mich sehr auf deine Rückmeldung und hoffe, wir sehen uns im nächsten Buch von Bronwyn und Nick wieder.

*Eure Laura*

# • PLAYLIST •

B.I – BTBT

Lewis Capaldi – Someone You Loved

Dean Lewis – How Do I Say Goodbye

The Rose – She's In The Rain

Mark Tuan – Lonely

Jackson Wang – Blue

iKON – Love Scenario

ONEUS – Same Scent

Taylor Swift – Exile (feat. Bon Iver)

BIBI – Maybe If

Harry Styles – As It Was

Counting Crows – Colorblind

Seventeen – Darl+ing

B.I – Middle With You

Halsey – 1121

ONEUS – Gravitation